U0448250

商务印书馆（上海）有限公司 出品

云南大学中文学科建设丛书

段炳昌 李森 主编

中国古代文论卷

杨园 编

商务印书馆
The Commercial Press

图书在版编目(CIP)数据

云南大学中文学科建设丛书.中国古代文论卷/杨园编.—北京:商务印书馆,2024
ISBN 978-7-100-21503-9

Ⅰ.①云… Ⅱ.①杨… Ⅲ.①云南大学-汉语-学科建设-研究 ②中国文学-古代文论-文集
Ⅳ.①G649.287.41 ②I206.2-53

中国版本图书馆 CIP 数据核字(2022)第 138959 号

权利保留,侵权必究。

云南大学中文学科建设丛书
中国古代文论卷
杨 园 编

商 务 印 书 馆 出 版
(北京王府井大街36号 邮政编码100710)
商 务 印 书 馆 发 行
山东韵杰文化科技有限公司印刷
ISBN 978-7-100-21503-9

2024年10月第1版   开本720×1000 1/16
2024年10月第1次印刷 印张23½
定价:128.00元

出 版 说 明

云南大学中国语言文学学科设立于1923年建校之时，迄今已有一百年的历史。学科创设伊始即遵从"挽绝学于既往，牖文化于将来""发扬东亚文化，研究西欧学术，俾中西真理融会贯通"的办学宗旨，重视"吸收新文化"，同时"阐旧学以培新知"，延聘光绪二十九年（1903）"经济特科"状元袁嘉谷、著名学者谢无量等硕学鸿儒，主持国文讲席。

1938年，私立云南大学改国立，西南联大等内地高校迁滇，全国众多一流学者云集，云南大学中国语言文学学科与迁滇诸校共享师资，迈入辉煌时期。其中专任教师有刘文典、徐嘉瑞、胡小石、闻宥、楚图南、姜亮夫、施蛰存、吕叔湘、傅懋勣、邢公畹等，兼任教师有冯友兰、罗常培、罗庸、游国恩、萧涤非、吴宓等，笳吹弦诵一时。

新中国成立后，云南大学中国语言文学学科自强不息，与时俱进，以刘文典、汤鹤逸、叶德均、李广田、张若名、吴进仁、蒙树宏、张文勋、赵仲牧、李子贤、谭君强、张国庆、张维、段炳昌等著名学者为引领，在古典文献学、文艺学、中国古代文论、中国现当代文学、叙事学、民俗学、语言学与少数民族语言文学等诸多领域取得丰硕成果。2006年文艺学博士点招生，2011年中国语言文学一级学科博士点招生。本学科植根祖国边陲，筚路蓝缕，源远流长，代有人出，为国家培养了大批才俊，为边疆发展、民族团结做出了巨大贡献。

为展示云南大学中国语言文学学科的学术历史和学术成就，我们决定编纂

"云南大学中文学科建设丛书"。本丛书按不同专业方向,选取其代表性学者的学术论文或著作篇章,陆续汇编成册出版,约分《中国古代文学卷》《中国古代思想文化卷》《中国古代文论卷》《比较文学与世界文学卷》《中国现当代文学卷》《外国文学卷》《民间文学卷》《语言文字学卷》《文学作品卷》等。所选论著时序跨越近百年,从中可见不同时代学人个人的、集体性的学术认知、视野和话语系统,可为研究百年中国语言文学学术史提供一个清晰的文本迭代脉络,也可为百年中国语言文学教育史、西南地区高等教育史提供一个逐层展开的教育范例,具有重要的学术价值和史料价值,对促进中文学科的健康发展也有参考作用。此外,由于所收文章时间跨度大,涉及学科专业较多,作者行文语言亦各有特色,所以此次编选,除基本的文字、标点和体例校订外,不做过多改动以保持作品原貌。旧也新也,得乎失乎,器有可容,衡有可量。

编者

2024年4月

目　　录

袁嘉谷文论选	袁嘉谷	001
格调概说	龚自知	007
《文心雕龙》的研究	杨鸿烈	015
中国的文学		
——中国的精神文明之二	刘文典	027
云南丛书·诗法萃编	吴　宓	036
心理学观的文学	姜亮夫	048
论讽刺	游国恩	059
少陵诗论	罗　庸	065
诗歌的生命与新旧诗的合一	姚奠中	075
宋词引论	张光年	081
辨枚乘诗	陶　光	085
精炼举例	张为骐	090
《曲品》考	叶德均	094
晚晴楼词话	刘尧民	122
金圣叹对文学理论和文学批评的贡献	傅懋勉	159
清真词的艺术	王兰馨	178
从《华严金师子章》看佛教哲学的美学意义	张文勋	190

论中国古代审美理论中的寄托范畴	赵仲牧	204
庄子与罗丹的艺术观	陈红映	216
宋词的美学特征	郑　谦	233
姜夔词体现了"中和之美"		
——兼探宋词第三种风格的美学特征	殷光熹	249
浅谈钟嵘的"直寻"说	武显漳	263
论《二十四诗品》的理论体系	张国庆	266
严羽《沧浪诗话》的理论结构	施惟达	283
无蔽的瞬间：禅悟和妙悟	蒋永文	297
简论"言意之辨"与中国古代文艺理论	牛　军	307
关于"《诗经》文学阐释"之内涵的分析	孙兴义	317
略论20世纪中国诗学的传统与典范	刘　炜	334
《文心雕龙》"神思"义发覆	杨　园	349

编后记 ······ 365

袁嘉谷文论选

袁嘉谷

《东陆诗选》序

岁癸亥(1923),嘉谷以爱滇之素志,爱才之诚心,讲学于东陆学校。诸生从游近百人,硁硁然以己所自信者,期共信之于人,而教术则未之闻也。暑假之中,课诗消夏,诸生或旧习,或新知,默契余言,且有超乎言外者。夫言岂一端已哉!矧声依永,律和声,窥造化,泄奇秘,增益美意,陶淑性情,寄真我于韵语,变而通之,神而明之,恶乎执?若执诗以言诗,其小焉者,已工不工,不计也。不执诗以言诗,虽小道乎,毋宁工之为贵欤。古之人工诗,今人一一而识之,今人工诗,安知不使千万世千万里一一而识之?区区之心,愿与诸生共勉者。以此忽忽光阴,又届残腊,不有裒集,将虞散失,乃择尤雅,汇为一集,名为《东陆诗选》。纵览昆湖华山之胜,东西南迤之雄,八关三猛之边,岳峙渊渟之蕴,岂区区者所能发泄其一二?特是椎轮大辂,必有所基,今姑立其基乎!大哉!大哉!俟诸异日。

癸亥岁除石屏袁嘉谷撰于移山簃

重刻《滇诗略》序

诗以理性情,人而无诗,谓之无性情可也。诗以发己之性情,而非徇人之性情,诗而徇人,谓之无性情可也。《滇诗略》辑滇人诗,《兰津》《白狼》之篇,南诏君臣之作,滇中古风,展卷如见。性情中诗,非无性情之诗也。独是袁氏昆弟辑诗苦心,与辑《文略》同。卷八乃方外闺人作,错简于罗星、刘联声之前,当日急于刊成,既刊者无力改刊,续集继之,煌煌美备。盖袁氏先为其难,事可钦,心可谅也。重刊特为其易耳,易犹弗为乎?天下事概可知已。

当道有心,《诗略》刊成。吾滇人士,其有茫然悍然不知写其性情者,将举是书教之,叩宫夹商,引绳削墨。为之歌诗曰:古训是式,威仪是力。其有依人宇下,不知自写己之性情者,将举是书进之,自抒其天,自铸其人。为之歌诗曰:上帝甚蹈,无自瘵焉。盖生际今日,视袁氏辑诗时又变矣。不发愤自立,学无以成,滇无以兴,奚独诗哉!

抑又闻之,黄氏琮主讲五华,尝集《滇诗嗣音集》续袁氏书后。诗较《诗略》稍逊,而存古人以传至今,功则一例。枣梨久灭,欲窥嘉道间滇人之性情,舍《嗣音集》而无从。倘亦有重刊《嗣音集》者,愚将以家藏本敬授之,俾滇人士无遗憾。

《滇南施氏二女士诗集》序

施氏二女士者,吾友伯躬铨部女兄也。伯躬仕京师,余与同居,升堂拜母,知其家庭之盛。伯躬出其女兄诗索余序。余读之,且惊且喜。自安车渡黔、湘而北,耳目所接,飞尘迷罔。东游扶桑之国,其为学固多益矣。而独至我国之古学,与神州同开辟者,始虞书元首,迄于国朝,戛玉辉金,渊渊然所谓诗者,中外几无一闻焉!非真无闻也,犹是声律,犹是字句,而新物新词,盈于纸上,谓之异国诗可也,何与于我国之诗哉!归国以来,与二三知己,盛倡新学,独至于谈诗,则专法古法。国为我之国,我为国之我;国之我为国之诗,实成为我之诗而已。夫诗中有我,古人所难,诗中有国,尤不易易。何幸读二女士诗,纯然为我国古法,非求诗于国外耶。

女士诗原母训，未尝从学于外传。女红之余，嗜唐宋人集，手批口吟，能自得师。娟娟如秋竹，濯濯如初月。长者功较深，思较精。遂以疾殒。次者雍容名贵，自丧所天，以节著。昔吾滇李繁香女士，因其父鹤峰抚湘，诗学遂成于湘中。今女士亦随翁宦湘，境与李同。虽诗犹逊李，不可谓非后先映也。伯躬其付之剞人，俾世知女士诗之可贵，且以余之论诗，质诸真知我国之诗者。

《律髓摘要》序

诗以理性情，任自然，恢人事之万变，发天地之灵奇。用不一，体亦不一。仅执律以言诗，陋已。顾自六朝而入唐，人人求工，字字入律，风气所趋，几不自知其为律！诗界巨子如盛唐诸公，凡律皆参以古意；苏、黄、萧、陆，亦能神明规矩，不为律囿。仅执律以言律，尤陋已。方氏虚谷《瀛奎律髓》之编，宜乎纪文达之正之欤？惟是方氏之说诚失，而文达所评，亦尚有未为得者。

吾师许茚山先生，近古诗人之雄也。生平论诗，导源三百，兼采众长，不囿一格。观所著诗及《诗法萃编》《诗谱详说》，可知崖略。又尝选刻《滇中佚诗》，已刻者十八卷，未刻者一百余家。盖先生于诗，竭一生精力而为之。掌教滇会，殷殷以诗法传人。乃取方氏书、纪氏批重订之，成《律髓摘要》六卷。刊及半，遽归道山。陈虚斋师哭以诗云："先生去矣谁昌诗？"诚实录也。

庚戌秋，余假归省亲，登先生之堂，徘徊恻怆。手检遗箧，是编幸存，殆先生灵爽所式凭而呵护者。爰丐叶学使伯膏前辈，托同门秦孝廉瑞堂刻之。孝廉总图书馆事，乐为之助。不数月竣，邮书万里，属余一言。余维中国诗教，以声韵为发言之音节，以对偶为文章之光华，实于各国文字之外，另辟一天。今将沦矣，得先生是编而昌之，庶几古学不绝，仅仅关于方氏、纪氏书已哉！因述缘起，俾乡人知先生论诗，楷模所在，远轶前人。且以见学使诸公之盛心也。是为序。

宣统三年辛亥春三月，撰于浙学署定香亭

虚斋师(陈荣昌)《诗集》序

萃经史百家之腴而为诗文者,惟昌黎公,而公之诗不如文。异哉!其自悟之文心,自创之文法,乃不肯自通于诗。诗虽大家,究不敌两汉、陶、李、杜、苏诸作。越千百年而至吾筱圃师,始以昌黎文法为诗法。此谷从师二十年前之论,而不审天下之知诗者,以吾为知言否也?

辛亥秋,师序吾《卧雪诗草》,因亦命序师之诗。忽忽五年未之报,然私心固刻刻未之忘也。乙卯夏,谒师明夷河,师复言之。夫余文虽不工,然固以警敏见称于师也,今则懈且钝矣。倘所谓不能赞一词者耶,乃复发师诗读之。根柢洙泗,懿茂渊洪,百变而不离宗者,昌黎之学风也。爱国之忠,事亲之顺;弟之弟,友之信;长歌当哭,得性情之正者,昌黎之志行也。纵横变化,辟阖扬抑;不使一联平,不使一句直者,昌黎之笔也。引宫刻商,其音锵然;花放水流,其韵悠然;磨光刮垢,其泽黝然者,昌黎之节奏也。上窥扬马,旁参庄李;时而变怪,时而斗奇者,昌黎之奇诡也。卷之分以地,或以事,都若干集,合数十万言。谷得而断之曰:师之诗集,一昌黎之文集而已矣!

嗟乎!昌黎之没久矣,文千古,诗亦千古。师文学昌黎,冥悟默契,昔人或能之。独至通文法于诗法,则千数百年,无及此者。师于昌黎之诗,亦尝景仰而步趋之。即两汉、陶、李、杜、苏,师亦何尝不景仰而步趋之。特余谓得力于昌黎诗,不若得力于文者多。即得力两汉、陶、李、杜、苏,亦无非以昌黎文之得力,而兼收并蓄之也。谷今日之论,仍无以异于昔。不知天下之知诗者,以谷为知言否也?师闻之曰:"嘻,子过矣。余诗尚须删之,一删再删,恐无可存之诗也。"谷曰:"师之谦也。谦而进,进而与昌黎合一,或更超乎昌黎,宜也。谦而删旧所作诗,将使知吾师者,既不能因诗以知师,又不能因师之诗而信谷之言,则谷非所敢论矣。"师曰:"诺。"遂书之以为序。

乙卯九月

《知非轩诗文抄》序

交君二十年,始也推君如随园、如勾山;继也以同甫、水心进之;终乃进而为况钟、为龚遂,君固不必以诗文传。君弟仲鲁,辑君诗文属余序。乃厘为四卷,文为重,诗次之;致用之文为重,论经史之文次之。序曰:君之文,滇之文也。滇居中国极边,朴僿不同于流俗。周汉以降,文化始开。佚者勿论已,盛览赋心之句,吕凯招降之书,在汉已彪炳若此。见于金石,则《孟孝琚碑》以朴质胜,《宝子》《祥光》《龙颜》诸碑以秾厚胜。哀然成秩,莫如杨氏一清,张氏志淳,张氏含,李氏元阳,杨氏士云,王氏元翰。一清渊茂含奇崛,盖尤著。继则有刘氏彬,赵氏士麟,王氏思训,陈氏沅,张氏汉,傅氏为𧦬,师氏范,戴氏絅孙,程氏含章,方氏玉润;而钱氏沣,刘氏大绅,卓然名家。吾师友之中,逝者几半,若许五塘先生印芳,朱筱园先生庭珍,李儒臣楷材,李厚安坤,或探源六艺,或沿流八家,要所成就,胥与滇之文派合。

夫所谓滇之文派者何耶?积理深,禀气厚,修学富;阅历宏而达,音节谐而畅,义法严而明、而正。不必不相师,而性灵自发;不必不抚古,而真我自铸。而不见夫滇池乎:汪汪然,浩浩然。荇藻交清,疑其浅也,绠而测之,几不知几寻尺矣!从流而下,沛莫之御;洄溯西郭,则势又若倒流矣。汇金、银汁、盘龙、宝象诸河之流,揽从陑、太华、金马、碧鸡诸山之胜。旱不涸,霪不潦,渔焉、航焉者不险不阻。虽雄不若东海,阔不若洞庭,秀不若西子湖,不能不称为宇内之一奇。适成为滇之水,适肖乎滇之文。古之滇人既克肖滇水以为滇文,君乃复发扬滇文,以上承乎古之滇人。斯则余爱滇之心所怅触,而不禁觍缕以言者也。

君逝矣,君文传矣。研席回首,大难为怀。天既梦梦,地亦岌岌。烟云万状,孰与纪之?朔风寒雪,煨酒垆红,键门而序君遗集,颓然醉矣。

书《曾文正书〈震川文集〉后》后

湘乡文正公,讥震川不足企半山、南丰之为文,且谓侪诸望溪,亦非其伦。嘻,苟矣!半山峭而刻,南丰雅而健,诚未易跻,至望溪谨义法,规规古人尺寸,不敢放而纵,纵而逝,非不蔚然美观。如隘何?震川原本经术,学太史公书,得其神理,庶几肆而复醇者。即以义法论,如峨眉层叠,如庐山周匝,未遽出望溪下。文正何见而云然耶?即云震川作寿文,愈自恨之,愈自存之。论其人品,盖卑甚。夫介眉之歌,麦邱之祝,古有其人,非震川始。观集中《寿魏濬甫》《周弦斋》诸篇意无歧出,词无溢美,何可厚非也?况文正集中,寿序数十,眉睫之论免乎?否乎?

嗟嗟明三百年中,文风屡变,景濂、正学盛于初,朝宗、叔子盛于季。独至中叶,王李挦扯《史》《汉》,贻优孟讥。鹿门之徒,又规抚唐宋外貌以为工。震川砥柱其间,成一家言。愈骋愈敛,愈纯愈旨,斯乃上溯曾王,可以号接武,下启望溪,可以称先驱者。愚尝论文之一途,不经不纯,不史不确,不子不奥,不集不专。震川虽未集其成,会其通,顾何至卑卑如文正所讥哉?然则文正之言,不可从乎?是又不然,文正谓震川,若置身高明之地,得师友以辅翼,所诣固不竟此,斯笃论矣。夫造诣本无尽境,彼自足者,何贸贸乎?

(选自《袁嘉谷文集》第1、2册,云南人民出版社2001年版)

格 调 概 说

龚自知

一、格调之定义

格调者,以文字表出思想之艺术的形式也。

以文字表出事实的形式,如统计图表公式等等,过于原始,过于单纯,不能谓之格调;盖以其所表出者除以实质供人认识外,别无可以使人启发感兴之资。至有格调之作品,则其表出上所使用之字句,能切合思想之性质,弸中标外,相辅益彰,使人对之于了解实质之外,并觉其无美不臻,醰醰有味,斯则表出形式有格调与无格调之异也。

黜华崇朴之辈,每不喜文章表出之尚格调,甚至不喜文章学,以为文章学之为用,徒于表出上增无谓之藻饰,弄苛细之技巧,不如无艺术的表出之为明白、直捷;此盖由误认格调之为物之所致也。夫明白、直捷,之二者,未尝非格调所有事也。夷考其实,则此等貌似平易之格调,实格调中之最难学步者,马修·阿诺德(Matthew Arnold)不云乎:"欲言某物,而意直指其物,而不自其物之旁缘以间接说明之,实天下最难之事也。"格调与题材两相表里,题材之表出固有以明白直捷而止者,亦有于明白直捷之外更需他种之格调者,如题材之性质,有其华赡而精美者,倘以朴质无华粗疏陋劣之形式以表出之,则两不称适,亦有题材性质本属平常粗浅,其表分之形式亦必与之相当而后可。是故格调者,思想之巧妙的适当的表出之谓也。

格调之重要，可于历世不朽之文学作品见之，凡属世界文学宝库之产品，必具有绝卓的格调之美。其他作品虽同一题材，若其格调不称适不优美，则虽有良好之题材，直宝山空返，无以卓立而不磨矣。

吾人为说明便利起见，将文章之思想与表出，合别论列，然当知格调之不能离思想而独存。格调之于思想，非由外铄者也，且亦不能外铄者也。若昧其本来，妄施粉藻，则其不适应不调和之弊立见。盖非思想上所必须者，即非格调上所宜有，格调即思想之由粗而精由疏而密者，即思想之表现于其固有之美质与势力者。作者之致力为文，非仅为格调而致力，实为依题材之所要求，于以使其精蕴和盘托出弸中标外而后致力者也。

格调可学乎？由上言之，格调即是思想，思想由作者而生，故格调亦即是作者。未有两人同作一文，而其思想表出能相同者。盖各人所作之文，胥有各人之个性，活现其间，其识力见地，思想性情，皆于其文之字里行间，呼之欲出，他人莫能效也。各人之文章格调，即其人之个性反映，个性因人而殊，不能交相传受，他人文章之美，吾人可感而知，不可以学而至，即使学焉而似，其文亦必萎弱而不诚。凡杰出之作家，其风范格调，固可以使人倾倒，供人学步，绝伦逸群之思想家，其吐辞为文，固可风靡当时，范围一世，然各人为文，终须陈言务去，杼轴予怀，盖己之个性之不可没，犹人之个性之不可移也。

格调中之个性不可互相传受，固也，而格调除个性外其余之各方面，则可教而知，可学而至，盖格调中之文法学方面与论理学方面，实吾人学文者服习钻究之资也。不尽人能为格调卓绝之文，而尽人能为正确明了之文，字句之选择，篇章之结构，莫不有规可循，有则可范，斯人人能致其思想于明了正确之域。夫明了正确二者，诚属格调中之末事，然欲造诣高深，是实为其初步，凡学文者，无论其才性何似，造诣何等，其发轫之初，固罔不由此也。

二、格调适应之条件

无论何种格调,欲适应其造作之目的,有必具之条件三。

(一) 作者须明彻了解格调与思想之关系

有何等之思想,必有何等之格调,始足两两相当。平常庸陋之思想,饰之以华缛之格调,则金玉其外,败絮其中,光怪陆离,靡而伤质,故名贵之思想须适应之以名贵之格调,幽眇之思想须适应之以幽眇之格调……思想之性质实格调之先驱,以格调步武思想,而能两相凑拍,毫无遗憾,此其事实未易言也。

作者而能由训练以成熟其文学趣味,则格调之于思想,庶几可以完全适应而无遗憾矣。此种文学趣味,乃由熟读名家杰构与注意一己吐属而来者。吾人读书谈话,日有常程,习之既久,于不知不觉间,已养成一种文学本能,于一字之得失,一语之利病,一索即得,莫或遁隐,是即文学趣味训练成熟之功也。

(二) 作者须明彻了解格调与读者之关系

夫人同此心,心同此理,大多数之真理,既属人心之所同然,则其表出之格调,亦必适应大多数之读者而后可。至专门之学理其了解限于某局部者,则其表出之格调,只须适应某局部之读者而已足。长于思想之读者率好严正精密之表出,富于想象之读者率好富丽秾郁之表出,性情浮动之读者率好机警锐敏之表出,作者须因材施教,使读者见浅见深,各有攸当,庶几可以尽适应之能事矣。

作者欲适应其读者,可就中材说法,置上智下愚不问,则不适应者鲜矣。杰出之著作家,欲收适应读者之效,当其执笔为文时,常设其为当众演说,期于尽人能解,以作文当谈话,是盖文章最真实最单纯之基础也。

(三) 作者须使其格调适足表现其个性

作者之思想性情,须于字里行间自然流露,不可因语言文字之媒介作用而丧失其本来面目。惟欲言乎此,殊非易事,盖作者虽心乎其文之自然、之真美,而其文章之表出,往往不失之过,即失之不及,不能表现个性,恰到好处,常有谈话能极自然流利之致,而作文则矜情作态,或毫无生气者,其故盖由训练不足素养不充所致。是故作者之文学训练,务须使其俨成第二天性,心之所至,笔即随之,字里行间,性情流露,期于读者感而遂通,不泥迹象,则可谓极表现个性之能事矣。

作者欲以其文章格调,充分表现其个性,必持之以恒,期之以渐,务使语言文字,成为运用自如之工具,不惟足以表现作者之思想,必作者之性情举止,声音笑貌,纤毫毕呈,无微弗到,而后可也。

三、健全格调所当具之要素

健全格调所当具之要素可约为明确、警健、优美三端。兹依其普遍与重要之程度,而依次叙述之。

(一) 健全格调最极重要不可或缺之要素是为明确

作者为文,通常只须专一致力于求读者之了解,盖文能明确而易解,则他种要素亦自相因而生。明确为其他一切要素之基础,警健与优美,若非建筑与明确观念与明确表出之上,则直等于无物,昆体良(Quintilian)有言:"吾人作文不求文字使文解,而求文字使人不能不解,斯乃作者之真正目的也。"

依明确要素之所要求,作者首宜正确其表出。表出之正确,率因辞料之选用而生。用词能精心别择,绳其必当,其为用不仅于连属成文,而实能缮进思理。沃尔特·萨维奇·兰多(Walter Savage Landor)者以表出之正确见称,尝自道其此中之甘苦云:"余恶泛而不切之字,常精心抉择,惨淡经营,以求与所欲言之物恰相吻合之字。"用词精切,俾其格调擅清真雅正之美,对于有知识之读者能与以非常之满足。

唯求表出之正确而逾其量,则不免生硬刻峭,是又所当注意者也。

次宜明诏其读者。表出之明了,由字句之适当排列而生。所谓明了盖洞明确认字与字间之相互联络,纤毫毕悉,不愆不忒之谓。

正确与明了，同时之存在，其程度颇难两两相当。盖思想之表出其性质上有较难于明了者，甚至有时则惟牺牲明了，始能获得正确。吾人遇此，最难审择，惟与其偏于明了，无宁偏于正确，为力求表出明了之故，而至以词害意，实不智之甚者也。作文之目的宜先求思想上之忠实、正确，次求表出上之适应、明了，间有两者不能并存，力求正确则害于明了，是固亦事所恒有而无可如何者也。

格调中之明确要素依其与作者之心理关系而言，合其明了正确两方面，可谓为格调中之知力要素。凡缮进作者思想上知识上之分析综合诸能力之心理训练，其结果皆可产生明确之格调。惟于此诸种心理训练之外，尚须征服语言文字，使其随意所如，自由运用而后可。

(二) 文章于备具明确要素之后尚须加以警健要素

文章以情志为神明，事义为骨髓，表出之明确，即文章之骨髓也。表出之警健，即文章之神明也。若一味明确，有体无气，则其文必不自然不生动，不能感动读者之精神，故明确之后，必须继之以警健。盖有时作文，于提供赤裸的思想实质之外，尚须拍近读者，使之激发其热情与精思，其表出上必具有活力与气势而后可也。

欲求表出之警健，以词之选用，句之排列为主。选词之要，在于称意逮言，浑脱活泼。属句之要，在于轻重主宾，权衡悉当。与警健要素密切关联，且常因之以唤起警健要素者，为简练要素。盖欲印象之深切著明，必须符号之简捷了当。以简驭繁，以气运体，用字愈少，运气愈遒，斯印象愈深，感人愈挚。故欲求格调之警健者，皆当简练以为揣摩也。

吾人作文，首务明确，次期警健，二者两得，斯为尽美。惟明确警健，并顾实难；求明确则烦言细义在所必须，求警健则遒练浑脱必遗浮藻，互毁交倾，顾此即不免失彼。然两者粗观似反，实则相成。盖文字之用，无过一种符号。其有无价值，纯视其能否确切表出吾人之特殊经验而定。吾人选词造句，务期其适能体合吾人之个人经验，使吾人所笃闻笃见者一一活现纸上，是故有警健活泼之个性，斯有正确明了之表出，明确与警健似相反而实相成，即此故也。然吾人通常作文往往不能为警健的明确，揆厥原由，盖有二端：一由于吾人经验本不明确，影响模糊，既无锐利之观察，又无透彻之了解；二由于吾人囿于流俗，畏自标异，卷舌同声，人云亦云，不能自具杼轴，发挥新意；职是二故，文字之间，遂毫无个性之可言。欲救经验模糊之弊，当于谈话时称意逮言，鞭辟入里；欲救卷舌同声之弊，当知明确根于个性，无个性即无明确之可言。作文时能发挥个性，祛上二弊，则适如托马斯·杰斐逊（Thomas Jefferson）所云："吾人谈话只须精神贯注，即文法上偶有小疵，不唯不足为病，有时辞气且转因之而益臻警健也。"

欲求表出之警健，当先求思想之警健，平弱之思想不能因选词造句力求活泼而遂变为警健，反之若思想之自身原自警健，则无须斤斤于造句选词，而表出亦自能警健，故文字之警健与否，视其思想上之能否持以精心，运以果力而断。

格调中之警健要素依其与作者之心理关系而言，可谓之为格调中之意志要素。其来也一任自然磅礴四塞，使读者藉以领会作者之精神气魄。欲言乎此必须作者有亲切之思想，有独立之观察，有真实之信仰，而后可。

（三）文章于明确与警健之外尚须优美要素为之补助

以文章表出一种观念能明确易解，能警健动人，然有时或因排列不称，或因音节微忤，不特有识之读者立觉其疵而不醇，即一般之眼光亦能见其乖忤。反之若文能逐声而遂谐，语应节而遴协，任何读者当能感知其美。故文章须有优美要素，俾其读者一方面得为思想上与信仰上之满足，一方面复得为趣味上之满足也。

格调优美，其理有三：一曰形文，二曰声文，三曰情文。五色相宣，炳若缛绣，此形文也。音声迭代，凄若繁弦，此声文也。会意尚巧，惬心贵当，此情文也；有文有质，经情纬理，格调之美，于斯极矣。

格调之须优美，非格调之需妆点涂抹之谓。盖铅黛所以饰容，而盼倩生于淑姿，文采所以饰言，而辩丽本乎情性，必为情而造文，而后其文要约写真，英华乃赡；若心非郁陶，苟驰夸饰，淫丽烦滥，繁采寡情，则美言不信，老子之所以疾伪也。

形文、声文、情文三者俱备，则文章之美感自生。夫形有整散，辞有重轻，若元黄失序，操末续巅，义妨辞害，涊涩不鲜，则形文之失也。凡声有飞沉，响有双叠，或有寄辞瘁音，应而不和，弦幺徽急，和而不悲，则声文之病也。故作者为文必求字句调适，音节谐和，宜于执笔时回环讽读，反复推敲，期文徽徽以溢目，音泠泠而盈耳，斯可矣。

格调之优美要素乃以作者想象作用活化观念之自然结果，犹之警健要素乃以作者气魄作用加强观念之自然结果。故优美无一定之格律可言，有时以含蓄蕴藉整齐简练为美，有时则以奔迸倾泻跌宕错落为美，要唯作者之思想以何种情调表之而已。

优美之有迹象可求者为音节与意思之调适，字面与辞料之意匠，凡此皆诗歌的特征，散体于此特与诗歌为近。故吾人作为散文，有时依题材之性质，求表出之优美，直须假诗料而用之也。

格调中之优美要素依其与作者之心理关系而言，可谓为格调中之感情要素。所以吐纳英华涵养美感。美感之来，固自天秉，而亦有恃训练。性情厚书味深者，其美感自然流露于不自觉。故训练美感之方法，莫若烂熟若干声情卓越之文学佳构。能无时不与美感为缘，积久成习，则美感不期至而自至矣。

格调中三要素之总结。格调之明确警健优美三要素，虽分别论究之，然当知此三要素相依为用，同时表现，不过三者之中，一端特著，其他两端不免为之涵盖耳。一言警健，而明确与优美自在其中，一言优美，而明确与警健亦自莫外，名虽为三，其实则一，明确属知则知识上之明确也，警健属意则意志上之明确也，优美属情则感情上之明确也，知意情三方虽所表现者不同，而其表现达于高度，要归于明确而已。明确！明确！直可云艺术表现之最真之秘钥已。

格调之警健与优美均须自然凑泊，无事强求。强求警健或失之于鲁莽灭裂，强求优美或失之于情调太浓，皆非文章之正轨。作为文章只须专精着意于思想，尽情发挥不留余蕴，则无论明确、警健、优美皆油然而生不期而至矣。

论表出经济为应用三要素之原理。

斯宾塞(H. Spencer)尝著《格调之原理》一文谓，作文之目的在表现其思想，使读者以最少之劳力即能充分了解为度。其说如下：

"语言文字之用，不过联结若干符号以传达思想情感而已。通常机械，其结体较简单配置较灵活者，其生产之效率必较为伟大。吾人读文听讲，其使用之精力率有一定限量。此一定之限量以之认识形音符号费其一部分，以之联合观念类化观念又费其一部分，仅余之一部分始用以理会其所表之思想。是故读或听之时，牺牲于领受了解字句之时间与注意较多，则用以理会思想意义之时间与注意转因以较少，从而所领会之思想意义亦必欠活泼生动之致矣。"

依表出经济之原理，特将前述之三要素再述其应用如下：

（一）求读者理解力之经济，其道有二：

（1）使读者用力较少。减少表上出之机械作用（如形音、符号、词位、句法等），至最小限度。使读者之精力得因节用而多量保留，以用之于领受文义，此盖依明确要素所要求而生之经济效率也。

（2）刺激读者使之兴奋紧张。凡事得之太易者失之亦必甚易，读书听讲何莫不然，故作者之于读者，一方求其注意力使用之经济，一方复须以此经济使用之注意力集中于一点。故与其将文中难点尽情删去，无宁酌留一部，俾读者略用心思自力发见。故文中善用峭拔之文词，活泼之想象，要眇之理论，警策之句调，亦求读者理会经济之一助，是盖原于格调中之警健要素者也。

（二）求读者情感之经济，其一部由警健而来，一部则由优美而来。

（1）激动读者情绪之后，当使之保持勿失，到底不懈。故文语中观念之排列，忌雄强之后忽转平弱，当用逐层递进之法，直至登峰造极而止。复忌进行太骤尽情道破，使读者一览无余，少从容寻索之余地。

（2）求读者情感之经济，莫要于维护其美感，凡使读者心理上感其不适或无味之处，皆当竭力避去。

（选自《文章学初编》，商务印书馆1926年版）

《文心雕龙》的研究

杨鸿烈

本篇共分七段，如下：一、导言；二、刘勰的略传同他的论著；三、刘勰对于当代文学革新积极的建设方面的言论；四、刘勰对于当代文学的批评方面的言论；五、刘勰论文学和时运的关系；六、《文心雕龙》全书的根本缺点；七、结论。

一、导言

我们考察学术思想的变迁，实在要经过启蒙、全盛、蜕分、衰落的四个时期。全盛以后的情形就如梁任公先生所说："凡一学派，当全盛之后，社会中希附末光者日众，陈陈相因，固已可厌；其时此派中精要之义，则先辈已濬发无余；承其流者，不过捃摭末节以弄诡辩。……而豪杰之士欲创新必擢旧，遂以彼为破坏之目标。"这个现象，凡是读过学术史的都可以知道。所以说凡一种制度、学术、风气，当他极盛时代，就流露出他的缺点来，那时就暗伏着极少极微的反抗分子为异日代兴的接替分子。有这种一往一复的现象，学术思想方才能够有进步，不过这极少极微的分子人人多忽略罢了。

现在且说我们中国的文学，从晋代以来，做文章的就专注重整炼的功夫，并且理由要说得圆满，事情要叙得致密，还要讲究奇偶，从美的一方面去看，固是很好，可惜从齐梁以后就弄得太过了，于是造句越致密，属对越工整，就犯了浮溢靡丽、华而不实的毛病,那时代文学的状况看以下所引的话,就可知一斑。

(1)《南齐书·文苑传论》,把当时文章的弊病和来源说得明白:"一则启心闲释,托辞华旷,虽存巧绮,终致迂回,宜登公宴,未为准的,而疏慢阐缓,膏肓之病,典正可采,酷不入情,此体之源,出自灵运而成也。次则缉事比类,非对不发,博物可嘉,职成拘制;或全借古语,用申今情;崎岖牵引,直为偶说;惟睹事例,顿失清采,此则傅咸五经,应璩指事,虽不全似,可以类从。次则发唱惊挺,操调险急,雕藻淫艳,倾炫心魂,亦犹五色之有红紫,八音之有郑卫,斯鲍照之遗烈也。"这很可看出雕琢的不自然的文学流行的情形了。

(2)《隋书·李谔传》,李谔上书说:"自魏三祖,更尚文辞,忽人君之大道,好雕虫之小艺,下之征上,有同影响,竞逐文华,遂成风俗。江左齐梁其弊弥甚,贵贱贤愚,惟矜吟咏,遂复遗理存异,寻虚逐微,竞一韵之奇,争一字之巧,连篇累牍,不出月露之形;积案盈箱,惟是风云之状……"

从以上的话看来,就可以知道从晋代到陈文学变迁的大概了。像这样的情形,无怪乎人人都讨厌排偶,就不得不存矫正的念头。于是在这骈偶猖獗的时代,就暗伏着一位抱文学革新的刘彦和,可惜当时既无人唱和,后人又只以他那部极有价值的《文心雕龙》当作修辞书去读,就把他立言的宗旨失掉了。所以我把我读了此书的意见写出来给大家讨论。一方面可以知道他主张自然的文学——要用自然的思想情感来描写(要注意此非欧洲近世文坛之所谓"自然主义")——是积极的建设;在别一方面,他矫正当时不可一世的雕琢的文学,依据他自定的标准去逐一地批评,是消极的破坏;再说他能看出并且能够阐明文学和时运的关系,这就是他全书的三大好处。他这书最大的缺点、最坏的地方就是"文笔不分",换句话说,就是他把纯文学和杂文学的界限完全地打破,混淆不分罢了。在他那文学观念已经大为确定明了的时代,他偏要出来立异,要想以文载道,这是他最大的错处。我这篇文章的目的,固然是要表明他在当时算得一个文学的革新家,但他的缺点,总是不替他掩饰的。

二、刘勰的略传同他的论著

按《南史》本传说:"刘勰字彦和,东莞莒人也。……勰早孤,笃志好学,家贫,不婚娶。……梁天监中,兼东宫通事舍人。……初,勰撰《文心雕龙》五十篇,论古今文体。……既成,未为时流所称,勰欲取定于沈约,无由自达,乃负书候约于车前,状若货鬻者;约取读,大重之,谓深得文理,常陈诸几案。……敕与慧震沙门于定林寺撰经,证功毕,遂求出家;先燔发须自誓,敕许之,乃变服改名慧地云。"由这段小传看来,他受佛教的影响,实在不小。他少依沙门僧佑居,所以就能博通经论,区别部类,集录起来作了一篇序文。他所著的这部《文心雕龙》,条理非常之精密,在我中国古书里头像这样有系统的专著,真是少极了!我们不能不说他是很得力于佛经的研究的。他的论著,固然不限于以上所说的两种,如《南史》所说:"勰为文长于佛,都下寺塔及名僧碑志,必请勰制文。"但是我们只研究《文心雕龙》这一部有价值的论著,其余的就不管他了。

我们研究《文心雕龙》最先必定要知道他的命名同他的内容,现在分两段来说:

《文心雕龙》命名的意义。《文心雕龙》何以要如此的命名呢?刘彦和解答说:"夫文心者,言为文之用心也。昔涓子《琴心》,王孙《巧心》,心哉美矣,故用之焉。古来文章,以雕缛成体,岂取驺奭之群言雕龙也。"(《序志》篇)这几句话,很可以算作他这部书名的训诂定义了。

《文心雕龙》的内容。按黄叔琳说:"此书分上下两篇,其中又自析为四十九篇,合《序志》一篇,篇共五十,依元本分十卷。"这是篇数的内容。若是自大体去看,又可以分作两大部分:第一部分,包括《原道》《征圣》《宗经》《正纬》《辨骚》直至《议对》《书记》等二十五篇,刘彦和曾作一段收束说:"盖文心之作也,本乎道,师乎圣,体乎经,酌乎纬,变乎骚,文之枢纽,亦云极矣。若乃论文叙笔,则囿别区分,原始以表末,释名以章义,选文以定篇,敷理以举统,上篇以上,纲领明矣。"第二部分，包括《神思》《体性》《风骨》《通变》《定势》直至《程器》《序志》二十五篇，刘彦和也作一段收束说："至于割精析采，笼圈条贯，摛《神》《性》，图《风》《势》，苞《会》《迻》，阅《声》《字》，崇替于《时序》，褒贬于《才略》，怊怅于《知音》，耿介于《程器》，长怀《序志》，以驭群篇，下篇以下，毛目显矣。"（《序志》篇）我们看他这书何等样的系统周密，成为专门的著述，但是《隋书·经籍志》硬把他列入集部，真是无眼光识见，这一层章实斋在《文史通义》就说过了。

三、刘勰对于当代文学革新积极的建设方面的言论

在刘彦和那时代，正是"寻虚逐微，竞一韵之奇，争一字之巧"的时代，所以他首先标出一个文学的自然主义出来，就是要先有自然的情感和思想然后自然的描写，用来矫正那时代文学的趋势（由此可见这里所说"自然主义"的诠意和 naturalism 完全两样，我不过为说明上便利而已，请读者毋误会）。我们看他说：

夫玄黄色杂，方圆体分；日月叠璧，以垂丽天之象；山川焕绮，以铺理地之形，此盖道之文也。仰观吐曜，俯察含章，高卑定位，故两仪既生矣，惟人参之，性灵所钟，是谓三才。为五行之秀，实天地之心，心生而言立，言立而文明，自然之道也。傍及万品，动植皆文，龙凤以藻绘呈瑞，虎豹以炳蔚凝姿；云霞雕色，有逾画工之妙；草木贲华，无待锦匠之奇，夫岂外饰，盖自然耳。至于林籁结响，调如竽瑟；泉石激韵，和若球锽；故形立则章成矣，声发则文生矣。夫以无识之物，郁然有彩，有心之器，其无文欤？（《原道》篇）

又说：

春秋代序，阴阳惨舒，物色之动，心亦摇焉。盖阳气萌而玄驹步，阴律凝而丹鸟羞；微虫犹或入感，四时之动物深矣。若夫珪璋挺其惠心，英华秀其清气，物色相召，人谁获安？是以献岁发春，悦豫之情畅；滔滔孟夏，郁陶之心凝，天高气清，阴沉之志远；霰雪无垠，矜肃之虑深。岁有其物，物有其容，情以物迁，辞以情发；一叶且或迎意，虫声有足引心，况清风与明月同

夜，白日与春林共朝哉？是以诗人感物，联类不穷，流连万象之际，沉吟视听之区。（《物色》篇）

这两段只是泛论人和自然界发生情感思想的情形。既有了情感思想，就该自然地描写出来，所以他又说：

写气图貌，既随物以宛转；属采附声，亦与心而徘徊。故"灼灼"状桃花之鲜，"依依"尽杨柳之貌，"杲杲"为出日之容，"瀌瀌"拟雨雪之状，"喈喈"逐黄鸟之声，"喓喓"学草虫之韵，皎日嘒星，一言穷理，参差沃若，两字穷形，并以少总多，情貌无遗矣。（《物色》篇）

又说：

夫铅黛所以饰容，而盼倩生于淑姿；文采所以饰言，而辩丽本于情性。故情者，文之经；辞者，理之纬；经正而后纬成，理定而后辞畅，此立文之本源也。昔诗人什篇，为情而造文；辞人赋颂，为文而造情。（《情采》篇）

"为情造文"正如胡适之先生说："要有话说方才说话。""为文造情"就是"无病而呻"了。这几句话，真把文学的根本都揭明白了。他又从文学的"自然""不自然"上去定作文时的快乐或痛苦。他说：

率志委和，则理融而情畅；钻砺过分，则神疲而气衰……故淳言以比浇辞，文质悬乎千载；率志以方竭情，劳逸差于万里。古人所以余裕，后进所以莫遑也。（《养气》篇）

这段话真精湛极了！他说的"率志"就是说根据自己的性情思想，"委和"就是要顺自然。我们看秦汉以上的文章，都是很质朴自然的，像那首"日出而作，日入而息，凿井而饮，耕田而食，帝力何有于我哉"的《击壤歌》，何等样的自然？那些什么《甘泉赋》怎么能同这样的价值比较？真是"淳言以比浇辞，文质悬乎千载"了。《击壤歌》自然是天籁，作者一点不费力。扬雄那样大文豪，只是被皇帝逼着，费了大力，竟自到他做梦见自己肠腑都滚出来，真是痛苦极了，文章的价值也就很低，真是"率志以方竭情，劳逸差于万里，古人所以余裕，后进所以莫遑"了，这是他建设方面的言论。

四、刘勰对于当代文学的批评方面的言论

刘彦和既标出文学的自然主义,所以凡是雕琢的文品在当时极盛行的,他都加以消极的破坏。他最厉害的方法就是先定出标准,然后逐一地加以批评,例如《比兴》篇,他就以为:

> 比类虽繁,以切至为贵;若刻鹄类鹜,则无所取。

《夸饰》篇说:

> 自宋玉、景差,夸饰始盛,相如《凭风》,诡滥愈甚。故上林之馆,奔星与宛虹入轩;从禽之盛,飞廉与鹪鹩俱获。及扬雄《甘泉》,酌其余波,语瓌奇则假珍玉树,言峻极则颠坠于鬼神;至《东都》之比目,《西京》之海若,验理则理无可验,穷饰则饰犹未穷矣。又如子云《羽猎》,鞭宓妃以饷屈原;张衡《羽猎》,困元冥于朔野;变彼洛神,既非罔两,惟此水师,亦非魑魅,而虚用滥形,不其疏乎?此欲夸其威而饰其事,义睽剌也。

《事类》篇说:

> 引事乖谬,虽千载而为瑕:陈思群才之英也,《报孔璋书》云"葛天氏之乐千人唱、万人和,听者因以蔑《韶》《夏》矣",此引事实之谬也;按葛天之歌,唱和三人而已。相如《上林》云"奏陶唐之舞,听葛天之歌,千人唱,万人和",唱和千万人乃相如接人,然而滥侈葛天,推三成万者,信赋妄书,致斯谬也。陆机《园葵诗》云:"庇足同一智,生理合异端。"夫葵能卫足,事讥鲍庄,葛藟庇根,辞自乐预,若譬葛为葵,则引事为谬;若谓庇胜卫,则改事失真,斯又不精之患。夫以子建明练,士衡沉密,而不免于谬,曹仁之谬高唐,又曷足以嘲哉?

《指瑕》篇说:

> 陈思之文,群才之俊也,而《武帝诔》云:"尊灵永蛰。"《明帝颂》云:"圣体浮轻。"浮轻有似于胡蝶,永蛰颇疑于昆虫,施之尊极,岂其当乎?左思

>《七讽》说孝而不从，反道若斯，余不足观矣。潘岳为才，善于哀文，然悲内兄则云感口泽，伤弱子则云心如疑，《礼》文在尊极，而施之下流，辞虽足哀，义斯替矣。若夫君子拟人，必于其伦，而崔瑗之《诔李公》，比行于黄虞、向秀之《赋嵇生》，方罪于李斯，与其失也虽宁僭无滥，然高厚之诗，不类甚矣。

这样从形式上列举的批评，在本书里多得不可胜说，至如统括地从实质方面来批评的话，如《夸饰》篇说：

>后进之才，奖气挟气，轩翥而欲奋飞，腾掷而羞踯步。辞入炜烨，春藻不能程其艳；言在萎绝，寒谷未足成其凋；谈欢则字与笑并论，戚则声共泣偕，信可以发蕴而飞滞，披瞽而骇聋矣。然饰穷其要，则心声锋起；夸过其理，则名实两乖。

《隐秀》篇说：

>凡文集胜篇，不盈十一，篇章秀句，裁可百二，并思合而自逢，非研虑之所求也。或有晦塞为深，虽奥非隐；雕削取巧，虽美非秀矣。故自然会妙，譬卉木之耀英华；润色取美，譬缯帛之染朱绿。

像这样的话，在别的篇章里也是很多很多。总之，他是绝力地排斥雕琢的、不是自然的文学罢了。这就是他的消极的破坏方面的言论了。

刘彦和在中国文学界又算是第一个的批评家，换句话说，就是中国文学上的批评自他开始，他这种先定标准而后批评，很相当于欧洲文学上的"法定的批评"。所谓"法定的批评"的意义，就如穆尔登所说："批评就好像个判官，他下一个判词说那篇的艺术工夫是好的或是坏的，那篇是比较好的或是极恶劣不堪的，他先定下正确的原理，再指出瑕疵的地方，他所坚持的标准使他能做几种艺术品的较量，这样常被人称为价值的批评。"（《文学的近代研究》，第317页）在《文心雕龙》里除了以上纯粹是消极的破坏批评而外，如他批评《离骚》以为"楚词者，体慢于二代，而风雅于战国，乃《雅》《颂》之博徒，而词赋之英杰也"。这就是因为"其骨鲠所树，肌肤所附，虽取熔经意，亦自铸伟辞"。所以"《离骚》《九章》朗丽以哀志,《九歌》《九辩》绮靡以伤情,《远游》《天问》瑰诡而惠巧,《招魂》《招隐》耀艳而深华;《卜居》标放言之致,《渔父》寄独往之才,故能气往轹古,辞来切今,惊采绝艳,难与并能矣"(《辩骚》篇)。像这样详密精致的批评文学,在中国大概是不容易找得的。此外如《明诗》《乐府》《诠赋》都有相类的批评,足见刘彦和实在又算得中国空前的一个文学批评家。

五、刘勰论文学和时运的关系

文学本质的变异性,有时间空间的不同,因为"不问古今东西,所谓文学,都是时势——包括时间和环境二者——自己造成的用以照自己的明镜"。这是日本厨川白村所说的话,这样的意思,就可以相当于这里所说的"时运"了。我们中国第一能懂得文学和时运的关系的人,也是刘彦和。他说:

> 时运交移,质文代变,古今情理,如可言乎?昔在陶唐,德盛化钧,野老吐《何力》之谈,郊童含《不识》之歌。有虞继作,政阜民暇,《薰风》诗于元后,《烂云》歌于列臣,尽其美者,何乃心乐而声泰也。至大禹敷土,九序咏功;成汤圣敬,猗欤作颂。逮姬文之德盛,《周南》勤而不怨;大王之化淳,《邠风》乐而不淫;幽厉昏而《板》《荡》怒,平王微而《黍离》哀。故知歌谣文理,与世推移,风动于上,而波震于下者。(《时序》篇)

他从文学史上一一地举来证明这个道理,我且引他关于三国以后文学和时运来说。他以为:

> 自献帝播迁,文学蓬转,建安之末,区宇方辑,魏武以相王之尊,雅爱诗章;文帝以副君之重,妙善辞赋;陈思以公子之豪,下笔琳琅,并体貌英逸,故俊才云蒸,仲宣委质于汉南,孔璋归命于河北,伟长从宦于青土,公干徇质于海隅,德琏综其斐然之思,元瑜展其翩翩之乐,文蔚、休伯之俦,于叔、德祖之侣,傲雅觞豆之前,雍容衽席之上,洒笔以成酣歌,和墨以藉谈笑;观其时文,雅好慷慨,良由世积乱离,风衰俗怨,并志深而笔长,故梗概而多气

> 也……晋虽不文，人才实盛，茂先摇笔而散珠，太冲动墨而横锦，岳湛曜联璧之华，机云标二俊之采，应傅、三张之徒，孙挚、成公之属，并结藻清英，流韵绮靡，前史以为运涉季世，人未尽才，诚哉斯谈，可为叹息！……自中朝贵元，江左称盛，因谈余气，流成文体，是以世极迍邅，而辞意夷泰，诗必柱下之旨归，赋乃漆园之义疏，故知文变染乎世情，兴废系乎时序，原始以要终，虽百世可知也。(《时序》篇)

自从他看破这机密以后，如刘知几的《史通·言语》篇、顾炎武的《日知录》和章太炎的《菿汉微言》都有相同的论调，不过此处不是专研究这个问题的地方，只好略而不谈，我们只消认识《文心雕龙》有这一点好处就够了。

六、《文心雕龙》全书的根本缺点

我们中国从晋代以后，文学的观念就渐渐地确定，所谓"文笔之分"就是纯文学和杂文学有分别，狭义的文学和广义的文学有分别，这是文学观念进化的一件可喜的事！所以那时就有"长于笔，长于文"的话头。"文"就是纯文学，"笔"就是杂文学，如颜延之说"竣得臣笔，侧得臣文"，就是一例。在古代也就有把"记事之文"叫作"文札"的，如《汉书·楼护传》就有说"谷子云笔札"的话，但要到了刘彦和齐梁的时代，这"文""笔"才明明白白地分而为二。但是刘彦和却矫枉过直，把这个区分打破，偏于复古一面，接着唐代那般古文传统派出来，这个区分，就简直不存在了。这样始作俑之人，我不能不说是刘彦和，我不能不为《文心雕龙》下一个"白玉之玷"的批评。我们在先且举出那时代"文笔之分"的诸家的理由来，然后又再把刘彦和所主张矫枉过直的荒谬意见和所影响于他这部书的情形说一说，就可证明我这种批评不是吹毛求疵，不是以今非古，不是苛刻。

中国纯文学观念的演进的情形，要拿阮元的《揅经室集》里《海堂文笔对》所搜集的历史上的证据来说，现在节录在下面。《晋书》上说："蔡谟文笔议论，有集行于世。"《宋书·傅亮传》说:"高祖登庸之始,文笔皆是记室参军滕演;北征广固,悉委长史王诞;自此而后,至于受命,表策文诰,皆亮辞也。"《南史·颜延之传》说:"宋文帝问延之诸子才能,延之曰:'竣得臣笔,测得臣文。'"《北史·魏高祖纪》说:"帝好为文章诗赋铭颂,有大文笔,马上口授,及其成也,不改一字。"《魏书·温子升传》:"张皋写子升文笔,传于江外。"《北齐书·李广传》说:"广尝荐毕义云于崔暹,广卒后,义云集其文笔十卷,托魏收为之叙。"《陈书·陆琰传》:"其所制文笔,多不存本,后主求其遗文,撰成二卷。"《刘师知传》说:"师知好学,有当世才,博涉书传,工文笔。"《徐伯阳传》说:"伯阳年十五,以文笔称。"这些零碎的史料,固是可以看得出那时"文"和"笔"是分得清清楚楚的,但是对于"文"和"笔"的意义说得最明切透澈的,不能不推梁元帝的那一部《金楼子》上的话了。《金楼子》里的《立言》篇说:

> 古人之学者有二,今人之学者有四,夫子门徒,转相师受,通圣人之经者谓之"儒",屈原、宋玉、枚乘、长卿之徒,止于辞赋,则谓之"文"。今之儒,博穷子史,但能识其事不能通其理者,谓之"学"。至如不便为诗如阎纂,善为章奏如伯松,若此之流,泛谓之"笔"。吟咏风谣,流连哀思者谓之"文"。而学者率多不便属辞,守其章句,迟于通变,质于心用;学者不能定礼乐之是非,辨教之宗旨,徒能扬榷前言,抵掌多识,然而抱源知流,亦足可贵。笔退则非谓成篇,进则不云取义,神其巧惠,笔端而已。至如文者,惟须绮縠纷披,宫徵靡曼,唇吻遒会,情灵摇荡。

在这样文学观念明了确定的时代,偏偏这位不达时务的刘彦和就来打破这样的分别,使文学的观念,又趋于含混,又使文笔不分。

我们看他开首在《总术》篇就骂那般主张文笔分判的,他说:

> 今之常言,有文有笔,以为无韵者笔也,有韵者文也。夫文以足言,理兼诗书;别目两名,自近代耳。颜延年以为笔之为体,言之文也,经典则言而非笔,传记则笔而非言;请夺彼矛,还攻其楯矣。何者?《易》之《文言》,岂非言文?若笔不言文,不得云经典非笔矣,将以立论未见其论立也。

他这种话在名词的含义和推理的方式上都有极大的错误,因为他自己对于"文"的含义和人家的就不一样。他以为"文"是拿来足言的,而人家却以"吟咏风谣,流连哀思"的才叫作"文",这样名词的含义,显然是不同的。但他却用那种自造的逻辑和经典的大帽子拿来反对"文笔之分"。在他以为《易经》的《文言》,就明明是"足言"的"文",但却不是如人家所说"屈原、宋玉、枚乘、长卿之徒止于辞赋"那样的"文"。他的主张是:"予以发口为言,属笔曰翰,常道曰经,述经曰传。"这么一来,就把一个已经成就了的明白具体完全的文学定义,搅扰得一个乱七八糟、乌烟瘴气的了。你看他好好的一部有条理的《文心雕龙》,除了《辨骚》《明诗》《乐府》几篇……是在纯文学的范围内,旁的如《神思》《体性》《风骨》《通变》《定势》《情采》……是关于修辞学——纯文学的形式方面而外,就牵扯得宽泛了,《原道》《宗经》就谈到哲学方面去了,《史传》就含混了文史的界限,此外杂文学里的什么《颂赞》《祝盟》《铭箴》《诔碑》……也都鱼龙不分,泾渭莫辨,随便地扯来,有什么价值?这真是全书的缺点,铸下了一个大错。

七、结论

在以前几章里,我已经将《文心雕龙》产生的时代背景、作者的生平和本书的内容、优点和劣点一一地说过,我们由此也可以承认刘彦和实在是有很大的抱负,有强烈的改革精神,对于那个时代雕琢的文学,想把他改造成为自然的文学。但或者有人必定怀疑说:"刘彦和既是有革新的言论,何以要等到隋唐之复古,文体方才一变呢?怎么不像现在新文体变动这么快呢?"这却有几种原因:旧时的文字重高雅,新时文字重通俗,所以旧时的文字缺乏普遍性质,就不容易令人懂,容易传播,很少能引起同情,很少有知音了,这就是刘彦和工具的一个大缺点。刘彦和既是单骑独马,势力薄弱,他的文章在那时候自然是不入俗眼,遂致淹没一生,所以他在《知音》篇开口就唱起来了:"知音其难哉?音实难知,知实难逢,逢其知音,千载其一乎?"后来他在《序志》篇结尾又说:"茫茫往代,既沉余闻;眇眇来世,倘尘彼观也。"看他又何等样地踌躇满志!总之我们现在知道了许多文学革新家,也应该要知道一千多年前的一位郁而不彰的文学革新家。

(选自《杨鸿烈文存》,江苏人民出版社 2016 年版)

中国的文学

——中国的精神文明之二

刘文典

我们的祖国有两份,一份是有形的,万里的锦绣山河;一份是无形的,几千年来国民精神上的遗产,先民心力的结晶,就是文字、文学。这两个祖国都是极美丽,极可爱的。我们应当一样地爱护。我认为凡是真爱国者,固然要出死力捍卫我们祖宗遗留的寸土寸金的疆土,同时也应当极力爱护祖宗遗留下来的这份精神上的遗产。要说那班鄙□祖国语言文字的人会有一点爱国心,那是绝对不会有的事。这五六年的对日战争,大好的江山沦陷了许多省,固然极可痛心,但是我并不悲观,因为我确信在不久的将来,军备相当充实,大举反攻,就可以完全恢复的。唯有近年来,许多知识浅薄的青年误听了那班妄人的谬说,以为中国的文字、文学都要不得,对于本国的文明根本上失去信心,不知道□□,□□□□是"巧□所不能计"的,其为害之大百倍于物质上的有形(以下缺三十字)伟大的文学。这块锦绣的山河固然美丽,全世界各国还有伦比,唯有这份精神上的遗产是几千年来无数贤哲心力的结晶,世界上绝无伦比的。我说这些话绝不是固甚其辞,想借此激励什么人的,我是经过多年的比较研究,然后下这个公平的论断,我是有学理上的根据,毫不带感情作用、宣传作用的。

中国的语言文字何以是世界上最进步的呢?我虽不是言语学的专家、文字学的权威,但是别国的言语学家、文字学家的话还间接听过些的。世界著名的大师、瑞典言语学权威而又深通汉学,熟悉中国南北方言的高本汉,说中国的语言文字好比绝世美人,西洋各国的语文都只是些粗蠢的村妇。他著过许多的书,都是这样说的。日本的硕学岛居龙藏博士也是世界知名的大师,他不但精通现代各国的语文,对于埃及、巴比伦、印度梵文,以及东方各种古文字都有研究的,著过一部书,名叫《世界文字学》,还有其他许多的书,对于我们中国的语言文字是一致地推崇,认为绝非世界任何国所能及的。高本汉和岛居氏的书中国间或也有译本,青年们该有读过的,无待我详细地征引。并且说到本国语言文学的好处,要引用外国学者的话,这是何等伤心的事。所以我也不去多举他了。现在只就我个人所感到的几个特点,简单地说说吧。

世界别国的文字都只有音和义。读起来的时候,从听觉上感觉到发音的美,心灵上感受到意义的美。唯有中国的文字,除音和意义之外还能从视觉上感受到一种字形的美。所以西洋各国文的□□有两方面(以下缺二十五字)大的,我举个简单的例证。把《诗经》《楚辞》用篆字写刻出来,看起□□□□□□,把唐宋人的诗词用娟秀的楷书写刻出来,看□也愈觉□□,如果□□□唐诗的对联,用楷书行书写起来是很好看的。改为□□文□,意境就不对了。所以梁代的刘彦和就很注意到诗文里所用字的形体,□的□□有"练字"的专□。古人□□,很注意句子里□□□□的□□。句子里□□的笔画太少谓之"疏行",显得薄弱一点似的,例如古代的赋,说到山,满纸山旁石旁的字;说到水,满纸水旁的字,说到□□□□也是□□,读的人可以从视觉上感受到很深很美的印象,其对□□□上的□□□□有极大的帮助。因为这是从直觉上得来的最深的印象,□□描写山川宫室苑囿的辞赋,我们把书本子一打开来,不待细读他的文句,早已感觉到纸上有一股蓬蓬勃勃的气象了,就是因为字体□□的缘故。这种字形上的美是别国文所无,中国文所独有的。

第二是文字的声韵了。说到声韵,那真不能不夸我们中国的文字妙绝世界了。现在世界上最有势力的不过是英法德俄四种文,他们的字母都只有二十几个,拼拼凑凑,总不过那些种声,韵真是少得可怜。所以他们都是用几个音合成一个字的。我们中国的□□□□□□比他们的多了。六朝时代又采取印度梵文的美妙处，吸收了印度□□之学，讲究四声，所以中国语言的声韵之美是绝非别国所能及的。例如中国诗文的一个特长，就是说到什么事物，文章也就作什么（以下缺十五字），说江海的就作波涛之声，说风雨的就作风雨之声，这在西洋文学也曾有人想到的，叫作□□□□□□□□，但是可惜他们是要几个音合成一个字的，对于这件事到底是心有余而力不足的。虽有这个名词，事实上无法做到。我看见过法国嚣俄的一首咏海的诗。他虽极力地要想在诗句里模拟天风海涛之声，可惜一点也不像。这并非是诗人才力不佳，实在是被他们贵国的语言文字所限，无可奈何的事。这在中国的文人看来，实在不成问题，第二等角色也都能为之的。模拟水声的字中国多得很，惊涛骇浪以至小小沟溪的流水声都有表现得逼真的字。试问西洋文里有几个呢？据我所知道的，只有模拟狗吠鸡鸣的字倒有许多，可以和中国字的鸭、鸡、□、鹅之类相比，这岂不是笑话么。中国字里双声叠韵的极多，能把意义表现得极好的。例如人人常用的玲珑两个字一听进耳朵，立刻就感觉得轻灵婉转，不必问这两个字的写法，也不用问怎样用法，就能深深地领略着意味了。一听"剔透"两个双声字，谁也会感觉到是一种尖锐的东西，很有力地穿刺过去。听见"混漾"二字就觉得水在动摇。听到"渺茫"□音，都有远大而不清楚之感。用声音表达意义，也必然要像我们中国字这样，才算得登峰造极，不愧是文明古国所创造使用的语言文字。别国的虽然也各有他们自己的好处，但是比起我们的来，总不免有高本汉氏所谓"绝代佳人和粗蠢村妇"之别了。总括起来说一句，中国文字的声韵是远胜于任何国的。还有一点，中国诗词的用韵是要选的，韵脚是表示情感的重要□例□。"美人迈兮音尘阙，隔千里兮共明月"，用入声的月韵把激切的情怀表出来（以下缺三十五字），和美的总是歌韵阳韵，吊古伤今的大半是真韵文韵，这固然是古时人所用韵，如果我们根本没有这些韵，诗人又如何能分别使用呢。这点点□节，也都不是任何国的大诗人梦想得到的啊。这也不能怪别国的诗人无才，只能说他们所用的工具不强。

第三是文字的义。论到字义,世界各国文中要推中国文独步。不用说别的,单就这个义字看,已经很够的了。别种文字大概都只有字意,不一定有字义,义之与意,其浅深是判若天渊的。这个字以羊从我,大约还是游牧时代制造的。从"我"和"羊"的关系上不但可以表示物权,并且说明了人和我的分际,既明白人和我的分际,义务权利判然分明,何者是应该,何者是不应该,也就可以了然。再把义字拆开来,我字《说文》上说是"施身自谓也"。我想世界上任何好的文法书上,解说第一身代名词,其确切也不过如此罢。羊字是个有头角、有尾、有毛的一只羊,引申起来就是吉祥的祥。仁从二人,这个字把仁爱的意义表现得美满极了。天之引出万物者为神,地之提出万物者为祇。诸如此类,都是含有很深的哲学意味,给我们很多的道德上的教训。这也不是别国文字上所能有的。以上所举的还不过是些最原始的本义。每个字再经过千百年来无数贤哲的使用解释,意义愈发美妙□□起来了。所以中国最好的诗文,是无法翻译成别国文的。岂但不能译成外国文,连古代的好文章也无法译成本国的近代语、白话。举一个最小最浅的例,《红楼梦》的红字,改为朱字,虽有华贵的意味,已经不如红字的艳丽;改为赤字,那就不成□说了;如果改为绛字,更不成话了。我们平常说起话来,虽有□□□□、鲜红、朱红等分别,但是红、朱、赤、绛这几个字又不是这样分的。不论古今中外,造字之初都是很简单的,经过多位思想家、文学家运用之后,就美妙湛深起来了。例如近代的英文,据培根看来一文不值,认为终久要废灭的,他所以把重要的著作都写成拉丁文。可是自有莎士比亚用这种文写出许多杰作来,这种文也就随之不朽了。意大利文也不过是一种土话,但丁既用他写出《神曲》,也就是一种很好的文字了。那么,中国文经过无数的大贤大哲使用,写出无数不朽的著作,其美妙又何待说呢。

以上所说的还不过是使用的工具而已。文学□□的内容并未说到。据我看中国文学之美□更是世界上首屈一指的。不□是这个□□太广,问题也太大,把各派文略说一点就是一部大书,这不是日报的篇幅所许的。况且诗词各类,中国的和外国的,文野判若天渊,外国的不能比较。要拿外国的和中国的比，无异把粗笨的村姑比绝代佳人，未免唐突西子，太煞风景。我现在只就一国雅俗共赏的小说谈谈罢。"小说"二字虽见于《庄子》，《汉志》上虽有小说家，中国小说的起源恐怕实际上要比较晚些。许多号称汉代小说的都是后人伪造的。据我个人的看法，中国真有小说，足以和外国的所谓 Novel、Fiction 相提并论的，大约是晋以后的事。直到隋唐，受了印度佛书的影响，小说才十分地兴旺起来。唐代的笔记小说，十之七八都是直接间接从印度的故事演变出来的。至于先秦两汉古书上的寓言神话，并不能认作真正的小说。现在且不谈小说史，只讲近代最出名的几部人人都读过的长篇小说罢。

提到近代最出名的，人人都爱读的小说，那当然是《水浒传》《三国演义》，和上文提到过的《红楼梦》了。论到小说，我有几句话要声明，就是"看小说绝不是什么容易的事，经学、史学、文学、哲学没有适当研究的人连小说也还是不懂的"。例如"三通鼓罢，一刀斩蔡阳于马下"，似乎没有什么难懂之处。但是请问什么叫作一通鼓呢？据考证家的研究，有几样的讲法。有的说是三百三十六槌为一通，又有人要一千多槌才算一通，也有人说是只要打一百多槌就是一通。这件事大约是各朝代的军制互有异同，很难得其详细确实的槌数。孔明祭东风之说出于《水经注》，这是人所共知。征南班师的时候，用面塑成人头，装上牛羊肉的馅子，代替真人的人头，祭泸水的冤鬼，这该是罗贯中凭空捏造的了。原来这点小节也都还是出于宋人的笔记。据说古来只有实心馒头，肉馅的包子是起于这种"蜀馔"的。马超明明死在刘先主之前，还有遗表，说"族弟岱，以累陛下"，为什么偏要把他留到征蛮后。孙坚早知道董卓骄横难制要把他斩首，何以省略不提。诸如此类的问题，都很值得研究。我常说，人能把《三国演义》完完全全地读通，史学史识都很不错的了。至于作者，能把从东汉之末到西晋之初，几十年间综错繁乱的历史，叙得头头是道，这已经极不容易了。何况固定的实有的史迹，既不容捏造，又不能颠倒的，要把实在的历史说得好像罗曼史，这是何等的大本领。至于书中人物个性的描写，也都凛凛有生气，读了令人好像亲见其人、躬与其事一般。我读过的外国小说也不算太少了，实在未曾见过这样的一部历史小说。中国人受这部小说的影响实在太大了。满清入关之前,向明朝求书籍,明朝人给他们的书有一部《三国演义》。那时候达海已经借蒙古字创造了满文,就命文臣翻译。直到顺治七年(1650)才译完,颁赐王公大臣。据说清朝的开国元勋很得这部小说的益处。这上面的行军用兵之道,虽是些"小说闲谈",不切实际,可是忠孝大节处处值得后人师法的。为国家将相的人,只要能学诸葛亮、姜维、关羽,国家岂有不强盛之理呢?

《水浒传》和《金瓶梅》更是绝妙的最富于革命精神的小说。据赛珍珠女士在瑞典京城领受诺贝尔奖金时的讲演词,说她曾经做过一部详细直译的英文《水浒》,可惜我未曾见到。她又说共产党把《水浒传》加以删改,大量地刊行,作为他们的宣传品。这部书里的思想是否合于现代的共产主义,我对于政治经济上的各种主义都无研究,不敢妄下批评。不过单就文学批评上来看这部书,确乎是太美妙、太伟大了。一百零八条好汉,各有各的性情。一个个都写得活跳跳的在读者的眼前。这一点已经了不得了。法国近代第一位雕刻家、世界驰名的美术泰斗罗丹,生平第一件杰作叫作地狱门,这上面雕刻着几百个人,男女老少,应有尽有。每一个人都自有他的一副面貌、一种神情。雕刻出来,世界各国的美术界为之震动。一致地叹为不朽的大杰作。要知道,石头雕刻的,纸布上绘画的,无论怎样美妙,都只是一刹那的光景,不能行动,不会说话的。小说上所描写的人物,是能行动,会说话的。一个个的声音笑貌都活泼泼地在读者的心目中。《水浒传》《金瓶梅》《红楼梦》上有多少人,多少副面貌,多少样神情,哪一个,不是活现在人的心目中?罗丹的雕刻诚然难能可贵的,《水浒传》《红楼梦》作者的本领也真值得人的钦佩了。《金瓶梅》是一部最富于革命精神的小说,书中把昏君奸相、贪官污吏、土豪劣绅以及造成这些的人,逼出这些事来的恶制度,都加以炸弹大炮似的攻击。可惜对于淫猥的事不该穷形尽相地描述,以致阻碍流行,减轻声价罢了。这部书里有一个经书注解上的问题,我至今未得解决。就是应伯爵有一次居然请西门庆吃饭。席上说笑话,引用《论语》上的"冠者五六人,童子六七人"两句。他说五六三十,六七四十二,恰合孔门七十二弟子之数。冠者是娶过亲的，童子是未娶亲的，可见孔子弟子有一大半都是没有老婆的光身汉。这个解释看着像是笑谈，其实是出于梁朝皇侃的《论语义疏》。《论语义疏》这部书，在中国是久已亡逸的，宋朝的许多学者都未曾见过，一直到清朝乾隆年间，才有商人从日本□着带回中国，刻入鲍氏《知不足斋丛书》。《金瓶梅》的作者是明朝人，他如何看得见《论语义疏》。这还是十口相传，有这样滑稽的解释，作者采取凑趣的呢？还是有什么注《论语》的书里保存着皇侃《义疏》，作者看见，采了进去的呢？还是后人因为五六三十、六七四十二，合起来恰好是七十二个，所以编造出这个笑话来无意中竟与古说暗合呢？这固然算不得经学上的问题，但是总也是一个疑问。倘有人肯赐教，我是很感谢的。他写地方的土豪交通京里的官吏，过往的官员到西门庆家吃酒的很多，唯有写宋乔年在西门庆家花园里住宿，叫妓子侍寝，这宋御史因为妓女雅号薇卿，就题诗一首。有"紫薇花对紫薇郎"之句，写得令人肉麻。当时的贪官污吏很多，何以独写宋乔年呢？初看好像是随手拈一个人，并无深意。后来读些宋人的笔记，原来宋徽宗时期臣中宋乔年最不会作诗，应制赋诗都要求人代作，才恍然大悟，作者是特为形容他的。可见作者笔笔都有所为的，绝无半点随便之处。小说岂是随便作得好的，又岂是随便读得通的。

《红楼梦》更了不得。这部书不只是中国的第一部好小说，简直是全世界文学界空前绝后的鸿宝。中国人著出《红楼梦》来，是我们民族最大的光荣，也是中国对全人类最大的贡献。西洋文学，自希腊的大悲剧至现代的一切小说戏曲，所描写的都是某时某地某些人的生活，就是人生的一部分。充其量也只是人生的某些问题。《红楼梦》所说的虽只是姓贾的一家一族的事，它所提示的却是整个人生的最根本的问题。人生本有两方面，就是实际的和理想的。任何人也离不开实际，实际的人是国家社会上最有用的人，可是人类的生活所以能进步，和别种动物的生活不同，就因为有理想。人既注重实际，就该做甄宝玉，那是真的好宝贝。他是于国于家都最有用的甄宝玉同时也是贾宝玉——假的宝贝——因为人毕竟是有理想的。人的实际生活就是饮食男女。中外古今的大圣大贤，所讲的主义，所定的典章制度，也不外使人在饮食男女上都能相当地满足。仁人烈士舍生忘死也都是替大家谋饮食男女之安全满足而已，但是人如果是饮食男女之外别无所图，那和禽兽又有什么分别呢？所以人生又是离不开理想的，一味追求理想的，势必事事不能如愿，所以贾宝玉的结果是一走了事。《红楼梦》对于饮食男女穷形尽相地描写，为的是教人就在这上面求解脱，不要沉迷陷溺在这上面。至于有时劝多于讽，那是辞赋通有的弊病。其过在读者的居多。要问《红楼梦》脱胎于何书，我可以大胆地说是脱胎于《楚辞》，脱胎于汉代枚叔的《七发》。《七发》是先把物质的享乐极力描写一番，然后加以否定，渐渐地引人接近大自然，最后追求精神生活的向上，教人要了解宇宙人生的真理，那才是有价值的理想的人生，一味追求物质享乐的是"久执不废，大命乃倾"。《红楼梦》和枚叔《七发》在这点上是完全一致的。

再就技巧上说，《红楼梦》一部书是无所不包的。西洋文学上的写实、象征，以及其他的各种主义、各种笔法它几乎是全有的。所以我说它是世界文学界的鸿宝。要有人不相信我的话，请他在世界任何国文学书中举出一部能和《红楼梦》相比拟的书来好了。西洋人能读这部书的极少，又无法翻译成外国文。以鼎鼎大名的赛珍珠女士，生长在中国又富于文学天才的人，可是看她的讲演词，似乎对于这部书并无多深的认识。这是什么缘故呢？说句不客气的话，我们中国语言文字太美妙了，中国文学上的理想太高超了，西洋人实在够不上理解、领略。这还不过是文学上的一部分，一部小说而已。何况自古至今，无数大贤大哲所遗留给我们的那浩如烟海的文学作品呢，我们何幸生为中国人，有这样多、这样美的精神遗产，供我们的享受，这真是奇福大幸。先人是把这些遗产留给我们了，我们应该如何地努力，才对得住后人呢？

现在要问中国小说的全是好的么？这却也不尽然。中国旧小说中坏到不堪的也很多。像那些什么《包公案》《彭公案》《施公案》之类，确乎是中国文学上的污点，不过要知道，这都并不是出于文人之手，全是些胸无点墨的人乱诌的。读书识字的人写出来的东西，大约坏到《儿女英雄传》之类也就□□可是西洋各国的□□□□其无聊似乎也等□□□公案。讲得□□□曼斯,在中国□了,有一位英□究家,对我□称叹不遗,说□杰作无出其右□说,这在中国□,他不肯信,□□□个再好的么。家的见识也就□到此地,不禁要道"何幸生为中国人"。

(选自《刘文典全集(增订本)》,安徽大学出版社2012年版)

云南丛书·诗法萃编*

吴 宓

此编备选古今论诗要籍名篇,极便诵读。编者许君,识解博通,所系论评,均中肯要。

沈德潜《说诗晬语》:"有第一等襟抱,第一等学识,斯有第一等真诗。"例如屈原、陶潜。

赵执信《声调谱》五律八句,二字四字均平者,多系仄起而首句不韵之诗。但非全如此(此宓所发见)。

赵执信《谈龙录》小序曰:"发乎情,止乎礼义。"宓曾作为新解。昆山吴龄修乔《围炉诗话》云:"诗之中,须有人在。"余赵氏服膺以为名言。又云,意如米→文如饭→诗如酒。

清初钱塘汪师韩韩门《诗学纂闻》诗贵三有:(一)有感→(二)有义→(三)有我。七言律诗即乐府也——今人不妨以古乐府之题写我胸臆(按:《说诗晬语》

---

* 原整理者注:本文录自作者1941年11月所作读书笔记,圈点为作者所加,今为首次发表。1971年元月,作者于"文化大革命"被批斗的间隙重读此笔记,又以片纸加注,粘于篇首。注曰:《诗法萃编》(一)宓作笔记之时,系颠倒写录,即由书中最后一篇始,而至其最前一篇终,亦即由今至古,违反历史次序。读宓笔记者,可再颠倒读之为宜。(二)此书宓极珍爱。到北碚后(1949),尚函托昆明友好,从翠湖图书馆馆长张海珊(?)太史处,乞来一部。1955年春,黄稚荃女士在夏坝高等院校教师进修部学习时,借去阅读,亦道此书之善。经久(数年)不还。宓索还,则讶曰:此书早已奉还矣。……宓知其有意据为己有,不肯还宓而已!(1957年伊以穆济波诗稿多册交呈蓉市文联当局,亦宓认为不可想者,略似陈老新尼之焚毁宓1949、1950年日记。"汝惧祸,何不交还物主耶?")

亦言,乐府应叙今事)。限韵作诗,古人谓之赋韵。又曰成韵。古赋韵有 linked rhyme。律诗不出韵,古诗可通韵,一定之理也。辘轳进退格,即 alternate rhyme(以通韵为限)。打头风(打＝顶)。

《然灯记闻》律诗正要辨一三五,俗论非。《师友诗传录》学力深始能见性情。歌谣者,古逸也(natural)。乐府者,正乐也(artificial),二者绝不同。乐府主纪功,皆用之于天地群祀与宗庙者(national hymns)。古诗主言情(personal lyrics),故二者亦有分别。七古以第五字为关捩。平韵者,上句第五字宜用仄字,下句第五字宜用平字。仄韵者,上句第五字宜用平字,下句第五字宜用仄字,以为抑扬。五音分于清浊。清浊出于喉(宫)齿(商)牙(角)舌(徵)唇(羽)。清浊分而五音自判矣。例如"归来饱饭黄昏后""归来饭饱昏黄后",可知谐与不谐之差。《古夫子于亭答问》平声中有清如通清浊如同情。仄声中,如入声有近平、近上、近去者,须相间用之,乃妙。唐诗主情,宋诗主气。七古一韵到底者,仄韵之单句可以平仄间用为末字,平韵之单句末字则切不可用平。

附许印芳论炼意曰:"意之所在,不外情景两端,要贵尽扫陈言。从现在境地,摹写实情真景。宁切勿泛，宁朴勿华，宁简勿繁，宁涩勿滑。① 如此淘洗,不必有意求奇,自然无穷出清新,久而痕迹融化,始之钩深索隐者,终则归于平淡,可以自成一家矣。"宓按:此论极精极正极要极切。宓一向作诗即用此法,又名之曰翻译法,曾屡为友、生言之。《带经堂诗话》许印芳引王船山曰,古人绝句,多寓情于景中。以写景之心理言情,则身心中独喻之微,轻妥拈出,云云。古大作者之诗,莫不各肖其为人,所以可贵而可传。——宓按:元遗山《论诗绝句》之一②潘岳,安仁。云,"心画心声总失真,文章宁复见为人。高情千古闲居赋,不信安仁拜路尘",则谓文章可假,而不必肖作者,二论适反。宓以为真假之文章,识者自能辨别。文之真者,未有不肖其人者也。许印芳又云,兴会之

---

① 原整理者注:本文作者赞赏许印芳之某些论点及其所引文,于句后加有圈或双圈。现均以 。或 ：表示之。

② 原整理者注:作者此处有旁注"日前翁同文抄示"。

来,必有事物,感触于心,然后喜怒哀乐形诸咏歌。或悱恻缠绵,余情不尽;或痛快淋漓,意尽而止。此诗之实境,亦诗之真境。其言有物,不可伪为。……(Stimulus→Response-Feeling→Expression)。许君谓清朝纪晓岚先生(昀)批点前贤诗集,持论公允,多所发明。而学杜最善者(师意,不师词)为陈简斋,纪晓岚亦盛称之。宓按:前年曾闻陈寅恪兄称道陈简斋诗,惜宓至今犹未读!即观许君所录纪公所引批者,佳作亦已甚多。七律拗体有二:(一)正格,只一联拗。第五字平仄适与定程反。(二)变格,八句皆拗。甚至一句二四六七皆仄。或次句二四又仄。即杜所谓吴体。以上皆王渔洋论诗。

明王世懋敬美,麟洲(王世贞弟)《艺圃撷余》:"少陵……更千百世无能胜之者何,要曰无露句耳。其意何尝不自高自任,然其诗曰,文章千古事,得失寸心知。曰,新诗句句好,应任老夫传。温然其辞,而隐然言外。何尝有所谓吾道主盟代兴哉?"宓按:宓昔辩斥新文学革命运动,即以此理此意而为之者。"今之作者,但须真才实学,本性求情,且莫理论格调。""诗不惟体,顾取诸情性何如耳。不惟情性之求,而但以新声取异,安知今日不经人道语,不为异日陈陈之粟乎?"

明徐祯卿昌谷,吴县人。宏正间,与何李齐名。著有《迪功集》。《谈艺录》:

$$诗\begin{cases}情→气→声→词→韵(Form)\\思→力→才→质(Matter)\end{cases}$$

李东阳西涯《麓台诗话》诗贵炼意,尤贵以淡为浓,以近为远。诗贵情思而轻事实。五古七古之一韵到底者,无论所押为平韵仄韵,上句末字,以平仄相参为定法,而宜多用仄落,少用平落。

明杨慎用修,宏正间人。《升庵诗话》庾子山诗,兼具(1)绮艳清新与(2)老成。指质与骨故杜甫称之。——宓按:可与马修·阿诺德的 *Austerity of Poetry* 比论。唐人诗主情,去三百篇近;宋人诗主理,去三百篇远。其解诗亦然。

王世贞元美,凤洲《艺苑卮言》渊明诗似自然,实乃大人思来,琢之使无痕迹耳。"实境诗，于实境读之，哀乐之情便自百倍。"

宋严羽仪卿《沧浪诗话》学诗者，应以汉魏晋盛唐为师，不作开元天宝以下人物，但其根底在读书穷理。颔联三四句。颈联五六句。许印芳按：沧浪谓"律诗难于古诗"，大误，其实正相反。历代"凡古学深邃者，律诗游刃有余。专工律诗，则必不能兼工古体"。盖"古诗兼综众体，变动不居"也。

宋姜夔尧章《白石道人诗话》多看自知，多作自好矣。意中有景，景中有意。

宋宁宗、理宗朝教陶孙器之《臞庵诗评》唐杜工部，如周公制作，后世莫能拟议。

宋欧阳修《六一诗话》梅圣俞曰："若意新语工，得前人所未道者，斯为善也。必能状难写之景，如在目前，含不尽之意，见于言外，然后为至矣。"

苏轼《稼说》博观而约取，厚积而薄发。《与谢民师书》求物之妙，如系风捕影，能使是物了然于心，更使了然于口与手，是之谓辞达。《题柳子厚诗后》诗须有为而作，用事当以故为新，以俗为雅。舍此而好奇务新，乃诗之病。《书吴道子画后》出新意于法度之中，寄妙理于豪放之外。《文与可画竹记》必先得成竹于胸中，急起从之，振笔直遂，以追其所见。

释惠洪《冷斋夜话》文章以意为主，意以诚为主。（许印芳按：当以忠孝为本也）

罗大经《鹤林玉露》作诗须有劝诫之意……乃若吟赏物华，流连光景，过尔优游，几于诲淫教偷如白居易，则又不可之甚者矣。

北宋吴可《藏海诗话》凡诗，宁对不工，不可使气弱。

金王若虚从之《滹南诗话》次韵实和诗之大病。作诗，宜随其所自得，尽其所当然，纵有同于古人，或暗合者，何妨？许印芳附论古诗通韵转韵云，古人之转音①，即后人之叶音（A 读如 A_1），盖由于一字数音，义各不同（$A \neq A_1 \neq A_2$ etc.）。即六书转注之属，其音随义而变，或随时随地而变。自然而来，原无定

---

① 宓按：此所谓转音或叶音，略如英文 wind（风）与 wind（卷，上声）二字，音异义异。然在诗中，可用 wind（风）与 mind（心）为韵，而读如 wind（卷，上声）之音，使之相叶，但义仍为（风）也。即用 A_1 之字义，而借读为 A_2 之音。

式。又其转也，或声转例如本字平声读为上声，或韵转例如庚韵读如阳韵字。……古韵必有传本，亡于秦火。汉人必仍搜辑成书，而遵用之。至齐梁间周颙、沈约讲四声切韵，古韵寝失其传。沈约《四声谱》亡于陈隋间。隋陆法言述约本旨，撰《切韵》五卷，是为今韵之始。唐孙愐正谬补阙，名曰《唐韵》，二百六部。宋陈彭年等重修为《广韵》，宋祁等增修为《集韵》。丁度等奉诏编辑《礼部韵略》，专为科举而设，简约驯雅。南宋毛晃又增修互注，遂为今韵善本，指《礼部韵略》。后皆因之。……《唐韵》206部，宋刘渊并为107部。按即平水韵。元阴时夫、阴中夫《韵府群玉》，106部，即今韵本部数。去古字，分事类，通行至今。唐宋人律诗各用现行今韵，古诗仍用古韵。而古韵无成书，其后言古韵者，有二佳书：（一）宋吴棫才老《韵补》①，借今韵以考订古韵，以通韵、转韵合其部，以四声互用、切响同用，叶其音。证之以古，确有依据。朱子遵用之。自是古韵始有成编。（二）明杨慎升庵《转注古音略》，补益吴书。其后：(1)明陈第季立《毛诗古音考》，从焦竑古无叶音之说。(2)顾炎武《音学五书》，谓《易》《诗》等经中，只有本音，并无叶韵。阎若璩和之。实则顾炎武之"本音"＝陈第之"古音"＝吴棫之"叶音"，顾氏与陈氏皆暗相剿袭，改头换面而已。其实并无发明（据周春松霭与《卢抱经论音韵书》）。是故顾氏泥古不通，偏蔽太甚，其《唐韵正》一书，欲正唐韵，以复古韵，尤多悖谬之处。同时(3)柴绍炳虎臣《古韵通》、(4)毛先舒稚黄《韵学通指》、(5)邵长蘅子湘《古今韵略》，皆于古韵有所发明。而(6)毛奇龄西河非毁顾氏，自创古今通韵，实大乖谬。

此后治音学者，多通《说文》。(1)江永慎修《古韵标准》，于古韵分、合、通、转，多所发明。其《诗韵举例》一卷，于毛诗用韵变例，详举十之六七，以见经典用韵，不拘一格。既觇音节变化之妙，又悟章句结构之法。(2)戴震东原、(3)段玉裁懋堂、(4)姚文田秋农、(5)张惠言皋文、(6)孔广森㢲轩、(7)戚学标鹤泉、(8)朱骏声丰芑、(9)苗夔仙簏先著《说文建首字读》及《说文声订》，由是考订古韵，谓晚出

---

① 原整理者注：宋吴棫《韵补》之误注通韵，参见本文附录。

者,立说益密,分部益多,去古亦益远。乃撰《说文声读表》,以《顾氏古音表》之十部,改并为七部。并戈麻入支齐,并耕清青蒸登入东冬。于是,古韵之宽,得其实矣。(10)龙启瑞翰臣十家为最著。此外李光地安溪曾驳正顾氏"江不入阳"之说,谓江阳相通,盖东冬江阳庚青蒸原为一部,而韩昌黎诗中用韵并未有误也。又邵长蘅子湘述李因笃天生之言云:"杜韩即诗家之谱,我辈学诗;舍杜韩奚宗哉?"此实笃论,,允宜遵从。

许印芳君,制定实行用韵之法,如下:

(一)作四言诗,而参以三言五言六言七言,如汉祀歌及韩诗;或拟先秦以上箴铭颂赞,荀赋楚骚等;应从苗夔《说文声读表》,,用七部韵。

(二)作汉魏以下,五言七言古诗;或《文选》诸古赋;或杂体有韵诸古文;应取邵长蘅《古今韵略》。该书分今韵、古韵。古韵中,通韵——可遵用。叶韵——只宜参用。

许君详考众说,酌定通例如下:

【平声韵】东冬相通　江转东吴氏不言通,今从之　江通阳说详上文　支微齐佳灰相通　歌麻半转入支　鱼虞相通　麻半转入鱼　尤半转入虞　真文元寒删先相通　萧肴豪相通　尤半转入萧　歌麻相通　佳半转入麻　阳通江又见上　庚半转入阳以阳为主,而庚从之,转声相叶,却不可以庚为主,而阳从之也　庚青蒸相通　虞半转入尤　萧半转入尤　侵覃盐咸相通。

【上去声】仿此。

【入声韵】屋沃相通即东冬之入　觉转屋觉即江之入　觉药相通药即阳之入　质物月曷黠屑相通即真文元寒删先之入　陌锡职相通即庚青蒸之入　缉合叶洽相通即侵覃盐咸之入　余韵无入声。

(能手作好诗,善用古韵,则亦能复古也)

唐吴兢西斋,汴州人。《乐府古题要解》二卷　许印芳君谓此编宜与宋郭茂倩《乐府诗集》百卷并读。又曰,雅乐亡于秦时。汉武帝立乐府,其诗含古意,其乐则今之俗乐尔。有拟旧(四言,杂言)、制新(三言五言七言)二体。后之学为乐府诗者,二体均可为,并可借旧题以写新事。宓按:例如黄师所拟《蝦蛆篇》。故此书不可废也。乐府:(一)相和歌街陌讴谣;(二)拂舞歌吴歌;(三)铙歌军中鼓吹曲;(四)横吹曲有鼓角;(五)清商曲南朝旧乐;(六)乐府杂题;(七)乐府琴曲。

唐释皎然清昼《杼山诗式》 许君按:皎然盛唐时,吴兴人,谢灵运十世孙。所著《诗式》,以用事劣于不用事。又指示沈约声病之说流弊极大,且著(1)偷语、(2)偷意、(3)偷势之例,以垂鉴戒云。

唐白居易乐天《与元稹论文书》诗者,根情苗言,华声实义。文章合为时而著,歌诗合为事而作。故仆志在兼济(讽谕诗),行在独善(闲适诗)。许印芳君论白诗三病:(1)无变化;(2)太周切;(3)贪多好尽。按:宓昔亦尝病之。

唐陈子昂伯玉《与东方左史虬书》许君按:见作者起衰振弊之志。刘后材、高彦恢之说可参。孟棨《本事诗》许君按:唐人复古,学汉魏人,而别齐梁体为律诗,不得与古诗相混。好古之士,犹厌薄而不为。至杜少陵始扩大变通,用法严,取境宽,于七言律乃登峰造极焉。杜甫《六绝句》及其他论诗之诗句,许君以为至极精粹。韩愈《樊绍述墓志铭》:"……词必已出……文从字顺各识职。" cf. Swift's definition of style. 《答李翊书》:"惟陈言之务去……气盛,则言之短长与声之高下者皆宜。"《答刘正夫书》:"宜师古圣贤人,师其意,不师其词。"文人须能自树立,而不因循者。《答尉迟生汾书》:"必有诸其中,是故君子慎其实。"许君释此二句为,文字须根柢经史,而立德又立言之大本。许君又论韩诗,曰,昌黎为诗,直追雅颂,风格之高,突过李杜。其为诗之法,"大概意主创造,词贵浑成",即胆大心细。论者讥昌黎以文为诗,不知其诗所造实极高也。

李德裕文饶论文与诗,谓是"自然灵气",不假思索,而"声律之为弊也久矣"。又"文章……譬如日月,虽终古常见,而光景常新"。施肩吾希圣《西山集自序》主于虚静。许君推之,谓文章根本,在养气(集义)、养心(寡欲),昌黎教人取法孟子,是已。

唐司空图表圣《二十四诗品》许君亦为之会通而疏释之。《与李生论诗书》诗味醇美,在酸咸之外。"直致所得,以格自奇。"许君疏正之,曰,表圣主张"澄澹精致",为严沧浪、王渔洋所从出,然流弊极大,盖王、孟、韦、柳皆由淘洗、熔炼而得之者。夫诗文贵能摹写天(时)地(空)人(事)物(类)之真情状。其法,在就现前实境,极力描写,不用前人成语,力求能达吾意。(是曰淘洗)。兴酣落笔,久后细细改正(是曰凝熔炼)。表圣所谓"直致所得,以格自奇"者,是也。《与王驾评诗书》:"思与境偕,乃诗家之所尚者。"《与极浦谈诗书》作诗以真切为贵。《题柳柳州集后序》诗文作者,"始皆系其所尚,既专,则搜研愈至,故能",成不朽之功。《诗赋赞》许君正之,曰,知道载道,方可作诗读诗。诗之奇者如三百篇亦不离乎道,舍道无以为诗也。

魏文帝《典论十二篇论文》:"常人贵远贱近,向声背实,又患暗于自见,谓己为贤。""文以气为主。气之清浊有体,不可力强而致。"《与吴质书》《与王朗书》:"夫人……惟立德扬名,可以不朽,其次莫如著篇籍。"

魏曹植《与杨德祖书》大意谓,批评固可为他山之石,改定之资。但评者必须高过作者,否则评骘多误,反不如作者较有自知之明也。

晋挚虞仲治《文章流别论》凡十一条。

赋者,古诗之流也。

【古赋所重 $\genfrac{}{}{0pt}{}{End;}{One}$】【今赋所重 $\genfrac{}{}{0pt}{}{Means;}{Many}$】

发乎情——辞(words)
止乎礼义——事(facts)   ∴今赋不如古赋。

诗言志,以四言为正。五言七言皆俳谐倡乐所用。"文章……所以穷理尽性,以究万物之宜者也。"

梁沈约《宋书·谢灵运传论》:"若前有浮声,则后须切响。许君注云,此云浮切,即是轻重。今曲家犹解讲阴阳清浊。一简许注,谓一行也。之内,音韵尽殊。两句之中,轻重悉异。宓按:此指音声,非关意义。妙达此旨,始可言文。……至于高言妙句,音韵天成,皆暗与理合,匪由思至。"方伯海曰,沈休文始严四声之辨,古体方变为近体。五言七言……启学者蔑古之弊,又罪之魁也。《答陆厥问声韵书》:"故天机启则律吕自调,六情滞则音律顿舛也。"

梁萧子显《齐书·文学传论》属文之道,事出神思。若无新变,不能代雄。……朱蓝共妍,不相祖述。其法,应"委自天机,参之史传。应思悱来,勿先构聚。言尚易了,又憎过意。……不雅不俗,独申胸怀"。《自序》:"每有制作,特寡思功。须其自来,不以力构。……有来斯应,每不能已。"皆名言也。

梁刘勰彦和《文心雕龙》四十九篇。原道文章＝天地之心＝自然之神理＝圣道。纪昀曰:"文以载道,明其当然 the Ideal, ought-to-be。文原于道,明其本然 the Real, is。"征圣:"故知繁略殊形,隐显异术,抑引随时,变通会适。"宗经:"夫文以行立,行以文传。"故文须宗经。辨骚《离骚》"虽取熔经意,亦自铸伟辞"。学者应"酌奇而不失其真,玩华而不坠其实"。乐府乐府 ＝ Greek Melic poetry $\begin{cases} 诗(words)为乐心——诗官采言 \\ + \\ 声(music)为乐体——瞽师被律 \end{cases}$

表里相资,诗声二者实应并重。先王"务塞淫滥"。许印芳曰,"古乐既失传,雅道自在天壤。后有作乐府者,诗合雅道,乐可不必苛求"。神理博闻为馈贫思、贫郁之粮,贯一为拯乱词、乱溺之药。体性文体由于作者之情性——布封(Buffon)"Style is the man","故宜摹拟以定习,因性以练才"。风骨风骨 vs.辞采。风骨＝气。风骨须从经典子史中出。通变望今制奇,参古定法(modern material ＋ ancient form)。纪昀曰:"求新于俗尚之中,则小智师心,转成纤仄。明之竟陵公安,是其明征,故导其返而求之于古。盖当代之新声既皆滥调,则古人之旧式转属新声,复古而名曰通变,盖以此尔。"宓按:吾侪之攻辟中国新文学,其意正同。情采应"为情而造文",毋"为文而造情",则能"要约而写真",不至"淫丽而烦滥"矣。熔裁即炼意炼词(unity of brevity)。无歧义,无费词。声律句内声病,只可以吟读得之。用韵不可参以方音。章句搜句忌于颠倒,裁章贵于顺序。换韵不可太多,亦不可太少。俪辞四种对:(一)言对为易,须精巧。(二)事对为难,须允当。(三)反对为优。(四)正对为劣。比兴比须切至,兴则微婉,故兴高于比。自西汉以来,兴亡而比传。夸饰因夸成状,缘饰得奇。但须夸而有节,饰而不诬。附会附辞会义,务总纲领。纪昀曰,附会者,首尾一贯,使通篇相附而会于一(unity of thought)。即后世所谓章法也。物色随貌宛转,与心徘徊。……入兴贵闲,析辞尚简。知音主于(一)博观、(二)深识。许印芳曰:"文人相轻,其病根于器小识浅,自矜所长,虑人胜己,缘此而争名、而忌才。……帝王如此,况士大夫,究之,才者为仇,不才者附势。"结果,徒以自伤。若能"不争名而名愈彰,不忌才而才愈显",则善矣。

梁锺嵘仲伟《诗品》又曰《诗评》,其书论列五言诗作者 123 人,分上中下三品,每品以世代为先后,不以优劣诠次,又不录存者。卷上:"动天地,感鬼神,莫近于诗。……使穷贱易安,幽居靡闷,莫尚于诗矣。"(function of poetry)卷中:"观古今胜语,多非补假,皆由直寻。……但自然英哲,罕值其人,词既失高,则宜加事义,虽谢天才,且表学问,亦一理乎?"

许印芳总评此书:(一)汉代诗以乐府四言杂歌为主,五言起甚迟;(二)所录五言诗,亦多遗漏;(三)于魏晋以下,论列精详;(四)应有人撰《汉京诗评》以补之。

卜商子夏《诗经序》声 sound 成文,谓之音 rhythmic sound。

【风】比 兴 赋
风←雅←颂←【雅】比 兴 赋(六义之关系)
【颂】比 兴 赋

宓按: $\begin{cases} 风\ \text{Social poetry (lyrics)} \\ 雅\ \text{Political poetry (communal songs)} \\ 颂\ \text{Religious poetry (hymns)} \end{cases}$ $\begin{cases} 小雅\ \text{National (civic)} \\ 大雅\ \text{Cosmopolitan} \end{cases}$

宓按:Symbolism 恒有 $\begin{cases} \text{Real} \rightarrow \\ \text{Ideal} \Rightarrow \end{cases}$ 之二方面

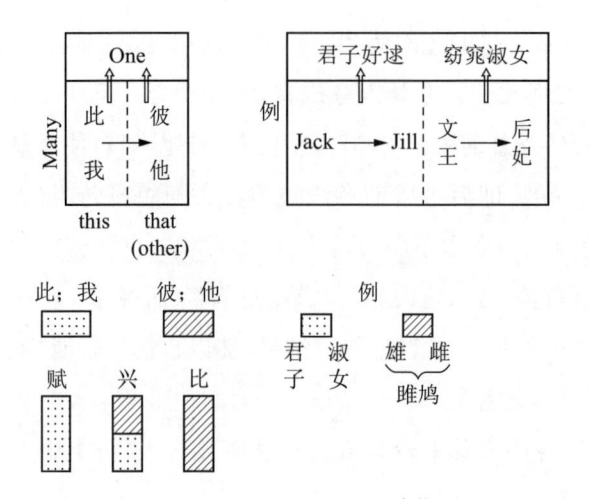

```
        One                      君子好逑    窈窕淑女
       ↑   ↑                       ↑         ↑
      此 | 彼               例    ┌────┐   ┌────┐
   Many 我 | 他                   Jack→Jill 文王→后妃
       this  that                                
            (other)
```

```
 此；我  彼；他        例
 ▦      ▨           ▦     ▨
                    君淑    雄雌
                    子女    睢鸠
 ▦  ▨  ▨
 赋  兴  比
```

朱子谓兴有二例：(一)如上，以 事物/材料 为比(by content) 关雎是也。(二)仅取声音之相应而已(by sound)。朱子又曰："比意虽切而义浅，兴意虽阔而味长。"鹤林吴氏曰："兴之体，足以感发人之善心。……盖谓赋直而兴微，赋显而兴隐也。"以上之论兴高于比。或兴大于比。

风＝influence；touch, affect≠satire。

风化→
　　　皆谓譬喻；不斥言也。
风刺←

变风变雅者，用昔时(文武成王周公时)风雅 大小之音体 form，以歌其政事之变者，即以咏今日(康昭以后 朱子述先儒说)之事实题材 matter 也。(以上据孔疏)

　　┌ 周南——文王在其本国之影响。
　　└ 召南——文王及于诸侯国之影响。

马端临驳朱熹、郑樵之说，极是，且周。故(一)诗序当存、(二)诸篇非皆淫诗。即淫诗，亦非淫者自作，乃诗人所作。京山郝仲舆云云，阐发"主文谲谏"之义，深切著明，初学读之，可悟作诗之法。

朱熹《诗传序》许君谓，此篇发挥诗教本意，与学诗旨趣，淳意高文，应与《大序》并读。

清许印芳《诗法萃编自序》:"舍绳墨以求高妙,未有不堕入恶道者。唐人之诗,变而近乎古,故可法。宋人之诗,变而远乎古,故可借以参变,而不可奉为专师。明七子守法不变,既不足法,且当引为覆车之戒。此诗法大关键,初学宜先知之者。"

宓按:许君深通诗学,而具卓识。此编选录精粹,评论悉当,实为极有用之书,惜其流传之未广也。

一九四一年十一月二十二日读抄毕

附录:吴棫《韵补》误注通韵:庚青蒸通真　侵通真　覃通删　盐通先　咸通删　诸韵各有数字,通真删先部,后人止可承用已通之字,收入各部叶韵。不可借口于数字相通,遂欲并通全韵也。

以上吴棫之误,虽经顾炎武驳正,而《诗韵集成》等坊书,仍注"通韵"字样,误谬实甚。学者亟须注意,不可妄遵用之也。

(选自《吴宓诗话》,商务印书馆 2005 年版)

心理学观的文学

姜亮夫

上章所举的中国历史上笼统的材料,不足以说明文学,兹杂取东西学说,而为分析一点科学一点底说明。

倘若我们以社会学的眼光分析文学,则文学是:

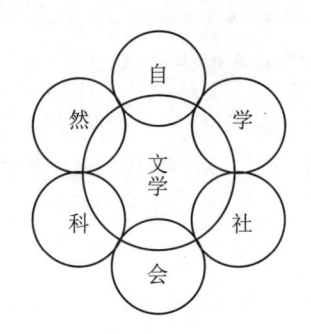

(自然科学、文学、社会、学)

如果更扩大点来看,则文学是:

一、文学起源的心理学观

前一节所引子夏诸人之说,都是从心理学以观文学。不过在这种含混文词里,尚不能使我们彻底地明了:究竟他所谓"志"是个什么东西呢?慷爽地或许粗枝大叶地说吧:"文学是人的一种生命力的表现。"

生命力的表现，有两种不同的方法。一是内心的自然要求，二是受了外界一切激刺而起的要求。为述叙方便起见，第二种另在《社会学观的文学》里去说；不过要请注意我决不如历来论者单以心理或社会任一方面解释文学——唯心或唯物论者——我完全地承认心理与社会之于文学，绝对不能分开；虽然我这种说法很大胆。

文学的发生，不过是人的一种本能的冲动了。这种冲动，有人说是"游戏本能的冲动"。意思是："人的各种本能中有'游戏本能'。当着精神活动有余力的时候，这种游戏的本能，即时呈现，文学即此发生。"这种说法，到近来的考古学家人类学家证明："原始时代的艺术，不仅为游戏，实在是有实际用处的。"而稍稍摇动。又有人说："文学的起源是由于人的模仿的本能。"意思是："一切文学，都是人根据了他天生的本能，对于外界一切事物，加以回想或类化，用一定的方式表示出来的。"这个说法也不完全，因为他太重外形了。人的心理的活动，绝不能按照一定方式来做，其结果也自然不能用一定的方式来表示。所以要把模仿说来作文学发生的学说，无异于以模仿说来说一切心理的活动。不过创始"模仿"说的亚里士多德的意思，却不是这样，不过后人多误会了。

上面两种说法，都各有缺憾；虽然它们在"文学发生学"学说中，占的位置很高。倘若我们认定心理的文学生成说，是无甚谬戾的，则以其用"游戏冲动""模仿冲动"等来解释，是尚有借助于其他的条件的不圆满处。不如干脆从作者自身着想：文学既是作者生命力的表现，则即是作者自己的表现，"自己表现"，也是本能冲动里的一种。这是文学生成的一个大因——也是主因。人自然也离不了外界的刺激，所以还有个"对他表现冲动"——"对他表现"却是一个新定的名称，模仿说便可归在第二个原因里来说。兹分述如下：

"自我表现的冲动"在人的感情的深处，有个"自我"在那儿支配一切。它认为比一切都高，它有无限的愿望，要想自己表现出来。以现时的人情来比罢，譬如一个人有一件秘密的事，自然不肯给任何人知道，可是有时不期然而然地告诉他的朋友，反滑稽地要求他的朋友为他守秘密，然而事情却因以传播了，这叫作公开秘密，就是自我表现的一个好例。原始的文学，原也不过想把"我自己"表暴出来。所以心里感觉苦了，"仰天而嘘"；当着快乐时了，不觉"投足而歌"。虽然苦乐也不免受了外界的刺激，但是自我表现的冲动，才是他的根本义。

"对他表现的冲动"（模仿说也算其中的一部分）这也可以说是自我的阔大。人和外界接触，生了一种很自然的反应，反应的大小，视与自我关系的大小而定。譬如我对待的"人"比其他接触——物——大，则觉着他的苦乐，也便是我的苦乐，而生了同情或嫉妒等情。因同情之情，发为悲欢离合的文学。因嫉妒之情，发为咒诅怨刺的文学——文学赏鉴者的心情也基于此。又如伤花之凋谢，赞月光之美，甚至于原人之见火而骇，见山而惊，见牛而吼，也都可算是对物的表现，甚至于因花之谢而自伤身世等等，更可见自我表现扩大的情事。

总上面两事观之，"自我表现"是自发地冲动之情，"对他表现"是激刺地反应之情。大概在原始时代的人，因为所受的外的刺激少，而自我表现的机会多，所以古代的诗歌简短而"天趣"长；后代的人所受的刺激多，即对他表现的机会多，所以其声烦而多怨淫。其实这两种心理作用，在事实上万难得明白地分开来说。所以我们只能承认学理上有此说法，而事实上很难找证据。

除了上面两种之外，还有一种"求美"的冲动。仅有自我表现和对他表现两种冲动，则仅能进而为思想之一步，而所表现者尚不足以自慰慰人。要求其足以自慰慰人，自然还有更高的条件在，这便是"美"。美与食色，同是人生来的三大欲。美的蒸发起点，是"自然界最先给我一点影象，人得了这个影象，便与自然界相融合，而发为一种情操"，这就是美的情操。其他一切"美"，都由自然界先给的影象扩大来的。不过因为人的感情的激发，有方式之不同，而美的情操，也因而有内外的差别。即是凡由感觉而来的感情，是美的情操的内质。凡是由观念而来的感情，是美的情操的形式。凡是由联络而来的感情，是美的情操的内质与形式之混合。

人们执了自我表现，对他表现的两种本能，与"美欲本能"所生的"美的情操"结合，文学便于此生成，但其结合不一定三种都有。

关于文学的"美"的问题,在《文学特质》一章里再详讲。

二、文学要质的心理学观

Ⅰ　情绪

a　生成文学的情绪

文学的起源,在心理学中寻到了根据——便是生命力的本能的冲动。不过当他运用这种本能而成为文学,其过程变化又是怎样呢?换言之,要怎样运用他的心理,才把这种本能表现出来。这便是本章所要讨论的。

在前面讲过,"一切文学的生成,俱以情绪为要素"。现在要问:"哪一种情绪是文学所要的呢?""怎么样的情绪,是文学所要的呢?"文学是要一种"不是原始情绪,而是加以回想,加以组织的客观化的情绪"。

b　情绪的效果与不朽的价值

但是有了文学的情绪,还不尽文学的能事,也不是文学最要的目的,因为倘然只照文学的情绪走,则文学将脱离人间世——大多数的人——而成独自的东西。这当然不是文学的最了义,也不是我们所要的文学,这便不能不问:怎样的情绪是文学所要的呢?换言之,文学情绪的效果是怎样,是否有不朽的价值。兹采名家学说分五项言之:

1. 纯正。我们读《关雎》之诗,觉得很感动我们高洁的情怀。他的动人,不仅是写"求之不得,辗转反侧"之感情的真,而也在写他感情的纯正。孔子说:"《关雎》乐而不淫,哀而不伤。"所以他能为永世的名诗呀!因为纯正的感情是一种普遍性的感情,不是变态的偏畸之情。本来文学的活动,是社会性的发挥。但是这种纯正的情感是自然的内在的东西,并不是作者当时便存心"从头打算"做出来的。作者只把他不伪不饰的真正情感写出来,既不是无病呻吟,也不是借题发挥。不管他大小多少,利害如何,这便是纯正(朱竹垞当他作《风怀诗》的时候,并不想到后来入圣庙吃吃冷刀头。便是自定诗集时,也不愿意删去,他宁不入圣庙以保天下的真情。而后人之评论朱氏者,也不因他的行事,而有所贬损。注意这个例是证明作者当时并不存心打算一句)。当着我们选择情绪时,预先问问:"这种作品的情绪,是否适当?"这适当与否,便是以纯正为标准。而评定一书者,也当先问是书所激起之感情,是否健全,是否适当。其起于一时之变态心理者,或粗暴,或险性,或淫毒,非人间所宜有,则其表现之情,为不健全,即或其感人之力甚大,亦不得谓为高尚的文学。

今请更为一简要之语曰:"凡高贵永久之文学,必其情基乎人生之真理,而更以诚挚不伪之态度所表达者。若反乎此,则为虚伪的、变态的、无病呻吟的文学。"

2. 活跃。活跃的意思,便是中国旧来所说的"气势"。它是怎样使读者感动兴奋受刺激的一种标准。文章的如何美,如何动人,但看它活跃的情形怎样,邵青门说:"其气甚者其文畅以醇,其气舒者,其文疏以达。其气矜者,其文厉以纰。其气恧者,其文诐以刓。其气挠者,其文剽以瑕。"好的文学,自然是气势来得"盛""舒",曾国藩说:

> 为文全在气盛,奇辞大句,须得瑰玮飞腾之气,驱之以行。凡堆重处,皆为空虚,乃能为大篇。所谓气力有余于文之外也,否则气不能举其体矣。

所以我们读《上邪曲》:

> 上邪!我欲与君知,长命无绝衰!
>
> 山无陵,江水为竭,
>
> 冬雷震震夏雨雪,
>
> 天地合,乃敢与君绝!

读梁鸿《五噫》:

> 陟彼北芒兮,噫!
>
> 顾瞻帝京兮,噫!
>
> 宫阙崔巍兮,噫!
>
> 民之劬劳兮,噫!
>
> 辽辽未央兮,噫!

觉得气势磅礴，又如读魏武帝的"乌鹊南飞"，苏东坡的"大江东去"，汉高祖的《大风歌》，觉得其气魄伟大而动荡，故其感人也深。又如贾谊的《过秦论》本来没有什么高深的道理，而我们读了，也觉得气势伟健，便是他的活跃之力甚大。所以读《刺客列传》不禁令人有侠义之概，读《项羽本纪》不觉令人油然起慕念之思，汉武帝读《大人赋》飘飘有临云之意，也是这种感情的活跃。

有气势一语，似若只偏于热烈的感情，然而沉默幽深之作，其动人不必不如热烈。如陶渊明《归田》六首，正所谓令人悠然神往者。所以"短短横墙，矮矮疏窗，一方儿小小池塘"其动人不见得比"长桥卧波，谓云何龙"之《阿房宫赋》不如。"宝帘闲挂小银钩"其动人也不见得弱于"雾失楼台，月迷津渡"。这两种相异的感情实在不易较量其高下。磊落可以动人，婀娜未尝不动人，有时婀娜更为动人呢！且因人的个性不同，其感情也有彼此之别。欲以感人之力，判其优劣，诚为不当。但倘若我们将这不同的动人之感情的种类，只单说其动人之力量若何，则还是以热情分子多的文章动人较多，所以尼采爱以血书的文章呢！

3. 统一。这是问我们的作品所有的情绪，是不是前后在同一的基调上的标准。因为一个作者，都想"他的作品的感情，所给于人者，能持久不坠"。但是倘若他的感情是变化无方，则读者将如堕五里雾中，而莫明其妙。故在一篇之内，虽有千变万化的情势，而要有一致之情以贯之。这便是古人所谓"百变而不离其宗"的意思。如《离骚》一篇，所叙情事，其变化不可方物，然而其忧国之情，始终一贯。又如《孔雀东南飞》，其叙事之繁复，不可谓不多，而其中以"失志糜他""思爱不疑"的感情统一全篇，故读者但觉其情真事实。这都是感情统一性之所支配。

4. 变化。这是问作品所给予的情绪之范围之大小，及其怎样的一个范围时所用的标准。大概天才的文章，其感情之错综变化力量，范围来得比常人大（不过欣赏者不见得也有如此变化的感情，所以大文章往往为世埋没者，即在此一点）。但如果是个普通作家，其感情之狭隘，自不必说。即欲其"在经验上求扩充"，亦因才力所限，不能腾达。故长于此，必短于彼（自古文人相轻，也是缘于此一点）。善为赋者，不必能为诗，善为诗者，不必善为文。王粲、徐幹"长于词赋，然于他文，未能称是"。而刘勰之论孔融、祢衡亦曰："孔融气盛于为笔，祢衡思锐于为文，有偏美焉。"曾子固不能为诗而文却可观，都是实例。自然这些偏美的作家，就他所长的来说，自有其价值在。但是他之不足以称为大家，自然也是因为无"较大情感范围"故。作《游侠列传》的司马迁其感情变化之大，决不如作《水浒传》的施耐庵，虽然太史公也另有他的好处。《西厢》作家的董解元以至于王实甫、关汉卿，其感情之变化，不如曹雪芹之大，所以也可以说董王诸人不如曹。而李白之诗之所以较逊杜甫者，也是杜甫所用的感情的范围大。谢灵运之不如陶渊明，黄山谷之不如苏东坡，元稹之不如白居易，都不过是此事的关系。

5. 性质。这是问作品所给予的情绪，是属于怎样阶级的情绪时的标准——如道德的，宗教的，劣的，优的。这实在是个难题，因为社会问题有若干的差别，道德宗教孰劣孰优，也便有许多差别。所以评论文学，当先了解作者境环、事实等等。不能以一人的好恶定文学的优劣。只看它所表现的是不是真的？美的？彻底与否？再定它的价值（真美的标准，虽然有普遍性的，但也有社会的限制）。不过文学是不是有道德性、宗教性，或当不当把道德性、宗教性加入进去，却是一个问题。但是最好的文学，绝不离开社会，也绝不离开人的生活。换言之，文学是表同情于人生的。这无论谁也得承认，与人生最有密切的关系的物件，是感情。而最佳的文学，自然是最健全的感情。此所谓健全之感情者，即道德是也。此道德云者，谓凡人之行为所引起之情，为表同情于大多数之人生者。故情之发于道德性，或物之足以暗示道德者，较其发于感官或物质者为高。简言之，即道德感情之价值，较感官为高也。譬如我们读《杂事秘辛》（相传为汉人作，实则新都杨慎所伪），其写美人体态，虽为逼真，而所引起之感情只不过是感官作用多，而感情作用少。反不如《洛神赋》之动人，永而有味。也不如《西厢记·酬简》之幽美不尽。所以"烹羊炮羔，斗酒自劳"自然不如"采菊东篱下，悠然见南山"；"火腿蛋花摊薄饼，虾仁锅贴满盘装"自然不如"举杯邀明月，对影成三人"。不过也有读着感官的文章而趣味横生,较一切更为有趣者,是因欣赏者之阶级不同,而所了解的作品不同。不但此也,也因为读者阶级不同,而所了解于作品之深浅亦异。此评论文学之所以难也。如身为达官者,必不能知困穷诗人之诗。能了解《西游记》中唐僧者,不必能了解《高僧传》中之玄奘。能了解《红楼梦》中十二金钗者,不必即能了解宝玉幻游太虚境时所见正副册中所歌之十二金钗。但是读者虽因其阶级之性质之各别,而发为各别不同之了解感应,但天地间有个统治人间最高的物件,不论是贫富贵贱,东南西北之人,都莫不互相统一,这便是人的感情之素。所以贵为天子者,读《关雎》之诗,说他是文王后妃之德,自然可以。贱为乞丐,读《关雎》之诗,说他是昨天同某乞丐婆谈恋爱,也未尝不可。华兹华斯、勃朗宁、莎士比亚、济慈的诗,英美说他好,我们读着也觉好。荷马、小仲马的作品,法国人以为好;屠格涅夫、托尔斯泰、柴霍夫的作品,俄国人以为好;芥川龙之介、厨川白村、武者小路实笃的作品,日本人以为好,我们中国人也同样承认他好。自然咱们的李白、杜甫、白香山、苏东坡、马东篱、王实甫、曹雪芹诸人,不论他是法国人英美人日本俄国人都要承认不错。所以说文学是世界的公物,一点也不错。

Ⅱ 想象

作者要把他的感情表达而出之时,必定要有一个表达的东西。要如何使用这个东西,才把我的感情更好地表达出来,这便有赖于想象了。但是想象力的本质,有点神妙莫测,我们可以知道的,仅仅是它一种效果——其实也便是我们所要的。虽然根据其效果,也未尝不可推及其本质。

想象是将许多旧经验溶化、抽象,加以新组织,以后生出来的新局面。譬如我们旧的意识上有一张美丽的嘴、一双美丽的眼、一管美丽的鼻、一对美丽的颊,加以溶化,加以组织,而成了一副美丽的脸,此谓之想象。或者把一双美丽的眼与一个厚唇、黑牙、两个鼻子、三支耳耿、一道蛾眉,组织成一个奇脸,也是想象。但若心中构一人首马身之像,则仅为昔日在寺庙里目睹怪像的回忆,而不是想象。又如"冰轮乍涌""琼楼玉宇"都是想象。又如哥伦布之探陆,初必已知地圆，又知有所谓印度，然后才发现新大陆。新大陆之发现，可以说是哥伦布想象组织的成功。但是唐明皇梦游月殿，便成空想。所以想象与空想绝不相同，要言之，想象是以旧的经验为根据，把感情寄托在主观的意欲之上，使成为合于经验而有迹象可寻的一种心理作用。一个文学家将许多杂乱的经验加以组织，成为有系统而栩栩欲动的文章，这便是文学的想象作用。而所谓文学的美，即是我们的感情入于这种具体化的对象中所得的一种快感。想象为文学的要素，可以不言而喻了。所以一篇好的文章，不知有多少想象在里面。如读《阿房宫赋》，似乎可以看见许多宏丽壮观的殿阁，阿房宫真有如此其多的房子吗？读屈子的《离骚》，能够见屈子单身匹马，到处游览，时而昆仑山，时而扶桑，在现实界里恐怕找不出如此的壮游吧！《穆天子传》里西王母住的地方，"增城九重"，那样地宏大焕丽，现实界里，恐怕也找不到吧！便是《红楼梦》中的贾宝玉林黛玉之情痴癫乱，不近情理；刘姥姥之突梯滑稽，王凤姐之阴险淫荡，现实世界里也不见得有如此的人。董解元王实甫《西厢记》之硕艳，孔尚任《桃花扇》之凄怆，《史记·项羽本纪》之雄放，司马相如《大人赋》之恢阔，汤若望《临州四梦》之谲怪，白居易《长恨歌》之哀艳，元稹《连昌宫词》之凄婉，吴伟业《圆圆曲》之丽而壮，王静安师《颐和园宫词》之哀而曲，以至于《西游记》之神怪，《水浒》之奇放，都不过文人加了许多想象推断而为之，未必当日尽有此情。但是读其文者，并不觉得形之虚构，反悠然神往，这便是它的根据都是旧的经验，故能打动读者的心。扩大来说罢，便是柏拉图的乌托邦，佛家所说的极乐世界，老子所说的无为而治之世，孔子所说的大同世界，也不过是伟人的想象罢了！

上面笼统地把想象说了，但是想象也因应用思想的方法不同，而生各种的差别。据《文学评论之原理》的作者温确斯德（C.T. Winchester）分为三类，兹略节其说如下：

a 创造的想象

创作的想象，是本经验中所得的各种分子，为自发的选择，而加以组合，造成新的东西。倘若这种结合无规律，或不合理，其作用便为幻想。The Creative

Imagination spontaneously selects among the elements given by experience and combines them into new wholes. If his combination be arbitrary or irrational, the faculty is called Fancy.

b 联想的想象

联想的想象是以事物的观念或情绪(新的)与情绪(旧有的)上类似于此的心像相联结而生的东西。若此等联想不是情绪的类似为根据者,即成幻想。The Associative Imagination associates with an object, idea or emotion images emotion ably akin. If such association be not based on emotional kinship, process must be called Fancy.

c 解释的想象

解释的想象是已知一物精神上的价值与意义,而将此种精神的价值所存的部分或性质,表现而说明之。The Interpretative Imagination percieves spiritual value or significance, and renders objects by presenting those parts or qualities in which this spiritual value resides.

Ⅲ 思想

"文学要思想。"只要明白两件事,便自然地承认了。(一)凡作者绝不能"遗世独立",不,即使"遗世独立"吧,也有他的原因。至小限与当时的环境及所在地的历史,或正或反都有关系。作家根本不能不受些许影响,即是根本不能有他所在的环境与历史的或正或反的思想。(二)是文学最重要的情绪,与思想有最密切的关系。甚且可以说:"情绪不过是健全思想最高的冲动。"(所谓健全思想的最高冲动者,意谓最高的感情是隐在健全思想之下,不觉地通过思想而发为情绪)或如一般人所谓"情感是思想之花"亦可。华贵的人不知民间的贫苦,不能写贫民生活的文章。未亡国时的李后主绝不能写《望江南》"多少恨,多少泪"两阕及"昨夜风兼雨"之《乌夜啼》,"人生愁恨何能免"之《子夜歌》,"往事只堪哀"之《浪淘沙》,"转烛飘蓬一梦归"之《浣溪沙》,"帘外雨潺潺"之《浪淘沙》诸词,这便是所感触者不同,所了解者不同,与他从前继立小周后前后的思想完全不同,而发为此凄婉之词。屈子本其忠臣爱国的思想,发为《离骚》;陶渊明本其恬淡的人生观,作为《归去来辞》《归田》六首;杜工部本其"身在江湖心存魏阙"的思想发为《秋兴》八首;庄子以其妙观世事,一齐万物的思想发为变化莫踪之文;孔子以其苦口婆心之思想发为平实透达之文。仲长统有俊逸之思,故为《乐志论》,刘孝标、汪容甫有不胜身世之感,故为《自序》。文学之贵于有历史感情便是有思想,便是有人生观。儒家的文章,统不脱儒家的气味;道家的文章,统不脱道家的气味;共产主义者的文章,国家主义者之文章,亦各有其最深之思想隐于作者感情之下。而文学派别之所由生,也因于其思想方法之不同。叶适有言:

  为文之道,譬如人家筵客。虽或金银照座,然不免出于假借。唯自家罗列者,即仅瓮缶瓦杯,然都是自家物色。

这个比譬,虽然很浅,却很可玩味。总而言之,虽然在文学范围里不应说什么思想,但是事实绝不能有所谓不含思想的文学,不过用思想有显隐大小罢了!

  但是有一点我们要留心。倘若我们创作被某种思想所束缚了,便没有好的作品。所以一个大作家的作品,他只"感得要如此写",他并不是"知道要如此写"。倘若屈子的《天问》是以古代神鬼的思想为其中心,则成为墨子的《明鬼》,汉以后人的《无鬼》或《疑鬼》论去了。所以易卜生的《玩偶之家》出演以后,有许多贵妇人跑到他那里感谢他说:"你实在是我们女界的解放者,我们应当感谢你。"易卜生却回答道:"对不住!我只觉要如此写,并不如你们所期许这样。"便是感觉要写,不是知道要写的好例。我可以大胆地说:

  文学并不是思想主义的宣传。

  作者决不当存为思想主义的宣传而为文学。

这几句话虽然太不时髦!

(选自《文学概论讲述》,云南人民出版社2002年版)

论 讽 刺

游国恩

今天讲的是文艺中的讽刺问题。这问题我要分作三个节目来讲：第一，讽刺的意义；第二，讽刺的方法；第三，讽刺的目的。

现在先讲讽刺的意义。

"讽刺"两个字连起来用，最早见于所谓子夏的《诗序》。序里说："风，风也。上以风化下，下以风刺上。主文而谲谏，言之者无罪，闻之者足以戒，故曰'风'。"这样说来，《诗经》里面的《国风》就是一种带着讽刺性的诗歌。而这种带着讽刺性的诗歌却原来是人民对于统治者一种表示，不过这种表示不敢明言，只能暗示罢了。这种例子在《诗经·国风》里面很多，如《新台》《墙有茨》《桑中》《鹑之奔奔》《相鼠》等篇《毛传》都说是刺什么刺什么的。

后世相传的民歌含有讽刺的意思的还是不少，例如《左传》载的"宋城者讴"道：

睅其目，皤其腹，弃甲而复，于思于思，弃甲复来。

这是宋国人民讽刺他们的大夫华元打了败仗回来的诗歌。他表示一种鄙薄的口吻。

又如《汉书》载的淮南民歌道：

一尺布，尚可缝；一斗粟，尚可舂。兄弟二人不相容。

这是淮南国的人民讽刺汉文帝不该难为他的兄弟——厉王长以至于死，歌里面表示一种极惊异的口吻。

后来魏文帝逼迫他的小兄弟曹植,限他七步之内作一首诗来,若是不成的话就要杀他。他应声作出了这么一首诗来:

　　煮豆燃豆萁,豆在釜中泣。本是同根生,相煎何太急!

这诗在《世说新语》里面所载的稍有不同。虽然事的真假不得而知,但他的确是一首绝妙的讽刺诗。他用一个煮豆子的比喻来讽刺兄弟的相逼,真是再好也没有。或者有人会怀疑这诗不可靠,但我却以为非有八斗大才的曹子建恐怕七步之内作不出这么绝妙的诗来吧。

　　其次如江从简的《采荷调》一首道:

　　欲持荷作柱,荷弱不胜梁。欲持荷作镜,荷暗本无光。

这是讽刺宰相何敬容的。看他拿"荷"字当作双关,也是再好没有的了。

　　以上四个例子,无论是民歌也好,文人作的也好,他们都是用一种暗示来表达意思的。而这种暗示便是极深刻的讽刺。

　　再举两个小说的例子来说吧:

　　《儒林外史》第四回,写举人范进和张静斋同见汤知县,汤知县问范举人:"何以不应会试?"范说:"先母见背,遵制丁忧。"汤知县大惊,就叫他换去吉服,延进后堂筵宴。席上用的是银杯子银筷子,范举人缩着手不举杯箸。汤知县不解其故,张静斋说:"范先生因遵制守礼,想不用此杯箸。"汤知县就教换了磁杯象箸,范仍不举,遂再换白色的竹箸,然后才用。汤知县见他居丧如此尽礼,倘若不吃荤饮酒,而素菜又没有备办,怎么好呢。后来见他在燕窝碗里拣了一个大虾圆子送在嘴里,方才放心。

这段文字对于从前读书人拘于礼法和虚伪,可谓形容得曲尽其态。又如写严贡生道:

　　严贡生正在对着宾客高谈阔论,并且大言不惭的说道:"小弟平生别无好处,只是居乡时向来不知占人半分三厘的便宜,所以乡间的人无不个个称赞。"话未说完,仆人进来报道:"昨天早上我们关的那只猪,那人又来要了。"严贡生道:"他要猪,拿钱来!"

这段写土豪劣绅的贪婪无耻，欺凌小民，也是非常地深刻的。

像上面这些例子，无论表现的方法各有不同，但是有一点相同的性质，就是"讽刺"。

其次再讲讽刺的方法：

一、反说法

"反说法"是不从正面来说，而从反面来说的。例如：

（一）《晏子春秋·内篇·谏上》和《韩诗外传》八都载着这么一个故事：齐景公的养马的仆人失了景公的爱马，景公大怒，把仆人缚在殿下，教人来凌迟处死。有说情的也处死。晏子不慌不忙，左手抓住仆人的头，右手拿着刀，请问景公道："古时的圣主明王他们的凌迟罪犯，不知从哪一块割起？"景公知道自己错了，笑了一笑说："算了吧，饶他这小子。"

（二）《晏子春秋·内篇·谏上》和《韩诗外传》九又有一件相类的故事：齐景公的管鸟子的仆人失了鸟子，景公要杀他。晏子说："这人不知罪名而死，臣请为君数之。"曰："为吾君主鸟而亡之，死罪一也；使吾君以一鸟之故而杀人，死罪二也；使邻国闻之，以吾君重鸟而轻士，死罪三也。此三罪者，当杀无赦，请加诛焉。"景公说："这原来是我的错啊，放了他吧。"

（三）《史记·滑稽传》载，楚庄王有爱马，衣以文绣，居以华屋，食以羞脯，马病肥而死。庄王下令为马治丧。要用棺椁，以大夫之礼来葬他，左右谏不听。优孟走进殿门仰天大哭，王惊，问其故。优孟说："马者，王之所爱也。以楚国堂堂之大，何求不得？而以大夫礼葬之，薄！请以人君礼葬之！"王曰："何如？"对曰："请以雕玉为棺，文梓为椁，楩枫豫章为题凑。发甲卒为穿圹，老弱负土，齐赵陪位于前，韩魏翼卫于后。庙食太牢，奉以万户之邑。诸侯闻之皆知大王贱人而贵马也。"王曰："寡人之过，一至此乎？"乃以马属太官。

以上都是用反说法来讽刺的。后来汉赋的极力铺张,劝百而讽一,曲终而奏雅,便是从这儿出来的。

二、曲说法

曲说法是不肯直说,而委婉曲折地说出来。例如:

(一)后汉灵帝光和元年,帝问侍中杨奇道:"朕何如先帝?"杨奇说:"陛下之于先帝,亦犹虞舜比德唐尧。"灵帝虽然不高兴,说他强项,但是这话说得极婉曲,极漂亮,所以也没有把他怎样。

(二)杜甫《赠花卿》诗道:"锦城丝管日纷纷,半入江风半入云。此曲只应天上有,人间能得几回闻。"原来花敬定为剑南节度使的时候,僭用天子的礼乐,所以子美作这诗讽刺他。

(三)郑畋《马嵬坡诗》道:"玄宗回马杨妃死,云雨难忘日月新。终是圣明天子事,景阳宫井又何人?"这诗似乎是称赞唐明皇比陈后主强,其实语含讽刺。试问圣明天子有几个会宠爱妃子以致乱国的?何况杨贵妃的死并非明皇的本意呢?

(四)姚鼐《随园袁君墓志铭》道:"君之少也,为学自成。"这是讥讽袁子才学无师法,只凭一点聪明,是不可靠的。又道:"君古文四六体,皆能自发其思,通乎古法。于是诗,尤纵才力所至。世人心所欲出,不能达者,悉为达之。士多效其体,故随园诗文集上自朝廷公卿,下至市井商贩,皆知贵重之。"古人说得好:"其曲弥高,其和弥寡。"公卿政客未必个个懂文艺,贩夫走卒更不足道。文章仅为他们所重,又何足贵?这是恭维袁子才呢,还是讽刺他呢?明眼人自然看得出来,其余文中讥讽的话还多,不能尽举了。

记得纪晓岚尝给一位医生题一块匾额,曰"明远堂"。其人不悟,以为誉己。后有问他堂名的取义者,纪说:"是'不行'也。《论语》上说:'不行焉,可谓明也已矣。……不行焉,可谓远也已矣。'"闻者无不绝倒。这些例子都是表面上说得很好,骨子里却含着讥刺,所谓"婉而多讽""意在言外",就是这种方法。

三、暗说法

暗说法是不用明说而用暗中影射的方法。例如:

(一)《晏子春秋·内篇·杂下》又载着一桩事,齐景公对晏子说道:"你的房子靠近着街市,又湿又窄,而且喧闹得很,何不换个地方?"晏子对道:"小人近市,买东西极方便,不想搬家了。"景公说:"你住在街子上,可晓得物价的贵贱?"晏子道:"当然晓得,这时候最贵的是踊鞋,最贱的是履鞋。"原来景公刑罚极滥,动不动就割足跟,所以需要半截鞋子的就很多。景公听了这话,有点不安,从此以后刑罚也就稍稍宽缓了。(又参见《左传》昭公三年)

(二)《史记·齐悼惠王世家》载,朱虚侯刘章侍高后燕饮时,请为太后说一首《耕田歌》道:"深耕穊种,立苗欲疏,非其种者,锄而去之。"吕后听了,好久没有作声,原来深耕是比立国要根基稳固,立苗疏是比刘氏子姓分封为王的要多。而非其种则明指诸吕,锄去,是说他们不应该封王,要消灭他们。

(三)《戒庵漫笔》载,杨一清改官后,不得意。《咏昭君诗》有两句道"君王不是无恩泽,妾自无钱买画师",暗射不能取媚权要,以至降官。而借明妃为题,含蓄蕴藉,怨而不怒。

从来咏史或咏物的诗,而其中含有寄托的多半是用暗中影射的方法来写的。这种影射法也是讽刺的好方法。

现在再用几句简单的话来说明讽刺的目的。

第一,避免直斥,使言之者无罪(但有时竟以文字取祸,如高青邱《题宫女图》之类,自然非作者始料所及);

第二,利用联想,使闻之者足以戒(但如听者毕竟藐视,毫不动心,也不能认为就是讽刺的失败);

第三，委婉蕴藉，本是文艺表现的最高条件之一，且合于风人温柔敦厚之旨；

第四，变换表现的方式，可以增加文艺上修辞的力量。

卅一年十一月在昆明无线电台广播讲稿

（选自《游国恩文史丛谈》，商务印书馆2016年版）

少 陵 诗 论

罗 庸

想要亲切地认识一位作家和他的创作历程，除了诵读作品外，研究这一家的文艺理论，是一条最直接的路。

在现存的一千四百四十几首杜诗当中，论诗和涉及诗的地方，总共有一百八十几条，其中有自述，有泛说，有对于古人和并世作家的评论。我们要想知道这位"七龄思即壮，开口咏凤凰"的少陵野老，五十年的颠沛生涯中，是如何地做着"语不惊人死不休"的惨淡经营，这一百八十几条零碎字句，实在是最直接的材料。

老杜平生自陈甘苦的话，最简括扼要，也最不易捉摸的，莫过于《奉赠韦左丞丈二十二韵》里的两句：

  读书破万卷，下笔如有神。

有神是老杜最喜欢说的一个玄谈，论文、论诗、论字，常常提到。如：

  醉里从为客，诗成觉有神。（《独酌我诗》）

  诗应有神助，吾得及春游。（《游修觉寺》）

  挥翰绮绣扬，篇什若有神。（《八哀诗·汝阳王琎》）

  文章有神交有道。（《苏端薛复筵简薛华醉歌》）

  词翰两如神。（《奉贺阳城郡王太夫人》）

  才力老益神。（《寄薛据》）

题诗也怕伤神：

  更欲题诗满青竹，晚来幽独恐伤神。(《题郑县亭子》)

诵诗神也会憪然：

  忆诵君诗神憪然。(《偪仄行赠毕曜》)

起初不过若有神，如有神，到后来夸大起来，简直真有神了，并且加多了鬼：

  思飘云物动，律中鬼神惊。(《敬赠郑谏议十韵》)

  笔落惊风雨，诗成泣鬼神。(《寄李十二白二十韵》)

他越说得神乎其神，越使我们有海上神山之感！

  神到底能否让我们认个明白呢？这在老杜以前一百八十年的刘彦和已经说过了：

  其神远矣！(《文心雕龙·神思》篇)

  神与物游。(《文心雕龙·神思》篇)

神似乎是渺茫不可捉摸的东西吧？但他又说：

  神居胸臆。(《文心雕龙·神思》篇)

那么，神就是一种心理状态。神居胸臆如何得见呢？刘彦和说：

  神居胸臆，而志气统其关键；物沿耳目，而辞令莞其枢机。枢机方通，则物无隐貌；开键将塞，则神有遁心。(《文心雕龙·神思》篇)

枢机也就是陆士衡《文赋》里所说，"来不可遏，去不可止"的"天机"。

  枢机如何可以通呢？这在更古的《易传》早说过了：

  感而遂通天下之故。

神是要待有感才没有遁心，这在唐人有两个很常用的字叫作"感兴"。老杜自己说：

  感激时将晚，苍茫兴有神。(《上韦左相二十韵》)

说张彪：

  草书何太古？诗兴不无神。(《寄张大彪三十韵》)

可见神是靠兴才动，兴是待感而发，这在老杜叫作发兴或动兴。坐对云山可以发兴：

> 云山已发兴，玉佩仍当歌。（《陪李北海宴历下亭》）

进到隐士的幽居也可以发兴：

> 入门高兴发，侍立小童清。（《与李十二白同寻范十隐居》）

凭高望远也可以发兴：

> 郑县亭子涧之滨，户牖凭高发兴新。（《题郑县亭子》）

看见东阁梅花也可以动兴：

> 东阁观梅动诗兴，还如何逊在扬州。（《和裴迪登蜀州东亭见寄》）

这一团既发的高兴，总要有个法子去打发它，这就全靠诗了。他说：

> 宽心应是酒，遣兴莫过诗。（《可惜》）

环境越丰富，变化、发兴的机会就越多：

> 曾为掾吏趋三辅，忆在潼关诗兴多。（《峡中览物》）

发兴越多，所感的范围也就越广，这就是《文赋》所说的："方天机之骏利，夫何纷而不理！"老杜是已经做到"诗尽人间兴，兼须入海求"（《西阁》二首之一）的境界的了。

感物造端而藉诗遣兴，是使与物游的神有个着落，有个寄托，还有关键将塞而有遁心的神，更须藉诗为枢机而使之通，使之畅发。老杜自云：

> 愁极本凭诗遣兴。（《至后》）

> 故林归未得，排闷强裁诗。（《江亭》）

愁、闷都是心理上的凝滞不通，使人天趣消亡，长日戚戚。这时候诗酒便成了对症的良药。他说：

> 道消诗发兴，心息酒为徒。（《怀旧》）

道消即是生趣索然，是使人速老之由，有诗发兴，有酒为徒，就可以使人天机畅发，不知老之将至。老杜说：

> 诗酒尚堪驱使在，未须料理白头人。（《江畔独步寻花》七绝句之二）

这是疏通居胸臆而有遁心的神的好法子。

　　　　登临多物色,陶冶赖诗篇。(《秋日夔府咏怀》)
这样双管齐下,神就如有若有地奔赴于笔端了。
　　神的质素是性情,陶冶的功夫在虚静,老杜是性情最厚的人,他不作诗便情无所寄:
　　　　有情且赋诗,事迹可两忘。(《四松》)
　　　　老来多涕泪,情在强诗篇。(《哭韦大夫之晋》)
情在强诗篇是什么呢?他不是"予岂好辩哉?予不得已也",也不是"余固知謇謇之为患兮,忍而不能舍也",而是"天下有道,丘不与易也"。
　　陶冶的功夫全在静,因为:
　　　　静者心多妙。(《寄张十二彪三十韵》)
所以:
　　　　先生艺绝伦。(《寄张十二彪三十韵》)
于是:
　　　　草书何太古,诗兴不无神。(《寄张十二彪三十韵》)
因为"感而遂通"非先有一段"寂然不动"的功夫不行。
　　性情凉薄,身心浮乱,是没法做诗人的。要做诗人,须要有"水流心不竞,云在意具迟"的淡定,"三夜频梦君,情亲见君意"的缠绵。
　　发兴所得是动趣,陶冶所得是静趣,动趣之见于诗者是飞腾,静趣之见于诗者是清新。
　　老杜在中年以前似乎专在求动趣,这意味到老不衰。他说:
　　　　前辈飞腾人,余波绮丽为。(《偶题》)
他爱太白的:
　　　　笔落惊风雨,诗成泣鬼神。(《寄李十二白二十韵》)
他爱郑谏议的:
　　　　思飘云物动,律中鬼神惊。(《敬赠郑谏议十韵》)
他爱高适、岑参的:

　　　　意惬关飞动,篇终接混茫。(《寄高适岑参三十韵》)
他爱严武的:
　　　　阅书百纸尽,落笔四座惊。(《八哀诗·严武》)
他爱薛据的:
　　　　赋诗宾客间,挥洒动八垠。(《寄薛据》)
《寄峡州刘伯华》的诗甚至于说:
　　　　神融蹑飞动,战胜喜侵凌。
这真是"摧陷廓清,比于武事"了。他爱马,爱鹰,都是因为它们有着十足的动趣的缘故。

　　动趣之见于文字者,便是有风骨、有波澜,因此他爱曹子建,爱黄初诗。一再地说:
　　　　文章曹植波澜阔。(《追酬故高蜀州人日见寄》)
　　　　子建文笔壮。(《别李义》)
　　　　诗看子建亲。(《奉赠韦左丞丈二十二韵》)
　　　　再闻诵新作,突过黄初诗。(《苏大侍御访江浦赋八韵记异》)
飞动的意趣宜于放歌。他说:
　　　　耽酒须微禄,狂歌托圣朝。(《官定后戏赠》)
　　　　沉饮聊自适,放歌破愁绝。(《自京赴奉先县咏怀五百字》)
　　　　取笑同学翁,浩歌弥激烈。(《自京赴奉先县咏怀五百字》)
这样,就成就了杜诗里飞腾的一路。

　　飞腾是前辈之事,而清新是后贤之事,求动趣必于建安,求静趣当于晋宋以后,那就是对飞动而言的清新。他说:
　　　　后贤兼旧制,历代各清规。(《偶题》)
　　　　清词丽句必为邻。(《戏为六绝句》)
他说李邕:
　　　　声华当健笔,洒落富清制。(《八哀诗》)

他说高适:
>自枉蜀州人日作,不意清诗久零落。(《追酬故高蜀州人日见寄》)

清则必新,他问高适、岑参:
>更得清新否?遥知对属忙。(《寄高适岑参三十韵》)

他赞太白:
>清新庾开府,俊逸鲍参军。(《春日忆李白》)

清则必省,他称赞张九龄:
>诗罢地有余,篇终语清省。(《八哀诗·张九龄》)

他称道阴铿、何逊:
>阴何尚清省,沈宋欺连翩。(《秋日夔府咏怀一百韵》)

清新就是极近自然,是文学上最高之境,老杜称为"近道要",或"见道"。他说阮隐居:
>清诗近道要,识子用心苦。(《贻阮隐居》)

他称赞薛十二:
>清文动哀玉,见道发新硎。(《奉赠薛十二丈刮宫见赠》)

飞腾是意气,清新是理趣,所以越见道也就越清新。因此,杜常用新诗两个字,例如:
>已公茅屋下,可以赋新诗。(《已上人茅斋》)
>
>叹息高生老,新诗日又多。(《寄高三十五书记》)
>
>岑生多新诗,性亦嗜醇酎。(《九日寄岑参》)
>
>旧好何由展,新诗更忆听。(《毕四曜除监察》)
>
>斗酒新诗终自疏。(《寄岑嘉州》)
>
>朱绂犹纱帽,新诗近玉琴。(《西阁》二首)
>
>昔献书画图,新诗亦俱往。(《八哀诗·郑虔》)
>
>复忆襄州孟浩然,新诗句句尽堪传。(《解闷》十二首)
>
>封书两行泪,沾洒寰新诗。(《寄杜位》)

>　　白发丝难理,新诗锦不如。(《酬韦韶州见寄》)

>　　凭报韶州牧,新诗昨寄将。(《送魏二十四司直》)

诗之清由于立意新:

>　　政简移风速,诗清立意新。(《奉和严中丞西城晚眺十韵》)

意新便有佳句:

>　　每于百僚上,猥诵佳句新。(《奉赠韦左丞丈二十二韵》)

对别人,杜是常常提到佳句的:

>　　李侯有佳句,往往以阴铿。(《与李十二白同寻范十隐居》)

>　　故人有佳句,独赠白头翁。(《奉答岑参补阙见赠》)

>　　当公赋佳句,况得终清宴。(《石砚》)

>　　不敢要佳句,愁来赋别离。(《偶题》)

>　　远游清绝境,佳句染华笺。(《秋日夔府咏怀一百韵》)

>　　清谈慰老夫,开卷得佳句。(《送高司直寻封阆川》)

或称秀句:

>　　题诗得秀句,札翰时相投。(《送韦十六评事充同谷防御判官》)

>　　最传秀句寰区满。(《遣闷》)

>　　史阁行人在,诗家秀句传。(《哭李尚书》)

佳句是有法度的:

>　　美名人不及,佳句法如何?(《寄高三十五书记》)

所以必由于苦思:

>　　词人取佳句,刻画竟谁传?(《白盐山》)

也不能多:

>　　赋诗分气象,佳句莫频频。(《秋日寄题郑监湖上亭三首》)

至于老杜自己则是:

>　　为人性僻耽佳句,语不惊人死不休。(《江上值水如海势聊短述》)

清新的佳句宜于长吟:

陶冶性灵缘底物？新诗改罢自长吟。(《解闷》十二首)

赋诗新句稳，不觉自长吟。(《长吟》)

万里桥西的柟树，被风吹倒了。他慨叹地说：

我有新诗何处吟？草堂自此无颜色！(《柟树为风雨所拔叹》)

这种苦心作出来的新诗佳句，作者是非常珍惜的。他说孟浩然：

清诗句句尽堪传。(《解闷》十二首)

他寄旻上人说：

老去新诗谁为传？(《因许八奉寄江宁旻上人》)

赠严八阁老说：

新诗句句好，应任老夫传。(《奉赠严八阁老》)

因为佳句是有法的，所以老杜对于诗文的法和律，讨论不厌其详。他说：

法自儒家有，心从弱岁疲。(《偶题》)

丈人叼礼数，文律早周旋。(《哭韦大夫之晋》)

诗律群公问，儒门旧史长。(《奉贺沈东美除膳部员外郎》)

中律的作品便无往不宜：

遣词必中律，利物常发硎。(《桥陵诗三十韵》)

思飘云物动，律中鬼神惊。毫发无遗憾，波澜独老成。(《敬赠郑谏议十韵》)

他以此自励而确有独到：

晚节渐于诗律细。(《遣闷戏呈路十九曹长》)

也以此教子：

觅句新知律，摊书解满床。(《又示宗武》)

因此，杜律在唐诗中做到了前无古人后莫能逾的境地。

文律诗律是以讨论而益精的，所以老杜对于论文论诗的朋友非常珍重。他忆李白：

何时一尊酒，重与细论文。(《春日忆李白》)

赠毕曜说：
> 同调嗟谁惜，论文笑自知。（《赠毕四曜》）

寄高适、岑参说：
> 会待妖氛静，论文暂裹粮。（《寄高适岑参》）

寄范邈、吴郁说：
> 论文或不愧，重肯款柴扉。（《寄范邈吴郁》）

苏源明死后，他叹息着说：
> 自从失词伯，不复更论文。（《遣闷》）

赠高式颜说：
> 自失论文友，空知卖酒垆。（《赠高式颜》）

严武是他的论诗朋友：
> 畴昔论诗早，光辉仗钺雄。（《遣闷奉呈严公二十韵》）

又说：
> 把酒宜深酌，题诗好细论。（《敝庐遣兴奉寄严公》）

赠崔漪的诗说：
> 荆州过薛孟，为报欲论诗。（《别崔潩因寄薛据孟云卿》）

赠卢琚说：
> 说诗能累夜，醉酒或连朝。（《奉赠卢琚》）

他这样地找人论文、论诗，"颇学阴何苦用心"，乃至于：
> 雕刻初谁料，缃毫欲自矜。（《寄峡州刘伯华四十韵》）

不过期于"毫发无遗憾，波澜独老成"罢了。本来：
> 文章千古事，得失寸心知。（《偶题》）

只要：
> 丘壑曾忘返，文章敢自诬。（《白帝城放船出峡》）

是不必求人知的；但是"德不孤，必有邻"，苦心成就的作品，未尝无嘤鸣求友之意。况且老杜是崇承家学的，他说：

> 吾祖诗冠古。(《赠蜀僧闾丘师兄》)

自己的诗也要宗武去念：

> 骥子好男儿，前年学语时。问知人客姓，诵得老夫诗。(《遣兴》)

所以说：

> 吾人诗家流，博采世上名。感彼危苦词，庶几知者听。(《同元使君春陵行》)

倘使无知者，那就宁可不传，绝不希冀俗誉，所以说：

> 将诗不必万人传。(《公安送韦十二少府匡赞》)

> 定知深意苦，莫使众人传。(《寄贾司马严使君》)

> 见酒须相忆，将诗莫浪传。(《泛舟送魏十八仓曹还京》)

这才真是为己之学了。

老杜对于诗，是不作第二人想的，但结果何如呢？第一，眼界之高，使得满意之作少，陆机《文赋》所谓："恒遗恨以终篇，岂怀盈而自足？"老杜也正如此。他说：

> 妙取筌蹄乐，高宜百万层。白头遗恨在，青竹几人登？(《寄峡州刘伯华》)

第二，眼界之大，使得他把文章看成小技。他说：

> 文章一小技，于道未为尊。(《贻华阳柳少府》)

并且：

> 有求常百虑，斯文亦吾病。(《早发》)

以佛法究竟论，情本来是妄的，诗是情在才有的，当然也是妄的，所以他说：

> 问法看诗妄，观身向酒慵。(《谒真谛寺禅师》)

这真是入三昧出三昧的境地了。

但是诗人总不能为太上之忘情，所以老杜对于人间世，究竟辛苦缠绵到老，而流传到现在的一千四百多首诗，也便是这缠绵辛苦的遗痕，有情故也。

(选自《鸭池十讲》，新星出版社 2015 年版)

诗歌的生命与新旧诗的合一

姚奠中

就本题的形式看,显然是可以分为二部叙述的,所以我们不妨先叙诗歌的生命。

诗歌的生命是什么呢?这问题我想一般人都可以简单地答出是"感情",这个答案本不算错。但如果再问感情为什么是诗歌的生命?感情如何才能成为诗歌的生命?这二点恐怕便要详细研究了。

就诗歌的起源来说,诗歌产生于感情,为人们公认之事实。像《诗序》所言"情动于中,而形于言,言之不足,故嗟叹之,嗟叹之不足,故咏歌之"云云,已为诗歌史上常识,不须多赘。故今所言者,乃再从原理方面,加以论列。

在人类天赋的本性中,有三种潜存的能力,即智慧、意志和情感。智慧的表现,是对于外界一切事物的认识;意志的表现,是决定一切行为的趋向;而情感的表现,是喜、怒、哀、乐、爱、恶、欲——所谓七情。但情之表现,如仅限于喜怒哀乐……则无他可言。而事实上,它要进一步表现于言语文字上的,这就是诗歌发生的过程。不过这种单纯抒情的诗歌,仅是原始形的。其特点是"矢口而出",是"率直",是"自然",也就是所谓"天籁",是以情感为整个的内容的。我们不妨以之为诗歌的第一阶段。

由诗歌的演进看,此第一阶段,显然的,并不是诗歌的止境。因为人对于情感的抒写表达,要抒写得好,表达得妙,同时就要把复杂的情感,尽量道出。

于是诗歌便很自然地由简单变为复杂,由朴素变为华美,由质实变为空虚,由萌芽而蔚为大观了。不过无论如何,骨子里仍以情感为主,这可称为诗歌的第二阶段。第一阶段可称为无目的的,也可以说是平民型的;第二阶段则可称为有目的的(指广义的目的言),也可以说是文人型的。但同以情感为其生命。

以上所言,仅说明诗歌的生命是情感,尚未说明"情感如何才能成为诗歌的生命"。故下文即就此加以申说:

(一)情感与诗歌中的情感。情感人人有,但不一定人人都会作诗。此一事实,便证明了"情感"与"诗歌中的情感"是有相当距离的。本来人人有情,那是天赋的。人人有感,那是不得不然的。但此情要变成诗歌中的情感,却非经过一种过程不可。这个过程,便是思与想了。经过思想,才能使情感表现于诗歌。譬如项羽的《垓下歌》:"力拔山兮气盖世,时不利兮骓不逝,骓不逝兮可奈何,虞兮虞兮奈若何!"本是民歌一类"矢口而出",并没有有意思索或修饰,但它所表现的,已不是单纯的情感了。虽然他率直地喊出几句,但他的心中是把过去的经验里的一切纷杂的事,久已思之而复思之,故能这样简括。他一生的苦乐,和他最后的遭遇,久已激荡他的思想,而诗中的情感,已是被思想锻炼过的了,所以情感要变成诗歌中的情感,是要借助于思想的。

(二)思与想。说到思想,便先要知道思与想的分别,思是思索,想是想象。综合分析,是思的工作。事物形象的回忆与推测,是想的工作。思的对象是抽象的,想的对象是具体的。二者在诗歌中都非常重要。例如苏东坡的《水调歌头》道:"明月几时有?把酒问青天,不知天上宫阙,今夕是何年?"酒、明月、青天、宫阙等,是由回忆过去的经验中的形象而来。"不知天上宫阙,今夕是何年?"是根据已知的观念来推测未知的。但何以只想这几种呢?这因为对于别的并非不想,而是思把它净化了,思把它从纷繁的理想里整理起来了。所以人如果只有情感,至少不足以表现为好的诗,或者竟不能作诗。因之,思与想可说是诗歌的第二生命。

（三）诗歌中的情感与思想。思与想对于诗歌中的情感，有绝大的决定力。换句话说，在诗歌中情感是要受思想左右的。如乌孙公主歌（即悲愁歌）的"吾家嫁我兮天一方，远托异国兮乌孙王……愿为黄鹄兮归故乡！"及李陵歌的"老母已死，虽欲报恩将安归"，虽都是直抒式的，和项羽《垓下歌》相类，但思想已占了其中的相当地位。至如《诗经》里的"昔我往矣，杨柳依依，今我来思，雨雪霏霏"，则思想益多。它不直写光阴易逝，而只借杨柳雨雪代表时节；也并非有意写杨柳，只因它是回忆中最显著的印象。思想多，表现就较深了。又如南北朝乐府"驱羊入谷，白羊在前，老女不嫁，蹋地唤天"，思想少，意味也浅。而白居易的"惟向深宫望明月，东西四五百回圆"，情感和上首相类，但写得却非常深刻，这就是用思想多的缘故。李义山的"嫦娥应悔偷灵药，碧海青天夜夜心"，他本要写孤独的情感，但却想嫦娥虽在美丽的月宫，但每夜对着碧海青天，一定后悔不该去的，这是深了几层的写法。又如"刘郎已恨蓬莱山远，更隔蓬山一万重"，这是写隔离之情的，却以汉武恨蓬莱山之远作比，不仅如此，更进一层说比蓬莱还要远一万重，那么他的恨如何深呢？而这样意味深厚的诗，便是思想的力量，所以思索愈细密，想象愈丰富，其情愈能表达，其作品愈有价值。

（四）境界。现代人论诗歌，每以境界为第一。境界是什么呢？简单说就是情感、思索、想象的融合体。此三者同时并用，交互错综，然后形成一意境，表现于诗歌中，便是境界。昔人评诗常用"情景交融"四字，就字面说，是未免忽略了思想，这是不对的。凡好诗无不具有一种境界，如刘禹锡的"朱雀桥边野草花，乌衣巷口夕阳斜。旧时王谢堂前燕，飞入寻常百姓家"，文字表面没有一个悲哀腔调的字眼，但读了之后，便立刻使人有一种惆怅之感。不但令人如亲临朱雀桥看见斜阳、燕子，而且令人仿佛回到六朝以前，看见王谢的全盛。而且令人回忆到经验中的一切人世沧桑。这便是境界，而此境界即是情与思想的融合。

由上所述，可知诗歌的生命是"情感""思索""想象"的融合体。从另一方面说，就是有境界的诗，才是有生命的诗。所以只说"情感是诗歌的生命"，是不算完备的，仅可说大体不错而已。

诗歌的生命,即已确定了,以下便可以讨论"新旧诗的合一"。为方便起见,仍分三点来说:

(一)理论上的合一。根据前面所说"诗歌的生命,是情、思、想的融合——境界",那么不论新旧诗歌,应该没有例外。所以就"生命"一点来说,诗歌是不分新旧的。不但不分新旧,而且连中西也是不分的。也就是说,不论任何诗歌,都要有情、思、想为它的灵魂,而一般所谓新旧诗的问题,不过是体裁和文字问题而已,亦即说新旧诗的问题,应该是形式问题。

有人说,旧诗是代表着旧时代思想的,新诗是代表新时代思想的。不知所谓新旧诗,不是指作者的历史背景而言,乃是指其体裁而言。如果指其历史背景,则新诗也同样不能代表新时代思想,因为时间是不停留的。如果指体裁而言,则新旧诗都是抒写情感的工具而已。工具只应问好不好,不应问新不新。而且在理论上说,新旧并不是绝对的,也可以说在理论上根本无所谓新旧(此为哲学问题,此处不多谈)。何况事实上凡诗都是随着时代而新的呢。

如就其所代表的思想说,则宋律不同于唐律,唐五古不同于魏晋五古,任何一时代,皆不同于其他时代。这不是有意如此。然就其所以能有生命,所以能流传于世来说,则是没有差异的(都以情、思、想为生命)。所以,除过体裁的不同外,新旧诗是没有内容上的分别的。

(二)形式的选择。因为新旧诗的形式既然不同,所以应该从形式方面加以讨论。为避免纠纷,我们不就本有的二种形式,或毁或誉(事实上二种都有可毁可誉之处),而仅就原则上来说。

诗体的形成,是依着作家们实际的需要的。诗体的存在,是为了作家们表达情感的。而由此两点,便可以确立诗歌形式的标准。就是说,凡是能使情感表达得充分、有力,而又经济的形式,就是我们所需要的好形式,当然不必问它的新和旧。

但如何才能达到上列——充分、有力、经济——三点呢?我认为首要注意的便是"实",这是虚实问题(此实不是写实之实)。诗贵虚不贵实,即使是写实,也只能写事物的意象,所以诗里尽管用许多实字,而其力量全在虚处。往往用一二字便可以把意象表现得深刻而生动。如王维的"渡头余落日,墟里上孤烟","落日""墟里""孤烟"都是实物的意象,然其中着一"余"字、"上"字,而境界便活跃在眼前了。又如孟浩然的"气蒸云梦泽,波撼岳阳城",用"蒸"字便立刻觉得洞庭湖的伟大,好像看见雾腾腾无边无岸的情况;用一"撼"字,立刻觉得波浪滔天的情况。前二句是静的境界,此二句是壮的境界。但它的妙处,都是能从虚中充分表现出来意象,既经济而又有力,所谓死板与灵活也就于此分别。假如死板板地写,将不知道要说多少话,还不见得能表现得那样真切!不过这里我要声明一点,就是我所引的例,只是引例而已,只是指出这类写法的需要,而非说律诗体裁最好,或其他体裁不好的问题。

其次所要注意的是"音节"。音节在语言文字的表达上有极大的效力,这是不可否认的事实。譬如一个人说话的音调和语气轻重,是很可以决定他所说的效力的;而诗歌尤其如此,在各种不同的音节之下,可以表达各种不同的情感,也可以发生不同的效力。我们虽无法规定某种情感必须要用某种音节的诗,而音节的重要,却是诗歌形式上所绝不可忽视的要件。我们试读刘禹锡的《竹枝词》:"江草青青江水平,闻郎江上踏歌声。东边日出西边雨,道是无情却有情。"姑不问它的内容如何,单看它那清切的音调,读来已立刻感到轻松愉快了。

再次要注意的是"修辞"。本来修辞是任何文学作品所不可忽略的,其原因当然也是能增加文字的力量。但如何修辞才算好?像所谓"典雅""华丽"是不是就算好?根据我们的标准,是可以不问这些的,只要合于我们表现情感的条件,那便是好的,不论新词旧词,也不论俚语文言,只看它加于作品上的效力。像"西陆蝉声唱"的"西陆"二字,不但没有效力,而且使意思晦塞了。"桂华流瓦","流"字写境界本来极好,而"桂华"二字,却使词意大晦。至如"悠然望南山"的"望"字,当然不如"见"字;"僧推月下门"的"推"字,当然不如"敲"字,这关键全在有无效力。所以修辞能达到增加效力的,那便是好的形式中的应有的条件。

（三）打破新旧界限。凡所谓界限，都是一种成见。旧者不肯吸收新的，新者不肯接受旧的，因之便成了两个壁垒。但如果根据以上的理论，则可以不受新旧的限制。有人说，旧诗太为格律所拘束了，其实旧诗的格律，虽不是恰到好处，但至少它注意的，都是诗歌本身应注意者。有人说新诗太俚俗了，其实俚俗虽不是诗歌的必要条件，但在要充分表现的目的下，俚俗是当然不应避免的。又有人说：旧诗只能用旧词，新诗只能用新词。其实新诗无法避免旧词，旧诗正不妨多用新词，何况新旧词本无一定界限呢。所以如果打破了旧诗固定的格律，增加了新诗对音节等的注意，更扫除了世俗固执的分划，而专注意诗歌本身所当注意的事，则二者不自然地会合一起了吗？所以，我们应该认清了诗歌的共同的生命，根据最有效、最经济的基本条件，以平等的眼光，对各类诗歌加以深刻的研究，才能融合二者为一，才能有新的成就。

1948年于昆明

（选自《文史述论》，商务印书馆2015年版）

宋词引论

张光年

宋词之起源

成肇麐《五代词选》叙曰:"十五国风息而乐府兴,乐府微而歌词作;其始也皆非有一成之律以为范也。抑扬抗坠之音,短修之节,运转于自己,以蕲歌者之吻;而终乃上跻于雅颂,下衍为文章之流别。"就音乐发展以论词之起源,成氏可谓得之。古昔诗三百篇,皆可被之管弦,协谐音律,故孔子得一一弦歌之,以合于韶武雅颂之音;其十五国风,固里巷之歌谣,男女相于讽咏者也。自历秦燔,逮于汉世,犹能纪其铿锵,定其容与,然仅存之乐官,用于宗庙,盛世遗音,不绝如线矣。是时里祥咏歌,以播新声;乐工协律,不乏新制;四方来贡,亦多异响:武帝兼收并蓄,以实乐府,文人倚户填词,颇翻新调。汉魏之间,郊祀燕乡之所用,朝野文士之所咏歌,固已树文苑之奇葩,拓风雅之新土矣。自后新陈相移,雅俗代变,迄乎隋唐,颇废汉音,域外新声,竞播中土,乐风既变,歌体遂异,故唐人以诗为歌,七言律绝,悉付乐章,为协新声,斯创新体也。然律绝之体,格调无多,随有巨匠,莫或翻新,而管弦之用,变化无端,旧词新曲,寝成龌龊!乃见田野里巷之间,引车卖浆之流,汲域外之异响,翻俚俗之新声,论歌句则长短而无定,论音韵则变化而随心。风流所被,影响骚坛,于是词之为体,乃滥觞于李唐,拓域于五季,而盛极于两宋矣。是故风雅之什、乐府之音、律绝之体、词曲之乐,实一脉而相通,异代而相应者也。生活由简而繁,语言由质而华,乐音由雅而郑,歌诗由朴而绮,其不得不变者,势也。夫词调之繁,宋世为最,令、引、慢、犯,体数诡杂,然追本穷源,不外三类:一曰民歌,《采桑子》《摸鱼儿》之类是也;二曰夷乐,《菩萨蛮》《苏幕遮》之类是也;三曰词人自度曲,美成、白石自翻新腔者是也。而民歌夷乐,往往经词人之改订,或引长其声,或演繁其体,此所以由小令而引、近,由引、近而长、慢者矣。周姜之徒,深解音律,复因旧曲,移宫换羽,宋词体制,至此益繁。夫厌故喜新,人之常情,乐律进化,势所必然。惜乎末世作者,自甘茧缚,守律日谨,变化无闻,以致昔之新声,今成滥调,昔之惬耳,今成厌听;乃不得不更拓新境于俗声,复汲异响于域外,此所以元曲兴而宋词微,物穷必反,何足怪乎?

宋词之演变

词艺之盛,至宋而极,上自帝王将相,下至贩夫走卒,虽雅俗异趣,靡不知音。至于骚人感慨之意,教坊声色之娱,凡所咏歌,不离词乐;溯其盛况,犹今之救亡歌曲也。夫传习既广,故作者辈出,染指既多,故珍奇屡见,此宋词所以凌古傲今,独标异秀,精彩绝艳,莫可比伦者矣。综两宋三百余载,以词名家者数百人,词体之繁,创作之夥,曷可胜记!然其嬗变之迹,有可得而言者:大抵开国之初,犹沿五季之旧,汲二主之遗馨,存《花间》之余韵,其代表作者,当推晏殊;山谷及晏子几道,实承其绪。世际清明,故词旨和婉,祖述南唐,故意少独创,此其大概也。其后柳永以失意无聊,流连坊曲,取街巷之俚语,翻曼延之新声,骫骳从俗,一时动听,有井水处,皆歌其词。其功于铺叙,勇于开拓,故一代之大家也;而绮罗之态,蝶渫之词,则风期之未上耳。苏轼继起,横放杰出,涤尽柔靡之风,超乎尘垢之外,豪迈处若天风海雨之逼人,韶秀处似弱柳垂杨之拂水,虽疏于裁剪,间不协律,而豪气逸怀,自足千古也。北宋模式,周邦彦最为知音,其审定旧曲,增衍新调,固乐府之骁雄,词坛之巨匠也。所为词以沉郁蕴藉,流美精审，命意遣辞，皆有法度；惜乎专攻绮艳，托体不高，因袭唐人，胸襟未广，后人但以精审典雅，谓足媲美杜诗，矜今或前世，则会已嗟讽，殊非确论矣。南渡之初，李清照以清丽哀婉，为世所激赏，而前人论词，辄以伧俗浅露非之。余谓易安以孤苦之身，丁丧乱之世，其思切，其情真，其意远，其辞哀，句句是血，字字是泪，固真情之流露也。惟是胡马南犯，家国飘零，而犹专主一己之哀，无复山河之恸；其将以闺房弱质，无待苛责者乎？则有辛弃疾氏，当弱宋之末造，负管乐之雄才，而所遇不合，忠愤抑塞，斯悲歌慷慨，凌厉风发矣！刘潜夫论其词曰："公所作大声镗鞳，小声铿锵，横绝六合，扫空万古。"毛晋曰："词家争斗秾纤，而稼轩率多抚时感事之作，磊落英多，绝不作妮子态。"惜乎用事过多，有书卷气；然其微词讽谏，舍托譬于事类，不将贾文字之祸乎？同时作者，有陆游、刘过，并主豪迈，激昂排宕，直欲凌越稼轩，顾才力不逮耳。姜夔长于音律，善于度曲，所制新腔，悲凉幽咽，盖南渡而后，偏安一隅，国势日非，中兴无望，稼轩感愤之意，变为白石伤心之语矣。自后作者，如吴文英、周密、张炎、王沂孙之流，各有所长，并是名家。然梦窗如七宝楼台，炫人耳目，折碎下来，不成片断（张书夏语），且用事下语，人不可晓（沈伯时语）。草窗有韶秀之色，有绵渺之思（戈载语），然立意不高，取韵不远（周济语）。玉田意度超玄，律吕协洽（仇山村语），然专恃雕琢，毫无脉络（周济语）。碧山咏物，寄托深远，一片热肠，无穷感慨，然仅余哀怨之思，无复豪迈之气，情辞哽咽，其亡国之音欤？综两宋词风，历经六变：晏氏承十四国之韵，吐珠玉之声，凡所述作，但属小令，自屯田创慢曲之体，采俚俗之辞，作风至此一变。坡老胸襟飘逸，气势奔腾，所谓曲子缚不住者，其词但求写意，不求协音，虽富诗情，颇乖律吕；此公非不解律，特有以打破成格耳：此宋词散文化，作风之又一变也。美成知音，颇矫此弊，倚管度曲，昌乐府词，于是曲有定歌，字有定音，一代词风，至是三变。稼轩豪韵，远接东坡，第以国势凋零，身世屯抑，故豪迈之情，包纳讽谏之意，横放之句，吐露怨愤之声；世以东坡为"词诗"，稼轩为"词论"，由"诗"而"论"，非四变乎？白石脱胎稼轩，变雄健为清刚，变驰骋为流宕（周济语）；所以变者，由于时运之微，由于审律之谨；经此五变，词格益严，自后作者，未能脱其范围矣。然末世诸子，处境益危，柳丝薰风，恍同隔梦，故梦窗抒情，碧山咏物，下字愈晦，用事愈隐，易成獭祭之章，但闻凄苦之调：此宋世余音，作风之六变也。

夫海宇承平，故词风和婉；京畿繁庶，故词旨淫奢；宗社播迁，故词声悲亢；山河破碎，故词调哽咽！乃知诗体依乎乐声，文风系乎世运。莘莘后学，可不鉴诸！

1942年夏讲义

1950年夏重抄

（选自《张光年文论选》，人民文学出版社2009年版）

辨枚乘诗

陶 光

《文心雕龙·明诗》篇说:"古诗佳丽,或称枚叔。""或称"云云,可知当时有此一说,刘勰不敢确信。又说:

> 至成帝品录三百余篇,朝章国采,亦云周备,而辞人遗翰莫见五言。所以李陵班婕妤见疑于后代也。

足见他倾向于不承认前一说法,仅于不公然否定而已。《诗品·叙》则谓:

> 自王杨枚马之徒,词赋竞爽,而吟咏靡闻。

以理推之,刘勰既知"或云枚叔",钟嵘不当毫无所闻,又特提出王杨"枚"马吟咏靡闻,一笔掠过,其态度近于明白地否认。

《昭明文选》选录"古诗"十九首,不题作者,当然也是因为不能确定。或以为编次李陵之上,足见昭明及诸学士以此诸诗在李陵之前。关于此点李善解释得很好,他说:

> 并言古诗,盖不知作者。或云枚乘,疑不能明也。诗云,"驱车上东门"(光按:上东门在洛阳,贾谊上疏请封建子弟云,"择良日立诸子洛阳上东门之外");又云,"游戏宛与洛",此则辞兼东都,非尽是乘,明矣。昭明以失其姓氏,故编在李陵之上。

李善的意思是"辞兼东都",至少"非尽是乘",也是倾向于怀疑"枚乘"一说的。

《文心雕龙》和《诗品》称"古诗",《文选》也称"古诗""古乐府",这与《宋书·

乐志》称"古辞"一致,可知是当时一种普遍的称谓了。《诗品·叙》说,"古诗眇邈,人世难详。推其文体,固是炎汉之制,非衰周之倡也",足见当时但称"古诗",不知作者,所以特别辨明是"炎汉之制非衰周之倡"。

只有《玉台新咏》以《西北有高楼》《东城高且长》《行行重行行》《涉江采芙蓉》《青青河畔草》《兰若生春阳》《庭中有奇树》《迢迢牵牛星》《明月何皎皎》等九首为枚乘作,后人相信"古诗"中有枚乘之作即以《玉台》为有力的根据。

首先我们必须注意:徐陵编《玉台新咏》并不是郑重出之的,从序文里伪托,"本号娇娥,曾名巧笑。……往世名篇,当今巧制。……然脂冥写,弄笔晨书,选录艳歌,凡为十卷"。已可看出其不负责的态度了,且不论有人怀疑徐陵不早于钟刘和《昭明文选》诸学士,钟刘和诸学士所不能确知,他何以能确知,即令生在诸人之前,还是不很可信。

从晋到梁颇有数家拟此九首的,也都只题"拟古",或"拟某篇",陆机九首全拟,各题"拟某篇"。袁宏《拟古》:

　　高馆百余仞,迢递虚中亭。文幌曜琼扇,碧疏映窗棂。

显然是拟:

　　西北有高楼,上与浮云齐。交疏结绮窗,阿阁三重阶。

宋南平王刘铄拟古四首中有三首在此九首中,各题"拟某篇"。鲍照《绍古辞》七首中:

　　瑟瑟凉海风,辣辣寒山木。纷纷羁思盈,慊慊夜弦促。……

是拟:

　　迢迢牵牛星,皎皎河汉女。纤纤擢素手,札札弄机杼。……

江淹《拟古离别》:

　　黄云蔽千里,游子何时还。

是拟:

　　浮云蔽白日,游子不顾返。(《行行重行行》)

以上诸人所拟并不言拟枚乘。

> "古诗"在梁时尚存五十九首，钟嵘说：陆机所拟十四首，文温以丽，意悲而远。惊心动魄，可谓几乎一字千金。其外"去者日以疏"四十五首，虽多哀怨，颇为总杂，旧疑是建安中曹王所制。……

钟嵘把"古诗"分成两组，以陆机所拟之十四首为一组，另外四十五首为一组。后一组"旧疑是建安中曹王所制"，前一组则时代较早。今按陆机所拟存十二首（《诗品》言十四首，或者有误）为《行行重行行》、《今日良宴会》、《迢迢牵牛星》、《涉江采芙蓉》、《青青河畔草》、《明月何皎皎》、《兰若生朝阳》、《青青陵上柏》、《东城一何高》（当即《东城高且长》，《文选》如此作）、《西北有高楼》、《庭中有奇树》、《明月皎夜光》，其中除《今日良宴会》《青青陵上柏》《明月皎夜光》，三首之外的九首即是《玉台新咏》所录，题为枚乘作的九首，而《今日良宴会》等三首的内容不是艳歌，不合《玉台》的标准，所以不录，其余九首皆是讲男女之情的，《玉台》则全录，尤其值得注意的是，陆机所拟十二首中，《兰若生朝（《玉台》作"春"）阳》一首不在《昭明文选》所选的十九首之中，而《玉台》则有此一首，又与陆机所拟正合。由此可见，《玉台》以为枚乘所作者即是根据陆机所拟而言，也正是《诗品》认为"古诗"中时代较早的那一组。然则《玉台》径以为是枚乘所作，虽不足信，却不是毫无依据。

陆机所拟最后的一首《明月皎夜光》，《文选》李善注"玉衡指孟冬"云：

> 《春秋运斗枢》曰：北斗七星，第五曰玉衡。《淮南子》曰：孟秋之月，招摇指申。然上云促织，下云秋蝉，明是汉之孟冬，非夏之孟冬矣。《汉书》：高祖十月至霸上，故以十月为岁首。汉之孟冬，今之七月矣。

后人相信"古诗"中有枚乘作，或有西汉初期所作者，即以李善这几句注语为理由，因为照这样解释，至少这一首必须是作于汉武帝太初改历之前。太初改历，以正月为岁首，此后便不能用"十月为岁首"，解释孟冬而言促织和蝉这一矛盾了。

其实用汉初的历法并不能解释诗中的矛盾，因为历代改历的办法不同。周用建子之月为岁首，即《史记·历书》所云"周正以十一月"，"十一月"是据夏历而言。但在周时不称"十一月"而称"正月"，所以《春秋》书"春王正月"，又书"春王二月""春王三月"，至于每年纪事始于夏者不书"王"。因为所谓"三统"，或以建子为正，或以建丑为正，或以建寅为正，子丑寅三月皆有可能作岁首，名为"三微之月"，故《春秋》特于此三月著"王"字，以示其为周正。不过在实际生活中仍用夏历，《后汉书·鲁恭传》：

> 夫阴阳之气相扶而行，发动用事各有时节，若不当其时，则物随而伤。王者维质文不同，而兹道无变。四时之政行之若一。月令周世所造而所据皆夏之时也。其所变者唯正朔、服色、牺牲、徽号、器械而已。

足见正朔虽改，一切生活仍照自然的时令，周朝是如此。

《史记·张丞相列传》："以高祖十月始至霸上，因故秦时本以十月为岁首，弗革。"《历书》亦说，"秦正以十月"，是则秦以建亥之月为岁首。但有一点须注意，即秦及汉初虽以十月为岁首，并不如周历改称。周称十一月为正月，秦汉则仍称十月为十月。所以《史记》《汉书》里汉初诸帝本纪皆是每年先书"冬十月"，最后是"秋九月"。太初改历在元年五月，故元年仍首"冬十月"，直到春正月才算太初二年，这一年共有十五个月。《晋书·律历志》载魏尚书郎杨伟表：

> 暨于秦汉，乃复以孟冬为岁首，闰为后九月。中节垂错，时月纰缪。……

从史汉帝纪和杨伟此表所说，可知秦和汉初虽改正，至于四季和月份都以夏历，不过每到冬十月即为新年。

依上所述，太初改历以前季月都依夏历，则李善所说"汉之孟冬非夏之孟冬"并非事实，也就不足以解释为何诗中既说孟冬又说促织和蝉这一问题了。

李善所注很多是依据前人，其最显著的如张衡《两京赋》用薛综注，左思《三都赋》用刘逵注（据《晋书》，《魏都》为张载注）。并皆书明，此处虽未说明所据，但大概是本于晋以来的传说，因为这种误会，可能是由于晋武帝泰始改历而起。

汉武太初改历以后到魏明景初又改历，《魏志》：

> 景初元年春正月壬辰：山茌县言黄龙见。于是有司奏以为魏得地统，宜以建丑之月为正。三月，定历改年，为"孟夏四月"。……改太和历日景初历。其春夏秋冬，孟仲季月，虽与正岁不同，至于郊祀迎气，祭祀蒸尝，巡狩蒐田，分至启闭，班宣时令，中气早晚，敬授民事，皆以正岁斗建为历数之序。

这里所说的"正岁"即是自然的春夏秋冬（也即是夏历）。

《晋书·律历志》：

> 至明帝景初元年……实行（杨）伟历，以建丑月为正，改其年三月为孟夏，其孟仲季月虽与夏正不同，至于郊祀蒐狩，班宣时令，皆以建寅为正。

此两处所记都说，春夏秋冬和孟仲季月与正岁（夏历）不同。魏明景初改历只两年，景初三年（239）明帝死，齐王芳下诏以"明皇帝以正月背弃天下。……又夏正于数为得天正，以建寅之月为正始元年正月，以建丑月为后十二月"（《魏志》），又恢复夏历。"晋武帝泰始元年因魏之景初改名泰始历。"（《晋书·律历志》）从此以后又以建丑之月（夏历十二月）为岁首，春夏秋冬，孟仲季月与"正岁"不同了。

在这时的人，因改用建丑历，季和月与"正岁"（夏历）不同，不知秦和汉初虽改正并不改季与月，误以为汉初孟冬是夏历七月，因指"玉衡指孟冬"一首是汉武改历之前的作品，直至李善仍沿此误。

前面提到《诗品》以陆机所拟十四首为较早的作品，刚好"玉衡指孟冬"这一首居于陆机所拟今存十二首之最后，我推想陆机所拟之次序即是依照晋时"古诗"抄录的次序，晋人（也许就是陆机）即因"玉衡指孟冬"一首而推测以上之十二首（或十四首）为汉武太初改历以前之作，而枚乘可能是这些诗的作者，于是有"古诗佳丽，或称枚叔"一说，大家都不能深信，又都不敢否认，徐陵以不很负责的态度编《玉台新咏》遂竟题为枚乘（《玉台》所题多不足信，如以《饮马长城窟行》为蔡邕作，亦无根据）。只有眼光比较锐敏的钟嵘，既说"古诗眇邈，人世难详。推其文体，固是炎汉之制，非衰周之倡"，又说"自王扬枚马之徒，词赋竞爽，而吟咏靡闻"，大体否认了。《昭明文选》更打破了旧有的次序，同时于陆机所拟以前都以为是汉初之作的诸首中独不选《兰若生春阳》一首——这首在陆机诸首中较差，也很能一洗陈说独擢已见。

1949年10月改订于台北

（选自《陶光先生论文集》，[台北]广文书局1964年版）

精炼举例

张为骐

《人民日报》7月20日副刊载《精炼》一条短文,引《古今谭概》之《书马犬事》,说明古人写文章讲究精炼,注意把水挤干挤净了。作文最忌拖泥带水,所以修辞要求精工简炼。今即以此为题,谈一点浅见。

奔马毙犬的故事早见于宋人沈括(存中)所著《梦溪笔谈》,原来是宋初古文家穆修与张景造朝待旦论文时各记所见,以较文字之工拙。全文如下:

> 往岁士人多尚对偶为文,穆修张景辈始为平文,当时谓文"古文"。穆张尝同造朝,待旦于东华门外。方论文次,适见有奔马践死一犬。二人各记其事,以较工拙。穆修曰:"马逸,有黄犬遇蹄而毙。"张景曰:"有犬死奔马之下。"时文体新变,二人之语皆拙涩,当时已谓之工,传之至今。(卷十四《艺文一》)

沈括记录此事,但评他们二人之语皆"拙涩",说不上一个"工"字,似更谈不到精炼了(彭乘《墨客挥犀》卷二亦载此事,文字与《梦溪笔谈》全同,当是转录沈文)。后来陈善《扪虱新话》论"文字意同,语有工拙"条,即引申沈括此则。他说:"今较此二语,张当为优。然存中但云,'适有奔马践死一犬',则又浑成矣。"(卷五《文章类》)陈善认为张句较优,更称沈语浑成,也可使人得到一点启发。

这个故事流传下来,就在宋代其说也不一致。毕仲询《幕府燕闲录》写欧阳修的故事,曾三异《因话录》的"论史法"条所记,又不尽相同。

精炼举例

我们看这个小故事的不同记载，可以想见古人下笔是如何矜慎不苟；琐事如此，大节可知。人之常言，惜墨如金，颇耐人寻味。但，精炼不只是计算数字，我同意4月28日《人民日报》所载玉清同志的意见，他们结论是："要讲精炼，'逸马杀犬于道'还不能算是一个最适宜的例子，而且更不可片面强调计算字数。"

精炼本把一篇文章的全面写作艺术，包括炼字、炼格、炼意、炼韵等等。精如披沙拣金，炼如精金百炼；以喻用兵，又如百战健儿，无懈可击，更能以少少许胜多多许。一篇文章，从头到尾，写得繁不可删，简不可增；一个句子又写得一字加减不得，也一字移易不得，功夫到了这个程度，方可当精炼二字的好评。这和字数虽有关系，但不能机械地单看一两句话的长短多少。韵文更是如此。同是一首诗，同是一句五言或者七言，看它精炼不精炼，关键就在造语下字这方面。谁都知道的"推敲"故事，"敲"字所以比"推"字更好，因为不但如见其形，而且更闻其声。读者到此，思想上还会出现一个老和尚或小沙弥出来开月下山门的影子。由绘影进入绘声，又全面展开一幅画图来，使读者会发生多少不同的感觉。这样有声有色的形象化的字，就决定了此诗的精炼流传，而成为文人的一般口头语了。此例甚多，今就最常见的略举数则：

杜甫《送蔡希鲁都尉还陇右……》诗："身轻一鸟过，枪急万人呼。"宋人陈从易偶得杜集旧本，文多脱误，此句"身轻一鸟"下刚巧脱了这个"过"字，陈因与几个客人各想用一个最恰当的字来填补空白。有的用"疾"，有的用"落"，有的用"起"，有的用"下"，有的又用"度"，都决定不了。后来得一善本，查对之下，方知原是"过"字。陈大加叹服，以为："虽一字，诸君亦不能到也！"（参见《六一诗话》，又《苕溪渔隐丛话》后集诸书）杜诗无一字无来历，"过"字虽有所本，要足见他选用之工。下一个字最不苟且，不能移易，如此方称精炼。

王安石《泊船瓜洲》七绝云："京口瓜洲一水间，钟山只隔数重山。春风又绿江南岸，明月何时照我还？"据洪迈《容斋续笔》所记，吴中士人家藏有荆公此首草稿，第三句原作"春风又到江南岸"。他圈去"到"字，注曰"不好"，改为"过"

字;又把"过"字圈了而改为"入";后又改作"满";仍觉不好,再换上别的字。如此凡更易十许字,最后始决定用这个"绿"字。荆公先用的"到""过""入""满"等字有何"不好"?但是着上一"绿",便觉色香味三者具足,江南岸上的一幅宜人的春色画面顿尔展现眼前;谁也会感觉他以前用的那十多个字都嫌浅嫌泛,而最后的这一个字精彩确切,再好也没有了。

苏轼《鹤叹》:"我生如寄良畸孤,三尺长胫阁瘦躯。""三尺"句他先空去第五字,缺而不写,特别让任德翁等人来试下看看。大家细心想出好几个字,都不对。这时东坡慢慢出其手稿,众人方知是一"阁"字。"此字既出,俨然如见病鹤矣。"(《唐子西语录》)前人所谓"诗眼""句中眼"者,就是难在一字之工;要下得最好,才能说是"句中有眼"。

又苏轼《白水山佛迹岩一首》有这样两句:"潜鳞有饥蛟,掉尾取渴虎。"其故事的内容如次:"惠州有潭,潭有潜蛟,人未之信也。虎饮水其上,蛟尾而食之,俄而浮骨水上,人方知之。东坡以十字道尽,云(即上所举二句)。"此二句妙处何在?下文自有解释:"言'渴',则知虎以饮水而召灾;言'饥',则蛟食其肉矣。""饥""渴"本是最普通的两个字,但是此处一经诗人拈出,不但显得格外贴切醒目,而也更说明问题了。他叙事言简而意尽如此,正是从苦心锤炼而来。

至如孟浩然"微云澹河汉,疏雨滴梧桐",使一座嗟伏,为之搁笔;皮日休甚至以之与萧悫"芙蓉露下落,杨柳月中疏"媲美,也同样成为当时与后世击节传诵的佳句。《云仙散录》称:"诗非苦吟不工。"在古人中即首先举到"孟浩然眉毛尽落",可知"孟夫子"的那些著名警句都不是随便就能写出来的。此类例子尚多,不再赘述。

司空图论诗,分为二十四品;其第七品名《洗炼》,云:"如矿出金,如铅出银;超心炼冶,绝爱淄磷。……"洗者,涤净尘垢,淘汰出合用的字句。洗炼即是精炼。精炼包括词和意两面,这里所举似乎在炼字炼句,但炼字炼句和炼意又是不可分割的。文体风格尽管多种多样,作者可以各随才性所近,用其所长,但讲究炼字炼句,说来总是首先必要。古人对于写作,往往强调"呕心吐胆""煅岁炼年",也就是说必须态度严肃,不可草草。《文心雕龙》有《镕裁》《练字》二篇,前者标举三准,后者标举四要,又有《情采》指出三立,《丽辞》指出四对。这些都是非常珍贵的文学遗产,值得我们认真学习,发扬光大。

(原载《边疆文艺》1961 年第 11 期)

《曲品》考

叶德均

一、吕天成的生平及其著作

  《曲品》的作者吕天成,字勤之,别号棘津,又号郁蓝生,余姚人,诸生;工古文辞。幼年嗜曲,稍长即能填词。他的祖母孙氏好藏书,搜集戏曲颇富,吕氏得博览之。又曾得外戚孙月峰、孙如法的指授,故其曲学颇有渊源,尤精于四声阴阳之别;后更与曲学家沈璟、王骥德为友,遂益加精进。他的作品早年多藻丽,后服膺沈璟,以本色为宗,然宫调字句平仄守法甚谨。又擅长丽情亵语,世所传《绣杨野史》《闲情别传》书,即其少年游戏之作。所著有《曲品》二卷,《神女记》《金合记》《戒珠记》《神镜记》《三星记》《双阁记》《四相记》《四元记》《二媱记》《种剑记》(总名《烟鬟阁传奇十种》,参见《南词新谱》"古今入谱词曲传剧总目")及其他小剧二三十种(以上参见《曲律》卷四),又曾校正《杀狗记》(参见《曲品》卷下"杀狗记"条)、《赵氏孤儿记》(参见《曲品》卷下"孤儿记"条)、《双忠记》(参见《曲品》卷下"双忠记"条),更拟作《玉符记》(参见《曲品》卷下"奇货记"条)及谱岳飞直捣黄龙(参见《曲品》卷下"精忠记"条)与潘用中事(参见《曲品》卷下"投桃记"条)各一剧,均未果。沈璟深信吕氏,以其著述悉授之,并为播刻(参见《曲律》卷四),其已刊成者,今确知有散曲集《情痴寱语》《词隐新词》二种(参见《曲律》卷四)及传奇《合衫记》(参见《曲品》卷下"合衫记"条)。

王骥德《曲律》卷四云："吕公子勤之……惜玉树早摧，齐志未竟。"又说："勤之风貌玉立，才名籍甚，青云在襟袖间，而如此人曾不得四十，一夕溘逝，风流顿尽。"（按：《曲律》自序作于万历庚戌[1610]，似吕氏于万历三十八年[1610]前已死，但《曲品》自序亦题万历庚戌，盖二书自序作于同年，而《曲律》卷四乃后来续作者，故其中有吕氏已死之记载）考王骥德卒于天启三年癸亥（1623），《曲律》卷四当作于万历三十八年（1610）至天启三年（1623）十数年间。其中有"顷余考注《西厢》"的话，查王氏《校注古本西厢记》刊于万历四十一年（1613），《曲律》卷四似亦同时之作，则吕氏的卒年当在四十一年（1613）以后，又青木正儿《中国近世戏曲史》以为《曲品》中有"成于四十一年之汤显祖所著《邯郸记》，则当系初稿成后，犹加以增补者"（参见王古鲁译本，第227页），亦足为吕氏至万历四十一年（1613）尚存之证。今假定吕氏卒于四十二年（1614）左右，以年未四十推之，则其生年当在万历五年（1577）顷。

二、《曲品》及其版本

《曲品》《曲律》二书是明代论曲的双璧：《曲律》专论作曲，《曲品》则专评诸家传奇及散曲，而二书的作者又有密切的关系，故各致力于曲的一面，且由互相怂恿而成（参见《曲品》《曲律》自序）。吕氏《曲品》自序说："壬寅岁（按：即万历三十年[1602]）曾著《曲品》，然惟于各传奇下著评，语意不尽，亦多未得当。寻弃之。"这是吕氏的初稿。后于万历三十八年（1610）见王骥德《曲律》中品评作品处太少，遂据旧稿加以更定而成今本（参见《曲品》自序）。

《曲品》的内容，据自序说："仿钟嵘《诗品》、庾肩吾《书品》、谢赫《画品》例，各著论评。析为上、下二卷①：上卷品作旧传奇者及作新传奇者；下卷品各传奇，其未考姓字者且以传奇附，其不入格者扩不录。"实际上，《曲品》的内容并非如

---

① 《曲苑》本有分上、中、下三卷者，乃沿王国维之误。

序中所说的那样简单，而是相当的庞杂。为彻底明了它的内容，这里有详细说明的必要。《曲品》上卷以评论作者为主，下卷则专论作品。上卷又分作旧传奇者及新传奇者两部：作旧传奇者论元及明初的高则诚等八人，又分为神、妙、能、具四品，用骈句评之；作新传奇者论嘉靖至万历间诸作者，自沈璟至朱从龙等八十人，又分上、中、下三品，每品复分上、中、下等，共九品，先列各人姓氏字里，后亦用骈语评之（间亦有不加批评者。"中之下"以后更为简略）。后又附论作南剧者徐渭、汪道昆二人及作散曲者周宪王等二十五人，体例同前。卷下旧传奇部分，就四品分论高明《琵琶记》等及无名氏之作二十七种；新传奇部分，就九品分论沈璟等及无名氏之作共一百六十四种，每种或论本事，或加评论。

《曲品》不仅将作品与作者分为两截品评，又复分为许多等第，更多空泛文句，读之颇令人有琐碎、空虚之感，难怪虽是知友又校阅本书的王骥德也表示不满。王氏《曲律》卷四说："勤之《曲品》所载，搜罗颇博，而门户太多。"又说："复于诸人概饰四六美辞，如乡会举主批评举子卷牍，人人珠玉，略无甄别。盖勤之雅好奖饰此道，夸炫一时，故多和光之论。"这评语说得非常中肯。然而，《曲品》虽有上列许多可议之处，但它的价值并不因此稍受影响。

就现在看来，《曲品》的价值并不在于品类的分别和若干评语，而是在于著录一百九十一种传奇目和若干已佚传奇的内容。其次是记录作者的史料。它是著录明代传奇目最可靠的文献，囊括明代全部重要作品；除了徐渭《南词叙录》（成于嘉靖三十八年[1559]）以外，以它的年代为最早。清代黄文阳《曲海目》、王国维《曲录》也多取材于《曲品》，尤其是《曲海目》明传奇部分，几乎全录这书。所以，不论它本身的价值如何，其史料价值是无可否认的。但现在所见的几种本子都是和清高奕《传奇品》合刊，因而发生和高作纠缠的问题。如初编、重订、增补三部《曲苑》本据原本将《传奇品》五页误入《曲品》下卷下截之上，使高作也成为《曲品》的一部分，而《曲品》下卷的中缝或页边又题为《新传奇品》。这最易使人迷惑，难怪近人著作中颇多因此致误者。暖红室本和吴梅校本虽将高作与《曲品》分开，但又把王国维氏认为《曲品》卷中的《古人传奇总目》

也移至《传奇品》之内，作为高作的上卷。这样，又发生《古人传奇总目》是谁作的问题。至于前人和近代的校订者所增若干和《曲品》矛盾的注以及因传抄而生的错误，更是不一而足。要解决这些问题，只有以诸本互校的一法，也唯有互校才能约略窥见《曲品》的本来面目。这又得涉及《曲品》的版本。

《曲品》的版本，除今存诸本外，也曾有明刊本，《曲律》卷四说："顷南戏郁蓝生已作《曲品》行之金陵。"可惜这明刊本的《曲品》，早已散佚，非但近人治曲者未能一见，即使前代藏书者也未曾著录，否则有原刊本可证，上述一切问题都可迎刃而解。

今所见之本计有下列五种：

（1）暖红室刊本。有宣统至民国初年[①]及1935年上海来青阁重印二本，题《汇刻传奇》附刻第二、三种。

（2）北京大学排印本。1918年初版，1922年再版，吴梅校。

（3）《曲苑》（初编）石印本。1921年古书流通处印。

（4）重订《曲苑》石印本。1925年印，陈乃乾编刊。

（5）增补《曲苑》排印本。1932年上海、杭州六艺书局刊行，实即新华书局所印，题圣湖正音学会增校。

这五种本子，前两种都从刘世珩抄校本出，后三种都从王国维抄校本出，而刘、王两本又从另一抄本出，实则五本是同一来源的，它们的祖本均从清人传抄本出。刘世珩跋文说："揭阳曾蛰庵参议（习经）昔见于厂肆，手录藏之。不知其为谁氏本也。"又云："二书均无刻本。"[②]陈玉祥跋说："讹字晦句，层出迭见，或系钞胥者之误。"王国维跋也说："此书误字累累，文又拙劣。"[③]综合这些跋文看来，可知诸本共同来源的曾习经藏本是抄本，至于讹字晦句虽经近人改正若干，但

---

① 暖红室《汇刻传奇》，最早刊于宣统年间，最迟刊于民国八年。此附刻亦当与汇刻同时列行，唯著者所见之本乃上海来青阁后印本。
② 刘世珩跋文仅见暖红室本。
③ 陈、王二跋诸本均有之。唯陈跋《曲苑》诸本均作"吴下三侬识"，刘、吴二本作"吴下陈玉祥三侬识，时馆京邸天禄酉堂"。

仍然可以看到，这又可证曾藏本是传抄本。刘氏跋文又云："近海宁王静庵学部（国维）撰《曲录》，余告以：前从曾蛰庵处钞得此本，因假去校补数处，定为三卷。"王氏跋文虽没有说明来源，据此跋知刘氏之本是抄录会氏藏本，而王氏则又转录刘本。这两部抄本是现在诸本之母。

王本后附有王氏光绪三十四年戊申（1908）跋文及吴下三侬宣统元年己酉（1909）跋各一篇。这本作跋文的年代虽较早，而刊出却迟。刘本据上引的跋文知为王本所本，其抄录时当较王本为更早，今不详抄于何年，而跋文则作于宣统二年庚戌（1910），后于王跋两年。又刘氏跋文中有指摘王跋错误之处，则刘氏作跋时曾据王本参订。此本抄录及刊出的年代都早于王本。

以王国维抄本为底本的有三种《曲苑》本。《曲苑》（即"初编本"）刊于1921年，所收共十四种，《曲品》三卷、《新传奇品》正续二卷，其次序为第四、五种。重订《曲苑》印于1925年，陈乃乾改编，删去原有之《江东白苎》，另增《中原音韵》等七种，共二十种。盖混合初编本及《读曲丛刊》二书而成者。这两本相互间并无差异。增补《曲苑》本刊于1932年，删去重订本《中原音韵》三种，另增《碧鸡漫志》等九种，共八集二十六种，《曲品》二种列入"石"集中。这排印本除多讹字外，大体与上二本面目不殊。

暖红室刊本虽以刘氏自己抄本为主，也参考王抄本，将原本误入《曲品》中的高奕《传奇品》提出，又把王本卷中《古人传奇总目》也归入高作。吴梅校本除偶添注释及不载刘氏跋文外，与暖红室刊本完全相同，只把《曲品》《传奇品》卷上"梦凤楼暖红室校订"改为"长洲吴梅校"，而二书卷下校刊姓氏仍保存原样，且《传奇品》卷下又留着"《汇刻传奇》附刊第三种"九字，这可视为吴本出于暖红室本的铁证。

总结上文，可将《曲品》诸本演化的历程作如下总结：

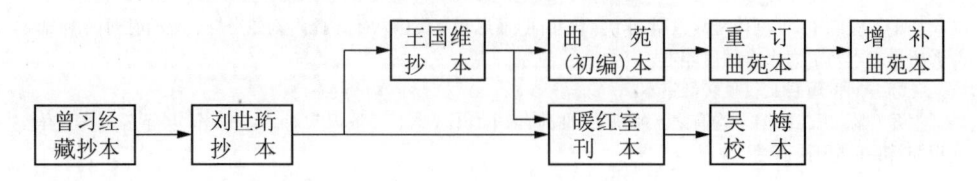

```
                              ┌─→ 王国维 ─→ 曲  苑  ─→ 重  订 ─→ 增  补
                              │   抄本      （初编）本    曲苑本     曲苑本
曾习经 ─→ 刘世珩 ─────────────┤
藏抄本    抄本                │
                              └─→ 暖红室 ─→ 吴  梅
                                  刊本       校本
```

三、诸本的异同

比较诸本的异同，其目的在于推测《曲品》的本来面目，以免为近人所增的注释所误。这最好能见到曾习经的原藏本，现在非但无缘得见此祖本，即王国维、刘世珩两抄本也无从觅得。假如《曲苑》的初编、重订二本是影印本，还可据它窥见王抄本本来的面目以及何处是王跋所指"校补数处"，何处是陈玉祥所"改正数十字"，但现在也无此方便。这里只能以今日流行的诸本为限。

三种《曲苑》本相互间没有什么差异，尤其是初编、重订二本完全一致。增补《曲苑》本除因排印而多若干讹字外，也只有排列先后不同，其误处也与其他两本相同。这三本可归为一类。

暖红室刊本与吴梅校本，非但面目不殊，其校改《曲苑》本之处也完全相同，只高奕《传奇品》部分暖红室本有若干改正（详后），而吴本则与《曲苑》诸本相同。这两本也可合为一类。

以三种《曲苑》本与暖红室本及吴本相校，其间便显示出极大的差异。这差异可分为排列及分卷的不同与增补注释两大类。

这里先将排列及分卷的不同列表于下：

版本 书名	初编及重订《曲苑》本	增补《曲苑》本	暖红室本及吴本
《曲品》	(1) 卷上	(1) 卷上	(1) 卷上
	(2) 卷中（即《古人传奇总目》）	(2) 卷中（即《古人传奇总目》）	(2) 卷下旧传奇及新传奇
	(3) 卷下旧传奇	(3) 卷下旧传奇	
《新传奇品》	(4)《曲品》卷下之新传奇部	(4) 高奕之《新传奇品》	(3)《传奇品》卷上（即《古人传奇总目》）
	(5) 高奕之《新传奇品》	(5)（附）王、陈二跋文	(4)《传奇品》卷下（即高奕作）
	(6)（附）王、陈二跋文	(6)《曲品》卷下之新传奇部	(5)（附）王、陈二跋文（暖本又多一刘跋）

注：暖、吴二本无"新"字，作"《传奇品》"。

王国维跋文云:"《新传奇品》五页则高奕所续成。此本误编在中卷之下,下卷之上,卷末之《新传奇品》当入《曲品》下卷。"王氏所指乃是他所见的抄本,以此说与今本比勘,增补《曲苑》本与王说相合,是增补本虽有王氏跋文可据,却又沿误未收,并且连跋文也移到前面来。初编及重订本虽把高奕之作和跋文移后,但仍将《曲品》卷下"旧传奇"之部与"新传奇"之部分为两截,所差的是两者次序不同而已。而三本又同把卷下"新传奇"之部误题为《新传奇品》,遂与高作相混,暖红室本及吴本将两部合为一卷,甚是。至于高奕之作原名为《传奇品》(暖、吴二本)或《新传奇品》(《曲苑》三本),无原本印证,不能确定,但据《曲苑》诸本与《曲品》卷下"新传奇"部相混一点看来,颇似编者无法解决被分为两截的《曲品》中有"新传奇"字样,而将高作增一"新"字的可能。但最大的问题是:《曲品》究竟应分三卷还是二卷?《传奇品》是二卷或是一卷? 这两点实在是一个问题的两面,即《古人传奇总目》应列为《曲品》的卷中还是《传奇品》的卷上。如果列入《曲品》则当为三卷,列入《传奇品》则为二卷。王国维跋云:"内《曲品》三卷,郁蓝生撰;其《新传奇品》五页,则高奕所绩成。"但此说与吕氏自序"析为上下二卷"之说不合。刘世珩跋文也痛驳王氏云:"近海宁王静庵学部(国维)……因假去校补数处,定为三卷,以《传奇品》为中卷①,而以误列下卷之上高晋音之《新传奇品》为下卷。"②郁蓝生自序明言:"仿钟嵘《诗品》、庾肩吾《书品》、谢赫《画品》例,各著论评。析为上下二卷:上卷品作旧传奇者及作新传奇者;下卷品各传奇。……"又各系小序,以神、妙、能、具。上中下诸品次之。今仍作二卷,还其旧观,并以正静庵之失。刘氏的驳斥虽是,但只据与自序不合之点来看,本身若干矛盾尚未发觉(详后)。至于刘氏移至高作之内,跋中仅谓:"高晋音所编《古人传奇总目》为上卷,《新传奇品》为下卷,亦庶与序言'但取现在所见闻者记

---

① 按:即指《古人传奇总目》。
② 按:今见诸本《曲苑》均误以《曲品》卷下下截之"新传奇"为《新传奇品》,未有以高作题为《曲品》下卷者,盖《曲苑》诸本与高作相混,高作下尚有《曲品》卷下一部分,刘氏误以王本视为《曲品》下卷。应改为:"而以误列下卷高晋音《新传奇品》下之一部为下卷。"

之'之语合焉。"而确定《古人传奇总目》为高作的理由也未说出。这是非问题且留到后面去解决。

其次是暖红室本与吴本增补注释。其增补之处计有下列诸项：

(1) 增改卷上作者姓名字里三十五处。

(2) 增注卷下旧传奇作者八处(吴本为九处)。

(3) 增注《古人传奇总目》六十九处。

(4) 增补及修订高奕《传奇品》者,吴本仅一处,暖红室本则有五处。

关于这一百一十八处的修订增补的详细情形,且留到下节去说。

四、暖红室本与吴本的修订及增补

暖红室本及吴本与《曲苑》三本的差异,不在本文的若干异文,而在刘世珩所增补及修订的许多注释。这些注释,看起来似乎是无关紧要的琐事,但他所增订的全部都是涉及戏曲作者字里以及戏曲的本事等问题,其中固然有可正原本的讹误之处,然而也增加了许多新的讹误,甚至和《曲品》本身矛盾,倘使根据刘氏的注释立论,或以为这注释也是吕氏的原文,那便要引起莫大的误会。所以这里不惮其烦地分别指出暖、吴两本增补之处及其违失者并略加说明。

甲、增改卷上作者姓名字里者

《曲苑》诸本原文	暖本及吴本的改文
1. 卜世臣蓝水秀水人	卜世臣蓝水一字大荒秀水人
2. 叶祖宪桐柏余姚人 （以上"上之中"）	叶祖宪桐柏余姚人按《曲录》作宪祖
3. 汪廷讷昌期休宁人	汪廷讷昌期休宁人按《曲录》作昌朝
4. 余聿云池州人 （以上"上之下"）	余　翘聿云铜陵人聿原作聿误

5. 祝长生金粟　　　　　　　　　祝长生金粟海盐人
6. 周螺冠（初重二本）
　　周螺冠（增补本）　　　　　　周□□螺冠□□人
　　（以上"中之上"）
7. 程文修仲先仁和人　　　　　　程文修仲先一字子叔仁和人
8. 陈济之无锡人（初重二本）
　　陈济之无锡人（增补本）　　　陆济之利川无锡人
9. 张午山　　　　　　　　　　　张□□午山□□人
10. 卢雀江无锡人　　　　　　　　虑□□鹤江无锡人
　　（以上"中之下"）
11. 王　恒贞伯　　　　　　　　　王　恒贞伯杭州人
12. 端　鳌平川　　　　　　　　　端　鳌平川□□人
13. 张从德同谷　　　　　　　　　张从德同谷海宁人按《曲录》作从怀
14. 杨夷白　　　　　　　　　　　杨　珽夷白钱塘人
15. 王玉峰　　　　　　　　　　　王□□玉峰松江人
　　（以上"下之上"）
16. 顾怀琳云间人　　　　　　　　顾　瑾怀琳云间人按《曲录》或云杭州
17. 陆江楼杭州人　　　　　　　　陆□□江楼杭州人
18. 李玉田汀州人　　　　　　　　朱□□玉田汀州人
19. 张濑宾溧阳人　　　　　　　　张景严濑宾溧阳人
20. 赵心云　　　　　　　　　　　赵于礼心云上虞人按《曲录》作心武
21. 邹海门　　　　　　　　　　　邹逢时海门余姚人
　　（以上"下之中"）
22. 汪宗姬徽州人　　　　　　　　汪宗姬师文徽州人
23. 黄廷俸　　　　　　　　　　　黄廷俸君选常熟人
24. 邱瑞吾　　　　　　　　　　　吾国璋邱瑞杭州人
25. 金怀玉会稽人　　　　　　　　金怀玉尔音会稽人

26. 龙渠翁		龙渠翁渠翁佚其名安庆人

（以上"下之下"）

27. 周宪王诚斋		周宪王有燉字诚斋
28. 刘龙田山东人		刘□□能(?)田山东人
29. 李日华吴县人		李日华实甫吴县人
30. 虞竹西昆山人		虞□□竹西昆山人
31. 沈　任青门仁和人		沈　任青门一字野筠仁和人
32. 张文台直隶人		张文台隐君直隶人
33. 周秋汀直隶人		周□□秋汀直隶人
34. 陶具区直隶人		陶□□具区直隶人
35. 吴　钦武进人		吴　钦□□武进人

（以上"不作传奇而作散曲者"）

以上所增订的三十五处，又可细分为几项：①增补名、字者（如8、22、25、27、29、32、35 七则）；②增补别字者（如1、7、31 三则）；③增补里居者（如5、11、12、13、26 五则）；④增补名字及里居者（如23、24 二则）；⑤改正误字为名者（如10、16、17、18、19、28、30、33、34 九则）；⑥改正误字为名及增补里居者（如6、9、14、15、20、21 六则）；⑦改正错误者（如2、3、4 三则）。其增补修订，是因为《曲品》常有错误、遗漏，或以字为名，及用名用字不一律之处，所以暖、吴二本除改正、增补名、字、里居外，又一律以名为主，其不详者用□代之。这在形式上是颇为整齐，然而已不是《曲品》的本来面目了。其所据除散曲作者外，均本《曲录》卷四，而《曲录》则又本《传奇汇考》。至于字里与《曲录》所载不同者，这两本也兼注异说，如13、16、20 三例。又暖、吴二本改名字之处除上列外，又有数处。如《曲品》卷上所定评语一概用字，偶尔也有用名的，如"中之下"钱直之则径用其名，暖、吴二本均改为"海屋"的号。又卷下"新传奇"部记作者亦用其字，但《蛟虎记》作者黄伯羽（中中品）、《白璧记》作者黄廷俸（下下品），则用其名，这两本也改为黄钧叟、黄君选的号。（三例中仅黄廷俸的字为《曲苑》本

所未注)

这增改工作虽便利于读者,但这两本在书中并未注明何者为原本所有,何者是自己所增订。要不是与《曲苑》本互校,几疑为吕氏的自注;倘不和《曲录》对照,也还找不到它的来源。这不仅混淆原文和注释,而且还有贻误读者之嫌。至于改名为字,形式虽然一律,也殊失本来面目。

乙、增注卷下"旧传奇"作者

这项计有九则:

(1)《荆钗记》。暖本下增"丹邱生作",吴本下增"宁献王作"。

(2)《牧羊记》。吴本下增"马致远作"。

(3)《香囊记》。两本下均增"邵给谏作"。

(4)《金印记》。两本下均增"苏复之作"。

(5)《连环记》。两本下均增"王雨舟作"。

(6)《杀狗记》。两本下均增"徐仲由作"。

(7)《双忠记》。原作"武康姚静山作",两本均增"以上三本"四字,使《金丸》《精忠》二记亦属姚作。

(8)《宝剑记》。原作"章邱李开先作",两本均增"以上二本"四字,使其前《断发记》亦属李作。

(9)《五伦记》。原作"邱琼山作",二本均增"以上二本"四字,使其前之《投笔记》亦属邱作。

以上九则中(3)(4)(5)(9)四项虽不误,但《曲苑》本均无此注,当为刘世珩所加,非《曲品》所原有。至(1)(6)(7)(8)四项则完全本《曲录》之说。《荆钗记》是否为朱权所作,颇可怀疑,王国维虽主张此说,但并无确据。《杀狗记》为徐畹作,仅见于《静志居诗话》卷四,《曲品》中亦无说明。至《断发记》乃无名氏之作,注本《曲录》误属李开先之作。又《金丸》《精忠》二记亦非姚静山之作,《曲品》明说:"武康姚静山仅存一帙,惟睹《双忠》。"这两点乃王氏误读《曲品》又《古人传奇总目》之注因而致误，而刘、吴二氏又相沿其误。又《曲品》原注说："作者姓名或不可考，合入四品，不复分别。"故其中只以曲的品格来分，不以作者为准，刘、吴二本所增的"以上几本"数字，殊不足信。至于吴本以《牧羊记》为马致远之作，亦与《曲品》不合。《曲品》谓："元马致远有剧。此词亦古质可喜。"是说马氏亦有同名之作，非谓此剧即是马作。《曲录》列入无名氏作，甚是。吴氏盖本《古人传奇总目》注之误。

附记：暖、吴二本于"新传奇"部亦有改易，如在汤显祖、汪昌期名下加注及每作者"所著"下增"传奇"二字，均无关紧要，不列入。

丙、增注《古人传奇总目》

《古人传奇总目》传奇名之下，或注作者，或注本事，或兼注两者，或失注。盖无名氏之作则不注，《曲品》未叙及本事者也无可注，至作者本事《曲品》中均无可考者，则略去。暖、吴二本为体例一律起见，尽可能地加注，所加共六十九则。

（1）增注作者的，有白兔、东郭、怀香、蕉帕（以上上排）、七国（中排）、杀狗（下排）六种。

（2）增注本事的，有百顺、连环、双红、钗钏、鲛绡、虎符、西园、题门、彩楼、玉玦、博笑、四艳、矫红、芍药、鸾鎞、绿绮、画鸳、霞笺、觅莲、犀佩、箜篌（以上上排）、还带、金丸、种玉、焚香、合钗、狮吼、分柑、长生、四梦、青衫、修文、龙剑、泰和、犀合（以上中排）、鸣凤、节孝、葛衣、金锁、红梨、寻亲、梦磊、玉环、宝剑、红梅、锦笺、窃符、十孝、合衫、三祝、弹铗、蓝桥、五鼎、冬青、乞麋、卧冰（以上下排），五十六种。

（3）增注作者及本事的，有瑞玉（上排）、双忠、情邮（中排）、鸾钗、跃鲤（下排），五种。

（4）改易计二种：金雀原注"山涛"改为"无名氏作，潘岳事"；荆钗原注"柯丹邱作"，改为"丹邱生作"。

以上增注及改易，本事则本《曲品》本文、《传奇汇考》及今存的传本等，作者则本《曲录》。其中错误也颇不少,如误《东郭记》为汪道昆之作,误《修文记》为衍李贺事(按:此记叙蒙曜事);又如《虎符记》注"如姬事",《窃符记》注"郎虎符事",均误(按:《虎符记》乃衍花云事[有明富春堂刊本,今存],《窃符记》衍如姬事[涵芬楼藏残抄本],不知何以既误《虎符记》为如姬事,又误两书为一事?)又《七国记》注"汪昌期作"(按:《七国记》据《传奇汇考》所载,乃叙孙庞斗智事,实即汪廷讷《天书记》的别名,《总目》既有《天书》,又收《七国》,而注又属汪作,更使人迷惑)。至《鸾钗记》注"郑国轩作,刘汉卿事",但鸾钗本事虽与《白蛇记》相同,是否一本,也不易确定。

丁、增补及修订《传奇品》

《传奇品》的增修,吴梅校本仅于吴伟业名下增通天台、临春阁二种,余无更动。暖红室本则有三处改易:①吴伟业名下增二种;②沈宁庵名下增十七种;③改易吴炳之作五种。这三点在刘世珩跋文中都有说明:"故于吴梅村仅取秣陵春一种,而通天台、临春阁二种未载。而沈宁庵撰者,注:'所著属玉堂传奇二十一本。'目只载翠屏山、望湖亭、一种情、耆英会等,余十七种未著其名,兹为补之。至吴石渠五种,旧知为:西园记、情邮记、绿牡丹、画中人、疗妒羹,今晋音《新传奇品》有石渠之花筵赚、鸳鸯棒、倩画图、勘皮鞋、梦花酣。按此五种乃范文若撰,沈伯明《南词新谱》并录其曲。静庵著《曲录》已直指晋音隶入石渠之误。并为改正。"刘氏增补吴伟业作二种及改正吴炳之作五种颇是,唯于原文中不注明,使初读者易生误会。至沈宁庵之作,高氏既误沈自晋为沈璟,又误增《一种情》(即《坠钗记》之俗名);而刘氏更承其误,且《曲品》已著录之十七种,亦不应补入高作中。又暖红室本于作者里居亦有更易之处,如阮大铖原注"金陵人"改为"怀宁人",史集之原注"吴郡人"改为"溧阳人",均本《曲录》之说。

除了上面一百一十八处的差异外,其余暖、吴二本与三种《曲苑》本完全一致。总之,暖红室本及吴本是今日流行的诸本中改易原文最多的两种,其价值反不如次序错乱的三种《曲苑》本,因为从那几本中尚可约略窥见《曲品》的本来面目。

五、诸本共同的错误与《曲品》本身之脱简

除了暖、吴二本增改之处以外，要想以今日所见诸本推测《曲品》的本来面目，也颇不易，因为诸本都是从一个传抄本出，其中有许多脱简错误之处；且又经过王国维、陈玉祥二人的校补改正，其校改之处今又无法指出。这里只能就诸本共有的一点错误来说。

卷下"新传奇"部末附无名氏之作，自《绣襦记》至《箜篌记》共十七种，首云："作者姓名有无可考，其传奇附列于后。"但其中《绣襦记》《鸣凤记》两种后，诸本均附有作者姓名，前者注"郑虚舟作"，后者注"王凤洲作"。这两条注绝非出于吕氏之手，否则不应以作者姓名可考者列入无名氏作之内；而郑若庸《玉玦》《大节》二记，已著录于前，不应又将《绣襦记》列后，自乱其体例。这显然是后人的误增，但是否出于陈、王二人之手，却无法证明。

其次以《曲品》上、下二卷互校或与《古人传奇总目》相校，又发现了《曲品》本身的脱简或遗漏。这计有四项：

（1）卷下"下上品"有汤宾阳《玉鱼记》一种，而卷上"下之上"竟无汤氏姓名，依全书体例：凡卷下所著录之作品，卷上必详论其人，此当为卷上所遗漏。

（2）卷上"下之上"有杨家霖、季阳春二人，而卷下"下上品"中并未著录二人的作品。卷上所论之作者卷下必著录其作品的通例，也当为卷下所遗漏。

（3）卷上"下之下"有金怀玉、朱从龙（春霖）二人，而卷下"下下品"仅有朱春霖所著《香裘记》等九种，无金怀玉之作。金怀玉所作之《香裘记》《宝钗记》等见于《舶载书目》；又据《古人传奇总目》朱春霖有《牡丹记》，下注"祝英台事"，以卷上及总目与卷下相证，知朱氏名下漏列作品，又遗金怀玉之名，遂将金氏作品误属朱氏。似原书朱春霖下即金怀玉，原本或传抄者脱简朱氏之作及金氏之名的两行，因而致误。

（4）卷下"上中品"张凤翼名下注："所著七本大按暖、吴二本改作'六本'，

误。"而所著录仅《红拂记》《祝发记》《窃符记》《灌园记》《㾕廖记》《平播记》六种。"祝发记"条云："柳城①称为七传之最。"吕氏既明说是七种，不应仅列六本，显然是脱简。据《古人传奇总目》知所遗漏的是《虎符记》。

其他如误屠隆为屠龙，陆采为江都人（卷上），误双修为双卿（卷下）等小误，似出传抄者之手，不具论。

以上除出于后人增注及辗转误抄者外，如（1）至（4）四则是否抄者遗漏或原本脱简，今无法确定。希望明金陵原刊本有发现的一天，不但这几项问题可得以解决，且《曲品》本来面目也可重显于世。

六、《古人传奇总目》

前面曾说《古人传奇总目》《曲苑》诸本均列入《曲品》卷中，暖、吴二本则列为高奕《传奇品》卷上，而刘世珩在跋文中又曾指摘王国维列入《曲品》的错误。要解决这两本谁是谁非的问题，先要与《曲品》仔细比勘，才能得到结果。

《曲品》卷下"旧传奇"著录二十七种，"新传奇"部著录一百六十四种，共一百九十一种。《古人传奇总目》所收计二百二十八种，见于《曲品》者一百七十九种，新增者四十九种，《曲品》原有为总目所未收者十二种。其中两者相同的一百七十九种，可以不论。《曲品》原有为《古人传奇总目》所失收的十二种，名目如次：

　　《坠钗记》（沈　璟）　《邯郸梦》（汤显祖）　《灌园记》（张凤翼）
　　《风教编》（顾大典）　《白练裙》（郑之文）　《清风亭》（秦鸣雷）
　　《鹦鹉洲》（陈与郊）　《红拂记》（张太和）　《㾕廖记》（端　鳌）
　　《玉镜台》（朱　鼎）　《望云记》（金怀玉）　《合镜记》（无名氏）

以上十二种不见于《古人传奇总目》的原因，约有三项：

---

① 柳城即孙如法，参见《曲律》卷四。

(1) 凡《古人传奇总目》所录剧名概用原书首二字、三字剧名的都不收,如《风教编》《白练裙》《清风亭》《鹦鹉洲》《玉镜台》《邯郸梦》六种,是故意删去。

(2) 凡剧名二本相同的,总目仅收一种,如《灌园记》有道于礼①、张凤翼各一本,《红拂记》有张凤翼、张太和各一本,《戾廖记》有张凤翼、瑞鏊各一本,《望云记》有程文修、金怀玉各一本,《古人传奇总目》仅收一种,删去张凤翼《灌园》、张太和《红拂》、端鏊《戾廖》、金怀玉《望云》四种。

(3) 遗漏《坠钗记》《合镜记》二种。

《曲品》所无而为《古人传奇总目》新增者四十九种如次:

《四景》《虎符》《金雀》《千祥》《西园》《题门》《东郭》《锦囊》《瑞玉》《怀香》《吐绒》《举鼎》《红丝》《蕉帕》《鸳簪》《王焕》(以上上排),《西楼》《鹣钗》《罗衫》《异梦》《七国》《投梭》《情邮》《蟠桃》《露绶》《三桂》《青楼》《罗囊》《牡丹》《神镜》《金滕》《张协》(以上中排),《水浒》《鸾钗》《跃鲤》《红梨》《梦磊》《双孝》《麒麟》《金花》《红梅》《衣珠》《花园》《砗磲》《卧冰》《东墙》《江流》《菱花》《南楼》(以上下排)。

其中《牡丹》《虎符》二记,疑为《曲品》原有(参见前节)而为今本所遗漏者,则《古人传奇总目》所载当非新增。

这四十九种中,除去《古传奇》二种(王焕、张协),明初之作三种(《举鼎》《罗囊》《跃鲤》),嘉靖时作二种(《怀香》《虎符》),万历之作六种(《水浒》《红梨》《红梅》《投梭》《牡丹》《七国》),无名氏之作二十六种(《四景》《金雀》《千祥》《题门》《锦囊》《吐绒》《红丝》《鸳簪》《罗衫》《异梦》《蟠桃》《三桂》《青楼》《金滕》《鸾钗》《双孝》《麒麟》《金花》《衣珠》《花园》《砗磲》《卧冰》《东墙》《江流》《菱花》《南楼》)外,其余十种(《神镜》《露绶》《蕉帕》《梦磊》《鹣钗》《西楼》《瑞玉》《东郭》《西园》《情邮》)是否出于吕天成之手,颇可怀疑。

综观《古人传奇总目》二百二十八种,其所注之作者与本事显然有误的,至

---

① 按:赵作应作《溉园记》。

少有下列几点：①《断发记》误为李开先作。②《金丸》《精忠》二记误为姚静山作。③不知《七国记》即《天书记》之别名，重复（以上三点已见第四节，不赘述）。④《金滕记》注"乔梦符作"，误。此记仅见明人戏曲选本，所录乃元罗贯中《风云会》之第二折（《最娱情》四集），《古人传奇总目》殆本此类书著录。⑤误《五福记》为郑若庸作（详下）。⑥《金雀记》叙潘岳事，误注为"山涛事"（参见《曲苑》本，暖、吴二本均改正）。⑦《明珠记》叙王仙客、刘无双事，江采苹乃配角，《古人传奇总目》亦误注为"江采苹事"。⑧《妙相记》，《曲品》谓"俗称《赛目莲》，轰动乡社"，此又误为"目莲事"。至于作者失考者则更多，如《跃鲤记》陈罢斋作，《水浒记》许自昌作，《投梭记》徐复祚作，《鹔钗记》史盘作，《瑞玉记》袁于令作，《蕉帕记》单本作，《情邮记》吴炳作，《古人传奇总目》均未注。

现在再来考察《古人传奇总目》的作者问题。

(1) 王国维跋文所说的三卷，与吕氏自序"析为上下二卷"之说不合，这在刘世珩跋文中已有详细的驳斥（第三节），可见《曲苑》诸本列入吕氏《曲品》中卷是王氏的错误。

(2)《曲品》所著录的作品除"旧传奇"外，大部分是与吕氏同时的万历间人之作，万无认为"古人"之理。

(3)《古人传奇总目》所著录之作品，其剧名、作者往往和《曲品》不同。如《曲品》"旧传奇"部的拜月、孤儿、教子三种，《古人传奇总目》则为幽阌、八义、寻亲（按：这三种宋元南戏的全称应为《蒋世隆拜月亭》《赵氏孤儿记》《周羽教子寻亲记》，吕氏虽用简称，但还本原名，而《古人传奇总目》则用明人改本的剧名，非但与《曲品》不合，而且可证其时代较《曲品》为后）。又如"新传奇"部祝金粟《红叶》，《古人传奇总目》则改为《题红》，注"祝金粟作，韩夫人事"（按：《题红记》乃王骥德改其祖父王炉峰《红叶记》之名[参见《曲律》卷四]，三本虽同衍一事，而剧名祝作又与王炉峰作同名，但祝作与王骥德改本无关，不能径改为《题红记》)。且王、吕二人是知交，倘《古人传奇总目》果出吕氏之手，也无以王作属祝氏之理。又《曲品》以《金锁记》置叶宪祖名下，而《古人传奇总目》则注"袁于令作",也显然不合。至如《五福记》,《曲品》列于"作者姓名无可考"之内,明认为无名氏之作(按:《传奇汇考》属徐时勉作)。又说:"韩忠献公事,扬厉甚盛。还妾事,已见郑虚舟《大节记》中。"而郑若庸"大节记"条谓:"《大节》工雅不减玉玦。孝子事业有古曲;仁人事今有五福;义士事今有埋剑矣。"据此,则《大节记》乃合叙孝子、仁人、义士三事,而仁人事即韩琦还妾,与《五福记》题材相同,故说:"还妾事,已见郑虚舟《大节记》中。"非谓郑氏别有《五福记》或《五福记》是郑作。而《古人传奇总目》五福下注"郑虚舟作",与《曲品》原意矛盾。从以上六点不同看来,《曲品》与《古人传奇总目》显然出于两人之手。

(4) 又从《古人传奇总目》所删十二种来说,果出于吕氏之手,不应有所删略。再就《古人传奇总目》所增之四十九种中《神镜记》等十种看来,更可判断与吕氏无关。吕天成所著之传奇,见于《曲律》卷四者,有《神女记》等十种,《古人传奇总目》中仅收《神镜记》一种。以作者喜表张自己作品的惯例,如果《古人传奇总目》出于吕氏之手,不应仅列一种。又《曲品》中虽未著录自己的作品,但于论他人之作时,偶然也曾涉及,如"二阁"条云:"予曾为《双阁画善记》,即此朱生事也,不意汪亦为之。予杂取纨绔子半入之;汪则惟咏梅雪,更觉条畅。""春芜"条云:"宋王事,予曾作《神女》《双栖》二记。"及"龙膏"条:"往余谱《金谷记》。"至少这四种应该列入。至于单本《蕉帕记》《露绶记》,史盘《梦磊记》《鹣钗记》四种,其作者均为晚明人。其中《蕉帕记》可确定为万历间作,吕氏曾为作序(参见李调元《雨村曲话》卷下引《谭曲杂札》[附《南音三籁》中]。今《六十种曲》本无此序)。其余均不知作于何时,似均为万历以后的作品,吕氏在万历时能否见到,殊可疑。又孙仁孺《东郭记》虽序于万历四十六年戊午(1618,参见白雪楼原刊本),然刊行则在崇祯年间。袁于令《西楼记》,乃天启间之作(参见孟森《文史丛刊二集·西楼记考》,推定作于天启四年[1624]以前);《瑞玉记》据《剧说》卷三乃衍周忠介与魏瑞事,最早亦当作于天启七年(1627)以后。而吴炳《情邮记》,据卷首小引记年,有"庚午季冬",乃崇祯二年(1629)之作;《西园记》之作,亦约略同时。这些作品绝非卒于万历末年的吕天成所能预知。

据上列诸点,可确定《古人传奇总目》和吕天成无关,当非《曲品》卷中。然则是否如刘世珩所说为高奕《传奇品》中的一部分呢?刘氏跋文云:"高晋音所编《古人传奇总目》为上卷,《新传奇品》为下卷,亦庶与序言'但取现在所见闻者记之'之语合焉。"仅说明《传奇品》所著录的作品与高氏序言相合,而《古人传奇总目》是高作的理由并没有指出,且序言中也无涉及《古人传奇总目》之处,是否高作,也颇有问题。推测刘氏所以要把《古人传奇总目》属于高作的理由,大约因为《曲品》与《传奇品》合刊,既然知道《古人传奇总目》不是吕天成之作,则当属诸高氏。这"想当然"的判断,颇难使人首肯。清初人高奕视万历及其前的作品为"古人"之作,虽与《古人传奇总目》标题相合,但仔细考察其内容也有可疑之处:

(1) 就《古人传奇总目》中单本《蕉帕记》《露绶记》、袁于令《西楼记》三种,与《传奇品》重复看来,高氏不能既将单、袁二人列入"现在所见闻者"《传奇品》之内,又复置于古人之作中,非但重复而且矛盾。

(2) 高氏虽误以范文若之《花筵赚》《鸳鸯棒》《倩画图》《勘皮靴》四种为吴炳之作,然必知吴炳能曲,且与高氏为同时之人,必无将吴氏《西园记》(《古人传奇总目》注"吴石渠作")又列为古人作之理(又《情邮记》一种,《曲苑》诸本均未注撰人,暖、吴二本所题乃刘世珩所增,姑不论),当亦非高作。

这《古人传奇总目》既非出于吕、高二人之手,然而究竟是谁作的呢?

《古人传奇总目》二百二十八种中,和《曲品》相同的有一百七十九种之多,大体上是以《曲品》为根据。至于较《曲品》所少的十二种,除偶然遗漏的三种,其余都是有意地删略。增补的四十九种内《古传奇》及无名氏二十六种,以及《举鼎》《跃鲤》《红梅》《七国》《露绶》等五种均同《传奇汇考》,似有据《传奇汇考》增补的可能,但没有确证不能断定。总之,这《古人传奇总目》的撰者,乃是有心补《曲品》之失。其时代当为清初或中叶,故视晚明人为古人。其人与高奕同时或略有先后,但未及见高氏之书,否则不会著录高氏已收之单本、袁于令之作。最迟亦当在乾隆四十六年(1781)以前,因其中所增之四十九种剧目已为《曲海目》所引用。这位作者是《曲品》的读者或是传抄者，故将其作附于《曲品》中，后人因这写之讹，误认为吕作；至刘世珩又误为高奕之作，遂使近人堕于两重迷障之中。

七、《曲品》的后来及其影响

著录曲目的书籍，除《曲品》《传奇品》以外，清代有黄文旸《曲海目》（附载于李斗《扬州画舫录》卷五）、姚燮《今乐考证》、王国维《曲录》三部，其著录明传奇无不直接、间接以《曲品》为根据。盖记录明传奇目的书以《曲品》所录为最多，所以后出之书虽有增益更易，但都是以它为蓝本的。其中《今乐考证》一种乃间接据《曲海目》入录，并未见《曲品》原书，这里撇开不说。《曲录》则明言据《曲品》入录，至《曲海目》虽未说明所本，但从大体与《曲品》吻合看来，可以证实是以《曲品》为根据的。

《曲海目》一卷，是乾隆四十二年丁酉(1777)至四十六年辛丑(1781)间黄文旸任修改词曲局总校官时所作，修改凡四年竣事，黄氏撰成《曲海》二十卷，《曲海目》仅是其中一个总目（参见《扬州画舫录》卷五）。《曲海》原书今散佚不存，仅这个总目保存在《扬州画舫录》中。《曲海目》中所载明人传奇部分和《曲品》及《古人传奇总目》相校，虽相差无几，但也颇有更动，比勘的结果如次：

（1）《曲品》与《古人传奇总目》两者原有的吴大震《练囊记》、赵于礼《画鸢记》、谢廷谅《纨扇记》三种，不见于《曲海目》，这三种当为黄氏偶然的遗漏。

（2）《曲品》及《古人传奇总目》所无，而为《曲海目》新增者计有：沈璟《耆英会》《翠屏山》《望湖亭》《一种情》（按：此四种本高奕《传奇品》误收），陆采《椒觞记》《分鞋记》，任诞先（按：即陈与郊）《樱桃梦》《灵宝刀》，卢次楩《想当然》（本《传奇品》），史盘《合纱记》，阮大铖《双金榜》《牟尼盒》《忠孝环》《春灯谜》《燕子笺》（按：此五种亦据《传奇品》增），及无名氏《目莲救母》（按：郑之珍作）、《节侠记》《四喜记》(按:谢谠作)、《琴心记》(按:孙柚作)、《飞丸记》《运甓记》《玉佩记》,共二十二种。

(3)《曲海目》误将一剧分为两本。如《曲品》所载《孤儿》《教子》二记,《古人传奇总目》改作《八义》《寻亲》,实则是一剧的异名,而《曲海目》的编者不知名异实同,竟分为二剧著录,既有徐叔回《八义记》,又有无名氏《孤儿记》,前有《教子记》,后又有《寻亲记》。这两种虽有元南戏与明人改本的不同,但这在《曲海目》编纂时是不易知道的。它之所以重复地收入,乃是因参合《曲品》《古人传奇总目》二者所致。

(4)《曲品》原有而为《古人传奇总目》所失收的十二种,除无名氏《合镜记》外,《曲海目》均已补入,可证《曲海目》是以《曲品》为主。至于《古人传奇总目》所增的四十九种,《曲海目》也收入四十七种,只把《西楼记》《西园记》移入"国朝传奇"中,则又兼采《古人传奇总目》了。至于误题《精忠》《金丸》《断发》《鸣凤》《绣襦》等作者,乃是本《古人传奇总目》及《曲品》注致误。总之,《曲海目》一书除增删外,是参合《曲品》《古人传奇总目》两者而成的。

王国维的《曲录》。《曲录》卷四传奇部上(即元明传奇部)所录诸传奇,不仅以《曲品》为限,而且参合《曲品》《传奇品》《曲海目》《曲考》《传奇汇考》五种。要说明《曲录》与《曲品》及《古人传奇总目》两者之继承关系,先要说明《曲录》的体例,然后才能得见其本来面目。然而《曲录》一书又无凡例可见,只有从本身推寻一二。这里仅能说明三点:第一,凡传奇有《六十种曲》本或其他传本的,或既注其传本又注明所据的书名,或仅注其传本。如沈采《千金记》《还带记》《四节记》,末注"右三本见《曲品》《传奇汇考》《曲海目》";而今存之《千金记》项下又注"《六十种曲》本",是兼注来源及版本;而《鸣凤记》则仅注其版本。第二,所注以《曲品》《传奇品》《曲海目》《传奇汇考》《曲考》五者为主,不以《古人传奇总目》为据,似将《古人传奇总目》包括在《曲品》以内。如乔梦符《金縢记》,《曲品》原文不载,仅见于《古人传奇总目》。《曲录》谓:"明郁蓝生《曲品》题元乔吉撰,黄文阳《曲海目》仍之。然不知何据。"则明认《古人传奇总目》为吕作之一部。《古人传奇总目》所录与《曲品》相同者，略去不载还有理由，至于与《曲品》不同而与《曲海目》《传奇汇考》同者也不出《古人传奇总目》之名，似又不信任为吕作了。如《举鼎记》《罗囊记》均见《古人传奇总目》，而《曲录》注《举鼎记》及其前二本云："右三本见无名氏《传奇汇考》。"《罗囊记》注云："见黄文旸《曲海目》。"又如《神镜记》注："右见《传奇汇考》《曲海目》。"《跃鲤记》注："见《传奇汇考》。"无名氏《鸾钗记》至《南楼记》二十余种注："右二十七本见《传奇汇考》。"这几十种也完全不见于《曲品》，而仅见于《古人传奇总目》，《曲录》不以传为较早的《古人传奇总目》为据，反以晚出之《曲海目》等为本，似对《古人传奇总目》已有怀疑之处（按：《曲录》自序作于宣统元年[1909]五月，距光绪三十四年[1908]冬作《曲品》跋时仅六七月，对于《古人传奇总目》的认识似有推翻为《曲品》卷中说之可能，但据《曲录》本身说，其前后不一致之处，虽起王氏于九原也无法解答吧）。第三，《曲录》虽以《曲品》等五书为主，但并未仔细校它们相互间的异同，故所注常有遗漏和错误。如《双烈记》《杖策记》均见《曲品》，而《曲录》于前者注："见《传奇汇考》。"后者注："右见《传奇汇考》《曲海目》。"又如《牡丹记》注"同上"，其上《玉钗记》注亦同，更上为《玉鱼记》，注："右见《曲品》《传奇汇考》《曲海目》。"（按：《牡丹记》《曲品》不载[是传写脱简，参见五节]）仅见《古人传奇总目》，是又以《古人传奇总目》为吕作之一卷。又《练囊记》注："《传奇汇考》云与张仲豫合作。"（按：此说见于《曲品》下上品吴长孺之作中，《曲录》不引时代较早之《曲品》，而引晚出的《传奇汇考》，非但不注意其先后，且未细校其同异之处）至于《曲品》释曲部分所记曲目为《曲录》所遗漏的则更多，这且留到下节去说。《曲录》这样苟简错误，要从其注文中寻出与《曲品》《古人传奇总目》两者演变的关系，几有无从下手之感，这里只能就曲目略加说明。

（1）《曲录》将《曲品》及《古人传奇总目》所载曲目全部收入，而《曲品》原有为《古人传奇总目》所删之十二种，王氏据《曲品》补入。至《曲海目》遗漏的几种，王氏也据《曲品》增补。误分《孤儿》《敦子》为两种，及误题《鸣凤记》等作者均同《曲海目》。

(2)《古人传奇总目》所增的四十九种,除《虎符记》外,《曲录》虽全部著录,但均不注明出于《古人传奇总目》(仅《金滕记》注谓见《曲品》)。其中又略有不同,如《西楼记》《西园记》《情邮记》三种移入清人之作中;有传本之《怀香记》《红梨记》《蕉帕记》《水浒记》《东郭记》《投梭记》《金雀记》七种兼注版本及所据之书;《举鼎记》《罗囊记》《跃鲤记》《红梅记》《七国记》《牡丹记》《神镜记》《露绶记》《梦磊记》《瑞玉记》《鹔钗记》《鸾钗记》《千祥记》《异梦记》《四景记》《罗衫记》《双孝记》《麒麟记》《金花记》《题门记》《锦囊记》《吐绒记》《三桂记》《蟠桃记》《衣珠记》《花园记》《砗磲记》《菱花记》《江流记》《东墙记》《王焕》《张协》《鸳簪记》《卧冰记》《红丝记》《南楼记》《青楼记》三十七种,则仅注所据之《曲海目》或《传奇汇考》等。

(3)除据《曲品》著录外,《曲海目》所增之二十二种,亦补入二十种(内任诞先二种误入杂剧项,又误题高漫卿)。此外又据《传奇品》《传奇汇考》《曲考》《南九宫谱》著录若干种。

(4)改题作者,如《幽闺记》属施君美作,《荆钗记》厉丹邱先生作,《杀狗记》属徐畇作,《绣襦记》属薛近衮作,均与《曲品》《曲海目》不同。

如前面所说,因《曲品》本身的脱简,与《传奇品》的综错以及误注等,以致近人著述的征引,每有错误。这里,再就这点略加说明。在近人的著述中征引有错误的,大抵因卷帙混乱而生的居多,如容肇祖先生明《冯梦龙生平及其著述》文中一节云:

又《新传奇品》说:"冯耳犹(所著一本)《双雄》:闻姑苏有是事。此记似为人泄愤耳。事虽卑琐,而能恪守词隐先生(沈璟)功令,亦持教之杰也。"

高奕《新传奇品》评冯梦龙的传奇……

又如赵景深先生、沈璟一文论《义侠记》(《读曲随笔》,第183页)说:

高奕《新传奇品》云:"激烈悲壮,具英雄气色。但武松有妻似赘、叶子盈添出无紧要。西门庆斗杀(此下疑有阙字)。先生屡贻书于余曰:此非盛世事,秘而勿传。乃半野尚君得本已梓,吴下竟演之矣。"

又如庄一拂先生《古今杂剧传奇东同韵存目上》(《戏曲》第一辑)"忠节记"条云：

> 《新传奇品》云：此小说中怀春雅集也，风雅而近古板者。此君甚学足，每以古人姓名叶韵，不一而足，亦是别法。

又"风教编"条云：

> 传奇，清高奕《新传奇品》著录。残。《新传奇品》云："一记分四段，仿四节，趣味不长，然取其范也。"

除上面随手所举的几个例子以外，其他也很多，这里不一一列举。容文所引之《新传奇》，与下文之高奕《新传奇品》虽未混而为一，而所指即《曲品》卷下"新传奇"部分，但《曲品》中并无《新传奇品》之名，容文殆为《曲苑》本妄题致误。赵、庄二文所引之句，均见《曲品》卷下"新传奇"之部，《义侠记》见上上品沈宁庵项，《忠节记》见中小品钱海屋项，《风教编》见上中品顾道行项，与高奕之作无关。其致误的原因，也同样由于《曲品》卷帙混乱，又误题为《新传奇品》，和高奕之作纠缠不分而生。这错误应该归咎到《曲苑》的编者，而非引用者的责任。

因不明《曲品》及《古人传奇总目》中的许多注是近人所增，误以为书中原有而大上其当的，也颇不少，这里仅举青木正儿《中国近世戏曲史》第五章及第八章的两例，以见一斑。如"杀狗记"条首云："明徐畖撰。(《新传奇品》《静志居诗话》卷四)……"(王译本，第113页)又"鸾钗记"下注云："郑国轩撰，名里无可考(《曲录》以之为无名氏撰，今据《传奇品》)。"(王译本，第283页)下又论《古人传奇总目》云："以上并列于《传奇品》之《古人传奇总目》中。《传奇品》之作者高奕为明末清初人，其《新传奇品》列时人之作。《古人传奇总目》列其前之作，以之与《曲品》对照，万历间之作居多。"著者据暖红室本《曲品》及刘世珩跋文之说，误认《古人传奇总目》为高奕《传奇品》中的一部分，不知《总目》与《传奇品》两者之间有若干矛盾之处，实为刘跋所误。至于《古人传奇总目》(即青木氏文中所指之《新传奇品》及《传奇品》)及《曲品》"旧传奇"部"杀狗记"下所注之"徐畖作"或"徐仲由作"仅见于暖红室及吴梅两校本，《曲苑》三本都没有注，明是刘世珩据《曲录》所增；而《杀狗记》为徐作说，又仅见于朱彝尊《静志居诗话》卷四，《曲品》《曲海目》《传奇汇考》均列入无名氏之作中,至王国维《曲录》始据朱说定为徐作。以暖红室本曾据《曲录》参订,则此注显然出于刘手无疑。又《鸾钗记》下,《古人传奇总目》所注之作者及本事亦仅见暖、吴二本,《曲苑》诸本也没有,亦当出刘氏之手;且《曲录》《传奇汇考》《曲海目》均入无名氏之作,不知刘氏又据何书定为郑国轩之作?(按:《鸾钗记》与郑作《白蛇记》本事虽同,是否郑作也不易确定)这些又是被刘氏注文而引入错误的。

为厘清《曲品》的重重迷障起见,希望能有明刊本发现的一日。但在这本未发现以前,我们至少应该指出今存诸本的异同,以及何处为刘世珩所增补,免得以后的学人再生误会。同时为他人重修《曲录》的准备,对于这著录明代传奇最重要的文献,也不得不重新整理。

八、《曲品》与《曲录》

《曲品》所著录的剧目,除了一百九十一种以外,在释曲的部分中尚有若干种可以找到,这些剧目中虽有一部分已见于他书,但多数却是未经著录的。《曲海目》《曲录》二书虽曾引用到《曲品》,但注意所及也只以眉目清楚的一百九十一种为限,都没有注意到释曲部分的剧目。首先留意这点的是赵景深先生,他在《读曲随笔》(第241—283页)中《〈曲品〉与〈曲录〉》一文中说:"王国维《曲录》是中国杂剧传奇等的总目,曾引用到吕天成的《曲品》。但他仅粗枝大叶地抄下一些曲目而已,并不曾将《曲品》仔细阅览。如果我们把《曲品》全文读一遍,便可在释曲的部分找到十二种曲目是《曲录》所遗漏的。"后印附其所辑十二种曲目,并略加解说。兹择录如下:

(1)《凤》《钩》(按:暖、吴本作"钗")二剧,叶宪祖作,疑为杂剧。沈璟"鸳衾"条注云:"吾友桐柏生有《凤钩》二剧亦取之。"

(2)《麟凤记》,叶宪祖"玉麟"条注云:"三苏事旧有《麟凤记》,极轻倩。"

(3)《双阁画善记》,吕天成作,疑为传奇。汪廷讷"二阁"条注云:"予曾为

《双阁画善记》，即此朱生事也。"赵以为："吕作《双栖记》不知是否就是《双阁画善记》的异名。姑书于此。但《曲录》所载，亦仅《神镜记》。"

（4）《题红叶》，陈与郊作，疑为杂剧。祝长生"红叶"条注云："吾友玉阳生有《题红叶》远胜之。"下列陈氏的号。

（5）《怀香记》，沈鲸"青琐"条云："古有《怀香记》，不存。"赵文疑此非陆采之作。

（6）《玉如意》，程文修"玉香"条云："别有《玉如意》，亦此事，未见。"

（7）《琴心雅词》，叶宪祖作，疑为杂剧。陆济之"题桥"条云："吾友叶美度有《琴心雅词》八出，甚佳。"

（8）《斩祛记》，两宜居士"锟铻"条云："然古尚有《斩祛》一记，未见。"

（9）《金谷记》，吕天成作。杨夷白"龙膏"条云："往余谱《金谷记》。"赵文疑即《金合记》之误书。

（10）《三生记》，王玉峰"焚香"条云："别有《三生记》，则合双卿而成者。"赵文谓："不知是否即《曲录》所著的明妓马守真《三生传》。"

（11）《传书记》，黄维楫"龙绡"条云："旧有《传书记》。"

（12）《西湖记》，金怀玉"桃花"条云："崔护事佳……与俗本《西湖记》一类。"

这样细心的辑录，颇足补王氏《曲录》之遗。但上列十二种除（2）（6）（7）（8）（10）以外，其他七种或有偶误或有补充说明的必要。

《曲品》所谓"古有《怀香记》"赵文疑非陆采之作，甚是。吕氏所指当即散曲《刷子序》之《贾充宅偷香韩寿》（《南九宫谱》及《九宫正始》作《韩寿》）南戏。又"旧有《传书记》"，亦当指南戏而言，徐渭《南词叙录》有柳毅洞庭龙女一目，《曲品》所说即此种。《曲录》中著录南戏极少，非但没有这两种，即《南词叙录》等书所载亦未著录，盖王氏当时尚未见到这类曲目。至吕天成的十种，《曲录》仅有《神镜记》一种，《曲律》所载，王氏均失收。赵文疑《双阁画善记》或即《双栖记》，误（按：《曲律》著录吕作十种中有《双阁记》，即《双阁画善记》的简称）。又吕作有《金合记》一种，似即"龙膏"条所说的《金谷记》，"谷"字当为《曲品》传写之误。叶宪祖《凤》《钩》或《凤》《钗》二剧，《凤》常指《团花凤》，《钩》则未知所指（疑即

《丹桂钿盒》)。又《西湖记》，赵文未题作者(按：原书今存，题秦淮墨客撰。秦淮墨客即纪振伦)。至《题红叶》为陈与郊作，又疑为杂剧，均误。《曲品》所谓"吾友玉阳生"，乃指王骥德，因王氏有玉阳别号；而《曲律》卷四又明说："先君子命稍更其语，别为一传，易名《题红》。"是明为王作传奇无疑。至误为陈与郊之故，当因陈氏亦有"玉阳仙史"的别号所致。

又《曲品》释曲部分为《曲录》所未收者，除上列十二种外，尚有七种为赵文所遗漏，现将所遗移录如次：

(1)《后庭花》南戏。沈璟"桃符"条云："即《后庭花》剧而敷衍之者。宛有情致，时所盛传。闻旧亦有南戏，今不存。"元郑廷玉有《包待制智勘后庭花》杂剧，叙刘天义、裴青鸾事，南戏的剧名和本事，当亦相同。但《南词叙录》等曲目均不载此种，未知何故。

(2)《四德记》，即《三元记》的改本。沈受先"三元"条云："近插入三事，改为四德，失其故矣。"《剧说》卷四引汤来贺《内省斋文集》云："先年乐府如五福、百顺、四德……之类，皆取古人之善行，谱为传奇……"又《秋夜月》中亦选有一折，是《四德记》确有其书，非仅插演于《三元记》之中。

(3)《红拂记》，近斋作。张太和"红拂"条云："伯起以简胜，此以繁胜，尚有一本，未见。……记中句记序(此处疑原文有误)云：'《红拂》已经三演：在近斋(暖、吴本作"齐")外翰者，鄙俚而不典；在冷然居士者短简而不舒；今屏山不袭二格，能兼杂剧之长。'"文中所说冷然居士及屏山，即指张凤翼、张太和二本《红拂记》而言。据此，《曲品》所载《红拂记》已有三本之多，而刘晋充、冯梦龙、凌濛初(三剧)、荔轩四家之作尚不在内。

(4)《炱廖记》，张太和作。张凤翼"炱廖"条云："张太和亦有记，别一体裁，而多剿袭。"《曲品》所裁《炱廖记》除此本外已有张凤翼、端鳌二本，疑此本为杂剧。

(5)《鸾笔记》"鸣凤"条云："江陵时，亦有编《鸾笔记》，即此意也。"

(6)《申湘藏珠》。秦鸣雷"清风亭"条云："俗有《申湘藏珠》亦如此，而调不称。"明人徽池调戏曲选本《秋夜月》第二册有《藏珠记》一折，叙夫妾幽会，当为生子以前事，与《曲品》"妒妻欲杀妾子者"合；又为俗腔剧本，当即《曲品》所指。

（7）《夺戟》"连环"条云："原有夺戟剧，亦妙。"疑为杂剧。

这些增补或不免近于烦琐，但为整理《曲品》及供重修《新曲录》者参考，这烦琐的增补或不无有点用处。

在今日戏曲资料大量发现的情况下，《曲录》一书所载已不足供学人参考，重修《新曲录》正是急迫的需要。然而在《新曲录》未产生以前，整理以前的曲目，也是中间必经的过程。但《曲海》浩瀚，笔者曷克当此重任，唯在整理过程中愿致微力于此，本文只是整理中的一例而已。

（选自《叶德均学术文选》，云南大学出版社、云南人民出版社2016年版）

晚晴楼词话

刘尧民

杨升庵《词品》谓周晋仙云"《花间集》中只有五个字",即"丝雨湿流光"是也。我以为此五字写眼前实景固然真实,然而境界狭小,不足为奇,当以牛希济的《生查子》二十字压倒五代词人:

　　春山烟欲收,天澹星稀小。残月脸边明,别泪临清晓。

真所谓"融情景于一家,全句意于两得"(姜白石评史邦卿语)者也。严格说来,作品之所以动人,不外两个条件,即"想象阔大""感情深刻"是也。前者是"知"的要素,后者是"情"的要素,二者中缺一既不可,而两者兼具还要"阔大"与"深刻"才能动人。如上举之二十字写别情,如是之深刻;写春山旅行之晓景,如是真实阔大,所以算得是压卷之作。同一韵调有柳宗元的一首五言古诗:

　　鹤鸣楚山静,露白秋江晓。连袂渡危桥,飞泉出林梢。

韵调相似而情调不类。若可比拟者有温飞卿的一首《忆江南》:

　　梳洗罢,独倚望江楼。过尽千帆皆不是,斜晖脉脉水悠悠。肠断白蘋洲。

自来词家或以《菩萨蛮》调为温集之冠,又或以《更漏子》调为温集之冠,余则以此调为温集之冠,盖其适合于上举之两条件也。

王静庵拈出"境界"二字评词,固属卓见,然稍嫌笼统含混。盖其所谓"境界"者,不独指对面之景物,即心中之哀乐亦为"境界"(参见《人间词话》)。与其将哀乐之情感亦属之境界,不如将境界与情感析为二事,既符合美学上"知""情"之条件,又眉目清楚,不致发生误会也。质之识者,以为何如?

词中有一种印象的描写法,即在一切的纷乱景象中,单举出一两样最深刻的印象来,使读者起绝大的同情,如孙光宪的:

> 留不得,留得也应无益。白纻春衫如雪色,扬州初去日。

在一别的瞬间,眼前事物何限?单举出"白纻春衫"来,就以这一样是最深刻的印象。"弱水三千,只取一瓢",一瓢就可以代表三千也。

善能脱化前人好处的,莫如辛稼轩,在其《金缕曲》中便有:

> 易水潇潇西风冷,满座衣冠似雪。

这便不啻若自其口出者也。若项莲生之拟孙光宪曰:

> 留不得,留也不过今日。今日云帆无咫尺,明朝何处觅?

这徒是袭其形貌而已,试问他能知道孙词之精粹处在哪里?

说起项莲生来,在《人间词话》中,曾经将他和纳兰成德、蒋鹿潭三人并论。静庵先生说项、蒋二人不及纳兰,其实二人也可算是杰出之词人。单说项莲生罢,在浙派承朱厉之后,家家自谓白石复生、玉田再世,专门较量音律,切磋字句,遗其大者远者。莲生虽系钱塘人,而不随声附和,观其《乙稿自序》云:

> 近日江南诸子,竞尚填词,辨韵析律,翕然同声,几使姜、张俯首。及观其著述,往往不逮所言,而弁首之辞,以多为贵,心窃病之。余性疏慢,不能过自刻绳,但取文从字顺而止。

可见他还以性灵为主,不屑屑于韵律字句之间,尽有精彩绝人之语如:

> 怕相思,越相思,除非影儿权作伊。(《河传》)
>
> 瘦应如我瘦,愁莫向人愁。(《临江仙》)
>
> 莫便伤心,可怜秋到,无声更苦。满寒江,剩有黄芦万顷,卷离魂去。(《水龙吟·秋声》)
>
> 津亭四望,夕阳红在船尾。(《百字令》)

画舫载来歌舞梦,玉箫吹破古今愁,旧时明月照迷楼。(《浣溪沙·红桥》)

盼归舟,我尚未能归。休怅望,有阑干处,总是斜晖。(《八声甘州》)

更更更鼓凄凉,翠绡弹泪千行。并作一江春水,几时流到钱唐?(《清平乐》)

翠被香添夜夜,琐窗人唤卿卿。如今不是旧风情。愁醉愁眠愁醒。倚幌疏灯明灭,过墙残笛凄清。梦随凉月绕阶行。踏碎一枝花影。(《西江月》)

片云笼月月笼花,花下珠帘帘外影。(《玉楼春》)

巧极可怜无巧计。依样葫芦,明日起相思。(《苏幕遮》)

这些词也不亚于成德,但可怪,他的长处仍和成德是一样,都是以小令见长。这就可见专尚情感的词,只有小令可以适应条件。大约项莲生对于小令,也特别用过些功,如他的《忆云词》中有好多拟《花间》之作,即可作证。

他的长调也有好的,如六首壶中天怀古词,声情激越,不愧作手。

江顺诒《词学集成》引毛奇龄《鹤门词序》云:

大抵词必有意、有调、有声、有色,人人知之。若别有气味在声色之外,则人罕知者。骤得《鹤门词》,适久客初归,心思迷烦之际,不辨其何意、何调、何声、何色。而徘徊缠绵,心烦意扰,一若醉里思归,烛边顾影,使人缪辣不可解。在昔庄皇帝入宫,宫人焚色目所贡鹊脑,时方检文书,忽若醉梦间,迷瞇顿生,憧憧然,既而渐甚,亟命撤其焚而换其贡。当其时,未尝有所闻有所见也。《鹤门词》犹是矣!

《鹤门词》不管是谁作的,而毛大可的这篇序,实在是独辟千古之妙论,为诗词中开发从来所没有的境界,而与近代西洋诗歌里所要求的"官觉"要素相吻合。因为诗人只要单得"情""理""意"三者完备,便为无上的好诗。然而除了"情"字之外,谁还认得"官觉"的要素呢?"官觉"之中又分上等官觉如"声""色"是,低等官觉如"香""味""温"等是。其中知道"声""色"之妙的固然少。在一篇诗歌中,舍开"情""理""意"等抽象的分子,专来求"声""色"上官觉的效果,在中国如李长吉的诗,算是别开生面的作品了。然而谁更能进一步求下等官觉上"香""味""温"等的效果?就有时在古今诗词中发现一二语,已算是少数,而作者也是出于无意之作,如近代词人郑叔问自诩他在少时有一句诗:

  绝是熟梅好天气,衣簟香里梦江南。

这实在是好诗,但他的好处在哪里?这是连作者也惘然的。古今诗词中的警语,只要涉及低等官觉的描写的,都格外生色,如清真词的"地卑山近,衣润费炉烟"。何以妙?纳兰成德的"倦倚玉阑看月晕,容易语低香近"。何以妙?这是属于香觉的。又如《姑溪词》的"时时冰手心头熨,受尽无人知处凉",《乐章集》的"催促少年郎,先去睡,鸳衾图暖",孟昶的"冰肌玉骨清无汗,水殿风来暗香满",在诗中如韩冬郎的"自怜输厩吏,余暖在香鞯"。近代如龚定庵的"秋饥在钏凉珑松",这些都是属于温觉的。然而求其能出于意识的,在全篇之中都以低官觉为中心,如法国象征诗人波德莱尔的《头发里的世界》等篇,那是不可能的。

  中国的旧诗人,什么是"官觉"的理论,梦都没有梦见过,所以毛大可这篇序,实在是杰出的文字。但在他作序时,也不过是胡思乱想的,一时应酬之作,他又何曾知道这理论的真实的价值,而自己把来应用呢?

  然而,这倾向不但在中国没有,在西洋也是近代象征派才发现的,日本上田敏在《幽趣微韵》一文里说:"今后的美术,不能不充满吾人的复杂的要求,现经在诗人郭采(一八一一——一八七二)文里,以袭用绚烂的色调为不满足,而要画出朦胧的,不可思议的,而且是缥缈幽婉之妙的'阴影'。现在是更进一步,要把野花芳草之香传达在词章里面,不是'形',不是'色',也不是'影',这不是要捕捉那幽趣微韵充溢着的'香'吗?"

  这段文字正可和毛大可的《鹤门词序》对照着看。

  司空表圣《二十四诗品》实是千古的妙文,假如用钟嵘《诗品》的历史笔法来评判他,便是:"《二十四诗品》其源出于焦赣《易林》。"因为《易》是用四字句的韵语,把具象的境界来象征出千变万化的抽象的心灵现象。司空表圣的《诗品》,也是用四字韵语来把诗歌的各种境界具体化出来,所以两样东西是有渊源的。

以鉴赏的眼光来看《诗品》，也可以说是纯粹的、最美的作品，胜过他的一切诗歌。其想象之丰富，词藻之玲珑，实在不容第二个人来续作的。所以清代的郭频伽、杨伯夔二人的《词品》，任他们如何地苦心经营，都不能超出《诗品》的范围。由理论方面来说，词也是诗之一种，在《诗品》里的各种境界，未尝不适用于词里，两种《词品》可以不作。由作品的眼光看来，诗国里面的丰富复杂的境界，固然非一人的想象力所能网罗得完。只要是一个诗人，把诗歌当为一种歌咏的对境来写诗，竭力发挥前人所没有发的诗境，这是不能禁止他的。无奈郭、杨二人的作品，并不能超出司空之外，究其极致不过有一二语够得上《诗品》而已，郭频伽的如《幽秀》品：

千岩巉巉，一壑深美。路转峰回，忽见流水。幽鸟不鸣，白云时起。此去人间，不知几里。时逢疏花，媚若处子。嫣然一笑，目成而已。

《委曲》品：

芙蓉初花，秋水一半。欲往从之，细石凌乱。美人有言，玉齿将粲。徐拂宝瑟，一唱三叹。非无寸心，缱绻自献。若往若还，且日能见。

杨的如《轻逸》云：

悠悠长林，濛濛晓晖。天风徐来，一叶独飞。望之弥远，识之自微。疑蝶入梦，如花堕衣。幽弦再终，白云逾稀。千里飘忽，鹤翅不肥。

从前读龚定庵的《写神思铭》，极爱他想象的丰富、笔调的玲珑。现在想来，他这篇铭词，却是模仿司空《诗品》而作的，如"楼中有灯，有人亭亭。未通一言，化为春星"。神似《诗品》，也可以把这篇作为《诗品》的一篇，即名为"神思"，未尝不可！这也可见《诗品》感化之深。

词是中国文学中精粹细腻的作品，而词中的四字对句又是词的精粹。凡是一个词人，对于对句无不惨淡经营，精工刻镂。假如对句不工稳，一篇词就失其精彩。对句之于词，就好像花之有心，人之有脑一样的重要。它的好处是在以八个字包括尽无数的情调。对嶂（按：原文如此）工巧，音调清脆是次要的，尤为要含蕴无穷，使读者读着有一种可以意会不可言传之妙。

对于对句的用功锻炼,是到南宋人才见功夫的。似乎他们对于对句的用功,有时比全篇词还要看重。所以我说南宋人的词,有些是不必管他全篇,只要把他的对句摘下来,用工巧的篆隶字,或玲珑剔透的行楷字,写在美丽的纸幅上,作为对联悬挂鉴赏,一个书斋要为之装饰得出色不少。

用短诗的眼光来看词的对句,也尽可以和全词脱离,而独立成一种作品。在美学的"对称"或"对比"的原理上,是很适应的。

词的对句的性质是独具的,和普通的对联与六朝文的四字对句都不同,它是尖新巧妙,含蓄隐栝。四六的对句如:"雹碎春红,霜凋夏绿。""方塘水白,钓渚池圆。"一望而知不是词的对句。

北宋词的对句都还嫌功力不够,如"雾失楼台,月迷津渡""香冷金猊,被翻红浪""乱石攒空,惊涛拍岸"等类都还嫌程度不足。就易安的"清露晨流,新桐初引"是善用典实的对句,然而都嫌其太浑合了些,不足和南宋的对句相比拟。就中如柳词的"艳杏烧林,缃桃绣野",周词的"稚柳苏晴,故溪歇雨"等句,尚为不可多得。

现在就陆辅之的《词旨》里的"属对"中,摘出几联来,以见南宋词人对句的一斑:

虚阁笼云,小帘通月。(白石)

蝉碧勾花,雁红攒月。(丁宏庵)

风泊浪惊,露零秋冷。(梦窗)

珠戏花舆,翠翻莲额。(楼金亮)

画里移舟,诗边就梦。(史邦卿)

砚冻凝花,香寒散雾。(周草窗)

疏绮笼寒,浅云栖月。(丁宏庵)

香茸沾袖,粉甲留痕。(施梅川)

调雨为酥,催冰作水。(王通叟)

巧剪兰心,偷粘草甲。(邦卿)

　　　　枕簟邀凉,琴书换日。(白石)
　　　　薄袖禁寒,轻妆媚晚。(孙花翁)
　　　　紫曲迷香,绿窗梦月。(李筼房)
　　　　暗雨敲花,柔风过柳。(前人)
　　　　向月赊情,凭春买夜。(丁湖南)
　　　　醉墨题香,闲箫弄玉。(竹窗)
　　　　断碧分山,空帘剩月。(以下玉田)
　　　　沙净草枯,水平天远。
　　　　鹤响天高,水流花净。
　　　　开帘过雨,隔水呼灯。
　　　　行歌趁月,唤酒延秋。
　　　　氅丝湿雾,扇锦翻桃。

此外如史邦卿的：

　　　　柳锁莺魂,花翻蝶梦。
　　　　草脚愁苏,花心梦醒。
　　　　歌里眠香,酒酣喝月。

李筼房的：

　　　　石笋埋云,风篁啸晚。
　　　　捣麝成尘,熏薇注露。

吴文英的：

　　　　坠瓶恨升,尘镜迷楼。
　　　　檀栾金碧,婀娜蓬莱。

周草窗的：

　　　　碧脑浮冰,红薇染露。
　　　　麝月双心,凤云百合。
　　　　枝冷频移,叶疏犹抱。

又如王碧山咏蝉的警句"病翼惊秋,枯形阅世"之类的句子,一时也抄不完,读者可以自取各家的集子去看,自然理会得。可见南宋人对于词真是雕心镂骨,费尽心血之作,所以朱竹垞说词到南宋才工的话,实是不错。但也有人说南宋人的词,功夫工矣,但刻镂太过,把真情打失,究其极致,不过如象牙花朵,但悦目而无香味,所谓吴梦窗的词如七宝楼台,拆下来不成片段。关于这一层问题复杂,俟为专篇来讨论,这里不多说。

话是仍然说回来,南宋以后,到清代词人,刻意姜、张,取径吴、史,所以清词中,有好些对句都可以追踪南宋。只要看各家词中,细心检取,都值得赏玩,这里恕不多引。只记得史震林的《西青散记》中,有乩仙娟娟仙子,写了多少怨词,有一联对句:"瘦菊聊花,衰林且叶。"这种对句中用助动字真是别出一格,因为以上所举的对句,都不外是些名词、动词组成的,很少用别种词性。然而张炎已有"浅草犹霜,融泥未燕"之句,则散句之词,系仿张作了。假若要推寻其源,不能不溯到杜甫的"古墙犹竹色,虚阁自松声"的诗句,但这种句法在诗词中不宜多用,聊见一二以备一格而已。

又江沅(铁君)有"细慧煎春,枯禅蠹梦"之句,颇为龚定庵所叹服。这也真是精撰之作,然而仍逃不出王碧山的"病翼惊秋,枯形阅世"的范围外,所以词到南宋是走到了极点的话,是不错的。

张炎《词源》说:"贺方回、吴梦窗皆善于炼字面,多于温庭筠、李长吉诗中来。"故周密《浩然斋雅谈》引贺方回语:"吾笔端驱使李商隐、温庭筠常奔走不暇。"此可见西昆体及于宋时之影响,尤为以词中须选清丽之字面,一时词人苦于词藻枯索,又要话语有来历,所以只有向温、李诗中去讨生活。然而,温、李的词藻又从何而来呢?完全是由作者厌弃了陈言套语,于是戛戛独造,自铸新词。若果要求有来历,又不免于陈腐了。

这种办法到清代词人,便奉为圭臬,如郑叔问至欲摘取温、李诗中之丽语,汇集起来以备作词时选词之用。这可见中国诗人的奴隶性,缺乏创造的精神,所以词曲一道,翻来覆去几多年,陈陈相因,千篇一律,真可慨叹。

姚梅伯有警句："抱月飘烟，想纤腰一尺。"这完全用温诗的"抱月飘烟一尺腰"随便改作一下，便为己作。

宋词中如《临江仙》等调中有五言的句子，词人们往往取古人或前辈的现成句子用入，如贺方回用薛道衡的"人归落雁后，思发在花前"。李易安用贾岛的"春归秣陵树，人客建安城"等类。此风后来已不可见，只有纳兰《饮水词》用顾梁汾现成的梅花句："一片冷香惟有梦，十分清瘦更无诗。"但这调《梦江南》词是专于作赞美顾词的，和前例不同。

周保绪的《介存斋论词杂著》很有些独到的见解，王静庵先生词话亦尝引用过他的话。其中如："北宋词多就景叙情，故珠圆玉润，四照玲珑；至稼轩、白石一变而为即事叙景，使深者反浅，曲者反直。"此数语真能道出两宋词的畛域，所谓"就景叙情"即是"情景融合为一片，不能分离"。作者的自我没入于对象之中，不能分离。作者的自我没入于对象之中，不能分别孰为主观、孰为客观。"即事叙景"是作者的自我独立于事象之外，用冷静的态度来观察外物，主客各自分离。简言之，前者是"象征主义"，后者是"写实主义"。在描写法上当然有这两种的方法对立着，不能分别优劣，若在感人之深上来看，前者却比后者要来得深刻动人些。

他如论苏、辛的优劣，也有特别的见解：

> 东坡每事俱不十分用力，古文书画皆尔，词亦尔。稼轩不平之鸣随处辄发，有英雄语无学问语，故往往锋颖太露，然其才情富艳，思力果锐，南北两朝实无其匹，无怪流传之广且久也。世以苏、辛并称，苏之自在处，辛偶能到，辛之当行处，苏必不能到。二公之词不可同日而语也。

苏、辛并称，东坡天趣独到处，殆成绝诣，而苦不经意，完璧甚少。稼轩则沉着痛快，有辙可循，南宋诸公，无不传其衣钵，故未可同年而语也。

"苏之自在""辛之当行"两句，实在能把两家的长短一语道破。因为苏东坡的词纯以自然胜，所以真情弥漫、潇洒自如的地方，辛不及苏。而辛守律之谨严，词采之精妙处，又胜东坡一筹。苏以自然胜，而所以不免失之疏略，不按律度；辛以谨严胜，而有时不免"有意为词"，铺陈词藻，矜才使气，如《哨遍》等类的长调,不过堆砌典故,往往令读者生厌。又如"易水潇潇"最脍炙人口的《贺新郎》一调,不过把古来怨愤的故事传说逗凑起来,成为一阕词,有何意味? 反不若他的小令如"郁孤亭下西江水"实在是神韵绝妙,吟味无尽之作。此种堆砌典故已堕落于南宋之风气里面,实为词的一种厄运也。这点是辛不及苏处。若论到豪迈雄放,扩大词人的心胸,推广词调的题材,则苏、辛是同样的有功于词。然而世人只知道苏、辛的豪迈,而罕有见到苏、辛推广词的题材一点。因为自从《花间》以来,除了"言情""写恨"之作以外,几乎便无词可作,词的天地只是限定在儿女的闺房帘箔以内,看不见以外的大宇宙,这是如何地窄狭化。到苏、辛来才把题材扩大开来,只要有所感触的都可以入之词里,这实在是有功于词不小,而世人反看为"外道",殊非公论。关于这层,问题太复杂,想别为专篇讨论,这里不多说了。

长沙陈启泰,清末为苏抚,工填词,而嗜鸦片、麻雀,为上海道蔡乃煌腾书丑诋,有"横一榻之乌烟,又八圈之麻雀"之语,陈阅之,气厥死(事见《宇宙风》半月刊第七期)。所著有《瘿庵词》,《青鹤杂志》第十五、十六期刊登其未刻词若干阕,小令颇婉丽,今录其一、二调如下:

醉太平

香残茜襟,凉低翠簪。帘前小雨情,压梨花梦沉。　　鸾抛绣絨,鸾停素琴。一鹃啼近楼阴,和东风怨吟。

谒金门

声不住,春在乱莺啼处。帘外海棠开半树,芳心如欲诉。　　知是憎晴妒雨,道乞云阴护取。偏又绿章无一语,诳言春不许。

卜算子

草色渐青青,减了梅花韵。道是春来不称情,残雪都消尽。　　睡起怯开帘,楼角冬风冷。道是春来果称情,芳讯全无准。

于老布处见范金镛《蝶梦诗词》,范系浙江人,清末时,来云南当图画教员,人物花卉草虫各种旧画都工妙,但知道他的诗词的人很少。此系抄本,词取径于纳兰成德,眼光是不错的,所以小令尤为清腴,然而模仿太过。和王静(按:原稿误为靖)庵的词同样的没有个性。又其长处只是把前人的旧句拿来翻腾转换,觉得无甚意思,没有举例的必要。

又有一册抄本,系范金镛的姑娘的诗词,诗词各三四十首,面目也和范金镛一样,玲珑小巧一派。我只取其两句诗,题目是《移居》:

> 尘偏解事先对砚,风不知愁又展书。

这两句诗用在词的《浣溪沙》《鹧鸪天》调里,便适得其分,用在诗里,太嫌纤巧些。(但我平日主张诗词不必分界限,这也无甚关系。况且是女子的作品,也只能得出纤巧玲珑的女性诗词而已)

词是一种软性作品,应当是适合于女人了,殊不知不然。翻开古今的名媛词来看,纤巧玲珑的句子固然是数见不鲜,求其能把这种温柔纤细的情调发挥得尽致的,简直可以说没有。词的情调好比是春蚕的吐丝,千回百折,萦纡缠绵,一气到底,拉开了来可以延长几十丈。女性的词就好像些割断的丝,细是固然细腻,然而气太短了,所谓"才堪美听中不觉已至尾声"。仍然不能不求之男性词人中,如南北宋诸词家差可做到,还有未尽处。好像旧戏的旦角,仍然是男角胜过女伶,可见"阴柔之美"仍然是要气魄,仍然是要"力"。"美"是产生于力的。

过春山《湘云词》近接朱属(按:据文意"属"似应作"厉",指厉鹗),远绍姜、史,诚为一时名手,如对句"小雨啼花,深烟怨柳""絮迷蝶径,苔上莺帘""野馆寒轻,春衫瘦减""旧恨消香,新怨倦酒"等句,置之南宋人集中,亦不失为名句。

小词如《踏莎行》:

> 寂寂帘栊,深深院宇,碧桃花下闻人语。闲情寻遍小阑干,东风犹裛余香缕。　酒边啼莺,鬓边飞絮,夕阳山色愁如许!游丝不解系春宵,为谁偏逐香车去?

《柳梢青》云:

> 落花流水,深沉院宇,寂寞年华。几度消凝,樽前歌舞,江上琵琶。
> 凄凉况是天涯,凝望处荒烟断霞。绿树啼莺,红楼飞絮,春在谁家?

春山字葆中,号湘云,江南长洲人。诗亦清逸。王兰泉称其:"家居市井,性爱邱

樊。博通群籍，尤长于新旧唐书。尝为补遗纠误，未及成而卒。"(《湖海诗传》)

诗句如"凉风落山果，微雨长秋蔬""乱山开夕照，独鸟下寒树""雨余芳草长，春冷杂花稀""浩劫留诗卷，名山老布衣""晴云生古石，空翠落长松""新霜变木叶，斜日乱溪流""明灯临水饭，欹枕对鸥眠"皆自然清俊。

吴锡麒（谷人）天才丰富，骈文和诗词都极精妙，或者嫌他有清丽而无沉郁厚重，其实天才是多方面的，不能以一定的范型来规约他。有《正味斋集》，予家藏得一部，惜前年回家，忘记带来，因那时兴趣不在这些上。觉得他的骈文尤为得意之作，而骈文中又以律赋为工妙。

词以王碧山为宗，除了字句的锤琢外，他极注重意境。这因为他具有清空的想象力，所以他在清代词人中，较别的专在音律词藻上用力的词人，他是独特有风味的。

《齐天乐·咏蝉》后半阕云：

深窗愁更落叶渐，吟蛩暗替，身世如幻。碎雨槐边，颓阳竹里，诉尽故宫幽怨。秋阴满院，便画到铢衣，也增凄惋。似磬飞来，踏莎山寺晚。

用落叶、斜阳、故宫、山寺、细雨等类为背景来烘脱（按："脱"字疑应为"托"），便把蝉的灵魂捕捉得了，这还可见姜、史、碧山的远意，较别的堆砌典故者固有不同。

《无闷·咏雪意》云：

寒压云低，遮絮护花，争得东风早晚？任冻雀梅边，几番偷眼，尽日阴晴不定。逗一线楼头斜阳短，写成画本，模糊粉墨，试看天半！

深院，小门掩，听笛唱声，玉龙曾唤。好料理寻诗，预商驴券。莫遣圆珠化泪，便惹起梨花春来怨。梦里蝴蝶寻归，定识灞桥人面。

这是描写要下雪的景况，看他写得活跃如现，并没有一点雪，而令读者如坐在阴晴不定、冷气逼人的境界里面。尤为以"冻雀梅边，几番偷眼……"几句真写得细腻入微，较碧山的《雪意》还要胜过一筹。

一个诗人都有用惯的几句惯语，也像说话一样，各人都有一个惯语。吴谷人诗词中好用"绿濛濛"的字样，如梅子黄时雨中的"闲觑绿濛濛处，已金丸嗅透"。《锁窗寒·咏绿意》的"碧阴千树,濛濛密密,香剩几花明处"。

又如绝句:

宛然大酒肥鱼社,各具壶觞各主宾。占得一方苔最厚,绿濛濛地坐诗人。

"绿濛濛地"三个惯语,实在是很好的惯语。

姚燮字梅伯,镇海人,道光时词人。有《疏影楼词稿》,黄燮清《国朝词综续编》卷十五录其词十九首,黄称其词跌宕新警。兹姑不论其不让人(按:此句原稿不清,疑有误),盖知梅伯之能词者固不乏人,而知其对于剧曲,亦有精深之造诣者实少。

梅伯精音律能自度曲,《词综续编》中亦录其自度曲数阕。于研究词之外,尝搜集宋元以来杂剧传奇,以及民间歌曲小调,汇其名目为一书,名曰《今乐考证》。其于近代戏曲史料之重要,实不亚于王静庵之《曲录》,钟嗣成、贾仲名之正续《录鬼簿》,以及徐渭之《南词叙录》等书。而世人鲜有知其书者,盖其书仅为手稿而尚未刊布也。是书之稿本为平湖钱南杨于宁波旧书肆发见,后归马隅卿,马死后,归北大图书馆,闻不久其书即将影印出与世人相见。

闻其书体例虽不纯,而所收戏曲目实多于王静庵之《曲录》,故为整理戏曲者所不可少之书。兹列一表于下以资比较:

	《今乐考证》		《曲录》	
元杂剧	八十三家	六百九十一本(内无名氏一百本)	六十五家	四百七十四本
明清杂剧	一百十七家	三百五十二本(内无名氏八本)	四十家	四百五十六本(内无名氏二百六十本)
明及清以前传奇	一百十六家	三百〇一本(内无名氏六十一本)	四十八家	二百九十八本(内无名氏一百二十本)
清传奇	一百九十六家	七百二十二本(内无名氏二百五十本)	五十五家	七百四十本(内无名氏三百七十六本)

庄中白棫,同光中词人,其词温柔和平则有之,至于精彩绝胜处则未见,而陈文焯(按:"文"应为"廷",稿误)《白雨斋词话》推为凌踔姜、张,胜过温、韦,殊为推许过当,阿其所好也。

谭复堂与中白同时,至相善,光绪戊寅(1878),中白卒于扬州,谭哭之痛,笔于日记曰:"月余日出入寡欢,心志惨沮,觉非佳朕。忽得扬州书,乃庄中白讣也。郢人逝矣!臣质已沦。茫茫六合,此身遂孤。怀宁一别,竟终古矣!二十余年,心交无第二人,素车之约,亦不能践,梦魂摇摇,更无熟路。再展遗文,遂有昨犹见佛,今日已称我闻之叹。"此记足见二人之交情,亦可见庄之深于情,无怪乎白雨斋称其词能上逼诗骚也。陈与庄为中表。

沈去矜(谦),词有"野桥南去不逢人,濛濛一片杨花雪",又有"但蒙天卷地是杨花,不辨江南北"之句,写杨花可谓入神,然皆自小山"梦魂惯得无拘检,又踏杨花过谢桥"之句来也。

古今写杨花诗词之警句,前有李长吉之"杨花扑帐春云热",后有小山之"过谢桥",二者之意境皆幽细神秘,不可多得之名句。(虽东坡之杨花词亦不及)

去矜以《薄幸》一词称为写情圣手。

《高阳台》一调,在前后阕末二句之上,有三字一逗,或押韵或不押韵。押韵尤觉韵味悠扬,而《词律》只有一体,并不加以说明。大约用韵之体始于玉田,如:

> 夜沉沉,不信归魂,不到花深。更关情,秋水人家,斜照西泠。(《庆乐园》)

> 更凄然,万绿西泠,一抹荒烟。莫开帘,怕见飞花,怕听啼鹃。(《西湖春感》)

在周草窗、吴梦窗词里,还是用不押韵体,如梦窗:

> 自消凝,能几花前,顿老相如。

> 莫重来,吹尽香绵,泪满平芜。(《丰乐楼》)

> 半飘零,庭上黄昏,月冷阑干。

>   最愁人,啼鸟晴明,叶底清圆。(《落梅》)
>   未归来,应恋花洲,醉玉吟香。
>   杏园诗,应待先题,嘶马平康。(《寿毛荷塘》)
>   最无情,岩上闲花,腥染春愁。
>   莫登临,几树残烟,西北高楼。(《过钟山》)

草窗如:

>   感流年,夜汐东还,冷照西斜。
>   问东风,先到垂杨,后到梅花。(《寄越中诸友》)

而王碧山词如:

>   但凄然,满树幽香,满地横斜。
>   更销他,几度东风,几度飞花。(《咏梅》)

上阕"凄然"不用韵,下阕又忽用"销他",似乎是无意之作。此虽小处,但后人还没有注意到,而此调又为倚声家最喜填之词。

《乐府补题》天香《宛委山房拟赋龙涎香》,宛委山即浙江玉笥山别名,清时浙抚进四库未收书,高宗题名"宛委别藏",即取义于此。

前言宋时词人的取材,多肯由温、李诗中,刺取他们的精艳的词语来作词,所以词彩精妙无比。然而也有一部人,反对南宋词,说他们是堆砌雕琢,毫无生趣,所谓"七宝楼台,碎拆下来,不成片段"等类的批评。这固然有片面的真实,但我们一想,不论哪种文学作品,总是代表人类的感觉与情趣,所谓新的文学即是代表人类的新感觉和新情趣。既要求其新,那么旧文学里面所用的名词,也一定要力求刷新,而另创造新的词语,才可以使读者的感觉与情趣得到一番新的洗礼。唐末文学已经陈腐极了,不能不要求新的文学之产生。所以韩愈主张的"陈言之务去"一语,实在是新文学重要的条件。这句话我们不管他是想"务去陈言"以求胜古人,还是矜诩自己的独创,但在我们的立场上看来,这句话确是可取的一句精要语。所以受着他的影响的如卢仝、樊宗师等人便刻意地去雕琢新名词,遂蔚成光怪陆离的"元和体"。《唐语林》云:"元和以后,文笔学奇于韩愈，学涩于樊宗师。歌行则学流荡于张籍，诗章则学矫激于孟郊，学浅切于白居易，学淫靡于元稹，俱名元和体。大抵天宝之风尚党，大历之风尚浮，贞元之风尚荡，元和之风尚怪也。"（欧阳修跋樊宗师的《绛守居园池记》云："呜呼！元和之际，文章可谓盛极矣，其怪奇至于如此！"）怪虽然是怪诞，元和时代的文章，确能使读者的耳目为之一新的。樊宗师有名的"巍眼倾耳""芬红骇绿"确是警奇的句调。而精彩绝艳，含宫咀商的温、李也恰生于这个运会当中，内中温飞卿受李长吉的影响，而李长吉又直接受韩愈之影响。我们只要看李长吉幼时作的那篇《高轩过》的诗，对于为一代文宗的韩老夫子，是如何的倾倒。而这位老夫子平素所主张的"陈言之务去"的主张又是如何的深入于这位青年文学家的心坎里，于是光艳奇异的四卷的长吉诗歌，便诞生而新鲜了世人的感觉。在这个时候，适然而新音乐已经酝酿成熟，适然而有一位颓废的好接近乐工妓女的能"逐弦吹之音，为侧艳之词"的温飞卿，适然而四卷长吉诗歌已出而问世。他的飞卿诗集便直接胎息而放出光怪的异彩，便将他在诗里所用的一番侧艳之词，尾随着"弦吹之音"，便成功了划时代的新文学的"词"，他便成为词的不祧之祖。而他成功的渊源，却有上述的这一番经过。可知一种新文学的成立，不单是文体变更就罢了的，而语词也要随之变更。试看古文学中的《离骚》与《诗经》的用语，都是各自树立，互不相袭，乃成其所以为"新"。知道这一点，我们便知道温飞卿何以是《花间集》中的首屈一指；便知道宋代有名的词人如周、贺、吴等何以要祖述飞卿，何以字句词藻都要取给于飞卿。这其间的消息是为自来言词的人所不知的，就有知道的，如近世郑文焯欲抄撮温、李的美词名句，也只算是知道当然而不知其所以然罢了。

晏小山词："如今不是梦，真个到伊行。"东坡《初入庐山》诗亦有句云："如今不是梦，真个在庐山。"此想是偶合。

余前在《病榻随笔》中，曾录关于琵琶曲事数则，今又得东坡一帖（《答蔡景繁》帖）："朐山临海，石室信如所谕。前某尝携家一游，时有胡琴婢就室中作濩索、凉州，凛然有冰车铁马之声。婢去久矣，因公复起一念，若果游此，必有新篇,当破戒奉和也。"潋索、凉州、醉吟商、胡渭州等四曲名见《白石歌曲》中,此可见曲系北宋旧曲也。

两宋词之变迁,近人贵筑姚华以为系音色之不同,其说颇为新颖,录之以备一说:

> 五代北宋歌者皆用弦索,以琵琶色为主器。南宋则多用新腔,以管色为主器。弦索以指出声,流利为美;管色以口出声,的砾为优。此段变迁遂为南北宋词不同之一关键。譬如词变为曲,南北曲迥然不同,亦是弦索管笛之主器异尔。南曲弋阳、海盐,可勿论已。以昆曲言,则声情文情之别,一目了然,不必细校口齿也。故南曲之隔格,严于北曲,亦犹南宋词之严于北宋也……至"流利""的砾"二语,鄙意以为颇窥见南北两宋词家之秘,盖流利非庸滥,的砾非生涩也。故所为词,亦于此慎之而已。(《与邵伯䌹论词书》,参见《词学季刊》二卷一号)

读谢章铤(枚如)《赌棋山庄词话》,知其人至性真情,故其论词,性所欲言,滔滔动人,思观其全集。冒广生《小三吾亭词话》称其《赌棋山庄杂记》十二巨册尚未付梓。今始得全集名《赌棋山庄所著书》,为陈宝箴所刻于江西者,凡三十二册。大部分为诗文词笔记,亦有关于经学之著作,如《说文闽音考》等,盖其毕生精诣,仍为诗古文词。经史非其当行,故常以讲学家为平衍,考据家为破碎也。然其诗文词自有其真挚处,古文不倚傍,非秦汉,非桐城,不摆架子,不拘格式。如《华山游记》摆脱当时之考证游记,独能真抒行踪,实绘风景,而亦无桐城派之为古文格式所拘束,往往有削足适履之弊。病榻中偏嗜游记之类,观古文游记,辄奄奄思睡,独于谢之此篇推为拔萃,盖以真性情为文,自有其不磨之价值也。

其论词反对当时讲究声律者之刻削性情,而推重苏、辛,故其《酒边词》颇近于迦陵之豪放。今摘录其《与黄子寿论词书》一节:

> 国初诸老奋兴宗唐祖宋,词学固为最盛。复古不已,继以审音,持论愈精,用功愈密矣。然渐流渐衰,耳食之徒,或袭其貌,而不究其心,音节虽具,神理全非,题目概无关系,语言绝少性情。未及终篇,废然思返,岂按吕

协律之作，必为是味同嚼蜡而复可乎？甚且冷典厄词，缪轕满幅，专以竹垞、樊榭咏物为宗，则尤为黄茅白苇矣！而其时之素谙声律者，如藏园、梦楼诸公，其词又未尝不摆脱一切，言所欲言。

其论极反对咏物诸词，故其《酒边词》中，尽删去咏物之作，而丁杏舲《听秋声馆词话》乃撮其咏物之词，是宝砥砆而弃珠玉也。

清代词人论词多以《说文》之"意内言外"一语为定义，谢章铤以为空泛：

乾嘉以来，汉学盛行，学者见此义出于《说文》，遂奉为长短句金针，不知旁训非正训也。虽然，凡为文皆当意言兼美，则以"意内言外"论词，未尝不深中肯綮……

可知"意内言外"一语，盖出于清代经学家考证之迂阔，于词之实际，毫无关系。一切文学作品皆是"意内言外"，岂独词乎？以许叔重所诠之词而诠数千年后唐宋之长短句，其义岂有当哉。

《赌棋山庄余集·书茶梦广词后》载仁和高茶广（望鲁）夫妇词数首，风味清真，抄录如后。

高茶广词名《茶梦广词》，《行香子》（久不得内子书，谱此附家书后）云：

寒色衣边，暮色灯前，听征鸿响落长天。故园鱼信，何事迟延？怕病相缠，贫相累，恨相牵。　　倦理鹍弦，懒挐鸾笺，写离怀不尽缠绵。香消酒醒，静夜无眠，剩泪如泉，愁如雨，梦如烟。

妇姓陈名嘉，字子淑，词名《写麋楼遗词》，附《茶梦广词》后。《唐多令》（外子客海昌，以词见寄，谱小令答之）云：

芳事倏将残，新愁镜里看。薄罗衣尚怯余寒。不为伤春非病酒，拼一味，病阑珊。　　咫尺阻云山，音尽寄便难，报高堂两字平安。琐屑家常君莫问。须努力，劝加餐。

《好事近》（己未冬月，得外子崇川见寄词，知有归意，即用元韵为答）云：

风雪近残年，怎受别离滋味？梦中倘许相随，奈关山迢递！　　亏他征鸿带书来，珍重万金抵。料得羁愁难遣，早商量归计。

《踏莎行·花朝》云：

  芳草侵阶，落花辞树，韶光一半随流去。杏饧门巷又清明，踏青试约邻家女。 旅雁初归，流莺欲语，垂杨绿遍闲庭宇。二分春色一分阴，一分不定晴和雨。

结语由东坡之"春色三分，一分尘土……"来，此种句法，开后世词家无数巧语。

陈氏于太平天国时杭州失守，死于难，才人不幸，古今同慨。

词调中有适合于当时的音乐，而不适合于诵读者，每觉诘齿聱牙，不易成诵。清顾彩的《草堂嗣响》凡例云："词调中有连用数句，频抑频转，如河传等；有连不用韵，赶至五七句始一叶，如八六子等；有句为连用平声，如《寿楼春》等；有半腰转平为仄，不复归平，如《换巢鸾凤》等；有极长篇，屡用三字句，杂芜无收煞，如《六州歌头》等，推类而言，不可胜数。此等当时想便于歌，今则不良于读矣。"

词之文学上之形式，固为音乐所造成，大部分委抑曲折，文学与音乐极其谐美。然也有少数不能叶谐，如上所举之例，是音乐与文学亦间有冲突之处，此不可不知。（即如《词源》上所举之"琐窗明"等亦是此例）

最近购得晚清词数种，略记于下：

《香宋词》三卷，荣县赵熙（尧生）著。

  尧生才思敏捷，尝一夕赋蜀中景物绝句百余首，一时名流为之惊服。梁启超晚年常与之酬唱，曾赋长诗代简，简尧生也。词亦如其诗之敏赡，然不甚精细。

《碧栖楼词》一册不分卷，长乐王允皙（又点）著。

  《陈石遗诗话》称又点工倚声，观是集词，诚工于诗，词格细腻匀净，规规于前贤矩度，不敢自肆。

《三程词钞》一册，宁乡程霖寿（雨沧）、程颂芬（彦清）、程颂万（子大）合著。

  三程中程颂万名最显，是册非其全集，系门人九江吕传元仿三苏之例，合抄为《三程词》。子大之词名《美人长寿庵词》，富丽精艳不让于诗。

《雨屋深灯词》一册，番禺汪兆镛（伯彦）著。

兆镛,粤中名士,平生独擅倚声,是册功力深厚,自是南宋家法。随笔有《搜窗九记》,论词之杂说也。

《疏影楼词》五卷,内中《画边琴趣》二卷、《吴泾蘋唱》一卷、《剪灯夜语》一卷、《石云鉴雅》一卷,总名曰《疏影楼词》。镇海姚燮(梅伯)著。

是集,系附在《大梅山馆全集》之后,欲购其词,故并其全集购之。梅伯才思清丽警拔,颇似吴谷人,而挺奇锐隽犹过谷人,当时与龚定庵、魏默深并称,后人只知龚、魏而不知梅伯,名场幸运,殆难推识也。词如宝玉名珠,光艳动人,容细读之。

《第一生修梅花馆词》二册,内分《新莺词》《玉梅词》《锦钱词》《蕙风词》《菱景词》《二云词》《餐樱词》《菊梦词》《存悔词》九种,临桂况周颐(夔笙)著。

周颐与王幼遐、朱古微、郑大鹤称为晚清四大词人。论对于词学之贡献,朱为最大;论作品之价值,一时瑜、亮,固未易轩轾也。

名家解释词之名义,有如下数条:张德瀛《词征》:"词与辞通,亦作词。《周易孟氏章句》曰:'意内而言外也。'释文沿之。小徐《说文系传》曰:'音内而言外也。'《韵会》沿之。言发于意,意为之主,故曰'意内';言宣于音,音为之倡,故曰'音内',其旨同矣。"

又:"屈子楚辞,本谓之楚词,所谓轩翥诗人之后者也。《东皇太一》《远游》诸篇,宋人制词,遂多仿学。沿彼得奇,岂特马、扬已哉。"

宋翔凤《乐府余论》:"宋元之间词与曲一也,以文写之则为词,以声度之则为曲。"

蒋剑人《芬陀利室词话》:"词之合于'意内言外'与鄙人'有厚入无间'之旨相符者,近来诸名家指不多屈。"

刘熙载《词概》:"《说文》解词字曰:'意内而言外也。'徐锴《通论》曰:'音内而言外,在音之内,在言之外也。'故知词也者,言有尽而音义无穷也。"

田同之《西圃词说》:"词与辞通用,释文'意内而言外也'。意生言,言生声,声生律,律生调,故曲生焉。"

《赌棋山庄集》(参见前引):"以音乐言为'曲',以歌词言为'词'。白居易诗:'一曲四歌八叠。'《客座赘语》引李后主《嵇康曲舞词》云:'……宜城酒烟生雾服,与君试舞当时"曲",玉树遗"词"悔重听,黄尘染鬓无前绿。'"

《杜阳杂编》:"唐大中初,女蛮国贡双龙犀,明霞锦……时号为'菩萨蛮',优者作女王'曲',文士亦往往声其'词'。"

中国文学的两大系统:

一是由内在的格律而演化,一是由外在的音乐而演化。

史邦卿之诗于世不少概见,周密《浩然斋雅谈》称其人在韩胄(按:应为韩侂胄)门下,招权纳势,炙手可热,当时称为"梅溪先生"。谓其诗亦间有可观者,于中卷中引其一首:"二百六朝花雨过,柳梢犹尔畏春寒。晋宫今日坎烟断,行着新晴看牡丹。"实清丽可喜,不愧其词。

阅《大公报》《世运代表团随征记》记载,威尼斯的下午,一般劳人于闲暇时享乐音乐的情形,令人想起中国的"琵琶多于饭甑,措大多于鲫鱼"的唐代。而今我们的民族是衰老了,常常是怕烦爱静,在下午的闲暇时,多是躺在北窗的竹榻上养神,哪里还有心去弄音乐呢?

"下午一时许,我们回到旅馆午餐,忽然乌云密布,暴雨骤作,选手们疲困之余,都乘此机会在旅馆里休息。等到雨止天霁,已是夕阳西斜,全城几十座教堂的钟声,一阵一阵的传来,把这美丽的水都,笼罩在神秘的空气中。选手们有的三五成群坐着游艇在碧波中荡漾,有的在街头巷尾逍遥散步,有的就在旅馆前面小园里坐着听乐队奏演。意大利的音乐是独步欧洲歌坛的,威尼斯旅馆里所组织的五六个人的乐队,到处皆是,曲调悠扬,音节清雅,在国内(中国)是难得听得到的。中等以上的人在一天工作疲劳之余,去买一杯咖啡或是冷饮,静坐着欣赏(没有跳舞),可以说是满坑满谷,足见他们对于音乐兴趣之浓厚。"

况蕙风《词学讲义》引虞山王东溆(应奎)《柳南随笔》一则言和声之说:"桐城方尔止(夕)尝登凤凰台,吟太白诗云:'凤凰台上,一个凤凰游。而今凤去耶?台空耶?江水自流。'曼声长吟,且咏且指,人皆随而笑之。按唐人和声之遗,殆即类此,未可以为笑也。"

史位存词与过春山、赵函璞等并驾齐驱,诗也擅长。钱梅溪《履园诗话》载其一二联颇清丽,《汴梁道中》云:"云垂平野星初上,马走春沙夜有声。"《有感》云:"扑蝶会过春似梦,谢群(按:据诗意,当作"湔裙")人去水如烟。"然后一联直是词人口吻矣。

主张词系承继近体诗之系统者有两说:

《四库提要·词曲类》一云:"词曲二体在文章技艺之间,厥品颇卑,作者弗贵,特才华之士,以绮语相高耳。然三百篇变而古诗,古诗变而近体,近体变而词,词变而曲,层累而降,莫知其然。究厥渊源,实亦乐府之余音,风人之末派,其于文苑,同属附庸,亦未可全斥为俳优也。"

王国维《人间词话》云:"四言敝而有楚辞,楚辞敝而有五言,五言敝而有七言,古诗敝而有律绝,律绝敝而有词。"

施愚山《蠖斋诗话》论作诗用"而"字、"焉"字、"哉"字、"之"字,有用得当而崛奇者,有用之不得当,如杜荀鹤之"白发多生矣,青山可住乎",五言律长城坏矣。

《历代诗余·词话》引陈子龙云:"宋人不知诗而强作诗,其为诗也,言理而不言情,终宋之世无诗。然其欢愉愁苦之致动于中而不能抑者,类发于诗余,故其所造独工。"此可见词在宋时为纯粹之抒情诗。又王元美《艺苑卮言》云:"元有曲而无词,如虞、赵诸公辈不免以才情属曲,而以气概属词,词所以亡也。"此可见词至元代又失其抒情之价值,日益衰落,曲又代其地位而为抒情诗矣。

余尝论中国诗歌分两系,一系为视觉之演化,一系为听觉之演化。前者以自身之格律为根据,后者以自身以外之音乐为根据,诗歌之一切皆受音乐之支配。顷审阅旧《庸言》杂志,有近人马瀛之《古乐考略》一篇,其文无甚精彩,惟末论:"唐人律绝,皆可被之管弦者也,顾音束于声律,辞局于偶俪,娱目有余,言情不足,抑扬婉转,固不如乐府远甚。""娱目"一句是为视觉化之诗之佐证。

余论宋之乐曲如大曲、法曲等有组织之乐曲可分二类,一为"叙事诗"如大曲、法曲等,一为"原始之歌剧"(南北曲在艺术中为歌剧,此为其原始之形式)如转踏曲是。此转踏曲在《宋元戏曲史》中已论其有杂剧之雏形,而姚华之《菉猗室曲话》亦有一段论及此事:"少游调笑令咏昭君、烟(湘)中怨、乐昌公主、倩女回首。发端先作七言口号,即叠末二字以为词头,谓之调笑转踏。考其起源,出于乐语,而徐士俊评,以为前数行疑是元人宾白所自始,被之管弦,竟是董解元数段。此语非特足为戏曲考源,更可以见词曲转移之迹。再以赵德麟商调《蝶恋花》述会真记事十阕证之,更昭然明白矣。"(原按:开首数语系引卓人月《古今词统》语,故有徐士俊评语)

乐府中之诗歌形式有三种:

一种是原来的诗歌形式,一字不变。

一种是原诗入乐以后,原来的篇章拉乱,整齐的句子变成长短不齐的句子。

一种是完全成为音乐的形式,声辞合写,诘屈不能读,以外一种是有声无辞。

前一种的诗很多,举凡采诗入乐的诗,因诗作乐的诗,咏乐府古题的诗,一些歌和唐人所谓的新乐府等类,和音乐不发生关系的诗都是。第二种的例如"天上何所有"一章,下忽接上"甘露初二年",上下文的文义不相连属,只是适合于音乐的便利而已。第三种的例,最古的如春秋时《国语》上的"伊兮违兮,各聚尔有所待以归兮",以后到乐府时代的"汉铙歌十八曲"等类是。

定型的诗有下列几种:

字数的定型,句数的定型,音节的定型,修辞的定型,用意的定型。

隋唐时九部乐中只清乐一部是中国乐,文康系康国乐,皆胡乐。余前有考证一篇,以王静庵之精细尚未察此,《宋元戏曲史》之《余论》中谓九部乐中只清乐与文康为中国乐,可见古义之沦亡久矣。

《文心雕龙·乐府》篇曰:"故知诗为乐心,声为乐体。乐体在声,瞽师务调其器;乐心在诗,君子宜正其文。"可见乐府时代诗歌与音乐分为二途,诗与乐分工,故不能得与音乐融洽之诗歌。

《晋书·乐志》云:"荀勖以魏氏歌诗或二言、或三言、或四言、或五言,与古诗不类,以问司律中郎将陈顾,顾曰:'被之金石,未必皆当。'"此可见乐府时代虽有长短言，未必与音乐十分融洽如词也。

冯惟讷《古诗纪》分乐府为九种，而确实与音乐发生关系者只因诗作歌、采诗入乐、因乐作歌三项而已。

乐府诗有两类，一为纯粹为文人制作之诗，与音乐毫无关系，故其诗虽于视觉之鉴赏上圆满，而完全不合音乐之条件，此种诗乐府诗之大半，多系整齐的。其有非整齐的长短句，系文士偶然弄笔，于音乐亦不适合。另一种即音乐的文学，声辞合写，长短不齐，可解不可解，如饶歌等类是。此二种诗一适于音乐而不适于文学，一适于文学而不适于音乐，必二者均衡发展，始可以言音乐的文学如词是也。

白乐天《立部伎》诗云："堂上坐部，笙歌一声众侧耳，鼓笛万曲无人听。立部贱，坐部贵，坐部退为立部伎，击鼓吹笙和杂戏，立部又退何所任？始就乐悬操雅音，雅音替坏一至此，长令尔辈调宫徵……"

此可见杂乐、清乐、宴乐价值之等差。

《乐府诗集·新乐府辞·法曲》序云："《唐会要》曰：'文宗开成三年，改法曲为仙韶曲。'按法曲起于唐，谓之法部，其曲之妙者，有《破阵乐》《一戎》《大定乐》《长生乐》《赤白桃李花》，余曲有《堂堂》《望瀛》《霓裳羽衣》《献仙音》《献天花》之类，总名法曲。白居易传曰：'法曲虽似失雅音，盖诸夏之声也，故历朝行焉。'太常丞宋沇传汉中王旧说曰：'玄宗虽雅好度曲，然未尝使蕃汉杂奏。天宝十三载，始诏道调法曲与胡部新声合作，识者深异之，明年冬，而安禄山反。'"

元稹《立部使》诗亦曰："宋沇尝传天宝季，法曲胡音忽相和。"此可见中国音乐的外国化。

微之《法曲》诗云："胡音胡骑与胡妆，五十年来竞纷泊。"此可见外国文化之输入中国，与中国人欢迎外来文化之踊跃不亚于今日，而缙绅先生忧之如大难之将来。

《晋书·袁山松传》曰："山松善音乐，旧歌有《行路难》，曲词颇疏质，山松乃文其辞句，婉其节制，固酣歌之，闻此流涕。"此可见古乐府曲调节奏并不十分严密，不及后世之词曲之丝毫不可假借也。

冯班《钝吟杂录》云："总而言之，制诗以协于乐一也；采诗入乐二也；古有此曲，倚其声为诗三也；自制新曲四也；拟古五也；咏古题六也；并杜陵之新题乐府七也。古乐府无出此七者矣。"此论乐府诗之种类，其实此七类中只前四者与音乐发生关系，余三者皆冒乐府之名而已。

实际在乐府时代之诗与音乐之关系只有三种：《乐府诗集·新乐府词》序云："凡乐府歌词有因声而作歌者，若魏之三调歌诗，因弦管金石造歌以被之是也；有因歌而声者，若清商、吴声诸曲，始皆徒歌，既而被之弦管是也。"除此二者以外，更有"采诗入乐"一种办法，如汉铙歌鼓吹曲，皆采自民间战争恋爱之诗歌，其诗歌之性质与音乐之性质不相应，后魏武帝使缪袭始改为纪功述德之诗，使与音乐之性质符合。

三者之中采诗入乐与因歌作声二者皆与音乐之节奏不合。因声作歌，或者与音乐之节奏相近，然在乐府时代，诗乐之作者分工，诗自诗，乐自乐，作诗者未必能如后世之倚声度曲，使诗歌之音节与音乐相符合，故《文心雕龙》言"瞽师调器，君子正文"，完全不相干。欲达到此目的，非如后代之温飞卿"能逐弦吹之音，为侧艳之词"不行。此乐府时代之诗，不得谓之为音乐之文学也。其诗仍与普通音乐分离之古诗杂体同样。

乐府之诗有两类：

一、乐人以音声相传之诗，声辞合写不可理解之诗。（此类诗文又以能理解之程度而分为若干种）

二、文士所作之诗歌

两种皆不得谓为音乐之文学，前者有音乐而无文学，后者有文学而无音乐。

费锡璜《汉诗总说》云："汉诗有前后绝不相蒙者，如《东城高且长》《天上何所有》《青青河畔草》，未可强合，亦不必以后人贯串法，曲为古人斡旋。疑此等诗有前解后解之别，可分可合。如《十五从军行》，在古诗三首内，则至'泪落沾我衣'为一首，在乐府则分为数解。十九首内分入乐府，散为解者甚多，他如《白头吟》《塘上行》，或增或减，多读古诗自得之，今小曲每割诸曲合唱，亦是此意。"

此可见旧诗入乐，只求满足音乐上之要求，而不计其次序颠倒之例，此由于不懂文义之乐工所为，《文心雕龙》称李延年善减裁旧词者以此也。

乐府时代入乐之诗皆普通文士所造之诗，所谓乐府与古诗并无分别，而明人何、李、钟、谭辈遂谓乐府与古诗有分别，某诗是古诗，某诗是乐府，不啻痴人说梦，最可笑者如王渔洋之《师友诗传录》：

问：乐府何以别于古诗？

答：如《白头吟》《日出东南隅》《孔雀东南飞》等篇是乐府非古诗；如十九首是古诗非乐府，可以例推。

冯班《钝吟杂录》驳得最好："古人之诗皆乐也，文人或不娴音律，所作篇什，不协于丝管，故但谓之诗，诗与乐府从此分区。又乐府须伶人知音增损，然后合调……伶工所奏，乐也；诗人所造，诗也。诗乃乐之词耳，本无定体，今人不解，往往求诗与乐府之别。钟伯敬至云某诗似乐府，某乐府似诗。不知何以判之……如《文选》注引古诗，多云枚乘乐府诗，知十九首亦是乐府也。汉世歌谣，当骚人之后，文多遒古，魏祖慷慨悲凉，自是此公文体如斯，非乐府应耳……"

此论最是，清代论乐府最好之书当推《钝吟杂录》。

要求诗歌的形式富于变化，不能不使诗歌服从于音乐，因为音乐是流动的，富于变化的，要提高音乐的价值，使音乐尽量地发挥其变化性，诗歌随之富于变化性了。

离开音乐的诗歌利用"演形"的中国文学，尽量地从视觉上发展，到魏晋时候，诗歌的整齐的五七言诗正式成立，此为第一时期。在这时，守温、神珙等印度和尚介绍"演声"的外国文学进来，一般文士受其影响，便把双声、叠韵等类的东西注入进诗歌里面，想使诗歌成为音乐，然而四声八病、清浊等种种的条件，讲得愈纷繁，愈没有成功，此为第二时期。到唐时，一般诗人见永明体之无成功，便不讲那些极抽象的把握的四声八病，而专讲平仄，于是诗歌的音乐性便具体化了，律诗便正式宣告成立，此为第三时期。

费锡璜《汉诗总说》说乐府的"妃、呼、豨"是摹写风声，真可发笑。

《汉诗总说》云:"四言长短有兮字歌,是汉人古体,五言是汉人近体,诗到约以五言,便整齐许多,此语可为知者道。"此可为五言诗出于楚辞体之证。

"词之产生"可分为二节:"中古文学之展望与词之产生""外国音乐之输入与词之产生"。

词为过去一切文学之完成,中古文学有三时期:

① 古诗——泛声视觉化
② 齐梁——诗歌的音乐化　}词
③ 律诗——诗歌全部音调的视觉化

齐梁体诗——要求内在音乐的谐和化。

沈宋律诗——要求内在音乐的定型化。

沈宋律诗音乐的定型化有二点不对:

一、不自然的定型。

二、不完备的定型。

傅增湘的《日本正仓院考古记》有"伎乐"一项,系日本奈良时代(西元六四五—七八一)盛行之乐舞。中有"伎乐面",系乐舞时所用之假面:"惟妓乐虽以'吴乐'为名,然自其现存面具观之,除妇女外,罔不高额深目,鹰鼻丰颐。自人种型观之,或如西域人,或似印度人,其具中国色彩者,除一二妇女童子面外,实未之见。自其传来时期言之,则当我国隋炀盛时,正在制定九部乐之际。九部乐中如西凉、龟兹、天竺等多半属于外国乐系统,故'伎乐'中当亦含隋乐成分。"此可见九部乐中外国乐占大半部分,至今遗形犹存。又云:"'师子舞'所用乐曲,换头乃'陵王破',即'兰陵王之入破也'。可见曲破一种在隋唐时已有独立演奏之事矣。"

乐府诗的三种类:

乐府诗 { ① 有声无辞之诗
② 有声有辞之诗
③ 有辞无声之诗

音乐的文学的要素 { 文学的要素 / 音乐的要素 { 内在音乐的要素 / 外在音乐的要素 }

衬字，参看《古今词话》之"衬字"条，及《词学集成》卷二。

平仄有可移易者，有可不移易者，参看《古今词话》卷上所引《柳塘词话》一条。

虚声，参看《古今词话》卷上"虚声"条。

犯声之起，原于唐之剑器入《浑脱》，见《古今词话》卷上引陈旸《乐书》。

《忆秦娥》是唐文宗时曲，见《古今词话》引《乐府纪闻》卷上。

乐府歌曲音节（参见前袁山松语）之疏略见《碧鸡漫志》卷一。

古乐之有中声，见《碧鸡漫志》与《梦溪笔谈》。

推词出于六朝乐府说之最早者为《曲洧旧闻》，见《词苑萃编》卷一。

《碧鸡漫志》："拍谓之乐句。"沈雄《古今词话》："乐句，按拍板也。"皮日休："铁板都教乐句传。"元宫词："不教软舞珊珊立，玉趾回旋乐句中。"又见《词源》。《憩园词话》卷一云："盖词之韵即曲之拍……"

唐时入乐者皆五七言绝句，俞仲茅《爰园词话》谓六朝至唐乐府又不胜诘曲而近体出，意谓近体声律谐和与音乐相近也。

词调音律之细，可参看《碧鸡漫志》"记曲娘子"一段，《羯鼓录》中"以极柘枝解音般涉调"一段，《莲子居词话》卷一"歌家十六字外"一段，又《赌棋山庄词话》卷八引毛稚黄语。

词中平仄不可移易者，可参看《填词浅说》"侧字起调说"。《词源·讴曲旨要》有"腔平字侧莫参商"。《乐府杂录》，有王光祈《中国音乐史》下册九十七页参看。

由词之字面上可以谱出工尺，可参看《填词浅说》，又当参看《赌棋山庄集》批评《碎金词谱》一条。

王国维《清真先生遗事》云："读先生之词，于文学之外须兼味其音律……今其声虽亡，读其词者，犹觉拗怒之中自饶和婉。曼声促节，繁会相宣，清浊抑扬，辘轳交往，两宋之间，一人而已。"此可见内在音乐与外在音乐之一致。

就词之平仄阴阳即可入乐,将词视为一种乐谱,此王述庵之论,参看《词学集成》卷一,又当参看《西河词话》卷一,参看《燕乐考原》卷一第三页之注。

不以古诗合乐之故,《文心雕龙》谓多者则宜减之,明贵约也。古诗词繁不能入乐亦其一端。

王昶《国朝词综序》:"苏、李诗出,尽以五言,而唐时优伶所歌,则七言绝句,其余皆不入乐……"

汪森《词综序》:"自古诗变为近体,而五七言绝句传于伶官。"

康老子本事,见《古今词话》上引《桱杌记》。

汤玉茗《花间集序》:"古诗之于乐府,律诗之于词,分镳并辔非有谓后先。有谓诗降而词,以词为诗之作,殆非通论。"

汪森《词综序》:"自五七言绝句传于伶官,长短句无所依,不得不变为词。"

以上二说皆不明文学系统之论。

昔人倚声填词均同一调而字数不同,参看《乐府指迷》"古曲谱"条下,又《花间集》中同一调而各家之句法不同,又《古今词论》"邹程村"一条,又《古今词论》"杨升庵"一条。

句中韵,参看《乐府指迷》,又《古今词话》卷上"藏韵"条。

李易安评苏东坡词为"句逗不葺之诗"(参见《渔隐丛话》)。

晁无咎评山谷词为"不是当家语,自是著腔子唱好诗",皆是无外在音乐之证,又《词征》卷一引"沈伯时"一条。

和声,参看《词苑萃编》卷一引《乐府杂录》"白傅作杨柳枝"一条,又《词征》卷一"词多以相和成曲"一条,又《古今词话》卷上"排调"条,《词学集成》引《听秋声馆词话》言和声高腔。

叠句,参看《词苑萃编》卷一引《乐府纪闻》一条及《古今词话》一条,又《古今词话》卷上"叠句"条。朱子之叠字散声皆有声无辞。

虚声,参看《古今词话》卷上"虚声"条。

本意,看《古今词话》卷上"本意"条,又《远志斋词衷》二条。

曲名本于词，参看《远志斋词衷》一条。

衬字，参看《古今词论》"沈天羽"一条，《词学集成》卷二"宋小梧司马"一条、"毛稚黄"二条、"万红友"一条，卷一"词有定名"一条。

词乐多悲，参看《词征》卷五引"邓析子"一条。

小令本于绝句，见《词征》卷一。

歌绝句之法亡，见《岁寒居词话》，《苕溪渔隐》引《蔡宽夫诗话》，《客中漫谈》引《四库提要》语。

论去声，当看《西圃词说》"古人名词"一条。（又"莲子"）

《乐府指迷》温飞卿《更漏子》，东坡三首《阳关曲》，皆照王维之"渭"字、"故"字去声。

温飞卿《更漏子》有"帘外晓莺残月"，魏承班《渔歌子》有"窗外晓莺残月"，皆为柳耆卿之"晓风残月"自出。

王君玉"红消香润入梅天"诚为名句，然皇甫松已有《忆江南》云："兰烬落，屏上暗红蕉，闲梦江南梅熟日，夜船吹笛雨潇潇，人语驿边桥。"此词即为蓝本。后郑文焯有"绝是熟梅好天气，衣簝香里梦江南"之诗。

美成《少年游》"相对坐调笙"即由皇甫松《忆江南》之"双髻坐吹笙"来。

温飞卿《木兰花词》系一首仄韵七言律，集作古诗入调，又为《春晓曲》。

顾敻《杨柳枝》云："秋夜香闺思寂寥，漏迢迢、鸳帏罗幌麝烟消。烛光摇。

正忆玉郎游荡去，无寻处、更闻帘外雨潇潇，滴芭蕉。"此词有三字句，即由和声变出，又如"知摩知愁"等句，皆和声也。

近代曲辞中有《盖罗缝》一调，各种乐书皆无解释。考《唐书》，南诏有阁逻凤，因刺史张虔陀私其妻，遂发兵反，以御史李宓发大兵南征，大败，死者十八。杨国忠当国，反以捷闻。此系开元、天宝间事，想曾轰动一时，故见诸乐歌与《苏幕遮》《菩萨蛮》等曲，皆同出于南诏之乐曲也。盖罗缝疑即阁逻凤之转音。考其曲之时代既相合，而所采入乐之二绝句"秦时明月汉时关""音书杜绝白狼西"，皆歌咏万里征战之事情，即亦复相近，疑是也。

张文虎《舒艺室余笔》云:"赵彦肃所传开元乡饮酒十二诗谱,皆一字一声,朱子讥之,然尧章旁谱亦复如是。今之水磨腔则有一字数声者,取其曲折尽致,意即宋人所云缠声。然则朱子所谓叠字散声者,当时盖亦有之,殆以其近于繁手淫声,故不取欤?"此可谓缠声之参证。

慢曲参看郑叔问《词源斠律》"讴曲旨要"(《乐府余论》)。慢曲由大曲中截取出来,但要用繁声,因大曲拍疏,白乐天所谓"曲淡节稀声不多",也见郑叔问《词源斠律》。

缠令之声更繁于慢曲,玉田所谓缠令则用拍板也,此可见乐曲之进化。词至于缠令则几乎曲矣。

演繁露出泛艳,艳亦散声,在拍为艳拍。《讴曲旨要》有所谓宫拍艳拍,即花拍赠板之类也。

关于古乐曲一拍为一句之证,可看《碧鸡漫志》"兰陵"条及《集异记》"瑞鹧鸪"事(参见《古今词话》调名考);及刘梦得依《忆江南》曲拍为句,和乐天春词;又词中之十拍子前后阕恰为十句,八拍蛮前后阕亦为八句,皆可为证。《教坊记》有八拍子、十拍子,八拍子即八拍蛮。此"蛮"字与《菩萨蛮》之"蛮"相同,想非蛮夷之意,疑与子、儿之义相同。故八拍子谓之八拍蛮也,则旧说《菩萨蛮》之故实为穿凿矣。十拍子即《破阵子》,因恰有十句,故名十拍子。

破 律 从 腔

词中凡遇五七言句子,多用律句,但有时为音律所限,必须破律句以从声调。五言句如《八声甘州》之"一番洗清秋",七言如《金缕曲》前后阕第二度之七言句,如郑大鹤之"旧苑空阴无人见""纵使心枯贞柯在"。然一在别人亦往往不用腔而仍使律句,此大误也。大鹤严于音律,于此等细微处亦不放过。

少游《临江仙》起句"千里潇湘挼蓝浦",此亦恐是破律从腔。万红友云"虽或不妨,然亦不必学梦窗恋绣衾起句'频摩书眼怯细纹'",红友云"拗体",而陈允平亦云"缃桃红浅柳褪黄,银鸳金凤画暗消",岂尽皆作拗体耶?盖皆破律从腔也。红友亦云:"盖此调声响每句于叶韵上一字用仄声,如李大古之'橘花风信满园香',园字用平,大谬。"

尧章自制曲《淡黄柳》换头之五言句"明朝又寒食"亦破律从腔。《定风波》之七言句,蜕岩之"一树瑶花可怜影",下阕作"应是多情道薄幸","薄"字以入作平。耆卿之"终日厌厌倦梳裹,针线闲拈伴伊坐",此皆绝不可从律之句也。

唐人歌绝句用叠句法,其后遂变为换头双调,看沈雄《古今词话》"换头"条。

余在《丙寅随笔》卷二卷三中论及词乐,以律而论,已失古乐中声(《宋史·乐志》引蔡攸言);以声而论又穷极哀乐(《隋书·音乐志》),故为其歌词之长短句,亦穷极哀乐,校之从来之诗歌,可谓能尽情矣。沈雄《古今词话》卷上"原起"条引王岱曰云云,可为此说之证。

各词调初时用绝句,除《乐府诗集》外,沈雄《古今词话》论《唐词纪》一条,征引诗词之界说,可参看。

《渔家傲》又名《水鼓子》,见《词品》。《浪淘沙》亦名《水鼓子》,见《唐词纪》。(沈雄《古今词话》)

《教坊记》中所载曲名里巷之曲,触目皆是,而《宋史·乐志》云:"民间创新声者甚众,而教坊不知也。"可见唐教坊之平民化,宋教坊之贵族化也。

词调中之《穆护砂》一曲,昔年遍考各书,卒不能得其调名之来源,但知其为译音耳。穆护、牧护、木匏、摩醯,皆一名之转。此调与西域之祆教有关,穆护之语,当然系西域人之语,究系何义,各书纷纷聚讼,莫衷一是,在前八年之《随笔》曾有一则云:

> 《新唐书·回鹘传》,有首领莫贺达干,《沙陀传》有莫贺城,大沙漠曰莫贺延碛。此莫贺即是"大"意,即由印度语之"摩诃"来,摩诃即是"大"的意思,由此推之,穆护亦即摩诃、莫贺之转音,言"大"也。

此条所记,或者近实,可见"摩诃"一语,在西域系普通词语,因"大"之一字在词语中,为应用最多之字。故佛书中摩诃之形容词,应用在各方面。人名亦多取摩诃之名,如《西汉丛语》云:"唐贞观五年,有传法穆护何禄将袄教诣阙。"此即以穆护取名之意(《续通志》唐乐署供奉及回鹘之莫贺达干同曲中作"摩醯火罗",又或作"首罗"),此与印度僧人有摩诃某某之意相同,皆以大尊之也。此风一流入中国,于是中国人亦有以之取人名者,《唐语林》卷六引颜鲁公遗嘱云:"是时汝必与二人同启吾棺,知有异于常人之死,尔如穆护,天性之道,难言至此。"在穆护下有原注云:"穆护即鲁公男硕之小名也。"此穆护用为人名,亦如六朝时取人名之菩萨、菩提、罗汉等同例,皆用外国之名词以为时髦,亦如现代之中国人有名"张玛丽""李约翰"同一用意。且鲁公之男既名硕,硕即大意,故其小名取为穆护,与其名表示有连带之关系。由此,益可证明穆护即大之意义,穆护砂即莫贺延碛,大沙漠也。可知此调系由大沙漠之西域地方传来,积年疑义,一旦得涣然冰释,可以浮三大白。

词之产生应当分作两方面来叙述。

一由诗歌与音乐的交流史上观察词之产生。

一由音乐的发达史上观察词之产生。

前者又可分作两项来叙述:

一由诗歌自身的音乐性发展的程序上观察词之产生。

一由诗歌与音乐结合的程序上观察词之产生。

前者即内在音乐的诗歌,后者即外在音乐的诗歌。

陈隋间清乐有《堂堂》一曲,至唐时归入法曲,故乐天诗云"法曲法曲歌堂堂"是也。按《全唐诗·歌谣类》大明寺壁语有"一人堂堂,二曜同光"之语,又《调露初京城民谣》云"侧堂堂,挠堂堂","堂堂"想系当时之口语。

为叙述之便利起见,关于词之起源,当做如下三分法:

一、从诗歌的发达史上看词之产生。

a 自然音律的诗歌——古诗。

b 一重音律的诗歌——近体诗。

c 两重音律的诗歌——词。

二、从诗歌与音乐的交流史上看词之产生。

a 诗歌与音乐的结合时期。

甲 第一次结合时期——古诗。

乙 第二次结合时期——近体诗。

b 诗歌与音乐的融合时期——词。

三、从音乐的发达史看词之产生。

"和声"与"缠声"之同,同为"装饰音";其异,前者为"固定装饰音",后者为"自由装饰音"。

《唐语林》卷四路岩赠妓行云《感恩多》词有"离魂何处断,烟雨江南岸"。此二句系《感恩多》之首二句,盖唐词之逸句也,各书均不载。耆卿"今宵酒醒何处",机轴似从此出。《感恩多》调仄平两韵,似《菩萨蛮》。

段安节《乐府杂录》为主张平仄与音乐相和之说,将七调用四声来分,见《通雅》。

《词源》"拍眼"条云:"慢曲有大头曲、叠头曲。"大头曲不知如何?叠头曲盖后片之起二字与前片之末二字之音相叠,故谓之叠头曲,今以白石旁谱证之:

调　名	前片末	后片起
《霓裳中序第一》	久丹 颜色	久丹 幽寂
《长亭怨慢》	幺可 如此	幺可 日暮
《角招》	月可 回首	月可 犹有
《徵招》	つ尒 还是	つ尒 迤逦
《凄凉犯》	ろ糸 沙漠	ろ糸 追念
《翠楼吟》	人糸 风细	人糸 此地

有当注意者，调中之谱字相重叠，而字面之平仄亦相重叠，此可见平仄四声之与音声关系之密切也。

虽不知其谱字当宫商之何字，但观其前片末与后片起之二字之谱，两字皆同，可知其音相叠，有如《转踏曲》《如梦令》之叠二字者，此即所谓之叠头曲也。

又当注意者，此种叠头曲皆以后起之二字叠前末之二字，故谱字同，平仄四声同，韵脚亦同。因前末之字是韵脚，后起既叠，故后起亦叠其韵脚，观上表之"幽寂""犹有""迤逦""此地"可知。由此推之，其他各调，虽无如白石之有旁谱，只须看后片起二字有无韵脚为断，如后片起以二字为韵者，皆叠头曲也。如《满庭芳》秦少游之"消魂"，《凤箫吟》晁补之"香浓"，《曲江秋》杨无咎之"清绝"，《忆旧游》张炎之"留连"，《瑞鹤仙》史达祖之"谁问"，皆叠头曲也，其余本此类推。

慢曲有大头曲、叠头曲、拽头曲。叠头已如上释，大头曲想系以长句起头，不用两字相叠起头。拽头是拖拽之谓，郑叔问《斠律》谓拽宜用之曲中过片，是取其余音缠绵不断也。俟后当详考。

词之拍式有多种，《词源》所谓之"大顿小住当韵住"之"大顿"，或即曲之"截板"，每句之末皆有"截板"。《蜩庐曲谈》论度曲谓："唱者遇截板既下，则腔可尽矣。"魏良辅曰："迎头板随字而下，掣板随腔而下，截板腔尽而下。"截板疑即词之"大顿"矣。

《讴曲旨要》之"六均拍""八均拍""四揸句"等皆以时间而言，犹曲中之"三眼一板"皆记时也，此种"均拍"与一句之拍不同。

关于四声与腔调之关系，可参看《集成曲谱玉集》之首册谈曲"论四声阴阳与腔格之关系"一条。

《香研居词麈》云："新腔虽无词句可遵，第照其板眼填之，声之悠扬相应处，即用韵处也。"观白石旁谱，其用韵处之符号，多半相同，即所谓相应处也。

白石旁谱中有"力"之符号，据张文虎《余笔》云：《词源》管色应指谱，"力"系小住。按《词源·讴曲旨要》云："大顿小住当韵住。"则"力"既系小住符号，必用于韵脚处，而白石谱中此项符号甚少，一见于《疏影》之"江南江北"，"北"字下作

"彡",再见于《暗香》之"江国","国"字作"丂",此二处皆在韵脚处。又见于《淡黄柳》之"马上单衣寒恻恻","单"字作"彡","正岑寂"之"正"字作"丂"。又见于《扬州慢》之"渐黄昏"之"昏"字,作"彡",皆不在韵处,此不可解。

白石旁谱之韵脚多用の字,即高五·五之符号。

词有可用仄韵,可用平韵,及平仄通叶者,可看《词征》卷三。

谓词中之拗句是最协律者,有孙月坡之《词径》(参见《憩园词话》引)及万树《词律》、况夔笙《蕙风词话》。

余前谓词为诗之精英,而词中之四字对句犹为词之心髓,以其全词之精神,即由此八字檃栝之也。孙月坡《词径》亦云:"词中四字对句最要凝练,如史梅溪云'做冷欺花,将烟困柳',只八个字已将春雨画出。"已先我言之。

词调有《赞浦子》,《梦溪笔谈》卷二十五云:"青堂羌本吐蕃别族……国初有胡僧立遵者,乘乱挟其主篯逋之子唃厮啰……人号瑕萨,篯逋者胡言'赞普'也。"原来如此。此与"盖罗缝"同,皆以异族人名为曲名。(张春治《西夏纪事本末》作"瑕萨"。又云:"唃厮,华言佛也,啰,华言男也。自称佛男,犹中国之称天子也。")

《风流子》与《转应词》等皆六言绝句,中间加三字或两字之和声,遂变为长短句。

《唐语林》卷七:"唐末,饮席之间多以上行杯、望远行拽盏为主,下次据副之。"皆曲名也。

《教坊记》曲名有《一捻盐》,《唐语林》卷七:"方干……戏吴杰曰:'一盏酒、一捻盐……'"

《木兰花》一调,一三五七句之音数,疑皆短少。绝句不便唱,故毛熙震之词于此数处,皆改作六字(两句三言)。魏承班之词于前阕之一三句作六字。大约六字犹嫌其多,遂有减字偷声之《木兰花》。此可为绝句减字变成长短句之一证。

毛文锡《醉花间》只是一首五言诗,唯首句多一字,成三言两句耳。

《生查子》换头之腔疑多一音,故孙光宪作三言两句,魏承班则作七言一句,已非五言诗矣。

词乐音高

《宋史·文苑·刘诜传》:"诜上言:'周官大司乐禁淫声、慢声,盖孔子所谓放郑声者。今燕乐之音失于高急,曲调之词至于鄙俚,恐不足以召和气……'"(关于历代乐声之高下,可参见《声律通考》)

原始的词如《云谣集》曲子等类,完全是倚声填词,词无定格,非常之有活气。到成熟以后,花间词人一出,词便有定格,渐成为死套数矣。这是文学变迁的一种重要现象,但花间都比宋以后还活动,不拘体式。(可参见《莲子居词话》卷一吴西霖之论)

又《乐府指迷》:"古曲谱多有异同,至一腔有两三字多少者,或句法长短不等者,盖被教坊改换。亦有嘌唱一家,多添了字。"此可见古词无定格,倚声填词以声音为准,文字上并无定格也。

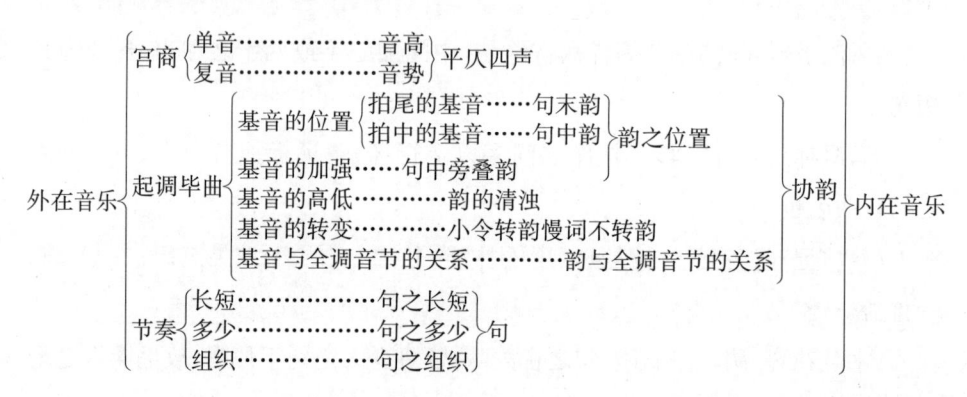

```
                  ┌ 宫商 ┌ 单音………音高 ┐
                  │      └ 复音………音势 ┘ 平仄四声
                  │
                  │        ┌ 基音的位置 ┌ 拍尾的基音……句末韵 ┐
                  │        │            └ 拍中的基音……句中韵 ┘ 韵之位置
外在音乐 ┤ 起调毕曲 ┤ 基音的加强………句中旁叠韵                          ┐
                  │        │ 基音的高低………韵的清浊                      │ 协韵 ┐ 内在音乐
                  │        │ 基音的转变………小令转韵慢词不转韵            │
                  │        └ 基音与全调音节的关系………韵与全调音节的关系 ┘
                  │
                  │        ┌ 长短………句之长短 ┐
                  └ 节奏 ┤ 多少………句之多少 ├ 句
                          └ 组织………句之组织 ┘
```

刘荣平整理

(选自《词学》第13辑,华东师范大学出版社2001年版)

金圣叹对文学理论和文学批评的贡献

傅懋勉

过去和现在都有不少人认为金圣叹在文学上是一个虚无主义者和形式主义者,我认为这种看法是有片面性的。在金圣叹的思想和文学见解中,虽然含有某些虚无主义和形式主义的倾向,但积极的和有用的东西仍然占有非常重要的地位。他在对《水浒》和《西厢》的批评中,曾经提出了很多宝贵的意见。这些意见对于我们很有启发,很有帮助。关于他删改《水浒》《西厢》的功过,准备另写专文加以讨论。现在想只就他对文学理论和文学批评方面的一些贡献,略举数端,以供参考。

一、金圣叹在文学理论方面的贡献

(一) 论作文章的方法

金圣叹在对《西厢记》的批评中,曾经提出了一个那辗之法。这个方法无论对戏剧小说或是诗歌散文都是很有用的。什么是那辗法呢? 圣叹在《西厢记》前候一出中批道:

……圣叹问于(陈)豫叔曰:双陆亦有道乎? 何又有人于其中间称曰高手耶? 豫叔曰:否否。唯唯。吾能知之。吾能言之。……今夫天下一切小技不独双陆为然。凡属高手无不用此法已。曰:那辗。那之为言,搓那;辗之为言辗开也。圣叹异日，则私以其法散诸子弟曰：……凡作文必有题。题也者，文之所由以出也。乃吾亦尝取题而熟睹之矣。见其中间，全无有文。夫题之中间全无有文，而彼天下能文之人，都从何处得文者耶？吾由今以思，而后深信那辗之为功，是惟不小。何则？……而总之，题则有其前，则有其后，则有其中间。抑不宁唯是已也。且有其前之前，且有其后之后。且有其前之后，而尚非中间，而犹为中间之前。且有其后之前，而既非中间，而已为中间之后。此真不可以不致察也。诚察题之有前，又察其有前前，而于是马先写其前前，夫然后写其前，夫然后写其几几欲至中间，而犹为中间之前，夫然后写其中间。至于其后，亦复如是。而后信题固戆，而吾文乃甚舒长也。……如不知题之有前，有后，有诸迤逦，而一发遂取其中间，此譬之以椷击石，确然一声，则遽已耳，更不能多有其余响也。盖那辗与不那辗，其不同有如此者。……

圣叹所谓搓那辗开就是不亟亟于使问题过早的摊牌，而故意摇曳之，擒纵之，必待摇曳擒纵到尽情尽致时，再把底牌摊开。正如张弓者然，箭在弦上，却是不即发出，只是将弓拉了又拉，紧了又紧，必待将弓拉到极致，并瞄准目的物时，然后才将箭发出。又如博弈者然，欲劫杀者，却偏不即去劫杀，却只在周围布置安排，直到对全局已有把握，然后再去劫杀之。又如作战者然，意在必取者，却不即去攻取，反先去攻取别处，必待时机已经成熟，然后再一举而攻占之。这种作法虽不立刻说破主题，但却处处是为表现主题创造条件，使主题表现得更为突出、更富于艺术性。圣叹在《读西厢记书法》十七中曾举过一个例子，很能说明那辗的妙用。他说道：

> 文章最妙是先觑定阿堵一处，已却于阿堵一处之四面，将笔来左盘右旋，右盘左旋，再不放脱，却不擒住。分明如狮子滚球相似，本只是一个球，却教狮子放出通身解数。一时满棚人看狮子，眼都看花了，狮子却是并没交涉。人眼自射狮子，狮子眼自射球。盖滚者是狮子，而狮子之所以如此滚，如彼滚，实都为球也。

这就是说，对于要写的问题，再不放脱，却不即刻摊牌。若一来就摊牌，便没有什么文章可作了。就像狮子滚球相似，若一来就让狮子把球擒住，就看不到狮子的通身解数了。可见那辗的目的也无非是要创造出优美的艺术形象，紧紧地把握住读者的思想感情，以达到使读者和书中人物同其呼吸、同其命运的艺术效果。那辗本来是文章家常用的一种方法，但读者却往往未能予以充分注意。圣叹能够指出这个方法的重要意义，这对我们是很有用的。我们在他的启发之下，可以发现在《水浒》《西厢》中，有很多地方都是运用了这个方法的。如《西厢·闹简》一出，红娘带着莺莺四书去见张生，却并不一来就把回书交出，甚至在张生恸哭流涕，并给红娘下跪时，红娘还不肯把回书拿出来。及至红娘临去拿出回书时，却出乎意料地竟是一封约张生相会的请简。这种迟迟不肯拿出回书的作法正是那辗的妙用。就是说，一定要在把张生挑逗得焦急万状时，才把底牌摊出来，使满天的烦恼突然化为喜悦。这样，读者或观众也就无形中被这种变化莫测的剧情所吸引住，而和剧中人物同其喜怒哀乐了。又如《请宴》一出，极写张生之踌躇满志，志在必得，但结果却是一场空欢喜。极写张生踌躇满志，而不使他马上知道老夫人变卦的事，也正是一种那辗之法。因为只有积力描写张生之踌躇满志，才能更进一步突出张生失望的情绪，也才能更进一步突出老夫人的背信弃义的行为。在《水浒传》中如四十一回（以下所引回数，皆以金改本为准）宋江在还道村为赵得、赵能所追捕，藏在玄女庙里。第一次没有搜到神厨，本以为已经脱离险境，但赵得却忽然又拿火把往神厨里一照，又使人吃一惊吓。及至赵得、赵能等已出庙门，事情本可就此结束，然而却又因士兵在庙门上发现宋江的手迹，引起再次重搜。虽然到底没有搜出来，却使读者惊吓到了极点。这种三番两次使读者吃惊，而不使问题马上结束的作法，当然也是一种那辗之法。又如《水浒》卅九回，宋江在江州上法场前，偏要叙写各种准备情况。如说宋江、戴宗如何被摑扎起，如何用胶水刷了头发，如何绾个鹅梨角儿，如何插上红绫子花，如何吃长休饭、喝永别酒。这样缓缓写来，也无非是为达到使读者吃吓的艺术效果。越是读者怕宋江当真被杀，越是详细描写犯人被杀以前的准备情况。越是读者急于要知道宋江上法场的结果,作者越是不慌不忙地叙述一些看来并不十分重要的琐碎事情。这也是一种那辗。又如《水浒》第八回洪教头要与林冲比试枪棒一段描写,也是用那辗之法。在洪教头提出要比武后,林冲表示推辞。一那辗。洪教头越是要比,柴进却反要先吃酒,等月上再比试。二那辗。等月上,林冲与洪教头交手三五合后,林冲又忽然跳出圈子,自己认输。三那辗。及至林冲开枷后,两人二次要使棒时,柴进又喊住,教庄客去取二十五两银子作利物。四那辗。直到把弓势张满,最后才教林冲把洪教头打倒。虽然读者已经迫不及待,但经过几番那辗之后,把洪教头的骄气放得十足,然后再打倒他,就会使读者加倍地感到称心快意。这就是那辗的好处。

此外,还有一种情况,也可说是一种那辗之法。即自始至终都是从旁说,总不从正面说到要说的人物或事件。只令读者于语言文字之外,去领会它的意境。圣叹在《读西厢记书法》十六中说道:

> 文章最妙是目注此处,却不便写。却去远远处发来,迤逦写到将至时,便且住。却重去远远处,更端再发来,再迤逦又写到将至时,便又且住。如是更端数番,皆去远远处发来,迤逦写到将至时,即便住。更不复写出目所注处,使人自于文外瞥然亲见。……

关于这种情况,圣叹曾举出《西厢记》的《请宴》《琴心》两出为例。他在《琴心》一出中批道:

> 作《西厢记》人,吾偷相其用笔,真是千古奇绝。前《请宴》一出止用一红娘,他却是张生、莺莺两人文字。此《琴心》一出,双用莺莺、张生,反走过红娘,他却正是红娘文字。

这就是说,从表面上看,《请宴》一出主要是红娘说话,然而写的却是莺莺、张生。《琴心》一出主要是莺莺、张生说话,然而写的却是红娘。这可以说是一种避开正面,从侧面描写的办法。这种方法主要在于表现一种言外之意、弦外之音,圣叹评文很重视这种方法。他认为用这种方法写,意味较为深长,更能表现作者文心的隐微处。大约这种那辗方法特别适合于一些抒情作品,而前一种那辗方法则较适合于一些叙事作品。

除那辗方法之外,圣叹在《读水浒书法》中也还提到一些作文章的方法。在这些方法中,有不少是对我们很有用的。过去有些人对这些方法采取一概抹杀的态度,这是不对的。在他所提到方法中,有大落墨法、背面铺粉法、弄引法、獭尾法、正犯法、略犯法、极省法、极不省法、欲合故纵法、横云断山法、草蛇灰线法、鸾胶续弦法、绵针泥刺法、夹叙法等。这些方法有好的,也有一些并没有多大意义。如正犯法告诉我们在处理同样题材时,怎样去避免重复。如江州劫法场和大名劫法场同是劫法场,在这种情形下,怎样不使它犯重,是一个非常重要的问题。圣叹指出,江州劫法场是赖有吴用先算出破绽,早做好准备,才不至于误事。而大名劫法场却是先用揭帖警告梁中书不得杀害卢俊义,及至到了紧急关头,却以石秀一人劫法场,把刑期延宕下去。又如横云断山法也是一个很有用的方法。即正在写得热闹紧张时,忽然又转叙另一较轻松之事件。圣叹指出,在两打祝家庄之后,忽插出二解越狱之事,以及正打大名时,忽插出截江兔油里鳅图财害命之事,都是用这种方法。这种方法的用处在于能避免单调冗长和累赘,并使情节富于变化。而且,在读者正急于要知道后面情节时,忽然又把问题扯开到别处去,这就会对读者起一种吸引的作用。又如獭尾法也很有意思。这种方法的目的在于使文章临近结束时,留有一种余韵。圣叹指出,武松打虎之后,故事本已结束,但却在下山时,又遇着两个猎户所伪装的假虎,使人又吃一虚惊,这就使故事有一种含蓄不尽之妙。又如欲合故纵法,也是在故事将要结束时,故意生出余波。如宋江在还道村玄女庙避难,在赵得、赵能去后,却又有树根绊跌,士兵叫喊。欲合故纵法与獭尾法不同处是在于,故纵法是要使人觉得故事好像还没有完全结束,而獭尾法则主要是给故事留有一种余韵。以上所说几种方法,除正犯法以外,像横云断山法、獭尾法、欲合故纵法也都和那辗法有关。这些方法不但对我们作文章有用,而且使我们对《水浒传》的某些情节的理解,也有所提高。其他如大落墨法、极省法、极不省法、背面铺粉法等,也都是文章家常用的方法。至于草蛇灰线法、绵针泥刺法、鸾胶续弦法等,看来虽没有多大意义,但或多或少也都有一些参考的价值。

(二) 论极微

圣叹认为作文章必须具有观察事物的能力和方法,而观察事物又必须注意事物的极微细处。他在《西厢记·酬简》一出中批道:

> ……秋云之鳞鳞,其细若縠者,縠以有无相绷成文,今此鳞鳞之间,则仅是有无相间而已也耶?人自下望之,去云不知几千百里,则见其鳞鳞者,其间不必曾至于寸。若果就云量之,诚未知其为寻为丈者也。今试思以为寻为丈之相去,而仅曰有无相间而已,则我自下望之,其为妙也,决不能以至是。今自下望之,而其妙至是,此其一鳞之与一鳞,其间则有无限层折,如相委焉,如相属焉,所谓极微,于是乎存。不可不察也。天云之鳞鳞,其去也寻丈,故于中间有多层折。此犹不足论也。若夫野鸭腹毛之鳞鳞,其相去乃至为逼迕不啻如粟米焉也。今试观其轻妙若縠,为是至于有无相间而已也耶!……则诚不得难朱其人,谛审熟睹焉耳。诚谛审而熟睹之,此其中间之层折,如相委焉,如相属焉,必若一鳞与一鳞,真亦如有寻丈之相去。所谓极微者,此不可以不察也。草木之花于跗萼中展而成瓣。人曰:凡若干瓣斯一花矣。人固不知昨日者,殊未有斯花也。更昨日焉,乃至殊未有些此萼与跗也。于无跗无萼无花之中,而欻然有跗,而欻然有萼,而欻然有花,此有极微于其中间。如人徐行,渐渐至远,然则一瓣虽微,其自瓣根行而至于瓣末,其起此尽彼,筋转脉摇,朝浅暮深,粉稚香老。人自视之,一瓣之大,如指头耳。自花计焉,乌知其道里,不且有越陌度阡之远也。人自视之,初开至今,如眴眼耳。自花计焉,乌知其寿命,不且有累生积劫之久也。此亦极微,不可以不察也。……

圣叹所谓极微包括空间和时间两个方面。自空间言之,大而至于天上的云彩,小而至于野鸭的腹毛,其间皆有极微处。若以粗心视之,则只能得出一个概然的印象。然而秋云与野鸭腹毛既有如是之美丽,则其一鳞与一鳞之间必有无限层折。这些层折虽非人之视力之所能及,但却不能忽视其存在。自时间言之,则一花之开,其间亦有极微处。自人视之,一花之开,不过一转瞬之间。自花视之,则一花之开,也包含着一段漫长的生命旅程。圣叹认为,写文章如能注意到事物的极微处,就不会感到无话可说,就是一个很窄的题目也能写出一大篇好文章来。圣叹不但告诉我们一个作文章的方法,更重要的是告诉我们一个观察事物的方法。这个方法不但可以帮助我们观察自然景物,也可以帮助我们观察和分析一切社会现象。

(三) 论人物性格

金圣叹是非常重视人物性格的。不过,他好像特别重视人物的性格特征的问题。他曾不只一次地谈到这个问题,如他在《水浒传书法》中说道:

> 别一部书看过一遍即休。独有《水浒传》,只是看不厌。无非为他把一百八个人性格都写出来。

又说道:

> 《水浒传》写一百八个人性格,真是一百八样。若别一部书,任他写一千个人,也只是一样。便只写得两个人,也只是一样。

《水浒传·序三》又说:

> 水浒所叙一百八人,人有其性情,人有其气质,人有其形状,人有其声口。……

圣叹能够看出人物的性格特征所包括着的不同的性情、气质、语言行动等这些方面,是值得重视的。并且,他认为《水浒传》之所以特别出色,特别对读者具有吸引力,也正是因为它写出了一百八个不同的人物性格。圣叹虽然特别强调人物的个性,但似乎也注意到人物性格的典型问题。如他在《水浒传》五十五回批云:

> 盖耐庵当时之才,吾直无以知其际也。其忽然写豪杰,即居然豪杰也。其忽然写一奸雄,即又居然奸雄也。甚至忽然写一淫妇,即居然淫妇。今此篇写一偷儿,即又居然偷儿也。……自古淫妇无印板偷汉法,偷儿无印板作贼法,才子亦无印板作文字法也。……

写豪杰即居然豪杰,就是说,这个豪杰是典型的。写奸雄即居然奸雄,就是说,这个奸雄是典型的。写偷儿、淫妇即居然偷儿、淫妇,就是说,这个偷儿、这个淫妇是典型的。淫妇无印板偷汉法,偷儿无印板作贼法,就是说,这个淫妇与那个淫妇的性格不同、事件不同,这个偷儿与那个偷儿的性格不同、事件不同。由这个例子可以看出,圣叹对典型和个性的关系是有所理解的。

至于怎样掌握人物的性格,圣叹也有自己的看法。他在《水浒传·序三》中说道:

……施耐庵以一心所运,而一百八人各自入妙者,无他。十年格物,而一朝物格。斯以一笔而写百千万人,固不以为难也。……格物之法以忠恕为门。何谓忠?天下因缘生法,故忠。不必学而至于忠,天下自然无法不忠。……吾既忠,而人亦忠,盗贼亦忠,犬鼠亦忠。盗贼、犬鼠无不忠者,所谓恕也。……忠恕量万物之斗斛也。因缘生法裁万物之刀尺也。施耐庵左手握如是斗斛,右手持如是刀尺,而仅乃叙一百八人之性情、气质、形状、声口者,是犹小试其端也。……

圣叹认为,忠恕之道是掌握人物性格的主要方法。何谓忠恕?以至诚处已便是忠,以至诚待人接物便是恕。所以,忠恕也就是以至诚的态度来待人接物。而天下之所以无法不忠,则是由于因缘生法。因缘生法就是一种客观事物发展的规律。作家只要能够认识并掌握这些规律,就能掌握各个人物的性格,就能写出不同人物的不同性情、气质、形状、声口。施耐庵之所以能够写出不同人物的性格特征就是因为掌握了这个规律,金圣叹之所以能够分析《水浒》《西厢记》人物的性格特征也是因为掌握了这个规律。圣叹虽然在这里使用了一些儒家的和佛学的术语,但他的意见还是有参考价值的。

(四)论题材和结构

圣叹是非常重视选择题目的。他所谓题目实际也就是指我们现在所谓题材。他在《水浒传书法》中说道:

或问,施耐庵寻题目,写出自家锦心绣口,题目尽有,何苦定要写此一事?答曰:只是贪他三十六样出身,三十六样面孔,三十六样性格,中间便结撰得来。

所谓贪他三十六样出身、三十六样面孔、三十六样性格,就是因为这些人物都是活生生的人,他们的事迹都是活生生的事。有了这些活人活事才能创作出有价值的文学作品。圣叹所以不甚喜爱《三国演义》和《西游记》,也是因为它们的取材不好。他在《水浒传书法》中说道:

或问,题目如《西游记》《三国》如何?答曰:这个都不好。《三国》人物事体说话太多了,笔下拖不动,趱不开。分明如官府传话奴才,只是把小人声口,替得这句出来,其实何曾自敢添减一字。《西游》又太无脚地了,只是逐段捏捏撮撮。譬如大年夜放烟火,一阵阵过,中间全没贯串。使人读之,处处可住。

这一段话,从表面上看,好像全从形式立论。其实不然。他说《三国》如官府传话奴才,这不仅是说它如官样文章,缺少变化;也是说它取材不好,因为它并不是写现实中的活人活事。他说《西游》无脚地如放烟火,也不仅是说它支难破碎,也是嫌它取材不好,因为它所写的毕竟都是一些妖魔鬼怪,而不是真人真事。圣叹对《三国》《西游》的看法虽不一定是全面的,但我们却可从其中看出,他对选材问题的重视。

材料选定了,接着便是结构的问题。圣叹认为结构问题的关键在于是否做到胸有成竹。他在《水浒传》十三回中批道:

一部书共计七十回,前后凡叙一百八人,而晁盖则其提纲挈领之人也。晁盖提纲挈领之人,则应下笔第一回便与先叙。先叙晁盖已得停当,然后从而因事造景,次第叙出一百八个人来。此必然之事也。乃今上文已放去一十二回,到得晁盖出名,书已在第十三回。我因是而想,有有全书在胸,而始下笔著书者;有无全书在胸,而姑涉笔成书者。如以晁盖为一部提纲挈领之人,而欲第一回便先叙起,此所谓无全书在胸,而姑涉笔成书者也。若既已以晁盖为一部提纲挈领之人,而又不得不先放去一十二回,直至十三回,方与出名,此所谓有全书在胸,而后下笔著书者也。夫欲有全书在胸而后下笔著书,此其以一部七十回一百有八人轮回捆叠于眉间心上,夫岂一朝一夕而已哉。观鸳鸯而知金针,读古今之书而能识其经营,予日欲得见斯人矣。

所谓有全书在胸,就是说要在下笔前,先做到心中有数。但是,做到心中有数,也并非易事。只有在把自己所掌握的材料,熟悉到一定程度,分析得十分透彻时,才能做到这一步。正如圣叹所指出的,要花相当长的时间把一部七十回一百有八人轮回捆叠于眉间心上,才能使书中人物完全按照自己的预定计划行事。晁盖十三回出场正是作者胸中的成竹。因为这样安排,可以有种种好处。首先,它不但可以增加晁盖这个人物的分量,而且,更重要的是它增加了宋江这个人物的分量。由于在晁盖出场前先写了王伦,又在宋江出场前先写了晁盖,这就无形中突出了宋江的身份地位和才能。其次,由于晁盖、宋江出场较晚,就能有较多的篇幅来叙述鲁达、林冲、杨志等的事迹。这对于突出鲁达、林冲、杨志都是有作用的。由晁盖出场先后这个安排来看,可以看出,有成竹在胸对于全书结构的重要性。它牵涉到人物在全书中的地位,以及人物与人物之间的关系等。相反,如果用涉笔成趣的态度来著书,那么,不但全书的艺术效果因之而减少,而且还会出现矛盾、重复,以及轻重倒置、主次不分等现象。

对一部大书来说是这样,对于一个回目来说也是如此。特别是在处理相同的题材时,就更需要心中有数。圣叹在《水浒》十九回中批道:

此书笔力大过人处,每每在两篇相连接时,偏要写一样事,而又断断不使其间一笔相犯。如上文方写过何涛一番,入此回又写黄安一番是也。……盖因其经营图度,先有成竹藏之胸中。夫而后随笔迅扫,极妍尽致。只觉干同是干,节同是节,叶同是叶,枝同是枝。而其间偃仰斜正,各自入妙;风痕露迹,变化无穷也。此书写何涛一番时,分作两番写;写黄安一番时,也分作两番写。固矣。然何涛却分为前后两番,黄安却分为左右两番。又何涛前后两番,一番水战,一番火攻;黄安左右两番,一番虚描,一番实画。此皆作者胸中预定之成竹也。夫其胸中预定成竹,既已有如是之各各差别,则虽湖荡即此湖荡,芦苇即此芦苇,好汉即此好汉,官兵一样官兵,然而间架既已各别,意思不觉都换。此虽悬千金以求一笔之犯,且不可得,而况其有偶同者耶?

这就是说,如果能做到胸有成竹,就是同样的题材也可以写出两篇绝不相同的文章来;否则就是写一回书,也会重重复复,矛盾百出的。关于结构和胸有成竹的关系虽然是我们所熟知的,但经圣叹这一说明,不但对我们读《水浒》有所启发,就是对我们搞创作,也有很大的帮助。

(五) 论夸张、虚构、虚实

圣叹在对《水浒》的批评中,有很多地方谈到关于故事情节的安排问题,其中有些意见是非常重要的。现在让我们先看一看他对夸张和虚构的看法。他在《水浒》第二十八回批道:

> 是故马迁之为文也,吾见是其有事之巨者而象栝焉,又见其有事之细者而张皇焉,或见其有事之阙者而附会焉,又见其有事之全者而轶去焉。无非为文计,不为事计也。但使吾之文得成绝世奇文,斯吾之文传而事传矣。

他所谓张皇,就是我们现在所谓夸张;他所谓附会,就是我们现在所谓虚构。他认为夸张或虚构都是属于"文"一方面的东西。什么是"文"呢? 他在《水浒》二十八回中批道:

> 如此篇,武松为施恩打蒋门神,其事也。武松饮酒其文也。……故酒有酒人,景阳冈上打虎好汉,其千载第一酒人也。酒有酒场,出孟州东门,到快活林十四五里田地,其千载第一酒场也。酒有酒时,炎暑乍消,金风飒起,解开衣襟,微风相吹,其千载第一酒时也。酒有酒令,无三不过望,其千载第一酒令也。……凡若此者,是皆此篇之文也,并非此篇之事也。如以事而已矣,则施恩领却武松,去打蒋门神,一路吃了三十五六碗酒。只须依宋子京例,大书一行足矣。何为乎又烦耐庵撰此一篇也哉!

从这一段话看来，圣叹所谓"文"，实际就是文学作品的艺术手法。如以武松打蒋门神这一情节来说，武松打蒋门神是"事"，武松饮酒是"文"。他认为"文"是可以夸张或虚构的，所以像武松饮酒这些描写都是一种夸张或虚构。不过，圣叹所谓"文"和"事"的界限，并不是绝对的。就武松打蒋门神这段情节来说，武松打蒋门神是"事"，武松饮酒是"文"；但就整个《水浒》故事来说，武松打蒋门神也可以说是"文"，所以武松打蒋门神也可能是一种夸张虚构。当然，由于圣叹有过分重"文"的倾向，因而他对夸张和虚构的理解，有时是走进了虚无主义迷途的。但是，他指出夸张虚构对文学的重要作用，并指出文学所具有的特点，从而把文学和史学等区别开来，这不能不说是一个贡献。

其次，圣叹对情节的虚实问题，也有一些看法。他认为情节有虚写者、有实写者，如他在《水浒》第四十回批云：

> 前回写吴用劫江州，皆呼众人默然援计，直至法场上，方突然走出四色人来。此回写宋江打无为军，却将秘计一说出，更不隐伏一句半句，凡以特特与之相异也。

或用虚写，或用实写，固然是因为怕重复累赘，也是为了突出重点。江州劫法场主要在于突出宋江上法场前和劫法场时的情况，而打无为军则主要在于突出攻打前的安排和攻打时的情况。所以江州劫法场的安排用虚写，而打无为军的安排则用实写。

此外，圣叹认为还有一种情况是虚中有实、实中有虚。如《水浒》二十六回批云：

> 张青述鲁达被毒下，忽然又撰出一个头陀来。此文章家虚实相间之法也。然却不可便谓鲁达一段是实，头陀一段是虚。何则？盖为鲁达虽实有其人，然传中却不见其事。头陀虽无其人，然戒刀又实有其物也。须知文到入妙处，纯是虚中有实，实中有虚。……

无论是虚中有实或是实中有虚，都是根据情节的需要。何以谓之实中有虚呢？因为戒刀和数珠的来历是必须要说明的，但是只为了说明戒刀和数珠的来历,就没有再把那个头陀落实的必要了。何以谓之虚中有实呢?因所述鲁达被毒之事虽非实有,但是为了使张青成为绾合武松和鲁达的链条,就不能不虚构出鲁达遇毒这一段情节来。可见虚中有实或实中有虚对于情节的处理还是很重要的。此外,圣叹还谈到一个避实取虚的问题。他在《水浒传》五十二回批道:

> 吾闻文章之家,固有所谓避实取虚之法矣。今兹略于破高廉,而详于取公孙。意者,其用此法与!既业已略于高廉而详于公孙,则何不并略公孙,而特详于公孙之师?盖所谓避实取虚之法,至是乃为极尽其变。而李大哥特以妙人见借,助或局段者也。

所谓避实取虚者,即对某一情节不能多写,但又不能不写,于是乃从别处另起炉灶,另安笔墨。如公孙胜是在所必写的,但要写公孙就不能不盛张其与高廉斗法之事,然而,斗法之事又是《水浒》作者所最不愿描写者,于是,乃借盛张公孙之师罗真人,以盛张公孙。因为写罗真人与李大哥的科诨,究比写公孙与高廉斗法要好得多了。

二、金圣叹在文学批评方面所表现的卓越才能

金圣叹不但是一个文学理论家,他又是一个文学批评家。他批评过的书籍很多,而最突出、最有成就的则是他对《水浒传》和《西厢记》的批评。虽然他对《水浒》和《西厢记》的批评并不是没有问题的,但是可取的地方也极为不少。如在《西厢记·琴心》一出中批云:

> ……崔夫人之女双文,则雍雍肃肃,胡天胡帝,春风所未得吹,春日所未得照之千金一品小姐也。若夫红之为红,则不过相国府中有夫人,夫人膝下有小姐,小姐在侧有侍妾,而特于侍妾队中翩翩翾翾有此一鬟也云尔。……由斯言之,然则红之诺张生,虽在所必不得不诺,而红之告双文,乃在所必不可得告。……此见先王制礼,有内有外,有尊有卑。不但外言

之不敢或闻于内，而又卑言之不敢或闻于尊。……然后则知红娘之教张生以琴心，其意非欲张生之以琴挑双文也，亦非欲双文之于琴感张生也。其意则徒以双文之体尊严，身为下婢，必不可以得言。夫必不可以得言，而顷者之诺张生，将终付之沉浮矣乎？又必不忍。而因出其阴阳狡狯之才，斗然托之于琴。而一则教之弹之，而一则教之听之，教之听之，而诡去之，而又伏伺之；伏伺之，而得其情与其语，则突如其出，而使莫得赖之。夫而后缓缓焉从而钓得之。

过去读《西厢》此出，总以为是红娘教张生以琴挑双文。今读圣叹此批，不觉恍然大悟。盖红娘教张生以琴心，实有不得不然之理。因为在老夫人赖婚之后，一切希望都破灭了。一方面，红娘既然非常同情张生，不得不为张生效力；另一方面，由于红娘和莺莺的身份地位的悬殊，既不能测知莺莺的心事，又不敢以张生之意，直达于莺莺，所以才安排了琴心一条狡计，借以观察莺莺的动静。在圣叹这一段分析中，虽然有些观点是从封建礼教出发的，但这并不妨碍他的分析的正确性；因为莺莺红娘毕竟都是深受封建礼教影响的人物，不从这些方面分析，是不合乎实际情况的。我们通过圣叹这一分析，不但对于琴心这个情节的安排有了较正确的认识，同时，对于莺莺和红娘的人物性格也有了进一步的了解。

又如莺莺在《闹简》《赖简》二出中之突然变脸，殊令人难以理解。圣叹对这个问题曾进行过精辟的分析。他在《赖简》一出中批道：

……夫然，则红娘以听琴走复，而张生以折简为寄。我谓双文此日真如天边朵云忽堕纤手，其惊其喜，快不可愉，固其所耳。即如之何而忽大怒？果大怒矣，何不闭关绝客，命红娘胥疏前庭，与之杳不复通。即如之何而复以手书回之。而书中又皆鄙靡之词，而致张生惑之。而至于感悦惊庞，而后始以端服严容大数责之，而后拒之。如是者我甚惑焉。……夫双文之勃然大怒，则又双文之灵慧为之也。其心以为张生真天下之才子，夫使张生非真天下之才子，而我奈何于彼乎倾倒，则至于如是之甚哉！然而其心默。又以为身为相国千金贵女,其未可以才子之故,而一时倾倒,遂至于是也。即我自以才子之故,而一时倾倒,不免遂至于是,其未可令余一人得闻我则遂至于是也。无何而一朝深闺之中,妆盒之侧,而宛然简在,此则非红娘为之,而谁为之?夫红娘而既为之,则是张生而既言之矣。夫张生而既言之,则是张生不惜于红娘之前,遂取我而馨尽言之矣……然则我宁于张生焉便付决绝,都无不可。我其谁能以千金贵人而愿甘心于是也耶?盖双文之天性矜尚,又有如此。然而,其于张生则必不能以真遂付之决绝也。岂惟不能付之决绝而已。乃至必不能以更迟一日二日不见之也。……夫我之大怒,顷者,实惟不可响迩。我则计红娘是必诉之者也。又我授书之言,顷者,实惟致再致三,嘱云:勿更出此。我则又计红娘是必又述之者也。夫张生而知我之大怒,至于不可响迩且如此。又闻我授书之言,致再致三,嘱云:勿更出此,又如此。然则启书而读,而又见其中云云。我意其骤然虽惊,少焉虽疑,姑再思焉,其谁又不快然大悟也者。夫张生快然大悟,而疾卷书而袖之,更多诡作咨嗟,而漫付之,敬谢红娘而遣还之。然后或坐或卧而徐待之。待至深更,而悄然赴之。彼为天下才子何至独不能作三翻手、三竖指,如崔千牛之于红绡妓之事哉!今也不然。更未深,人未静,我方烧香,红娘方在侧,而突如一人则已至前。则是又取我诗于红娘前,不惜馨尽而言之也。此真双文之所决不料也。此真双文之所决不肯也。此真双文之所决不能以少耐也。盖双文之尊贵矜尚,其天性既有如此,则终不得而或以少贬损也。由斯以言,则闹简岂双文之心,而赖简尤岂双文之心?

圣叹指出莺莺之闹简赖简皆非出自本心,这一分析是确有说服力的。他所以能做出这样精辟的分析,主要是因为他抓住了青年男女的爱情和封建礼教之间的矛盾,并且他还能够根据人物的身份地位进行细致的心理分析。他从青年男女追求爱情的要求出发,指出莺莺对张生的爱是矢志不移的;同时,他从莺莺的千金小姐的身份地位出发,指出莺莺虽然至爱张生,但是她却不能理解红娘会同情并支持她和张生的爱情,而且即使她已经知道红娘会同情他们,她也不肯在红娘面前贬损自己的身份。因此,圣叹断定莺莺之变脸,并非出自本心,而主要是因为张生把他们的秘密公开于红娘之前,以致使自己的千金小组的身份受到了损害。我觉得圣叹这一分析是非常合乎情理的,非常具有见地的。他虽不一定意识到什么是人物性格的矛盾冲突,但是他确已看出了这样的问题,并充分掌握了它。在他那样的时代能够达到这样高的分析水平,这是不能不令人敬服的。

又如圣叹在《水浒传》十四回对梁中书命杨志押运生辰纲事的分析,也非常深刻。他说道:

> ……视十万过重,则意必太师也者,虽富贵双极,然见此十万,必吓然心动。太师吓然心动,而中书之宠固于磐石。夫是故以此为献,凡以冀其心之得一动也。视杨志过轻,则意或杨志也者,本单寒之士,今见此十万,必吓就心动,杨志吓就心动,而生辰十担险于蕉鹿。夫是故以一都管两虞侯为监,凡以防其心之忽一动也。然其胸中则又熟有疑人勿用、用人勿疑之成训者,于是即又伪装夫人一担,以自盖其相疑之迹。呜呼!为杨志者不其难哉!……故以十万之故而授统制易;以统制之故,而托十万难。此杨志之所深知也。杨志于何知之?杨志知年年根括十万以媚于丈人者,是其人必不能以国士遇我者也。不能以国士遇我,而昔者东郭斗武,一日而逾数阶者,其心中徒望我今日之出死力以相效耳。……

过去读《水浒传》至杨志东郭斗武,颇怪《水浒》作者何以把梁中书写成一个爱才如渴的人物。对于梁中书派杨志押运生辰纲,又伪装夫人一担担也未尝给以应有的注意。经圣叹这一分析,真有茅塞顿开之感!我们从圣叹这一段分析可以看出,梁中书这个人物是如何地狡猾而深沉!而《水浒传》作者描写人物和事件的手段又是如何地高明!圣叹分析梁中书这个人物以及梁中书和杨志之间的关系,主要是从梁中书这个人物性格的矛盾冲突着眼的。圣叹指出,像梁中书这样一个搜刮人民脂膏,取媚太师以固宠的人,是不可能真正爱才的,而且,也更不可能对一个犯罪的配军推心置腹的。明乎此,则东郭斗武之日进数阶,以及既派虞候,又派都管;既派都管,又伪夫人一担等种种用心,也就不难理解了。

我们仅由上面这几个例子就可以看出圣叹的文学的鉴赏和批评能力是如何之高。我们可以说,《水浒》《西厢》这两部古典文学名著由于他的批评而益增其妩媚。我们也可以说,读《水浒》《西厢》而不读金批本,那是十分遗憾的。

三、存在的问题

金圣叹在文学理论和文学批评方面虽然做出了很大贡献,但是在他的文艺思想和具体工作中也存在着不少问题。首先,他具有相当严重的虚无主义的倾向。如他在《水浒传》第十三回中批道:

> 一部书一百八人声施烂然,而为头是晁盖先说作下一梦。嗟呼!可以悟矣。夫罗列此一部书一百八人之事迹,岂不有哭,有笑,有赞,有骂,有让,有夺,有成,有败,有俛首受辱,有提刀报仇。然而,为头先说是梦,则知无一而非梦也。大地梦国,古今梦影,荣辱梦事,众生梦魂,岂惟一部书一百八人而已。……

又十九回在"闻说娘子被高太尉威逼亲事,自缢身死,已故半载"节下批云:

> 颇有人读至此处,潸然泪落者。错也。此只是作者随手架出,随手抹倒之法。当时且实无林冲,又焉得有娘子乎哉!不宁惟是而已,今夫人之生死亦都是随业架出,随业抹倒之事也。岂真有人昔日曾作此书,亦岂真有我今日方读此书乎哉!……

又如十四回批云:

> 阮氏之言曰:"人生一世,草生一秋。"嗟呼:意尽乎言矣。夫人生世间,以七十年为大凡,亦可谓至暂也。乃此七十年也者,又夜居其半,日仅居其半焉。……然则如阮氏所谓,论秤秤金银,成套穿衣服,大碗吃酒,大块吃

肉者,亦有几日乎耶？而又况乎有终其身曾不得一日也者。故作者特于三阮名姓深致叹焉。曰：立地太岁；曰：活阎罗；中间则曰：短命二郎。嗟呼！生死迅疾,人命无常,富贵难求。从吾所好,则不著书,其又何以为活也。

圣叹以上这些议论不外是说,人生如梦,生死无常。归结到万事虚空,一切穷通寿夭富贵荣华都没有什么意义。这样一来,不但《水浒》英雄是假,《水浒传》是假；就是作《水浒》者,乃至于读《水浒》者也无一而非假了。类似这样的思想在他对《西厢记》的批评中,也有不少反映。这些东西显然都是虚无主义的。不过,这种思想也只能是他全部思想中的一个方面,如果因此而对金圣叹采取完全否定的态度,那是不对的。

另一个问题是关于形式主义的问题。金圣叹批评《水浒》《西厢》确实是特别重视形式的,然而重视形式并不等于就是形式主义。金圣叹不过是比较强调文学形式的作用,他并未否认内容的重要性。如他在《水浒传》二十八回中批道：

……但使吾文得成绝世奇文,斯吾之文传而事传矣。如必欲但传其事,又令纤悉不失,是吾之文先已拳曲不通,已不得为绝世奇文,将吾之文既已不传,而事又乌乎传耶？

我们在前面已经指出,圣叹所谓"文"就是现在所谓艺术手法,他所谓"事"就是现在所谓内容。我们知道,圣叹并不是不重视内容的。他在某些地方所常谈到的因文生事或为文不为事的"事"实际也都是指艺术手法方面的东西。如果根据这些提法就认为圣叹不重内容,那是不对的。他只是认为,事要因"文"而传。如果只有"事"而没有"文",那么,这些"事"也就不可能传世了。我觉得,这种看法并没有错,因为在不否定内容的前提下,重视艺术效果,这并没有什么不好。当然,我们也不能否认,金圣叹在对《水浒》《西厢》的评改中,是过多地谈论了形式的。

最后一个问题是圣叹在他的文学批评中,存在着一些穿凿附会的情况。如十四回在阮小五"披着一领旧布衫,露出胸前刺着的青郁郁一个豹子来"节下

批云:
> 史进、鲁达、燕青遍身花绣,各有意义。今小五只有胸前一搭花绣,盖寓言胸中有一段垒块,故发而为《水浒》一书也。……

又如三十回云:
> 鸳鸯楼之立名,我知之矣。殆言得意之事与失意之事相倚相伏,来尝暂离,喻如鸳鸯双游也。

其他如说王进之去是象征王道衰微,史进是作者自许其书进于正史,史进绰号九纹龙是作者自赞其书等,显然都是一些穿凿附会之论,毫不足取的。

总之,金圣叹在文学理论和文学批评方面是有很大贡献的,尽管其中也有不少错误或荒谬的东西。如果抱着去其糟粕,取其精华的态度,那么,我们将会从他那里学到很多有用的东西。

1961年12月15日于昆明云大

(选自《云南大学学术论文集》第1辑,云南大学出版社1962年版)

清真词的艺术

王兰馨

一

周邦彦(1056—1121)是继苏轼而起的一大词人。但他没有受苏轼的影响,他是沿着柳永的路子,得到更进一步的成就。慢词到了他这个时候,已经极为成熟,他不仅发展了北宋的慢词,而且为南宋词坛开辟了道路。他在当时确是起到了"继往开来"的作用。

周邦彦,字美成,号清真居士,钱塘人。少年时落拓不羁,曾在苏州住过一个时期,与歌伎岳楚云热恋。元丰二年(1079),年方二十四岁,到汴京,在太学读书。元丰六年(1083),因献《汴都赋》升太学正。后出任庐州教授,知溧水县。建中靖国初,历任校书郎、考功员外郎、宗正少卿等职。政和初,以徽猷阁待制提举大晟府。后出知顺昌府,又徙处州。方腊起义时还杭州,又迁扬州。宣和三年(1121)卒,年六十六岁。

周邦彦一生正当北宋王朝盛极而衰一步步走向了没落的时候,他主要的活动时期,在宋徽宗一朝。当时民族危机、阶级矛盾已经达到极点,他先后在议礼局、大晟府工作,为宋王朝制礼作乐,粉饰升平。但另一方面,周邦彦是一个精通音律的人,大晟府是整理音乐歌曲的机关,他凭了自己对词调、音律的丰富知识去领导这个机关,也就是《词源》上所说的"命周美成诸人讨论古音,审定古调"。因此,他对音乐确实有所贡献。宋代词人固多通晓音律,但像周邦彦这样直接参加了当代音乐改革工作的却为数不多。大晟府这个机关,不仅整理了旧东西,还增添了许多新调,如"慢、曲、引、近"是。周邦彦本人除了整理旧有的歌曲以外,还创造了《浪淘沙慢》《拜星月慢》《浣溪沙慢》《粉蝶儿慢》《长相思慢》《早梅花引》《华胥引》《蕙兰芳引》《荔枝香近》《隔浦莲近》《红林檎近》《花犯》《侧犯》《玲珑四犯》等新声。所以他的词多"曼声促节,繁会相宜"。

很显然,在慢词的创造方面,周邦彦是柳永的继承者,不过,他不仅是继承,而且将慢词向前推进了一步,带到了一个新的境地。张炎说:"美成诸人又复增衍慢、曲、引、近,或移宫换羽,为三犯四犯之曲,按月律为之,其曲遂繁。"陈廷焯云:"词至美成,乃有大宗。前收苏、秦之终,后开姜、史之始。自有词以来,不得不推为巨擘。后之为词,亦难出其范围。"周邦彦确是融会各家,到了纯熟的地步,《四库总目提要》云:"陈郁《藏一话腴》谓其以乐府独步,贵人学士,市侩妓女,皆知其词为可爱,非溢美也。"周词长于铺叙,富丽精工;摹写物态,曲尽其妙。王国维的《人间词话》也说他"言情体物,穷极工巧"。

宋初词坛主要是五代遗风。承五代之敝,而易以通俗之变的,是唯柳永。柳永在思想意识上受市民阶层的影响较深,又因他遭受到压抑,对封建统治感到不满;在词的创作方面,能摆脱《花间》《尊前》的作风,大量吸收了各种民间流行的曲调,丰富了自己,写成了"慢词",较之其他词家更接近口语。但时人病其风格不高,词语尘下。及至苏轼,士大夫阶层是非常推崇他的。东坡词"无意不可入,无事不可言"。胡致堂说他"一洗绮罗香泽之态,摆脱绸缪宛转之度",晁无咎也说他"横放杰出,自是曲子内缚不住者"。因之论者病其矫枉过正,不合音律。秦观、贺铸等人出来,精于造辞炼句,纠正了柳永的"俚俗";他们对音律十分讲究,又纠正了苏轼的"不茸之诗",到了周邦彦集其大成。这一派推崇"婉约",主张"雅正",是一向被列为"正宗"的。后世学词的人,也多半走这条道路,不是没有原因的。刘熙载语:"耆卿词细密而妥溜,明白而家常。"但学偏了就会学成街头的小曲,那就成了王灼说的"声态可憎"了。东坡词有多方面的成就,极不易学。学周词固然比较平稳,但他妙解音律,功夫极深,而又典雅细致,融会自然。若是仅从表面上学习,就会被严格的音律束缚住,舒展不开,只是堆砌典故。所以读周邦彦的词,一定要推敲探索,非研究深透不可。柳词多半为歌女、教坊所作,太强调音乐效能,有的词句并不十分讲究。苏词为文学创作而写,多为抒情,不专为歌唱,有时又不注意音律。而周邦彦的词,既重辞句,又重音律,称得起是出色当行的好词。

二

周邦彦有《清真集》二卷,《补遗》一卷,约存词一百九十余首。在这一百九十多首词中,我们就其艺术特点,可以分以下几点谈谈。

(一)精于炼句,善融古诗。如《西河·金陵怀古》云:

佳丽地,南朝盛事谁记?山故国,绕清江,髻鬟对起,怒涛寂寞打孤城,风樯遥度天际。　　断崖树,犹倒倚,莫愁艇子曾系。空余旧迹,郁郁苍苍,雾沉半垒。夜深月过女墙来,伤心东望淮水。　　酒旗戏鼓甚处市?想依稀王谢邻里。燕子不知何世,向寻常巷陌,人家相对,如说兴亡斜阳里。

周邦彦融诗入词,和我们普通引用成语不同,那就是不但要取意,还要取音,有时将诗句嵌在词里,而能天衣无缝,妙语天成。张炎说:"清真最长处,在善融化诗句,如自己出。"陈振孙也说他"多用唐人诗语,隐括入律,混然天成"。

这首词融化了三首诗意,通过了这些诗意,表达出自己的感情,极为熨帖,而不露斧凿痕迹。这三首诗是,刘禹锡的金陵诗:"山围故国周遭在,潮打孤城寂寞回。淮水东边旧时月,夜深还过女墙来。"又乌衣巷诗:"朱雀桥边野草花,乌衣巷口夕阳斜。旧时王谢堂前燕,飞入寻常百姓家。"乐府诗云:"莫愁在何处?莫愁石城西。艇子折两桨,催送莫愁来。"其实《清真集》中融唐人诗句处不止《西河》,如《拜星月慢》换头的"画图中旧识春风面",较杜甫诗"画图省识春风面",只是添了一个字,换了一个字,意思便不同了。又如《蝶恋花》的"泪花落枕红绵冷",《满庭芳》的"雨肥梅子",前者用李贺的"九山静绿泪花红",后者从杜甫的"红绽雨肥梅"变化而来,好处是推陈出新,运用适宜,并不见因袭痕迹。至于《六幺令》中云"明年谁健,更把茱萸再三嘱",也就是杜诗的"明年此会知谁健,醉把茱萸仔细看"了。《西河》一首,为人击拍,我想不仅因为词句美丽,音调凄清,主要还是感慨沉郁,作风清旷,可见周邦彦也不是光作柳永那样的艳词。

(二)能雅能俗,亦清亦丽。"花间派"的词人尚含蓄,贵典雅,宋初的词人犹存此风。晏几道的时代虽然较晚,但他仍是晏殊、欧阳修的继承者,绝不以俗语入词。到了柳永、黄庭坚,反其道而行之,词中绝不避俗言俚语,周邦彦则是二者得兼,能雅能俗。以前的批评家,有的把周邦彦看成一位古典的雅词作家,那是不够全面的。例如《玉团儿》云:

铅华淡伫新妆束,好风韵,天然异俗。彼此知名,虽然初见,情分先熟。

炉烟淡淡云屏曲,睡半醒,生香透肉。赖得相逢,若还虚度,生世不足。

又如《万里春》云:

千红万紫,簇定清明天气。为怜他种种清香,好难为不醉。　　我爱深如你,我心在,个人心里。便相看老却春风,莫无些欢意。

此外如:《看花回》的"因个甚,抵死嗔人",《满路花》的"着甚情悰,但你忘了人呵",《风流子》的"多少暗愁密意,唯有天知";又"天便教人,霎时厮见何妨",《塞垣春》的"玉骨为多感,瘦来无一把",《浣溪沙慢》的"莫是嗔人呵,真个若嗔人,却因何逢人问我"。这样的例子很多,俯拾即是。这样的词都是当时的"俚词俗语",极为质朴,倚声按拍,也很自然,显然是受了柳永的影响。不仅用语是,表情也是,语重而深,确是耆卿情调。但是,周邦彦毕竟不是柳永,同是运用"俗语",也有他们不同之处。周邦彦不仅精音律,工填词,且是一个有学问的人。《宋史》说他"博涉百家之书",咸淳《临安志》也说他"涉猎书史"。所以他的词,一般来说是有"书卷气"的,所谓"言言都有来历"。就是用俗语写成的词,也是有分寸的,并不像柳永的《传花枝》那样:"平生自负风流才调,门儿里道知张、陈、赵。"这还不是什么俗不俗的问题,实在有些太随便,成了顺口溜了。至于周邦彦的"雅词",那是举不胜举的了,因为他"富丽精工",向来是以雅词见称的。现在我们仅举《瑞龙吟》一例来说明这个问题,词云:

> 章台路,还见褪粉梅梢,试华桃树。愔愔坊陌人家,定巢燕子,归来旧处。　黯凝伫,因记个人痴小,乍窥门户。侵晨浅约宫黄,障风映袖,盈盈笑语。　前度刘郎重到,访邻寻里,同时歌舞。唯有旧家秋娘,声价如故。吟笺赋笔,犹记燕台句。知谁伴,名园露饮,东城闲步?事与孤鸿去。探春尽是伤离意绪。官柳低金缕。归骑晚,纤纤池塘飞雨。断肠院落,一帘风絮。

沈义父《乐府指迷》云:"结句须要放开,含有余不尽之意,以景结情最好。如清真之'断肠院落,一帘风絮'。又'掩重关,遍城钟鼓'之类是也。"

"伤离意绪"是这词的主题,全词也都围绕着这四个字写来。唐崔护诗云:"去年今日此门中,人面桃花相映红。人面不知何处去,桃花依旧笑春风。"周邦彦这词就贯穿了这整个的诗意。

一开始先说明地点是"章台路",再说明时间是梅梢褪粉、桃树试华的时候。明明是眼前的景物,可是加上"还见"二字,情形就不同了,那就都变成旧物,是以前见过的东西,叫人有"树犹如此,人何以堪"的感叹,便显得感慨万端,低徊欲绝了。"定巢燕子",还"归来旧处",可是"前度刘郎重到",物是人非,欲归旧处而不可得,只有徘徊于"愔愔坊陌"的章台旧路而已。

"黯凝伫"三字展开了正文,作者在那里彳亍徘徊,追思往事,"因记"两个字便将读者带到了过去。"障风映袖",暗用李商隐《柳枝》诗序中的故事。那人好像当年的柳枝一样,"丫环毕妆,抱立扇下",而是"浅约宫黄""盈盈笑语"。而现在呢,事过境迁,"个人"不见,"唯有旧家秋娘,声价如故"而已。往事成烟,渺渺无迹,"名园露饮,东城闲步",落得无限凄凉。探春归来,"尽是伤离意绪"。孤馆塘,落着纤纤细雨,寂寥院落,飘着"一帘风絮"。此景此情,结以"断肠"二字,也就极为自然了。

这词的章法极为缜密,字字凄切,层次井井。"隶事巧妙,含蓄不露",可以称为雅词。

(三)长于铺叙,善于概括。慢词到了周邦彦,确乎到了一个新的境地,而不是一味的"铺叙"。他的概括性是很强的,他运用了最典型、最集中、最足以表情达意的词句。作慢词的人,很容易陷于堆砌,全词只有一二佳句,其余都是凑上的。而周邦彦不是,他的词是比较完整的。我们为什么单提出他的表现艺术来谈呢?因为这是清真词的特点,在当时笼罩了整个词坛。他的表现艺术,和他的思想感情是分不开的,他的感情比起柳永来更深刻、更含蓄、更细致。思想方面受到压抑,是苦闷的。这是周邦彦创作的特色,我们应着重说明这个问题。

《兰陵王·柳》:

> 柳阴直,烟里丝丝弄碧。隋堤上、曾见几番,拂水飘绵送行色?登临望故国,谁识京华倦客?长亭路,年去岁来,应折柔条过千尺。　　闲寻旧踪迹,又酒趁哀弦,灯照离席。梨花榆火催寒食。愁一箭风快,半篙波暖,回头迢递便数驿,望人在天北。　　凄恻,恨堆积。渐别浦萦回,津堠岑寂。斜阳冉冉春无极。念月榭携手,露桥闻笛。沉思前事,似梦里,泪暗滴。

这首词中的"登临望故国,谁识京华倦客"二句是一篇主旨,可以说这词是为了这意思写的。"隋堤上"三句着重提出,"年去岁来,应折柔条过千尺"。这是直抒胸臆的写法,多少年来,萍踪浪迹,羁旅之情,倾吐无余。"闲寻旧踪迹"一叠,写法又变了,只就眼前之景,略事点缀,含蓄不尽,情在景中。"愁一箭风快,半篙波暖,回头迢递便数驿,望人在天北"四句,笔姿摇曳,绝不沾滞,不仅咏物,而且传神。末叠音调激昂,变悲凉为凄厉。"沉思前事"三句首尾呼应。"似梦里"三字,抵得千言万语,因有上边的"月榭携手,露桥闻笛"等等。既已"似梦",不说也罢,便自咽住,而偏接上"泪暗滴"戛然而止,更见分量。

张端义《贵耳集》曾记载这样一个故事:"因周邦彦作《少年游》,道君大怒,因加邦彦迁谪,押出国门。隔一二日,道君复幸李师师家,不见李师师。问其家,知送周监税。……坐久至更初,李始归。眉愁泪睫,憔悴可掬。道君大怒云:'尔往那里去?'李奏:'臣妾万死,知周邦彦得罪,押出国门,略致一杯相别,不知官家来。'道君问:'曾有词否?'李奏云:'有《兰陵王》词。'今'柳阴直'者是也。道君云:'唱一遍看。'终曲,道君大喜,复召为大晟乐正。"这故事散见于历代各笔记中,由此也就看出这词的力量了。又如《花犯·咏梅》云:

粉墙低,梅花照眼,依然旧风味。露痕轻缀,疑净洗铅华,无限佳丽。去年胜赏曾孤倚,冰盘同燕喜。更可惜雪中高树,香篝熏素被。 今年对花最匆匆,相逢似有恨,依依愁悴。吟望久,青苔上旋看飞坠。相将见脆圆荐酒,人正在空江烟浪里。但梦想一枝潇洒,黄昏斜照水。

这首词从"粉墙低,梅花照眼"写起,说明又是寒梅著花时候。看到疏影横斜,仙骨珊珊的梅花,不禁使人想到一个"净洗铅华,无限佳丽"的人物。想到了人,也就想到去年的事。去年曾经"胜赏"梅花,"冰盘同燕喜",而今雪天淡月,空对一树寒香而已,反衬出"今年对花最匆匆"、睹物思人、"相逢有恨"的"愁悴"心情。韶华易逝,好花易落,"青苔上旋看飞坠",于是想到青梅荐酒的时候,恐怕是"正在空江烟浪里",一帆孤棹,到处漂泊了,也就是周密说的"此只咏梅花,而纡回反覆,道画三年间事"。这种写法,也是清真词的特色,一直影响到南宋中叶以后各词家。通过对某一具体事物的联想,纡回曲折地表现他们的身世之感、家国之痛,姜白石的《暗香》《疏影》就是这种写法。《六丑》云:

正单衣试酒,恨客里、光阴虚掷。愿春暂留,春归如过翼,一去无迹。为问花何在? 夜来风雨,葬楚宫倾国,钗钿坠处遗香泽。乱点桃蹊,轻翻柳陌。多情更谁追惜?但蜂媒蝶使,时叩窗槅。 东园岑寂,渐蒙笼暗碧。静绕珍丛底,成叹息。长条故惹行客,似牵衣待话,别情无极。残英小、强簪巾帻。终不似、一朵钗头颤袅,向人敧侧。漂流处、莫趁潮汐。恐断红、尚有相思字,何由见得?

这首词是蔷薇落后写的,确实写得抽茧剥蕉,婉转曲折,深密细致,刻画入微。词人一方面是惜残花,同时也是叹韶华。"夜来风雨,葬楚宫倾国",也就是"惜花长恨花开早,何况落红无数"之意。残瓣余香,"乱点桃蹊,轻翻柳陌",多情的蜂蝶,还时时来扑"窗槅"。东园春老,绿肥红瘦,长条牵衣,好像是临歧话别的样子。剩了一朵越开越小的"残英",勉强戴在头上,终不似盛开的时候了。可是这样也差强人意,不然断红流水,欲觅无迹。这个地方写得确是很奇怪,分作三层,正如周济所说"不说人惜花,却说花恋人;不从无花惜春,却从有花惜春;不惜已簪之'残英',偏惜欲去之'断红'",有一波三折之妙,低回婉转,回肠荡气,不仅是咏物,也是言情。《满庭芳》云:

风老莺雏,雨肥梅子,午阴嘉树清圆。地卑山近,衣润费炉烟。人静乌鸢自乐,小桥外,新绿溅溅。凭阑久,黄芦苦竹,拟泛九江船。　　年年,如社燕,飘流瀚海,来寄修椽。且莫思身外,长近尊前。憔悴江南倦客,不堪听急管繁弦。歌筵畔,先安簟枕,容我醉时眠。

这词是周邦彦知溧水时所作。梅子初肥,莺声渐老,是初夏时候。"午阴嘉树清圆"句,静极,也美极,忍俊不禁。景物如此,可是这个地方"地卑山近","黄芦苦竹"绕宅生,没有什么赏心乐事。他困在溧水,犹如白居易当年贬在九江一样,心情苦闷,身欲奋飞,也可以体会到他为什么"拟泛九江船"了。"年年,如社燕",还过着一种春去秋来,东漂西泊,寄人檐下的生活。为了求得暂时的解脱,只有什么也不想,时常地逃避于酒。"江南倦客",心里本来就够乱的了,音乐声徒增烦恼,所以他说"不堪听急管繁弦"。本来是热闹的"歌筵",可是伤心人别有怀抱,他希望求得暂时的安静,所以说"先安簟枕,容我醉时眠"。这首词所要表达的心情是痛苦的,情绪是复杂的,表达方法极为曲折,写得也比较深刻。

(四)精炼婉约,长于对比。周邦彦虽深受柳永的影响,致力于慢词,但他不仅擅长慢词,亦工引、令。《乐章集》中多为长调,而《清真集》中则令词不少。陈廷焯《白雨斋词话》云:"美成小令,以警动胜,视飞卿色泽稍淡,意态却浓。温、韦之外,别有独至处。"这话是对的,周邦彦的词不在"色泽",而在"意态"。如《少年游》云:

并刀如水,吴盐胜雪,纤手破新橙。锦幄初温,兽烟不断,相对坐调笙。低声问向谁行宿,城上已三更。马滑霜浓,不如休去,直是少人行。

这首词纯是素描,而室内陈设,历历在目;人物的动作,声音笑貌,也洋溢纸上。这词好像以客观的态度写的,其实作者已为当时的气氛所笼罩,又以此传给读者。刀、盐本是日常生活物品,极为平常,而曰"并刀""吴盐",点其出处,便不平常。又曰"如水""胜雪",更见精洁。"破橙""调笙",也是日常生活中事,但是在整个互相爱恋的情况下,这些平常事情、平常动作就充满了感情。又加上"锦幄初温,兽烟不断",作者为词中人安排了个温暖馨香,充满了柔情的环境,和外边寒风凛冽,夜深霜浓,恰成对照。底下好像是自言自语,什么"城上已三更"了,"马滑霜浓","直是少人行"了,是埋怨,又非埋怨,直是留人"休去"而已。写得如闻其声,如见其人。又如《玉楼春》云:

桃溪不作从容住,秋藕绝来无续处。当时相候赤栏桥,今日独寻黄叶路。　烟中列岫青无数,雁背夕阳红欲暮。人如风后入江云,情似雨余粘地絮。

这首词通体都是对比的写法:当时桃溪匆匆,今日藕断丝连;因有当时的桥头相候,才有今日的路上相寻。"赤栏桥"仍在,变成了"黄叶路",节候、心情便自不同,客观事物也变成有情的东西。烟里青山,雁背斜阳,此映彼树,风景如画。可是人如风后之云,情似雨余之絮,留又留不住,飞又飞不起。一个偶然的机会,造成了无限的追念、无限的伤怀。写得如怨如慕,身不由己,无可奈何之感,应细细揣摩。《诉衷情》云:

出林杏子落金盘,齿软怕尝酸。可惜半残青子,犹印小唇丹。　南陌上,落花闲,雨斑斑。不言不语,一段伤春,却在眉间。

这首词借着"残杏"写出个伤春惜别的人物。笔调极为活泼,写得清新可咏。以下的《虞美人》,就又是一番景象了:

疏篱曲径田家小,云树开秋晓。天寒山色有无中,野外一声钟起送孤篷。　添衣策马寻亭堠,愁抱惟宜酒。菰蒲睡鸭占陂塘,纵被行人惊散又成双。

这首词通过了"疏篱""云树""寒山""野钟""孤篷",写得满目萧索、一片秋声。秋风中战抖的菰蒲,暮霭中起落的野鸭,唤起人无限羁旅之情。行人勒马踟蹰,就大有"古道西风瘦马,夕阳西下,断肠人在天涯"的味道了。

《十六字令·咏月》云:

眠,月影穿窗白玉钱,无人弄,移过枕函边。

词中的"月",是写一个夜深不寐的人眼中的月。十六个字,只是写"月",可也把当时的孤独寂静、凝眸沉思的情景写了出来。这都是比较精炼的作品,兹不多举。

三

周邦彦的词成功的地方是:音律上非常讲究,用词造句极为工稳;能用曲折之笔写复杂之情,而又写得深刻、细致、具体;小词写得精练婉约,清新秀丽。

以前论词的人,多以周邦彦词集北宋的大成,为南宋的宗法。沈义父也说:"作词当以清真为主,下字运意皆有法度。"周词确实影响到南宋士大夫阶层,姜夔、吴文英、史达祖等人都是学他的。无怪乎周济编《宋四家词选》,教学词的人须经吴文英、王沂孙、辛弃疾,上溯周邦彦。但将晏殊、韩缜、欧阳修、晏几道、张先、柳永、秦观、贺铸、韩元吉等词人都隶属于周邦彦这组,这不是没有道理的。周邦彦的词确是能包括了晏、欧,发展了张、柳,冠领了秦、贺。周济对周邦彦的词推崇备至,他说:"美成思力,独绝千古。如颜平原书,虽未臻两晋,而唐初之法,至此大备,后有作者,莫能出其范围矣。"评论周邦彦的人,有的取其艳,如徐钒云:"周清真虽未高出,大致匀净,有柳欹花妍之致,沁入肌骨。视淮海不徒娣姒而已。"有的人取其清,郑文焯则曰:"词原于比兴,体贵清空。美成词切情附物,风力奇高。"其实周邦彦的词,"艳"和"清"都能做到。

但周词有美中不足的地方,在一百九十余首清真词中,除了闺怨离情之外,多是写景咏物之作,所写的范围比较窄狭。周邦彦虽处在民族矛盾、阶级矛盾尖锐的时代,但在他的词里,对国家民族的感情并不强烈;只是生在那个时代,东漂西泊，个人哀愁，在他的词中，写来写去，不出这个范围。周邦彦在当时是受压抑的，《宋史》说他"疏隽少检，不为州里所重"。为官后，也是屡遭贬谪。他向往自由美好的生活，追求真挚深厚的爱情，可是这两方面都受到挫折，突出地反映在《满庭芳》《兰陵王》等词里。因此他对于同情他的人和过去的欢娱，念念不忘。在他的词中，怀人念旧、惜春伤离的情绪，特别浓厚。这也是他的出身、经历和时代条件所造成的。

由于周邦彦在词上掌握了纯熟的艺术技巧，而成为格律派的中心人物，所以刘大杰先生说："周邦彦在词史上的工作，是以宫廷词人的地位，结束浪漫自由的作风，而成为格律的古典词的建立者。到了南宋的姜夔、史达祖、吴文英、王沂孙、张炎、周密诸人，都是继承了周的路线，尽雕琢刻画的能事，造成格律派的古典词的大盛。于是词中的一点名士气、天真气与通俗情味，都丧失殆尽，只是一座无血肉无生命的粉雕玉琢的楼阁了。握着这转变的钥匙的，却是北宋的周邦彦。"上文也曾说过，学周词的人，若是光从字句上下功夫，是会学出以上的毛病来的。王国维说："美成深远之致，不及欧、秦，唯言情体物，穷极工巧，故不失为第一流之作者。但恨创调之才多、创意之才少耳。"此论极为公允。从词的发展上看，周邦彦在词史上的作用，和他在艺术上的成功，是不容忽视的。

周邦彦不仅影响了南宋词人，为这些词人打开了道路，而且他的词"曲径通幽"，是有一条线索通向曲的，和曲有着不可分割的联系。相传有这样一个故事，周密《浩然斋雅谈》上说："宣和中，朝廷赐酺，师师因歌《大酺》《六丑》二解。上顾教坊使袁绹问。绹曰：'此起居舍人，新知滁州周邦彦作也。'问《六丑》之义，莫能对。急召邦彦问之。对曰：'此犯六调，皆声之美者，然绝难歌。昔高阳氏有子六人，才而丑，故以比之。'"可见周邦彦音乐知识是很丰富的。

周邦彦是一个音乐家兼词人，他妙解音律，堂名"顾曲"。陈郁说："美成二百年来，以乐府独步。"因为他"下字运意皆有法度"，那真是如沈偶僧所说："邦彦提举大晟乐府，每制一词，名流辄为赓和。"周邦彦的词风行一时，唱遍汴都，也就无怪乎上自贵人学士，下至市侩妓女，都爱周邦彦的词了。周邦彦所制诸调,不独音之平仄必须遵守,就是仄字中的上、去、入三音,亦不容相混。所以方千里、杨泽民等人和清真全词的时候,完全按照周词的四声,绝少出入,就是阴阳清浊,亦无不合。周邦彦的词确是非常讲究的,他的乐谱虽然失传,但他的词有的是自度新声,区分宫调。可见他的词应当怎么唱都是注明了的,也可以想见当时制谱填词的一般情况。他不但创作了好多新调,而且他这样重视音律,唱起来绝无龃龉不合之处,讲究下字遣词,能达曲折复杂之情。章法也极为缜密,写景言情,都十分细致深刻,这是以前词人所没有的。在音乐上、文学上都为曲创造了很好的条件。《曲律》说:"下字为句中之眼,古谓百炼成字,千炼成句。要新又要熟,要奇又要稳。""句法宜婉曲不宜直致,宜藻艳不宜枯瘁,宜溜亮不宜艰涩,宜轻俊不宜重滞,宜新采不宜陈腐,宜摆脱不宜堆垛,宜温雅不宜激烈,宜细腻不宜粗率,宜芳润不宜噍杀。""婉曲""藻艳""溜亮""温雅""细腻"等,是曲的要求,也正是清真词所长,所以我们说周邦彦为作曲创造了好的条件。一方面由于他是一个有着广博知识的文人,又擅长辞赋与五、七言诗,他在词的成就上采取了辞赋家与诗人的手法,做到了极为成熟的地步。作为出色当行的词家,同时也符合士大夫的口味。可是另一方面,由于阶级的局限,他又不可能沿着柳永的道路,继续发展下去。这一个任务,就有待于作曲家去完成了。《碧鸡漫志》上记载,在熙宁年间,泽州就有个孔三传创了诸宫调,颇受欢迎。《梦粱录》上也说:"说唱诸宫调,昨汴京有孔三传,编成传奇灵怪,入曲说唱。"绍兴年间有张五牛大夫,还作了赚词。到了南宋的"遏云社",更是大大地发展了赚词,《武林旧事》《梦粱录》中都有记载。一脉相传,孔三传、张五牛、董解元、关汉卿、马致远继续发展,发扬光大,到了金、元,在音乐文学上开了一朵灿烂多彩的奇葩(曲)。作为提举大晟府、顾曲堂主人的周邦彦,对词的贡献,对曲的影响,是不可泯没的。

(选自《王兰馨赏析唐宋词》,长江文艺出版社2008年版)

从《华严金师子章》看佛教哲学的美学意义

张文勋

美学原属哲学范畴中的一分支,因为美学也是人类认识世界的一种特殊方式。它和哲学的关系至为密切。因此,历代哲学家无论是柏拉图或亚里士多德,也无论是康德或黑格尔,几乎无一例外地把美学作为哲学的范畴去研究。反之,我们研究哲学的认识论和方法论时,虽然不是直接谈美学,但也都与美学有直接的或间接的联系。

佛教哲学的唯心主义认识论,在论述到人们认识世界的思维方式时,形成一套完整的理论体系,其核心是"悟"字和"空"字。也就是说,其思维方式不是理性的认知而是直观的觉悟;认识的对象不是物质的世界,而是虚幻的空境。佛学中虽然很少直接谈到文艺美学,但是它的这种认识论及其思维方式,对我国古代文艺美学却带来了非常深远的影响。也许有人会说,把佛学和文艺美学联系起来是牵强附会,因为《华严金师子章》中根本就没有直接谈到文学艺术问题。对此,我的看法是,把中国古代美学和佛学割裂开来,正如把中国古代美学和儒学、老庄学说割裂一样,是舍本而求末,是知其一而不知其二。因为我国古代文艺美学是在全部民族文化历史形成过程中产生的,人们的审美意识,总是要受各种哲学思想和文化的影响。佛学对我国古代文学的影响,特别是对审美意识和艺术思维活动的影响是众所周知的,所以,我们从佛学中寻找它和我国古代文艺美学之间的联系,绝不是什么牵强附会。基于这样的认识,我从《华严金师子章》这部佛教典籍中,不仅看到佛教哲学的许多特色,同时也看到它和我国古代文艺美学有一种内在的联系。

《华严金师子章》是唐代华严宗高僧法藏给武则天讲解《华严经》的记录稿。宋《高僧传·法藏传》中有这样一段记载:

> 藏为则天讲《新华严经》,至天帝纲义十重玄门、海印三昧门、六相和合义门、普眼境界门,此诸义章皆《华严》总别义纲,帝于此茫然未决。藏乃指镇殿金师子为喻,因撰义门,径捷易解,号《金师子章》,列十门总别之相,帝遂开悟其旨。

可见,这是阐述华严宗的经典《华严经》的一部理论著作,以金师子作比喻,阐明深奥的佛教哲理。它涉及哲学上的一些最基本的概念,如本质与现象、一般与个别、共性与个性、整体与局部等等。虽然,法藏是根据唯心主义的世界观去解释这些问题的,但他仍给我们提供了一些具有辩证因素的理论,而这些理论又和我国古代文艺美学中的一些观点有密切关系。再说法藏是以金师子为例去分析问题,而金师子是一件艺术品,所以法藏所谈的种种理论,我们也可以把它看作是与艺术现象有关。

一、缘起说——形相的本体

"缘起"是佛学中的一个重要观念,它论述的是世界万事万物的产生和形成的问题。起是产生、发生的意思,而缘是指事物产生的相关条件,即所谓"因缘"。按照佛家的学说,万事万物的产生,都是多种条件结合的结果。如果抽去这些相关条件,事物就不存在。缘起说在佛学中随教派的不同而有许多解释,内容十分复杂。华严宗对此问题有他们的一套完整理论,法藏在《华严金师子章》中以金师子为喻做了简要的说明:"谓金无自性,随工巧匠缘,遂有师子相起。起但是缘,故名缘起。"这就是说金师子的产生,是以金和工巧匠互为条件,二者结合才产生金师子;反之,如果缺少任何一个条件,金师子就根本不存在。

金师子之"起"(产生)就是诸"缘"(金和工巧匠)互为条件的结果,所以叫作"缘起"。以此类推,万物皆然。在佛家看来,"缘起"的契机,并不是物质世界的相互作用,而是"真如"或"真理"的随缘显现,故说"诸法从缘起,无缘即不起"。所谓法就是事物的"自性"和"轨范"。宋承迁《大方广佛华严经金师子章》注云:"万缘本空,假缘方有。"又云:"万法无体,假缘成立,若无因缘,法即不生。"而法本身是空的,只有靠"因缘"关系才能成立。佛学的唯心主义显而易见,它抽掉了事物的物质内容及其质的规定性,而把它看作是"因缘"所生的幻像,所以得出"万法皆空"的结论。

但是,如果我们撇开佛学的唯心主义不论,而从其"缘起"说中的条件论和诸条件的相互关系去看,那么,我们可以从中发现,它涉及人类认识世界过程中的某些特殊思维方式,具有其合理的因素。法藏认为金师子是由金子和工巧匠两个条件随缘而生,但这金师子并不是一个实在的实体,而是一种幻像。这里涉及本质与现象、实与虚、有和无等关系,而这些问题和我国古代文艺美学中对于艺术形象和意境的认识是有联系的。

首先让我们来看看关于本质与现象的关系问题。如果说金师子是一件艺术品,那么,我们所看到的这个艺术形象(又称相)的实质究竟是什么?是客观存在的审美实体,还是一种幻像?法藏认为:

> 谓师子相虚,唯是真金。师子不有,金体不无,故名色空。又复空无自相,约色以明。不碍幻有,名为色空。

——《辨色空》第二

这就是说,就金师子而言,其实体是真金;师子的相,实际上是一种幻像,是虚的。所以,金子的本质是金,师子只不过是幻像,不是实体存在,故曰:"师子不有。"但是这种幻像毕竟是人们可以看到的,可以感觉到的;也就是说,它借助于"色",表现出一种形象,即所谓"约色以明",因此又可称之为"幻有"。佛学中把一切宇宙的事物现象都称之为色,金师子呈现出师子相,这是色。但是,从金子的实体去看,只有"真金",师子是虚的,故云"色空";反之,师子相又"约色以明"，显现出来的确乎是师子相，故曰"幻有"。这作为"幻有"的师子相，实际上也归于空。这就是佛学中的"色即是空，空即是色"的理论。其目的是要论证"空门"哲学，即万法皆空、四大皆空。但就金师子这件艺术品而言，法藏犯了一个十分明显的错误，他把作为一个整体的艺术品——金师子，分割为金子和师子两个范畴，而不是把它作为一个有机的艺术整体去看。然后用作为构成金师子的材料的金子的属性，偷换了作为师子的本质属性。也就是说，他把金师子这个艺术整体截然分为金子和师子，因而就使得本质与现象脱离，从而否定艺术形象存在的真实性。这样自然也就不可能正确地解释金师子作为一件艺术品所表现的本质与现象的统一性。再进一步看，法藏既否定师子相的真实存在，又认为金子本身也无自性，即没有质的规定性，金子本身也只不过是另一种因缘而生。所以，一切都是"无生"。他说："即此缘生之法，各无自性，彻底唯空。"（《论五教》第六）这样，作为艺术品的金师子，无论就本质和现象而言，实际上都"彻底唯空"，不是真实的存在。这结论当然是完全错误的。

　　但是，佛学的这种思辨方式，从美学的观点去看，它具有值得注意之点。如果我们把金子仅仅看作是构成艺术品的物质材料，那么师子相则是一种艺术创造。作为真金实体，其金子的本性是不变的；作为艺术材料，它可以创造出各种艺术作品。可以随缘生灭，变化多样，故云"师子虽是因缘之法，念念生灭"，又说"虽复彻底唯空，不碍幻有宛然。缘生假有，二相双存"（《论五教》第六）。所谓"相"就是"唯空"和"幻有"，作为一件艺术创造品，金师子不是真正的师子，完全是虚构，没有"自性"，也就是没有客观事物的质的规定性，不是现实生活本身的真实师子。然而它所表现出来的形相，虽然是"幻有"，但的确存在。这就使人们摆脱了客观事物的本质属性而把艺术品作为真实的审美对象加以观照，甚至于使人们从直观的幻象入手去把握（悟）事物的本质（真如）。这种思维方式，重现象的直观把握，而不是重事物本质的推理分析，正如佛祖拈花示众、镜花水月之喻等等。所有这些，又都是和艺术思维更为接近。

　　由于缘起说强调了师子相是"幻有"，是"随工巧匠缘"而创造出来的幻象，所以在金子形成的过程中又特别强调了主观的创造性和决定性。法藏提出的"三性"说，可以说明这一点。

第一性："师子情有，名为'偏计'。"宋五台山真容院承迁注云："迷心所执，计有相生，以为实有，谓之偏计。"意思是说，金师子本质是金子而不是师子，人们把它视为师子，完全是随缘而生的幻相，是主观意念的产物。所谓"情有"就是主观的产物，"偏计"即主观偏执性。

第二性："师子似有，名曰依他。"宋晋水沙门净源《金师子章云间类解》云："此所执法，依他众缘，相应而起，都无自性，唯是虚相。如镜中影，故云似有也。""似有"就是承认师子相的存在，但是，它并非真正的师子，而是"虚相"；也就是说，金师子相是主观的产物，但它必需依众缘（各种条件）才能产生，这就是"依他"。金师子相虽然"似有"，但实则无。为什么？因为这金师子只有金的实体，而无师子的实体。所以，师子的"相"是根据主客观诸缘而创造出来的幻相，故曰"依他"。

第三性："金性不变，故号圆成。"金师子的实体是金，虽然有师子相，但不变金性，这才是其真实本性。按承迁的解释，所谓圆成就是"圆而不减，成而不增，师子虽则相殊，金且不随殊变"。按照法藏的看法，金师子的本体是金，金性不会改变，所以就认识而言，"师子"是幻相，金性才是本质。因此，对金师子的认识就要透过现象（幻相），回到不变的本真（金性），这才算是认识的"圆满成就"。显然这是从金的角度看金师子，而不是从作为工艺品的师子的角度去看金师子，所以不能正确地解释金师子的本体实质。

固然，法藏三性说的本意也并非是谈艺术问题，他只是以金师子为例，解释世界万物都是幻相，都不是客观实在，只有真如（空无自性）才是永恒不变的本体。但我们如果把金师子作为一件艺术品来看，那么却也说明这样一些问题：金师子的相，是依据"工巧匠"的想象，利用金的材料去创造出来的。就物质实体来看，金师子毕竟是金；但就艺术品而言，则是师子的形象。佛家把金和师子相割裂开，从而否定作为艺术形象的金师子的真实存在，这是理论上的错误。

但是，他们指出了师子相的"幻有"特质，亦即其不同于现实事物的真实，以及其作为主观意象的虚构性。这无疑对我国古代文艺美学对艺术特质的认识是有影响的。我国古代一些文艺美学家如皎然、严沧浪等论诗的意境时之所以特别强调镜花水月之喻，不能不说是与佛学的这种思维方式有关。

缘起说是佛家对世界认识的基本理论，是对世界万物产生的普遍说明。世界上一切现象都是随缘而起的幻象，而一切幻象都无自性，即无本质的规定性，不是客观存在的实体，只不过是缘随则生、缘灭则灭的幻象。其本质都属空门，也即是"彻底唯空"的"真如"。法藏借用金师子来说明上述道理，因此，很自然就涉及作为艺术品的金师子形相的本质及其产生，自然也就与艺术形象的实质及其创造有关。佛家的缘起说，强调了认识主体的"由心回转"的作用。他们称之为"唯心回转善成门"，实际上就是强调了主观精神的决定作用，以此来认识世界属于主观唯心主义。但是，以此来考察艺术的创造和艺术审美心理，则又强调了审美主体的主导地位及其创造性，强调了艺术形象有别于生活真实的虚构性质。这一切，对我们认识艺术形象的美学特征来说，不能不说是一些值得参照的合理因素。

司空图论诗的意境，引戴容州的话说："诗家之景，如蓝田日暖，良玉生烟，可望而不可置于眉睫之前也。"严沧浪论诗，以"空中之音、相中之色、水中之月、镜中之象"来形容诗的境界。这种审美意识，不能说与上述佛学理论毫无关系。

二、六相说——形相的构成

佛典中经常说到的相，相当于我们说的形象、貌状，即事物的外在表现形式，诉诸人们的五官，可以被感知。既然一切事物的相，都是随缘而生的幻相，那么，它究竟是怎么构成的呢？以金师子相为例，这件艺术品的相是由哪些部分组织成呢？法藏提出了"六相"说，深刻地论证了事物形体貌状构成的各种不同情况。他说：

> 师子是总相，五根差别是别相；共从一缘起是同相，眼耳等不相滥是异相；诸根合会有师子成相，诸根各自位是坏相。
>
> ——《括六相》

如果我们撇开佛教哲学的唯心主义思想不论，那么，从六相说中，我们可以看出其中确实包含有丰富的辩证的思想。它涉及事物的整体与局部、同一性与差异性、一般与个别、成与亏等种种辩证关系。而对这些关系的分析，又是我们辨析事物、认识事物的重要方法。只是佛学对这些关系不是借助于逻辑概念去分析，而是用形象直观的方法做平面的解剖。下面，我们不妨把六相分为三组，做简单的分析：

第一，总相与别相。总相是师子的整体，别相是师子的局部，如眼、耳、鼻、舌、身等五根。总相由诸别相组成，而别相是总相的各个相对独立部分。这整体与局部的关系，是辩证统一的关系。金师子相就是这整体与局部的统一体，任何局部不成其为金师子，而金师子也不能离开任何局部。

第二，同相与异相。这就是整体与局部的同异而言。同相是指师子整体的同一性，或者称为共性；师子的形象是由眼、耳、鼻、舌诸局部构成的，作为一个有机的整体中的诸部分，他们之间具有同一性，也即是具有师子相的共性。但是，五根又各自不同，各有自己的个体特性，他们之间有差异性，故称异相。关于同相与异相的关系，日本华严宗僧人高辨的《金师子章光显钞》中有一段精辟的解释：

> 言共成一缘起是同相者，五根等别法，共力成一师子。谓眼根作师子，耳根亦作师子，能作眼根等虽有差别，同作一师子，所作同，故云同相。一缘起者，多法共作一师子也，缘起者，指师子可知。言眼耳各不相同是异相者，不是即非也。诸根各别相望故。异相言谓眼根非耳根，耳根非眼根等，各有差异，故云异相也。

从哲学概念去看，同相与异相的关系，是事物的同一性和差别性的矛盾统一的关系，也是一般与个别、共性与个性的矛盾统一关系。共性是个性的抽象，但共性寓于个性之中；一般是个别的概括，但个别又可显现一般。这里虽然是就金师子的整体与局部的关系而言，但确乎也涉及上述诸概念，这对于艺术形象的认识，无疑是有意义的。

第三，成相与坏相。所谓成相，是说"诸概合会"，也即是眼、耳、鼻、舌……各部位统一为整体才能构成完整的金师子相。所谓坏相，是指"诸根各住自位"；也就是说，如果孤立地去看眼、耳、鼻等部位，那么这些单一部位本身不能构成金师子相，犹如瞎子摸象，摸到象体的某一部位就以为是象的"成相"，那是错误的，因此称为坏相。就事物的自身而言，诸局部之和才能成为整体，任何一局部都不能成为整体。因此从认识过程来看，如果只看局部，只见树木不见森林，势必导致错误的认识，获得的是坏相而不是成相。

以上所论六相，是从不同的角度及其特定含义上去分析金师子相的构成。总起来说，作为艺术品的金师子的形象，是整体与局部、同一性和差异性、一般和个别、共性与个性的统一。所以法藏说：

> 若师子眼收师子尽，则一切纯是眼；若耳收师子尽，则一切纯是耳。诸根同时相收；悉皆具是，则一一皆杂，一一皆纯，为园满藏，各诸藏纯杂具德门。

——《勒十玄》第七

这就是说，如果师子的眼（局部）就包容了师子的整体，则一切都是眼；同样，如果师子的耳已包容了师子的整体，则一切都是耳。这样纯的师子相，事实上是不存在的。显然，局部不能代替整体。只有"诸根同时相收"，也就是各个局部的统一，既有各个局部自在的"纯"，又有诸局部统一的"杂"，悉皆具足，才能构成师子相的整体，这就叫"园满藏"。当然，法藏仅仅只是从因缘随起的观点去看诸缘的关系，而不是矛盾统一的辩证法，所以，他看不到整体与局部、一般与个别之间的对立统一关系。他最后要求的是"空有双泯"，消灭他们之间的对立关系，从而进入"一切即一，一即一切"这样一种无差别的真如境界，他称之为"一乘圆教"。按照佛家的观点，这便是随缘而起的"幻有"，其自身并不是实体存在。最后回到"无相""无生"的空无世界。从哲学的角度看，这是佛学的消极落后性所在。但从艺术形象构成的角度看，金师子相的呈现于目前，正是上述诸种矛盾统一的整体。这种思维方式，对我们理解艺术形象和典型的创造，不也具有借鉴的价值吗？

六相说不仅限于相的构成，还涉及人们认识过程中的思维活动，如果从艺术的角度看，也就是涉及审美心理的某些特征。作为认识的主体，人们对金师子的认识，自然是从金师子相的整体直观把握开始；也就是说，金师子反映到人们的头脑中，它首先是作为完整的相映入人们的脑际而形成直观的意象。但是，这直观意象的构成，并不是客观的局部反映，也不是认识主体的局部感官的功能所能完成；而是各种感官功能的综合，也可称之为各种感觉的复合，才能形成完整的意象和整体的认识，而不是局部的映象和单一的感觉。佛家有六根互用之说，是讲五官在对事物的感觉过程中，互相沟通的特性。因此，作为认识主体，也是五官并举，诸根会合，"共从一缘起"，才可能获得"总相"。艺术审美中的形相直觉和直观观照，就是对审美对象的整体把握，是各种感官功能的综合，也即是"诸根会合"的结果。这也是艺术思维活动的重要特征。

三、无碍说——形相的直觉

佛学不承认客观物质世界的真实性，不承认客观万物的质的规定性（即无自性），把纷纭万象，看作是随缘而起的生生灭灭，变化无常的"幻有"世界。所谓"师子是有为之法，念念生灭"（《勒十玄》第七），就是这种幻象世界。其本体并非物质实体，而是"彻底唯空""空有双泯"的真如。而这"念念生灭"的"幻有"现象，纯粹是主观心灵的产物，故说：

金与师子，或隐或显，或一或多，各无自性，由心回转。说事说理，有成有立，名唯心回转善成门。

——《勒十玄》第七

按照净源所引经文的解释认为:"观法界性,一切唯心造。"这是标准的唯心主义。但正由于强调了主观"心"的决定作用,又强调对客观事物的认识,主要是对事物整体的直观把握,所以才提出了"无障无碍""融通无碍"的认识论。也就是企图利用主观的能动性和任意性,消灭客观事物之间的对立统一的必然联系,去掉对事物的逻辑推理的理性认识。在对客观事物形相的整体把握中,完成对真理和本质(即真如)的领悟;以直观观照的方式,完成认识的全过程。主观的心,可以消除事物与事物之间、认识主体与客体之间的种种障碍,而进入绝对自由的理事无碍、事事无碍的涅槃境界,这就叫作"成菩提"。"菩提,此云道也,觉也",是"究竟具一切神智"的最高智慧和认识,因此即可进入"见师子与金,二相俱尽,烦恼不生"的涅槃境界。

佛学的这种"无碍"的思维方式,虽然否定了理性认识和由现象到本质的抽象过程,但是,它强调了类似形相直觉的思维方式,即是超越理障事障而直接妙悟的思维方式。无疑,这对我国古代文艺美学中的审美心态,产生了深远的影响。而法藏以金师子为喻,阐述了对金师子相的解悟过程中"融通无碍"的主观心灵作用。因此,又涉及金师子相的种种美学特征,对我们认识艺术形象的特质,也具有启迪的作用。其中,主要有几个问题,与艺术思维关系尤为密切。下面让我们先看法藏的一段话:

> 金与师子,或隐或显,或一或多,定纯定杂,有力无力,即此即彼,主伴交辉,理事齐观,皆悉相容,不碍安立,微细成办,名微细相容安立门。
>
> ——《勒十玄》第七

> 金与师子,或隐或显,或一或多,各无自性。由心回转。说事说理,有成有立,名唯心回转善成门。
>
> ——《勒十玄》第七

从这两段文字中,我们可以从金师子相看到有三种对立统一的关系,被解释成是可以互相包容、互相代替、融通无碍的关系。这三种关系是:

第一，一与多的关系。按辩证唯物论的观点，事物都处于一与多的矛盾统一关系之中；从系统论的认识看，一与多的关系构成大大小小不同的系统，小而至于微观世界，大而至于宇宙星云，俱处于大系统和诸子系统的有机联系中。这种一与多的关系，是互相联系不可分割的关系，同时又是各自独立，不能相互代替的关系。佛学认识事物不是从客观物质世界出发，而是把世界看作是心造的幻影。因此，他企图消除一与多之间的对立，变为"一即一切""一切即一""一多无碍"。这实际上是等于说一就是多、多就是一，两者间无差别。用以说明金师子，那就等于说金师子的眼睛就是金师子，金师子的耳朵也等于金师子，如此等等。所以说："师子眼耳支节，一一毛处，各有金师子，一一毛处师子，同时顿入一毛中。一一毛中皆有无边师子，又复一一毛，带此无边师子，还入一毛中。"这就是说，金师子包容五根、毛发，而五根和毛发中又都包容有金师子，因此，五根毛发都是金师子。这就叫作"一多无碍""一多相容"，所谓"相容"，就是一中含多，多中含一，一即是多，多即是一。按高辨的解释，就是"一入多，多入一，一即多，多即一，故云无碍"。这实际上就是看到一与多的差别，但又要消除这种差别，用"由心回转"法消除一与多的对立统一关系。佛学的这种理论的根本目的在于否认世界的存在及其质的规定性，但是如果我们把金师子作为艺术形象看，却可从中引申出一些合理的理论。金师子相作为整体来看，它是一，也即浑然一体；但它又是由各个部分（如五根等）组成的有机整体，其中每一部分又都可独"各住自位"，这是多。金师子相正是这一与多的统一，就这意义上说，这一与多的关系，正是一般与个别的关系。一般包容个别，个别显现一般，这也可以说是一多相容无碍。如果我们进一步引申，从金师子相的塑造来看，它又是根据众多的师子相而概括成为这具体的金师子相。这具体的金师子相是一，但它所体现的众多的金师子相则是多，这即是文艺上常说的"一以当十""以少总多""万取一收"的意思。从这意义上来说，作为艺术品的金师子相，既是一多相容又是一多不同的统一体。这对我们认识艺术典型的个性与共性的统一、个别与一般的统一等等，不能说是毫无意义的。

第二，纯与杂的关系。法藏说："诸根同时相收悉皆具足，则一一皆杂，一一皆纯，为圆满藏，名诸藏纯杂具德门。"(《勒十玄》第七)这里的纯和杂的概念，实际上涉及多样统一和谐的概念。就金师子相而言，如果从金和师子的关系看：金是真体，纯为金，属于纯的方面；而师子是相，是随缘而生的幻相，是杂的方面。就金师子相的整体与局部关系而言，金师子相是总相，是纯的方面；而金师子又分五根诸局部，各自独立，各自住位，属杂的方面。分别视之，则"理事各不相同"，但如果作为整体形相去看，则"诸根同时相收，悉皆具足"，不分金与师子，不分五根差异，可以看作是纯与杂的统一，亦纯亦杂，最终无纯杂之别，这就叫"圆满藏"。这里揭示了文艺美学中的一个重要原理：作为审美对象的金师子相，呈现在审美者的面前，是一个完整的直觉形象，而不再是金与师子割裂的概念，也不是耳、目、鼻、舌诸分别部位的多种概念。因为这些部位概念，已完全融汇在师子相之中，从纯粹直觉形象的角度看，则"一一皆纯"；从各具体部位分别去看，则"一一皆杂"，也可以说这就是多样的统一。这样我们可以认为一件完美的艺术品，正是纯与杂的统一，因为"物一无文"，只有"物相杂"才成文。纯与杂相互为用，互相包容，圆通无碍，这正是构成艺术形象和典型的奥秘。

第三，隐与显的关系。这涉及艺术形相的虚实、有无、本质与现象等问题，虚、无、本体属隐的部分，实、有、现象属显的部分。隐的部分不能直接感知，而显的部分则可诉诸感官直接感觉得到，这是就一般的认识过程而言。但还有一种情况，则是纯粹从主观意念自身造成隐和显的差别。法藏说：

若看师子，唯师子无金，即师子显金隐。若看金，唯金无师子，即金显师子隐。若两处看，俱隐俱显。隐则秘密，显则显著，名秘密隐显俱成门。

——《勒十玄》第七

金师子是用金子造成的师子，它既是命，又有师子相，具有两重属性。但是，它作为人们的认识客体反映到头脑中，由于认识主体的角度不同，所形成的意象就有差别。如果把金师子作为师子去看，所获得的是师子相而忘却了它是金子，这就是师子显而金隐。反之，如果把金师子作为一块金子去观照，则头脑中反映的是一块金子而忘了它们作为师子相的存在,这就是金显而师子隐。所谓"两处看"者,就是把金师子相作为一个整体形相观照,而不分析它是金或师子,那么金和师子的概念泯灭,所观照的只是金师子的相,则金和师子二者亦隐亦显,无所区分。所谓"秘密隐显俱成",无非是排除了头脑中概念的存在,只剩下对形相的直觉。显然,这种审美意识中的隐显变化,和我国传统文艺美学中的"得鱼忘筌,得意忘言""不著一字,尽得风流"等类理论是有相通之处。而佛祖拈花示众、教外别传之类禅悟玄理,也和这种思维方式有关,即是通过主观心理的作用,泯灭客观事物本质与现象的差别,排除对事物的质的规定性的理性认识,在对形象的直觉中把握事物的本体——真如。

上面谈到的一与多、纯与杂、隐与显,在艺术审美经验中,是经常碰到的现象,也可以说是艺术典型创造与艺术鉴赏中具有规律性的问题。《华严金师子章》中着重从认识对象金师子本身分析了以上种种关系,说明诸种现象之间的圆通无碍。事实上,这一切都是认识主体心理活动的表现。因此,佛学的这种思维方式,更接近于审美心理活动,更接近于形相的直觉。例如"五教"中的大乘顿教是一种"情伪不存""空有双泯""名言路绝、栖心无寄"的思维活动,而一乘圆教则是一种"情尽体露""混成一块"的形相直觉方式,这种认识活动是对万象主体(真如)的直接把握。故说:"繁兴大用,起必全真,万象纷然,参而不杂。一切即一,皆同无性;一即一切,因果历然。"也就是说,只要具有佛家悟性,则通过任何现象都可悟到真如本体,因为任何现象都是真如的体现。妙说此理,即是"成菩提",也就是"悟道";如果进一步做到在主观意念中"二相俱尽""烦恼不生""妄想都尽,无诸逼迫",那就是进入"涅槃"之境了。写到这里,我不禁想起朱光潜先生在《文艺心理学》中的一段话:

> 有人说:"艺术要摆脱一切然后才能获得一切。"艺术所摆脱的是日常繁复错杂的实用世界,它所获得的是单纯的意象世界。意象世界尽管是实用世界的回光返照,却没有实用世界的牵绊,它是独立自足,别无依赖的。……

"用志不分,乃凝于神",美感经验就是凝神的境界。在凝神的境界中,我们不但忘去欣赏对象以外的世界,并且忘记我们自己的存在。纯粹的直觉中都没有自觉,自觉起于物我的区分,忘记这种区分才达到凝神的境界。

朱先生的这段著名论述,早已被批判为唯心主义美学。但就审美心理现象而言,难道其中没有蕴藏着非常合理的内核吗?朱先生所描述的用志不分的审美境界,和法藏所描绘的"情伪不存""空有双泯"的融通无碍的境界,不是有些相似之处吗?如果以金师子为审美客体,那么,法藏的种种理论,其中不也蕴藏着一些有价值的美学思想吗?

(原载《思想战线》1991 年第 4 期)

论中国古代审美理论中的寄托范畴

赵仲牧

一

中国的审美理论和西方的美学理论,具有各自不同的特点和风貌。自古希腊开始,"美"就被智者视为西方美学理论中俯瞰全局的中心范畴,各家各派都围绕美的本性和根源问题做出自己的回答。而中国的情况则迥然不同,虽早在先秦的典籍里就经常提到"美",例如,《左传·桓公元年》记载:"宋华父督见孔父之妻于路,目逆而送之,曰'美而艳'。"又如,《国语·楚语上》所录伍举之言:"不闻其以土木之崇高,彤镂为美。"此后的典籍中,"美"字也不绝于书。然而自先秦到晚清,不论诗(含词、曲)论、文论,还是画论、乐论、书论,从不把"美"视为至高无上的中心范畴;也难找到其他可替代的范畴(例如西方的"艺术"范畴),足以涵盖诗书画乐等全部文艺理论问题。以上情况足以说明,从西方输入"美学"(或"艺术哲学")这类术语之前,中国为何没有形成以美为中心范畴笼括诗书画乐各论的统一学科。

由此可见,不去创建统一的美学学科,不以美作为涵盖一切的范畴,正是中国审美理论的一大特色。纵观历代的诗书画乐各论,其最为关心者并非求索一切审美对象的"美"具有什么共性,而是文学艺术创作和欣赏中的审美活动包含哪些因素、哪些层面,又用何种方式进行审美活动。这才是诗书画乐各论潜心穷究的重要课题。凭着"内向"的视线,反思和审视创作者和鉴赏者的种种审美活动,日积月累,形成了以体悟和阐释审美活动为主的诸种审美范畴。从诗论、词论中的"比兴""意境",画论中的"传神""气韵",到书论中的"意态""骨力",此等精辟的范畴,大都是直接或间接地与审美活动相关的审美范畴。中国式的审美命题、审美理论,经常是以各种洞幽烛微的审美范畴作为柱石营造起来的。

二

中国审美文化和审美理论源远流长。一方面,在多样化的自然环境和长期的文化氛围的熏陶下,形成一套独特的审美情趣、审美理想和审美风尚,独特的文艺创作和文艺欣赏的活动模式。另一方面,在同一文化氛围中,又形成一套同样独特的探索宇宙人生奥秘的理论思维模式,其中包括了反思和体察创作和欣赏活动的审美理论思维模式。作家、艺术家和理论家运用审美理论思维模式,力图深入领悟和准确把握创作、欣赏过程中的审美心理态势,于是又形成一组有别于其他文化氛围的审美范畴。基于审美心理活动和审美理论思维的双重"独特性",古人和前人留下的众多审美范畴,从内涵到外延无不带上这双重"独特性"的印记。

仔细认证各种有影响的审美范畴,我们就会发现,"寄托"就是一个具有双重独特性的审美范畴,又是一个影响深远的审美范畴。毫无疑问,对"寄托"的辨析和阐释应当在审美理论范畴的研究中占有一席之地。

审美范畴,是按照中国传统方式组成审美学命题的主要"原件"。追踪审美范畴的演变轨迹,又能辨别中国审美理论发展的来龙去脉。历代的诗论、文论、词论、曲论,抑或画论、书论、乐论,均为各自范围内不同层次的创作论、鉴赏论和风格论、体裁论。从整体而言,都与审美理论有千丝万缕的联系。从诗论到乐论,无不十分重视传承已有的审美范畴和建构新的审美范畴。诗人、作家、艺术家和思想家,时常运用各类审美范畴去解析文艺创作和文艺欣赏的审美问题,并以他们选定的审美范畴作为文艺批评的准则和鉴别作品风格的尺度。此种情况在诗文的审美理论中尤其突出。纵观魏晋之后的文论和诗论,凡有影响之学派均独树一帜,创建一套标新立异的审美范畴。曹丕的"气"、陆机的"缘情"、刘勰的"风骨""神思""隐秀"、钟嵘的"滋味"、皎然的"性情"(或"情性")、司空图的"韵味"、严羽的"妙悟""兴趣""气象"等等,都是人所熟知、流传颇广的审美范畴。

明清以来,诗论、词论的风气为之一变。各个流派或各种审美理论往往标举一个审美范畴作为其余范畴的核心,既可统领和笼括别的范畴,又是评价作品和确立理想风格的准绳。"情景""神韵""肌理""性灵"以及"寄托"等核心范畴的先后倡导,正是相应的审美理论此起彼伏的表征。用核心范畴称谓各学派及其审美理论,也蔚然成风。王夫之的"情景"说、王士祯的"神韵"说、翁方纲的"肌理"说、沈德潜的"格调"说、袁枚的"性灵"说、王国维的"境界"说,全是这种风尚中应时而生的审美学学派。略早于王国维,由周济、谭献等人提倡的"寄托"说也是其中一个重要学派和一种很有特色的审美理论。

中国传统审美美学中众多的审美范畴,是一个互渗互动的有机整体。范畴的集合体,既有整体的生成、发展,相互作用、相互更替的历史,也有"个体"相对独立的萌芽、衍生和不断演化的历史。每一个重要的审美范畴绝不会无缘无故突然冒出来,总会留下自己孕育诞生、升华推广的踪迹,或则长期生存,或则终被淘汰。比兴范畴、神韵范畴、意境范畴无一例外,我们要重点讨论的寄托范畴也是其中的典型实例。"寄托"(或"寄寓"),并非常州词派及周济、谭献等人首创的审美范畴。寄托或寄寓,有所寄或有所托,皆源出于"诗言志""诗缘情"以及"诗有六义"中"比显兴隐"的古老传统。与寄托、寄寓相关的兴寄、情寄、寄怀、寄慨、寓理、喻志、托谕之类审美概念的运用,古已有之。早在东晋时期,王羲之曾说过:"或因寄所托,放浪形骸之外。"(《兰亭集序》)齐梁时,钟嵘对阮籍《咏怀诗》提出如下品评:"言在耳目之内,情寄八荒之表。"所谓"情寄"即寄之以情。钟嵘对嵇康也有一番品评:"晋中散嵇康……托谕清远。"(转引自刘熙载

《艺概·诗概》)"托谕"者,以讽谕或谕为寄托也。唐代诗人陈子昂曰:"仆尝暇时,观齐梁间诗,采丽竞繁,兴寄都绝……"(《与东方左史虬修竹篇序》)北宋诗人叶梦得曰:"诗本触物寓兴,吟咏情性……"(《王涧杂书》卷八)"兴寄"与"寓兴",将比兴之"兴"与寄寓相连,其含义与寄托或寄之以兴相去不远(有人以为,兴寄相当于比兴)。其实按照陈廷焯的说法,离开寄寓不可言"兴"。他说:"托谕不深,树义不厚,不可言兴。"①稍早于常州词派的沈德潜评述陶渊明时,曾直接言及陶诗中之寄托:"陶公以名臣之后,际易代之时,欲言难言,时时寄托。"(《说诗晬语》卷上)古史中也有类似之例证,如《魏氏春秋》曾言:"阮籍作苏门先生论,以寄所怀。"诗词中同样不乏其例,较早的有唐代诗人许浑的诗句"缓歌空寄情""素琴秋寄怀"、孟郊的诗句"此晨堪寄情"。画论中何尝不涉及寄寓。《宣和画谱》曰:"宋道善画山水,闲淡简远,乘兴即寓意。"凡此种种,不过是寄托溯源中的沧海一粟。有所寄、有所托,虽非常州词论独创,然而总揽前人之遗产,将"寄托"升格为审美学之核心范畴,用"词贵有所寄托"营造一种审美理论模式,并使其风靡一时,应当是常州词派及词论家的一大功劳。

三

清代的词学,向来有浙西派(简称浙派)和常州派之分。清初,秀水(今浙江嘉兴市)朱彝尊选辑《词综》。竹垞论词以"清空"为宗,即以"清空"为审美核心范畴,认为如孤云野鹤、去留无迹方称词之上品。他偏重填词之艺术技巧,主张以白石(姜夔)"句琢字炼,归于醇雅"为其楷模。《词综》一出,相习成风。厉鹗继起,蔚成大观,世称浙西词派。清代中叶,浙派词人一味字雕句琢,作品从"清空"流入枯寂。嘉道年间,江苏武进(属常州府)张惠言和张琦兄弟,一反浙派之余绪,另辟蹊径,开创词论之新风。张惠言自选唐宋词,名为《词选》。《词选》序

---

① 陈廷焯:《白雨斋词话》卷六,人民文学出版社1962年版,第158页。

言提出:填词应当"低回要眇(通窈眇),以喻其致"①。于是词作者和词学家纷纷响应,形成新的流派,人称常州词派。直至清末民初,该派的创作和理论终是词坛上一大流派,并获得词和词学由此而中兴的赞誉。

常州词派人才济济,著名词论家除张氏外,还有周济、谭献以及后继者陈廷焯、况周颐等。张是常州词论之首倡者,周、谭二人是寄托说的集大成者,陈和况则为寄托说的发扬光大者。张惠言《词选序》并未直接举出"寄托"作为审美核心范畴。他说:"'意内言外'之词。"强调作为一种诗歌样式之词,必须富有内在之意蕴。词之意蕴从何而来?词应当具有何种意蕴?"其缘情造端,兴于微言,以相感动,极命风谣。……贤人君子幽约,怨悱不能自言情,低回要眇,以喻其致。"这一段话并未明言"寄托",然而从后面几句观之,作为审美范畴的"寄托",已经呼之即出矣。"喻其致"与寄托不无关系,"不能自言之情"要曲折深微地隐含于"喻其致"之中。"盖诗之比兴,变风之义,骚人之歌,则近之矣。"

周济是常州词派一位重要人物。他在《目录序论》中明确指出:"夫词,非寄托不入。"常州词论家中,也可以说古今审美学家中,首先举起"寄托"说这面旗帜的是周济。把"寄托"从普通的审美概念提升为审美核心范畴,用它统辖全部词论的,也当首推周济。他从多侧面揭示寄托范畴之丰富内涵,并以寄托范畴为中心建构了一套深致而完整的审美理论。从寄托自身来看,涉及寄托的"表里关系""有无关系""出入关系"。从创作活动来看,寄托与作者和时代有联系。从鉴赏活动来看,提出了读者对寄托的"见仁见智"问题。

周济曰:"初学词求有寄托,有寄托则表里相宜,斐然成章。既成格调求无寄托,无寄托则指事类情,仁者见仁,知者见知。"②又曰:"夫词,非寄托不入,专寄托不出,一物一事,引而伸之,触类多通……"③"表里相宜",说明寄托有"表"

---

① 转引自郭绍虞主编:《中国历代文论选》下册,中华书局1963年版,第255页。
② 周济:《介存堂论词杂著》,人民文学出版社1962年版,第4页。
③ 周济:《宋四家词选目录序论》,转引自郭绍虞主编:《中国历代文论选》下册,中华书局1963年版,第304页。

和"里"两个层面。"表"可理解为与所托之事象有关的层面,"里"可理解为与所寄之情意有关的层面,"相宜"则表示事象和情意两者相得益彰。寄托之有无分为两种情况,即有寄托和无寄托。初学填词要有所寄托。无寄托并非绝无寄托,而是指寄托不必有意为之,使性情感慨自然表露,了无痕迹。无寄托与他所谓"寄意题外,包蕴无穷""精力弥漫"①,是息息相通的。寄托之出也有两种情况,一是如何"入",二是如何"出"。"入"和"出"相当费解,只可意会,很难言传。其大意是,除非有所寄有所托,否则无从进入也不必进入填词的创作活动。反之,如果一味执着于所寄托,那就不能从专注的寄托中走出来,很难做到"一物一事,引而伸之,触类多通"。庄棫《复堂词叙》说:"夫义可比附,义即不深,喻可专指,喻即不广。"亦即此意。

作品中之寄托与作者身世及所处时代均有紧密联系。周济指出,名家词中之寄托与作者经历时代之盛衰相关,现实之治乱、民众之安危、个人之出处,在寄寓中必定有所暗示。另一方面,作者之个性、心情、学识和境界也与词中之寄托血脉相连,寄托往往是作者真实人格之综合表现。作品中之寄托随着不同读者之体会不同,可能会做出不同的解释。成熟作品中之寄托若有似无,读者凭自己之领悟去"指事类情",仁者见仁,智者见智。正如王夫之所谓:"作者用一致之思,读者各以情而自得。"(王规《姜斋词结》卷一)周济创立"寄托"说,而且独具慧眼阐述了寄托内部以及创作和欣赏过程中的有寄托和无寄托、寄托入和寄托出、读者对寄托见仁见智等审美理论问题,对中国审美学做出了不可磨灭的贡献。

四

周济之后,谭献继承了常州词学的传统,成为标榜"寄托"说的一员主将。

---

① 周济:《介存堂论词杂著》,人民文学出版社1962年版,第8页。

他的主要贡献在于进一步丰富了寄托范畴的内涵，并把"寄托"拓展为整个文学理论领域的审美核心范畴。他大力推崇周济的寄托范畴，充分肯定并进一步发挥了寄托的有无之论和出入之论。他说："周介存有'从有寄托入，以无寄托出'之论，然后体益尊，学益大。"（《复堂日记》丙子）这是很高的评价。

谭献早年受孟子"知人论世"说的影响，读词"喜寻其恉于人事，论作者之世，思作者之人"（《复堂词话》第一条）。他的主要成就就是深化拓展了寄托范畴与寄托理论。首先是深化。词之为体，"固不必与庄语也，而后侧出其言，旁通其情，触类以感，充类以尽。甚且作者之用心未必然，而读者之用心何必不然"（《复堂词话》第一条）。这段话揭示了两重关系，即作者与寄托的关系、读者与寄托的关系。

在第一重关系中，作者"侧出其言"并"旁通其情"……如此形成之寄托必定难以实指，因为作者用心本来就趋向于周、谭二氏所说的"从寄托入，以无寄托出""非寄托不入，专寄托不出"。在第二重关系中，读者欣赏作品时也要花一番心思，或者力求熟参作者之寄托，或者自己别有一种寄托。作者之用心与读者之用心不见得总是能相互吻合的。一则，作者已经"经无寄托出"，所寓所托，几乎无迹可求，因而读者之熟参是否符合作者之初衷，无法证实；二则，读者可以借作品寄寓自己的襟怀和情愫，不必以作者之寄托为自己之寄托。基于上述两种情况，读者之领悟或寄寓对作者之用心而言可能"未必然"，对自己的用心而言"又何必不然"。谭献的见解是精微透彻的，较之周济的"见仁见智"又进了一层。

其次是拓展。谭献在《复堂日记》中说，止庵（周济）"以有寄托入，以无寄托出"这句话，"千古辞章之能事尽，岂独填词然"！"能事尽"，对寄托说和周济的评价不免有些过誉。不过他坚信寄托说能解决文学创作和欣赏中的重大理论问题，其眼光是远大的。中华传统的诗、文、书、画、乐，无不留下寄托之痕迹，把寄托范畴和寄托之有无出入的理论引向"千古辞章"的辽阔领域，为中国的审美理论拓展出一片新天地。

陈廷焯和况周颐是发扬常州词论的后继之人，在发展寄托范畴和寄托理论上有不少建树。陈廷焯平生论词，推崇庄棫、谭献。他说："作词之法，首贵沉郁，沉而不浮，郁而不薄。"①他所谓的"沉郁"不仅与寄托相连相同，而且是对寄托范畴的开掘。"所谓沉郁者，意在笔先，神余言外。写怨夫思妇之怀，寓孽子孤臣之感。凡交情之冷淡，身世之飘零，皆可于一草一木发之。而发之又必若隐若现，欲露不露，反复缠绵，终不许一语道破。"②这既是对"沉郁"之解释，亦可说是对"寄托"深层内涵之阐发。他又说："夫人心不能无所感，有感而不能无所寄，寄托不厚，感人不深，厚而不郁，感其所感，不能感其所不感。"③几句话，不仅将寄托与深、厚、沉郁勾连起来，又突出了所感所寄之关系。后者正是他论寄托范畴独到之处。作者之"寄"来源于作者之"感"，有所感方能有所寄；对作者而言，"感"是"寄"之源泉；对读者而言，"感"又是"寄"之效果。

况周颐上承张惠言之论，肯定"意内言外，词家之恒言也"④，又传袭周、谭之寄托范畴，强调"词贵有寄托"⑤。他论词提出"三要"之说："作词有三要，曰重、拙、大。"⑥"三要"中，首推一个"重"字。所谓"重者，沉着之谓也"⑦"词境的深静为至"⑧，"填词先求凝重"⑨。这里所言"沉着""深静""凝重"，均与寄托范畴有联系。

况周颐对寄托理论提出两点很有新意的见解。第一，"词贵意多"⑩，即寄托中贵在有多重意蕴。早在一千多年前刘勰曾说过"文外有重旨"，"意多"和"重旨"大致相仿。王夫之所谓"诗无达志"，其含义也相类似。不过在况的笔下，多

---

① 陈廷焯：《白雨斋词话》卷一，人民文学出版社1962年版，第3页。
② 陈廷焯：《白雨斋词话》卷一，人民文学出版社1962年版，第4页。
③ 陈廷焯：《白雨斋词话》卷一，人民文学出版社1962年版，第5页。
④ 况周颐：《蕙风词话》卷五，人民文学出版社1962年版，第89页。
⑤ 况周颐：《蕙风词话》卷一，人民文学出版社1962年版，第127页。
⑥ 况周颐：《蕙风词话》卷一，人民文学出版社1962年版，第4页。
⑦ 况周颐：《蕙风词话》卷二，人民文学出版社1962年版，第4页。
⑧ 况周颐：《蕙风词话》卷一，人民文学出版社1962年版，第24页。
⑨ 况周颐：《蕙风词话》卷一，人民文学出版社1962年版，第7页。
⑩ 况周颐：《蕙风词话》卷一，人民文学出版社1962年版，第14页。

义性成了寄托范畴的特点,因为"词贵意多"和"词贵有寄托",两个"贵"字是相同相关的。寄托之中往往有多义,如"烟水迷离",有的可解,有的不可解。前文提到的仁智互见、"未必然"与"何必不然"、"所感"与"所不感",以及况引用的"可解可不解",前后一脉相承,皆从不同侧面注释了寄托范畴的有无问题、出入问题及多义性问题。

第二,如果说,寄托之"可解与不可解"偏重于读者的欣赏活动,那么,寄托之"不自知""弗克自己"则偏重于作者的创作活动。所谓"流露于不自知",是指作者之天性、志趣、感慨、际遇往往从寄托中自然流露,而非事事先知,刻意为之。陈廷焯和况周颐都是晚清著名词人,对词中之寄托皆妙悟入微。陈以所感论所寄,况更进一层,以所感之"弗克自己"论所寄之"不自知"。而这相合,从创作心理和鉴赏心理两个层面,切入寄托范畴和寄托理论微妙隐秘的深层蕴含。

寄托范畴,在张、周、谭、陈、况诸公的词论中,既是审美理论的核心范畴,也是衡量作品的核心标准。浙西词派和常州词派皆推崇白石(姜夔)。前者根据张炎的见解拈出"清空"二字,后者则强调白石"多于词中寄感慨"。

五

范畴是概念集群中最基本的概念。哲学有哲学的范畴系统,各门学科也有自己的范畴系统。美学范畴或审美范畴是美学概念或审美概念中最基本、最重要的概念,中国审美学中的诸范畴也自称系统。"寄托"作为审美范畴具有两类指述意义。一是寄与托相同的字义联合使用,其含义略同于寓,例如寄寓生命、人格、身世、感情、思绪、愿望等等。二是寄托两字分别使用,"寄"相当于寄寓,"托"即为依托,例如依托或凭借知觉中或想象中的事物、景象、场面等等。古人所谓的托物寄兴、托物寓情、以物喻志……均属于第二类意义上的寄托范畴。常州词学及其后继者经常在第一种(即狭义)上阐释寄托范畴,也在第二种意义

(即广义)上承诺是寄托范畴。下面,再就常州词学中狭义的寄托范畴做进一步的辨析。寄托范畴像其他审美范畴一样,有自己的众多意义要素,这些意义要素及其相互关系组成寄托范畴的意义结构。在周、谭、陈、况的笔下,狭义的寄托范畴的意义结构由"内部关系"和"外部关系"两个层面组成。内部关系是指寄托范畴加以描述的寄托本身或寄托内部所具有的各种关系,这些关系是两相对应的因素之间的相互对立的关系。周济论述诗词中的寄托,也特别注意其中的"表里关系""有无关系"和"出入关系"等内部关系。张惠言借用"意内言外"说,陈廷焯提到"意在笔先"和"神余言外",均可视为寄托中的"言意关系"。言意关系和表里关系古人早有论证,唯独有寄托和无寄托之间的有无关系、寄托入和寄托出之间的出入关系,才是超越前贤的新发现。

寄托范畴中的几组内部关系相互依存,相互为用,组成统一的意义结构。寄托之"有",是"言"内"有"、"意"内"有"、"表"中"有"、"里"中"有"。寄托之"无",是"言"中"无"、"表"中"无",而非"意"内"无"、"里"内也"无",纯属于"虚无"。寄托之"入",是入手"言"内,入手"表"内。寄托之"出",是出于言辞,处于表象(由诗词之言词引发的意向)。如果是无寄托出,深层之寄托就不能从言辞或表象中直接显示出来。

寄托范畴意义结构中的"外部关系",即诗词中之寄托与作者或读者之间的诸种关系。外部关系有三:(1)作者与寄托关系;(2)读者与寄托的关系;(3)作者与读者之间以寄托为中介的关系,即作者—寄托—读者间的关系。前者是,创作过程中创造与寄托的关系;第二是欣赏过程中寄托为媒介的关系。三种"外部关系"的共同特点是,都和创作或欣赏的心理过程紧紧相连。

先说作者与寄托的关系,周济首先把作者所处的时代与作者的性情身世,分别同诗词中的寄托联系起来。陈廷焯认为,作者有所感,作品方能有所寄,感若不深,寄必不厚。在他的笔下,直接触及了创作过程中作者之"感"和作品之"寄"不可分割的关系。况周颐提出,作者之感情"触发于弗克自己",作品中的寄托"流露于不自知",从更深的层面上洞察了创作过程中"感"与"寄"之间的复杂关系。

关于寄托与读者的关系,周济有一段精辟的论述:读者领悟诗词寄托,见仁见智是不可避免的。陈廷焯说,作品寄托不厚,读者感受不深。他从鉴赏过程出发去揭示"寄"和"感"的关系,真是入木三分。况周颐借用他人之言阐明读者体悟诗词之寄托,既可品评可解之处,也会遇到不可解之处。况氏对鉴赏过程中由"寄"引发的不同层次之"感",做了颇有深意的剖析。

通过寄托范畴,还可以粘合一、二组关系形成第三组外部关系。谭献的两个"用心"将作者—寄托—读者连成一线。寄托是中间项,一端是作者创作之"用心",也许"未必然",另一端是读者鉴赏之"用心",可以"何必不然"。陈廷焯的两种"感"和"寄"的关系,亦可扩展为第三种关系,即同样以"寄"作中介,一端为作者创作时之感受,另一端为读者鉴赏中之感受。谭、陈二氏通过寄托范畴将创作和欣赏的心理过程,全部收入眼底。

寄托范畴意义结构中的内外关系,相互为用,内部关系也能转化为外部关系。寄托自身的有无和出入,既可移入创作过程与作者发生关系,亦可移入欣赏过程与读者发生关系。作者创作,有感而发,由寄托而入,或者由寄托出,或者先寄托出。读者鉴赏作品中之寄托,必有感受,或者认为寄托有所出,或者认为寄托无所出。寄托范畴意义结构像一张经纬交错的巨大网络,以寄托为核心,将里里外外的各种因素和各种关系编织进去。

寄托范畴的意义结构如此繁复,涵盖面也相当广阔。因此,其内涵和外延同别的审美范畴犬牙交错,相互契合。况周颐曰:"填词先求凝重,凝重中有神韵……所谓神韵,即事外远致也。"[①]这时通过"凝重"使寄托范畴与王士禛的神韵、性灵两环相扣。况周颐又曰:"……身世之感,通于性灵,即范畴,即寄托,非二者相比附也。"[②]寄托与性灵简直合二为一了。周济曰:"既成格调,求无寄

---

① 况周颐:《蕙风词话》卷一,人民文学出版社1962年版,第7页。
② 况周颐:《蕙风词话》卷五,人民文学出版社1962年版,第127页。

托……"①寄托范畴中之无寄托又同沈德潜的格调范畴互通声气。至于寄托与比兴范畴、情景范畴更是血脉相通,难分难解,容笔者另文详论。总之,寄托和比兴、神韵、情景、意境等审美范畴互动互渗,相辅相成。其中并无独一无二的中心范畴,各审美范畴之间没有分明的楚河汉界。由范畴的集合构成审美理论的基础和内核,正是中国传统美学的特色。

(选自《赵仲牧文集》第 2 卷,云南大学出版社 2014 年版)

---

① 周济:《介存斋论词杂著》,人民文学出版社 1962 年版,第 4 页。

庄子与罗丹的艺术观

陈红映

近些年来,海内外研究庄子的学者,多从哲学方面将庄子与西方哲学进行比较研究,这说明庄子哲学与西方哲学有着本质联系。庄子是一位世界性哲学家,然而却很少有人从文艺美学角度进行对比研究。本文打算从这方面做点尝试,但又似乎与某些美学史家的论断相悖谬。他们认为在欧洲希腊古代找不到与庄子相似的美学,如果要找的话,那也只能到近代德国古典美学中去找寻。遗憾的是,我找寻的虽是"近代的",但并非德国古典美学。

提起罗丹这位"近代雕刻家中最伟大的大师",人们并不陌生。早在"五四"时期,我国年轻的诗人和学者就把他介绍给中国读者了。1919年罗丹逝世仅两年,郭沫若在《匪徒颂》里以狂飙的激情讴歌他为"文艺革命的匪徒",是"反抗古典三昧"——保守僵化艺风的叛逆者,而与惠特曼、托尔泰相提并论。次年,宗白华参观了罗丹博物馆,用诗的语言描述了他当时的感受。正是这位"'真理的搜寻者''美的梦幻者'的一线光明"[①]照亮他一生散步的美学幽径,致使他"回首已半个多世纪,未能忘情"[②]。《罗丹艺术论》在20世纪30年代即以《美术论》题名译成中文。它不仅是反映罗丹文艺思想的名著,在西方艺术界也是颇有影响

[①] 宗白华:《看了罗丹雕刻以后》,《美学散步》,上海人民出版社1982年版,第227页。
[②] 参见宗白华:《罗丹在谈话和信札中·译后记》,《文艺论丛》第10辑,上海文艺出版社1980年版。

的古典著作。

然而罗丹与庄子毕竟时空跨度大,一古一今,一中一西,时代和文化背景又极为悬殊。而且一个是哲学家,喜用哲理性寓言表达恣纵芒芴的思想,语言歧义又大;一个是雕塑家,常用裸体像表现人类幽深奥秘的心灵,往往招致人们的误解和非难。但他们都是异端思想家,时俗的叛逆,具有独立人格和创造精神的强者。他们对艺术基本原理的一些看法、对世俗价值的批判、他们的作品——寓言和雕塑所蕴含的哲理诗情和奔放的风格,都有相似之处,使我们仿佛看到两位巨人各自站在自己领域的峰巅上,虽跨越二十多个世纪,却相视微笑,莫逆于心。

一、生平和文化背景

据《史记·老庄列传》,庄子当过漆园小吏,后来隐居并拒绝了楚王相位的聘请。庄子家贫,靠打草鞋为生,有时穷得靠借粟度日。他有不少弟子,是个穷教书先生。看来庄子是个自食其力,不求仕进,不与统治者合作而洁身自好的平民知识分子。

庄子受多元文化主要是理性和浪漫两种精神的影响。他所在的宋国蒙县(今河南商丘),地处南北东西的交汇处,这使他既沾溉于中原文化的理性精神,更浸淫于东西神话和殷商南楚巫文化的浪漫情韵。我想着重指出的是,庄子寓言有不少涉及大海的神话,表明他不仅吸取了昆仑神话还接受了海洋文化(蓬莱神话)的陶冶,较之屈原蒙惠昆仑神话而无一处写到大海的情形看,不仅涵容量大,也比以内陆文化为背景的其他先秦诸子思维更开放,思想更自由,境界更宽广,所以被郭象誉为"百家之冠"。

罗丹出生在巴黎的一个平民家庭,父亲原是不识字的农民,后为警察局低级雇员,母亲给人做过女仆。为了谋生,他当过泥水匠、木匠、模型制造者和装饰雕塑工人。这使他终身成为平民艺术家,不求仕进,并以平民艺术家的眼光审视一切。

罗丹自觉继承了古希腊和文艺复兴的传统。他不信仰宗教，声称："在我们这个时代谁还信教呢？谁能扔掉他的批评精神和理智呢？"①近代启蒙思潮和个性解放思想在他的创作和理论中起着主导作用。

尽管罗丹出身寒微，半世坎坷，但他比庄子却幸运得多。罗丹生前遭到人们有意无意的诬蔑与误解，终究因他奋力挣扎和无比的艺术魅力，在世时就赢得了世界的承认；而庄子只不过"在僻处讲学"（朱熹语），终其身寂寂无闻。然而他们都有坚强的信念。罗丹面对官方保守势力的强大攻势，极其自信地宣称："假如真理不该灭绝，那么我向你们预言，我的雕像终将立于不败之地。"庄子放言高论，"剽剥儒墨"，与时人"大相径庭"，却也深信"万世之后，而一遇大圣，知其解者，是旦暮遇之也"（《庄子·齐物论》）。要之，庄子和罗丹都是平民知识分子，具有平民精神、批判精神、创造精神和狂放不羁的个性、不媚权贵的高尚品格，文艺思想也有着本质联系。

二、自然与现实主义

《罗丹艺术论》是他"长期经验的撮要"，许多方面与《庄子》有着惊人的相似和相同之处。

《艺术论》开宗明义就讲现实主义，这是他艺术实践和理论的纲领。《苏联大百科全书》称罗丹一生"进行了大胆的现实主义探求"，《中国大百科全书》也肯定"罗丹是一位杰出的现实主义雕塑家"，而彭启华进一步认为罗丹的艺术思想"是真正现实主义的"②。

---

① ［法］罗丹口述，［法］葛赛尔记：《罗丹艺术论》，沈琪译，吴作人校，人民美术出版社1978年版，第90页。下面凡引此书文字不另注明。

② 彭启华：《开向生命之窗——谈罗丹的艺术观》，《文艺论丛》第10辑，上海文艺出版社1980年版。

罗丹心目中的现实主义就是客观地按照自然固有的样子认识它、表现它。他反复说：

　　艺术家必须以最大的真诚来抄写自然。

　　要一心一意地忠于自然。

　　要不断地探求真实。

　　我们只能模仿自然，但人必须先了解它。

　　要照存在于辽阔的宇宙中的真相，去设想……秩序……

这秩序受到法则的支配。真实地、客观地观察自然、反映自然，这就是罗丹的现实主义，也是他一生艺术奋斗的目标。在他看来真实与自然是一对孪生兄弟，他把"自然"分为"外在的真实"和"内在的真实"两个层次。"外在的真实"就是自然界和人类社会，"内在的真实"就是人类的心灵——思想、感情、意志、幻想等。罗丹从不停留在"外在的真实"上，他格外注意表现心灵这一内在深层结构，因为"心灵当然是'自然'的一部分"。

所以罗丹的真实，不是外形的酷肖，而是内在精神的神似。他说："要真实，青年们，但这并不是说，要平板地精确。世间有一种低级的精确，那就是照相和翻模的精确，有了内在的真理，才开始有艺术。希望你们用所有的形体、所有的颜色来表达种种情感吧。"可见罗丹所谓的真实与自然主义风马牛不相及。线条、颜色、光与影诸形式，只有当它们表现某种感情意志或"内在的真理"时，才是有意义的。

罗丹的"抄写自然"也绝非无选择的现象的机械罗列或纯外在的自然，而是经过艺术家取舍和主观心灵审视的自然，因为"枝枝节节，不厌其详，结果毫无好处，呆板而没有性格"，还在于艺术家是用"头脑在'自然'中所能发现的光明和美来表达自然的"。这里，感情影响着作家的视觉，所以艺术家所表现的自然，是观察得来的自然，不是纯粹的自然。这其实就是中国画论总结的"外师造化，中得心源"（张璪语）。这"自然"已不是自然状态的自然，是艺术家赋予了感情与精神的自然，是精神化的自然、人化的自然。宗白华正是从这个角度理解

并欣赏罗丹的:

> 他的雕刻是从形象里面发展,表现出精神生命,不讲求外表形式的光滑美满。但他的雕刻中确没有一条曲线、一块平面而不有所表示,生意跃动,神致活泼,如同自然之真。罗丹真可谓能使物质而精神化了。①

由于罗丹要求艺术"适合自然""要真实",把"自然地朴素地描绘和写作"悬为"最高的趣味,最大的困难和最高的境地",所以,自然、朴素成为罗丹美学风格的最高追求。

至于庄子,他不像罗丹是个艺术家,更不刻意追求美而有系统的美学专著,只不过在人生探索中涉及美,或者说他追求的人生实际是一种美的人生,但庄子和罗丹一样是个现实主义论者。说庄子是个现实主义论者可能会遭到人们的非难,因为文艺理论家和美学史家从无将庄子置诸现实主义论者榜上的。不过当分析之后,大概不会惊异《庄子》中原来还蕴藏着闪光的现实主义理论因素。

《艺概》说:"庄子寓真于诞,寓实于玄。"这虽然是《庄子》中的寓言,但刘熙载却无意中给我们透露了《庄子》具有现实主义理论的信息。

非常有趣的是庄子与罗丹这两位大师,在看待艺术与现实的关系上态度完全一致。

罗丹"崇拜自然",尊自然为"唯一的女神",宣称对自然"绝对信仰"。庄子也是个自然主义者,司马迁说庄子思想"要亦归之自然",换句话说,庄子哲学以自然为出发点和归宿。《庄子》中"自然"一词凡七见,有三处指物质自然界或客观实在,但《庄子》中作为物质的自然多以"天"涵盖之。作为哲学范畴的"天"有物质、规律、天然、境界诸多含义,唯独没有神性义和道德义。② 庄子的哲学范畴

---

① 宗白华:《看了罗丹雕刻以后》,《美学散步》,上海人民出版社1982年版,第231页。
② 参见拙作《庄子天人合一思想的形成与批判》,《云南教育学院学报》1986年第2期。郭沫若、李泽厚称庄子是泛神论者,似可商榷。因为庄子的自然虽有精神化之处,但不是人格神。斯宾诺莎"上帝就是自然"的观念在《庄子》中并不存在。

也是美学范畴,由是庄子提出"以天为师"(《则阳》)、"法天贵真"(《渔父》)、"以天合天""指与物化而不以心稽"(《达生》)、"以物为量"(《天运》)的现实主义创作原则。

"以天为师"和"法天"都是师法造化、模仿自然,意思显豁,不容辞费,仅对"以物为量"等稍加疏解。《说文》"量,称重量也",引申为准则,"以物为量"即以客观事物为准。《山木》"以和为量"与"以物为量"句法一律,林希逸《南华真经口义》释为"以自然为则",甚是。成玄英《庄子疏》对"以物为量"的解释极为深刻:"大小修短,随物器量,终不割制而从己也。""终不割制而从己"即作家不能任意阉割现实以屈从自己的主观愿望,而要顺从事物本性和客观规律。所谓"割制"现实,就是黑格尔说的那种人,他们"随一时的心血来潮……歪曲外在世界,把它弄得颠倒错乱,怪诞离奇"①。阿Q的"大团圆",美蒂克终成叛徒,玛丝诺娃终未嫁给聂赫留朵夫,皆非鲁迅、法捷耶夫、托尔斯泰初衷,实乃性格发展逻辑使然,全不以作家主观意志为转移,这是现实主义铁则。"以天合天",林希逸说:"以我之自然,合其物之自然。"欧阳景贤等认为"前'天'指削镰者主观上从木之道而不为私的态度,后'天'指木客观上的自然形态",与"'从水之道而不为私'句意同"②。成《疏》以"机变虽加人工,本性自然"释之,就是说艺术家虽主观构想,但处处符合自然本性。"指与物化而不以心稽",司马彪云:"是与物化之,不以心稽留也。"徐复观说:"指与物化,是说表现的能力、技巧(指)已经与被表现的对象,没有距离了。"③我认为这是指手指所表现的形象与被表现的对象一致。艺术家的主观意志不能违背客观事物规律,也就是"人与天一"(《山木》),人与自然了无隔膜,融合无间。顺带指出,庄子观察自然、反映自然的现实主义美学原则是以他天人合一思维形式为其方法论基础的。庄子的"以天为师"等现实主义原则与罗丹的"抄写自然"一致,那种认为希腊美学中关于艺术

---

① [德]黑格尔:《美学》第1卷,朱光潜译,商务印书馆1979年版,第8页。
② 欧阳景贤、欧阳超:《庄子释译》下册,湖北人民出版社1986年版,第79页。
③ 徐复观:《中国艺术精神》,春风文艺出版社1987年版,第111页。

是模仿自然的思想"在庄子美学中完全没有的"论断,显然失之交臂。但庄子的"法天"与罗丹一样,并非照搬自然。"既雕既琢"就是审美创造主体依据艺术法则进行增减的艺术加工过程,只不过最后"复归于朴",不露刀斧痕迹,自然天成。所以"朴素而天下莫能与之争美"(《天道》),"澹然无极而众美从之"(《刻意》),都是把自然朴素、平淡天真的风格奉为美的极致和最高准绳,与罗丹不谋而合。

下面再解释"贵真"。请看一则寓言摘录:

孔子曰:"请问何谓真?"

客曰:"真者,精诚之至也。不精不诚,不能动人。故强哭者虽悲不哀,强怒者虽严不威,强亲者虽笑不和。真悲无声而哀,真怒未发而威,真亲未笑而和。真在内者,神动于外,是所以贵真也。……礼者,世俗之所为也;真者,所以受于天也,自然不可易也。故圣人法天贵真,不拘于俗。"

此处之"真",是指人的内在感情自然流露,毫不装腔作势。真情"受于天"发自内心,显露于外而"不拘于俗",所以动人。"真在内者,神动于外",即罗丹所说"一个人的形象和姿态必然显露心中的感情,形体表达内在的精神"。可见庄子和罗丹一样,现实主义的真实主要指人的感情和内在精神的真实。

三、美与丑

罗丹与庄子为什么都把忠于自然奉为创作的圭臬呢?这要看看他们对美的看法。罗丹说:

自然中的一切都是美的。

为什么"自然中的一切都是美的"?

因为"自然中的一切都具有性格",而"有性格的作品才算是美的"。

什么是美?

美就是性格和表现。

性格是什么？

所谓"性格"，就是，不管是美的或丑的，某种自然景象的高度真实，甚至也可叫做"双重性的真实"；因为性格就是外部真实所表现的内在真实，就是人的面目、姿势和动作，天空的色调和地平线，所表现的灵魂、感情和思想。

可见"性格"就是真实，即表现于形体的真实心灵，与一般的个性有别，而形象地表现真实心灵就是罗丹所说的美。在他的心目中"'自然'中任何东西都比不上人体更有性格"，也就是说人体更能显露人的内在思想感情。这就是他集全力于塑造裸体像的美学原因：

没有什么比人体更美，更有力，更难以捉摸。人的身体能传达各种各样的感情，当你给它穿上衣服后，你就隐藏了这些感情，压抑了这些感情，歪曲了这些感情。所有真正的雕塑家——伯拉克西特列斯、菲狄亚斯、米开朗基罗——他们都懂得这个道理。裸体同淫秽或放荡毫无关系，它表现的是真实。同其他各种艺术形式一样，雕塑家不应当隐藏任何东西。①

说得多好啊！所以他的雕塑"没有一种人体不体现心灵，没有一种心灵不显现于人体"，做到了外在真实与内在真实的完美统一。

既然罗丹认定真实即美，自然即美，就必然逻辑地引出另一重要美学范畴：假即丑。关于艺术中的丑，他是这样说的：

在艺术中没有性格的，就是说毫不显示外部的和内在的真实的作品，才是丑的。

在艺术中所谓丑的，就是那些虚假的、做作的东西，不重表现，但求浮华、纤柔的装饰，无故的笑脸，装模作样，傲慢自负——一切没有灵魂，没有道理，只是为了炫耀的、说谎的东西。

虚假、说谎、矫揉造作，一句话，不真实，这就是丑。他还指出不健康的形体

---

① ［美］戴维·韦斯：《罗丹的故事》，姚福生、刘廷海译，陕西人民美术出版社1982年版，第133页。

和不道德的灵魂与行动都是丑的。

罗丹进一步指出丑可以转化为美。他说:"在自然中一般人所谓丑,在艺术中能变成非常的美。""艺术家取得了这个'丑'或那个'丑',能当时使它变形……只要魔杖触一下,'丑'便化成美了。"丑变为美的秘诀就在于表现内在的灵魂。他举法国画家米莱的《扶锄的农夫》为例说:那个疲劳呆钝的农夫形体是丑的,但在这丑的形体上,表现了一个"任凭'命运'"摆布的灵魂,所以这个形象是美的。他还说:"当莎士比亚描写亚果或查理三世时,当拉辛描写奈罗或纳尔西斯时,被这样清晰、透彻的头脑所表现出来的精神上的丑,都变成极好的美的题材。"他特别注重艺术内容。"我们在人体崇仰的不是如此美丽的外表的形,而是那好像使人体透明发亮的内在的光芒。"美不单在外形,更在使其美的内在精神。所以,罗丹对美或丑全力灌注的是内容,是内在精神,而不在形式。他的《欧米哀尔》这个"丑陋的范型"就表现了这个娼妇晚年悔恨与追求的矛盾痛苦的内心世界,所以具有震撼人心的艺术魅力。

罗丹比庄子幸运,因为关于丑的理论和艺术塑造他都有所借鉴——如亚里士多德、黑格尔、狄德罗的论述以及多那泰罗、莎士比亚、伦勃朗、雨果的形象塑造,而庄子则是前无古人的。尤其他将丑的理论引入审美实践领域,在中国美学史上起了开山祖师的作用,产生了深远影响。

先说庄子为什么要"以天为师"。他说:

  天地有大美而不言。(《知北游》)

  夫天地者,古之所大也,而黄帝尧舜之所共美也。(《天道》)

庄子与罗丹一样认为自然(天地)最美(大美),但对自然之所以美的理解二人却不同。这正是道家美学之独特处,也是中西美学差异之根本所在。为了便于具体理解,还是引一则寓言说明。

  老聃曰:"吾游心于物之初。"

  孔子曰:"何谓邪?"

  曰:"……尝为汝议其将。至阴肃肃,至阳赫赫;肃肃出于天,赫赫发乎地;两者交通成和而物生焉,或为之纪而莫见其形。消息盈虚,一晦一明,日改月化,日有所为而莫见其功,生有所乎萌,死有所乎归,始终相反乎无端而莫知其所穷。非是也,且孰为之宗?"

孔子曰:"请问游是?"

老聃曰:"夫得是,至美至乐也。得至美而游乎至乐,谓之至人。"(《田子方》)

这则寓言讲宇宙生命的本源和本质,是庄子的宇宙观,也是美学观。道家认为宇宙由阴阳二气产生,它合规律地运动,变化无穷,具有无限生命活力。庄子把透彻了悟宇宙本源与活力并与之遨游的心理境界称为"至美至乐",或者说"得到由根源之美而来的人生根源之乐"[①]是最美的,这是最高层次的美。庄子的美分为至美(大美)和美两个层次。"大美",庄子也称之为道,《天运》中"北门成问乐"的音乐寓言(文长不引)就是论道的。宣颖《南华经解》说:"论乐即论道。"乐就是美,古人以音乐为最高的艺术。道是什么?宗白华说:"领悟宇宙的'无声之乐',也就是宇宙最深微的结构形式。在庄子,这最深微的结构和规律也就是他所说的道,是动的,变化着的,像音乐那样'止于有穷,流于无止'。"[②]简言之,道即宇宙生生不息的律动与活力。领悟了道,也就获得了美。"静而与阴同德,动而与阳同波。"(《天道》)人与宇宙契合无间、物我相融的境界就是庄子的美。不仅道家如此,孟子的"上下与天地同流"、《易传》的"天行健,君子以自强不息"、《乐记》的"大乐与天地同和"、屈原的"参天地兮",都是以"自己深心的心灵节奏,以体合宇宙内部的生命节奏"[③]。这就是中国人的自然美学观,与"美就是性格和表现"的物我对立是迥异其趣的。

然而这差别并非绝对。罗丹有一段著名的话:"艺术,就是静观、默察;是深入自然、渗透自然、与之同化的心灵的愉快。"这与庄子完全一致。可惜在《艺术

[①] 徐复观:《中国艺术精神》,春风文艺出版社 1987 年版,第 81 页。
[②] 宗白华:《美学散步》,上海人民出版社 1982 年版,第 171 页。
[③] 宗白华:《美学散步》,上海人民出版社 1982 年版,第 110 页。

论》中只是昙花一现,未能发挥。幸运的是,他的好友海伦·娜丝蒂兹做了生动的描述和补充,她述说着罗丹登上山崖,面对大海,发出了对宇宙的颖悟:"生命的呼吸究竟多么和平与快乐。在它的众美面前我们相视微笑,莫逆于心。生命是无限的,而每一个运动是永恒的。"她又说:"一个规定的线通贯着大宇宙,赋予了一切被创造物。如果他们在这线里面运行着,而自觉着自由自在,那是不会产生任何丑陋的东西的。"她由是体会到"巴尔扎克(塑像)是从大宇宙的轮廓线来构图的"(《罗丹在谈话和信札中》)。这"线",这宇宙生命,与庄子与中国艺术精神何其相似!

庄子也认为假即丑,著名的"里人效颦"中的丑妇"知颦美,而不知颦之所以美"(《天运》),在于她装模作样"不病强颦,倍增其丑"(成玄英语)。不真,所以丑;相反,尽管外形丑陋,但由于有智慧的心灵,所以美。庄子塑造了一系列外形丑陋却有巨大吸引力的恶(丑)人形象,他们或断腿,或跛足,或伛背,或无唇,有的脖子上长着如盆大瘤。这些亏缺、外貌极丑的人,并不妨碍他们有完美睿智的世界观,能体察万物之情,洞悉宇宙生命活力并与之偕游。这些"才全而德不形"的人,却成了理想智慧人格的象征。后世以怪石之丑为美,因为"一块元气结而成石"(郑板桥《画论》),"表现了宇宙元气运化的生命力"[①],这种以丑为美的审美观无论理论还是实践都源于庄子。

和罗丹一样,庄子对美与丑的标准在于是否体现内在精神。庄子以丑为美,"非爱其形也,爱使其形者也"(《德充符》),"使其形者"即精神。而"德有所长,形有所忘",心灵超越卓绝之人,对其形体也就毫不措意了。

庄子还认为美是相对的,在一定条件下,"臭腐复化为神奇,神奇复化为臭腐"(《知北游》),丑与美可以相互转化。被朱自清誉为"情致深醇的哲理诗"的《秋水》中的河伯形象,由原来夜郎自大"以天下之美为尽在己"沾沾自喜,转而为"乃知尔丑"在探求真理上永不知足。这转化的条件就是实践,环境改变了,

---

① 叶朗:《中国美学史大纲》,上海人民出版社1985年版,第127页。

视野扩大,河伯做了对比反省。这就是庄子的"点金术"。

四、审美主体与客体

从审美心理与创造角度看主体与客体,罗丹与庄子有同有异。罗丹的雕刻表现了自然人生的情绪意志,所以宗白华称之为"自然的心理学",《罗丹艺术论》也是一部"自然的心理学"。

罗丹说艺术家与一般人不同:在于艺术家不仅能看到自然的表面,还能透视自然的心灵;不仅看到人类和动物的精神世界,还是"'自然'的知己"。它们像朋友一样向艺术家倾吐"内心的秘密":

多结的老橡树告诉他说,它们爱人类,它们舒展枝条来庇护人类。

花儿用妩媚的垂枝,用花瓣的和谐的色调,同他谈话——花草中的一草一瓣,都是自然向他吐述的亲密的字眼。

罗丹还认为,由于艺术家的性情不同,赋予自然的灵魂也有所不同。"柯罗在树顶上、草地上和水面上看见的是善良,米莱在这些地方所见的却是苦痛和命运的安排。"

罗丹从卢梭等人的雕像上看出了人物的出身、职业、个性、时代精神和历史思潮。

总之,对于罗丹,自然就是敞开的心灵。"一段诗魂",到处听到心灵在回答他的心灵,自然的灵魂也就是罗丹"自己的灵魂"。

庄子观物有与罗丹相同的一面,如"濠梁观鱼"的"鱼之乐"的心灵,当然是庄子以艺术心态观照鱼的心灵。这心灵的外化虽然也达到主客一致的境界,但毕竟物是物、我是我,物与我终究隔了一层。与罗丹不同的一面是,庄子要与宇宙一体,把人提升到与宇宙精神同等的地位,获得自由与无限。这可以称之为"自然的物化学"。

"庄周梦蝶"这古今中外独有的奇想,就是"天地与我并生,万物与我为一"

壮丽世界观的艺术化，是庄子自由理想的现身说法。蝴蝶的自由自在是庄子的审美人生理想。这理想在现实中不能实现，就只能在梦境中幻化作蝴蝶。当"不知周"时，就达到了忘我的境界，同时也忘掉了一切，则为现实的一切苦痛所困扰的庄子不存在了。唯其不存在，则精神获得解放从而得到自由，所以"自喻（同愉）适志"，获得了审美愉悦。这虽然虚幻，但在审美中可以实现，而实现审美愉悦的关键在于"不知周"。这是"自然的物化学"的第一层次，进而"不知庄周之梦为蝴蝶与"（我与物一），"蝴蝶之梦为庄周与"（物与我一）。这"两不知"就升至更高的层次和境界，由我与物的上升到物与我的，物我双向交化交融，分不清何为物、何为我。我化为物，物化为我，物我对立的界限消失了。我即物，物即我，物我一体，主客冥合，臻于审美最高境界，达到"自然的物化学"的第二层次。

庄子的"自然的物化学"不仅审美主体与审美客体齐一，审美技巧也与审美形象为一：

> 工倕旋而盖（犹过）规矩，指与物化而不以心稽，故其灵台一而不桎。

（《达生》）

前引徐复观的解释，"指与物化"就是表现能力和技巧与被表现的对象没有距离，林希逸说是"手与物两忘"。这是一种得心应手的审美创造境界，即表现技巧与表现的物象融合无间的境界，但审美主体又是独立的。唯其审美主体的独立，才能"出新意于法度之中"（盖规矩），心灵无碍地自由创造（灵台一而不桎），超越审美客体。

所以，审美主客体凝合，审美技巧与物象合一，这就是庄子的"自然的物化学"或"审美物化论"。

"自然的心理学"的特征是物我对立，主客相分；"自然的物化学"的特征是物我冥合，主客一同。因为倾听橡树诉说热爱人类衷肠的罗丹与观鱼的庄周，分明有个"我"在；而"梦蝶"则主客两忘，物我为一了。罗丹基于西方的传统哲学与文化，庄周源于中国的传统哲学与文化，这不仅反映了罗丹与庄子两人的差异,也体现出中西文化的差异。

五、传统与超越

《罗丹艺术论》的执笔者葛赛尔说当时的伪古典主义学院派"诬蔑罗丹叛逆传统,其实,正是这位被称为叛逆的人,在今天,是最认识传统、最尊重传统的一个",罗丹一生徘徊于菲狄亚斯和米开朗琪罗两大雕像倾向之间。他说:"我是崇古的,但是到意大利去学习时,忽然很热爱这位佛罗伦萨的大师,我的作品当然要受到这种热情的影响。以后,尤其在最近,我又回到古代艺术。"这清楚表明罗丹创作早期和晚期倾慕古希腊,而旺盛期的成名作则属于文艺复兴。他的作品既有希腊人的理性和热爱生命,更有米开朗琪罗对人的命运的不安与探求,尤其米开朗琪罗对人生的骚动成为罗丹雕塑的基调和灵魂。所以动是罗丹艺术的基本特征,因为"动是一切物的灵魂"。正是希腊和文艺复兴两大传统孕育出罗丹的近代雕塑之花。

但是罗丹"不模仿希腊人……最重要的是学习他们的方法",什么方法呢?一是学习希腊人"热爱生命"和"从没有撒过谎",也就是学他们"对'自然'的爱好和真挚"的态度;二是学习希腊人观察宇宙的方法——按宇宙固有的样子去认识自然。他说希腊人"深入地研究了自然,他们的完美是从这里来的,不是从一个抽象的理念来的"(《罗丹在谈话和信札中》)。罗丹就是靠着对自然的态度和观察方法的传统钥匙,"躲开陈旧的因袭",深入雕塑堂奥,超越了传统。

罗丹还是一位真正懂得并善于把传统中"富有生命力的东西"和渣滓分离出来的大师。他严厉地批评了希腊艺术的贵族性,称希腊艺术是"高贵人的'自由女神'","不是所有人的'自由女神'",只是"哲学家非常欣赏她,但是那些被损害者,为她们所鞭笞的奴隶,则和她是格格不入的"。他还说,希腊人"只求形式完善,而不懂得一个受辱者的感情也是崇高的"。这充分显示了罗丹的平民精神和批判精神。

正由于罗丹的平民性，所以十分推崇米开朗琪罗的《奴隶》，称"他所塑的每个囚徒，都是表现人类的灵魂，想冲破自己的躯壳，以期获得无限的自由""并用象征的手法来表现被教皇朱理二世压迫的人"。似乎可以毫不夸张地说：正是米开朗琪罗表现人类灵魂挣扎和苦痛的主题，滋乳罗丹表达人类普遍灵魂的抗争与梦幻以反抗近代物质锁链的思想；正是米开朗琪罗的"猛烈的气势"，铸就了罗丹的胆量热情和奔放生动的风格。

然而，尽管罗丹对米开朗琪罗顶礼膜拜，但他不同意这位佛罗伦萨大师"蔑视人生"。

至于庄子，从未像罗丹那样自觉地谈到对传统的继承，更多的是对传统与时俗的批判。《天下》篇从哲学史的角度探寻了先秦诸子思想与传统的渊源，其中对庄子是这样说的："芴漠无形，变化无常，死与生与，天地并与，神明往与！芒乎何之，忽乎何适，万物毕罗，莫足以归，古之道术有在于是者。庄周闻其风而悦之。"这段话有些恍惚迷离，想必于古有据，道出了思想本源，可惜古道茫昧，难以究其真相。倒是司马迁讲得扼要具体，他说庄子思想"本归于老子之言"，指出了庄子思想之源。

老子"无为自化，清静自正"。庄周师承老聃，但"别为一宗"（王夫之语），对老子学说做了全面系统深刻的发展，成为道家中坚。庄子源于老子，又超越了老子。魏晋齐梁间称庄子为"百家之冠"，并把庄子冠于"三玄"（庄老易）之首，不是没有道理的。庄子对老子的继承主要有两点：

一是取法自然观。"自然"一词始于《老子》，而老子对"自然"无确定界说。"人法地，地法天，天法道，道法自然"（《老子》二十五章）的"自然"，今人有以"不是指客观存在的自然，乃是指一种不加强制力量而顺任自然的状态"[①]释之。就老子学说体系而言，固然有一定道理，但这并不意味着"老子的自然与客观存

---

① 陈鼓应：《老子注译及评介》，中华书局1984年版，第30页。

的自然没有关系"①,因为老子的"道"这个概念"正是由客观存在的自然界中抽象出来的"②。道的自然本性不在自然界之外,而在自然界之中。庄子所谓道"无乎逃物""在蝼蚁""在屎溺"即此意,何况"人法地,地法天,天法道,道法自然"(杨公骥语)是递转推衍句法,自然与地、天、道同位作宾语而不"是状语"③。我认为还是依王弼的解释为当,他说:"道不违自然;乃得其性。"(《老子注》)这"自然"即自然界。正因为道不违反自然界,于是得到自然界的本性,将物质自然界与自然界本性做了严格区分。庄子顺应自然的一系列基本观点,包括认识论、人生哲学、政治哲学和美学都是从老子的"道法自然"命题中衍生出来的。蒋锡昌在《庄子哲学》中曾说庄子"以天为宗",天即自然。"从来研究老子的人都以老子书中以'道'为最高范畴,其实,自宇宙本身言之则为'道',自演化的程序言之,则'自然'为极致……为一更高的范畴。"④王弼所谓"自然者,无称之言,穷极之辞",就是以"自然"为老子的最高范畴。庄子将老子的自然转化为天,"道法自然"即法万物之"实际、本质、规律"⑤。庄子的自然美学亦源于老子而与儒家自然美学别义。

二是取法方法论。顾实在《汉书艺文志讲疏》中说:"大抵老子本领尽于首章观妙观徼二事。""常无欲,以观其妙;常有欲,以观其徼",就是指观察认识事物的方法。"老学的特色之一,就是擅用自然天道观以表达对人事的洞见。"⑥《易传》解释卦象形成的方法时说:"古者包牺之王天下也,仰则观象于天,俯则观法于地,观鸟兽之文,与地之宜,近取诸身,远取诸物,于是始作八卦,以通神明之德,以类万物之情。"这里讲的大概就是中国人最早认识世界的思维形式和方法:由自然及于社会人生,人与自然一致。庄子要人们顺应自然不仅是师法

---

① 杨惠杰:《天人关系论》,(台北)大林出版社1980年版,第107页。
② 张松如:《老子校读》,吉林人民出版社1981年版,第159页。
③ 陈鼓应:《老子注译及评介》,中华书局1984年版,第30页。
④ 严灵峰:《老子达解》,(台北)华正书局1983年版,第549页。
⑤ 参见拙作《庄子是天人合一型思想家》,《思想战线》1986年第2期。
⑥ 杨惠杰:《天人关系论》,(台北)大林出版社1980年版,第40页。

古人观察世界的方法,也是亲自体察的结果。他说"天地有大美""四时有明法""万物有成理",把它们称为"本根",要人"观于天地"就行了。这其间包含一个深刻的哲学道理:按事物本来的样子去认识自然,施之人事,与罗丹对希腊人认识世界的方法若合符节。

  总之,罗丹与庄子对待传统的态度是:继承中有取舍,反叛中有建树;不盲目崇古,更不一味破坏。这具有方法学意义,值得我们借鉴。

(选自《陈红映学术文选》,云南大学出版社、云南人民出版社2016年版)

宋词的美学特征

郑 谦

"江山代有才人出,各领风骚数百年",每一个新的时代,总是等待新的歌手。倘若说在二百八十九年的唐代,主要是一群才华闪耀的诗星雄领风骚,那么,在三百一十九年的两宋,雄领风骚的则主要是一群文采焕发的词人。

词,从唐到五代虽然也有一些发展,但直到宋代,才进入鼎盛时期,成为一个时代最流行的文学形式。据唐丰璋先生在《全宋词》中的初步统计,所辑词人已逾千家,篇章已逾两万,真可说蔚为大观,极一时之盛。

唐诗宋词,从来并称,但从反映现实的广度与深度上看,宋词是比不上唐诗的,这与宋代不少词人对词的观点与态度有关。一般正统词人往往囿于晚唐五代词的旧传统,一直视词为"艳科""诗余",强调"词别是一家"。"诗庄词媚,其体原别",总是对一些难入诗文的题材如谈情说爱、吟风弄月之类,才用词这种体裁来写。于是出现了这样的奇怪现象:如欧阳修,曾写过大量具有革新意义的诗文;如柳永,曾写了深刻反映劳动人民疾苦的《煮海歌》;如秦观,写了许多有关国计民生的《策》与《论》;如李清照,写了不少具有强烈爱国思想的诗篇……可是在他们的词里却看不到他们诗文中所反映的那些现实生活与思想内容。而姜夔、史达祖、吴文英等一派,也多脱离现实,只重技巧。只有苏轼的"以诗为词",辛弃疾的"以文为词",才先后冲破了"词为艳科""词为诗余"的传统藩篱,使词的题材有所扩大。从南宋初的岳飞、李纲、张元干、张孝祥到辛派词人,直至南宋末的文天祥等,他们的词比较突出地反映了当时的民族矛盾,表现了崇高的民族气节和爱国主义精神,并有惊心动魄的艺术感染力,可说是宋词中的瑰宝。但这类作品在整个宋词中所占的比重并不大,所以从总的方面看,宋词并没有唐诗那种反映大千世界的种种情态的广阔视野,也很少有杜甫、白居易等诗歌中那种同情人民疾苦的内容,这不能不说是一个相当大的弱点。

可是我们还得看到宋词的另外一些方面。

宋词中的众多作品,它们在思想和艺术方面所取得的成就并不平衡。除了一部分思想与艺术都高的杰作外,还有相当多这样的作品:它们虽然谈不上有多大的思想意义,可是它们为什么却能长期流传、脍炙人口呢?这主要是由于它们在艺术上刻意追求、戛戛独造,具有独特的风格与意境,主要以艺术美取胜,因而成为历代广大读者的审美对象。对于这类作品,仍有它可取之处,不能一笔抹杀。倘若多从审美角度看问题,宋词与唐诗又是各有千秋、先后辉映的。

近年来,出版了大量"宋词赏析"一类的著作,多着重对宋词中一些名作进行美学分析,这对于读者欣赏宋词是有帮助的。遗憾的是,这些著作都是孤立地、零散地赏析一些作品,很少涉及宋词总的美学特征,终使读者不免"见树不见林"之感。

从总体看,宋词究竟有哪些基本的美学特征呢?我认为,这主要表现于下列几个方面:

一、艺术风格异常多样化

仅就艺术风格这方面看,在中国文学史上,大概没有比宋词更加多样化的了。

晚唐五代词,虽然也有一些佳作,但在艺术风格上,基本上以婉约为宗,所追求的总是珠光宝气、宠柳娇花,所表现的总是儿女情多、风云气少,终不免使人感到有些单调。到了北宋前期,晏殊、欧阳修等的词,在题材方面虽然基本上还是沿袭晚唐五代的旧传统，但在词风方面却力图不落"花间派"的窠臼，在婉约上有所创新。而在范仲淹的边塞词、苏舜钦的悲愤词中，则已初露豪放的端倪。到了苏轼，又进一步以黄钟大吕般的巨响，闯入莺啼燕语的传统词林，以如椽巨笔，在题材方面开拓了一个比较广阔的世界。他的部分词"一洗绮罗香泽之态，摆脱绸缪婉转之度"，在传统的婉约词风之外，又创立了豪放的词风。及南宋辛派词人崛起，继承之而又发扬光大之，于是完全改变了以前婉约词风独占词坛的现象。

宋词中出现的豪放派，并不是以此代替或取消传统的婉约派，而是双峰对峙，并行不悖。过去人们常以"杏花春雨江南"等语形容婉约词风，这实际属于我国传统美学中所谓"阴柔之美"，或相当于西方美学中所谓"美"（优美）；过去人们还常以"骏马秋风冀北"等语来比喻豪放词风，这实际属于我国传统美学中所谓"阳刚之美"，或相当于西方美学中所谓"崇高"（壮美）。从审美角度说，阴柔之美常以小巧、轻盈、柔和、秀媚、婉曲、典雅等感性形象，直接引起人们精神的愉悦，它的主要特点是和谐，或在差别中追求着和谐；而阳刚之美则往往以雄伟、粗犷、庞大、有力、奇异等感性形象先给人一种强烈的刺激，继而人们又从中吸取强大的精神力量，产生斗争的意志与勇气，从而获得一种振奋的、激荡的愉悦和崇高的美感，所以它的特点大体是和谐中包含着斗争。对这两种不同的词风，虽然欣赏者可以有自己的偏爱，但它们各有所长，因而又不能偏废。"梅虽逊雪三分白，雪却输梅一段香"，两种词风的并存，有如梅与雪的互相衬托、相得益彰，正显示了宋词比晚唐五代词更加丰富多彩。

宋代婉约派名家辈出，但他们的词风仍然同中有异。如晏殊、欧阳修的词风比较接近南唐冯延巳，都不露雕凿的痕迹，不着浓艳的字眼，都有一种韵短味长、风流蕴藉之妙；但晏词偏于清雅高远，欧词偏于疏隽深婉。柳永词不事假借，极少粉饰，而铺叙详尽，妥帖谐什，既明朗，也深切，颇有民间词的特色。晏几道工于言情，常有一种不能自已的隐痛纤悲，其淡语皆有味、浅语皆有致。秦观文字精美，情韵兼胜，比晏、欧伸展，比柳永雅丽。贺铸词多写柔情艳思，其丽辞文采颇有"红飞翠舞,玉动珠摇"之概。周邦彦词声韵铿锵,词法谨严,而抚写物态,极富精工之能事。李清照的词风,前期较明丽,后期较凄怨,可是它们的总倾向还是妩媚尖新、姿态百出,绚烂之极、归于平淡,使婉约词的发展达到一个突出的高峰。……可见在宋词中,就是同属婉约派词人,仍然各有自己的互不雷同的独特面貌。

宋词中,豪放派也是名家如林,但他们也是"各师成心,其异如面"。如苏、辛虽然并称,但却并非完全一路。苏词举重若轻、挥洒自如,如天风海雨、高旷清雄;而辛词既有"金戈铁马,气吞万里如虎"的雄奇豪迈,又有"英雄无用武之地"的悲壮沉郁。此外,岳飞词叱咤风云、气壮山河。张元干长于抒愤,其词慷慨悲凉,使人想见其胸中抑塞磊落之气。张孝祥词淋漓痛快,墨饱笔酣,读之令人起舞。陆游词如其诗,悲中见壮、雄而能浑,明朗疏畅、神采飞动。陈亮词慷慨任气,磊落使才,其壮怀英风直可"推倒一世之智勇,开拓万古之心胸"。刘过词"狂逸之中,自饶俊致,虽沉着不及稼轩,足以自成一家"(刘熙载语)。刘克庄词,正如他赞友人王实之的几句话:"谈笑里,风霆惊坐,云烟生笔。"文天祥词与其诗文一样都是用血写的,情辞哀苦,而意气激昂、文采瑰丽,那种"风雨如晦,鸡鸣不已"的气概,直可压倒宋末一切亡国哀音。……可见宋词中同属豪放派词人,也各有他们自己的声音,这种声音是不能从其他豪放派词人的喉咙里发出来的。

只要我们仔细品味,我们就会明显地感到,宋词中无论是婉约派或豪放派,其词风都不是只有一种模式、只有一种颜色,它们总是存在各种稍微的差别。俄罗斯画家勃留洛夫有句名言:"艺术就是从这表现'稍微'两个字的地方开始的。"宋词中艺术风格多样化的另一方面,正表现在各婉约派词或各豪放派词之间这种"稍微"的差别上。

宋代有些词人,往往能婉能豪,具有两副笔墨。如婉约派名家贺铸,也写出了《六州歌头·少年侠气》这样"雄姿壮采,不可一世"的豪词;又如李清照,其《渔家傲·天接云涛》一词与她其他词迥然不同,其豪迈健举之概,直可压倒须眉。可见这些婉约派词人对豪放词风并不排斥。

与此相反，苏轼虽是豪放派的开创者，但在《东坡乐府》现存的三百四十多首中，婉约词却占了大半。谭莹评其《水龙吟·似花还似非花》一词说："杨花点点离人泪，却恐周（邦彦）秦（观）下笔难。"（《论词绝句》）王士禛评其《蝶恋花·花褪残红》一词说："枝上柳绵，恐屯田（柳永）缘情绮靡，未必能过。孰谓（东）坡但解作'大江东去'耶？"（《花草蒙拾》）辛弃疾虽自称"有心雄泰华，无意巧玲珑"（《临江仙》），但实际上，在《稼轩长短句》现存的六百多首中，大部分固然是"肝肠似火"的英雄语，但也有"色笑如花"的妩媚语，所以刘克庄既赞其词"大声镗鞳，小声铿鍧，横绝六合，扫空万古"，又称"其秾丽绵密处，并不在小晏（几道）秦郎（观）之下"（《后村诗话》）。夏承焘先生也说："青兕词坛一老兵，偶能侧媚亦移情。"（《瞿髯论词绝句》）这是符合辛词的实际情况的，如《青玉案·元夕》《丑奴儿近·博山道中效李易安体》等，都可说是他的婉约名篇。

宋词中这种现象，表面似乎有些矛盾，其实也是可以理解的。在错综复杂的现实生活中，人的思想感情随时都可能发生变化，即使是一个叱咤风云的英雄人物，也不可能每时每刻都说虎啸龙吟般的豪言壮语，有时也难免有变温婉、表柔情之时；即使是一个弱女子，有时也可能要抒豪情，寄壮志，而不可能整天是莺啼燕语般的女郎腔。龚自珍有两句诗"来何汹涌须挥剑，去尚缠绵可付箫"，这说明豪放与婉约两种风格虽各有千秋，但其间却并不存在不可逾越的鸿沟。毛西河在《与友札》中说得很好："曾游泰山，见奇峰怪崿，拔地倚天，然山涧中杜鹃红艳，春兰幽香，未尝无倡条冶叶动人春思，此泰山之所以为大也。大家之诗，何以异此！"因此上面提到的贺、李、苏、辛等词人之能豪能婉，正是他们属于词中大家的一个标志。这种情况在唐五代词中是找不到的，而这也正是宋词的艺术风格丰富多彩的一个侧面。

此外，我们还要看到，有些宋词的风格因素比较复杂，难以简单地归于婉约与豪放。例如姜夔的词，常寓刚健于婀娜之中，行遒劲于婉媚之内，骚雅清劲而有韵致，潇洒疏宕而有风神；例如吴文英的词，浓艳清空、密丽险涩、高远幽绝等因素都兼而有之。有的文学史把他们的词归于所谓"格律派",这很不确切。其实词本身就是一种非常严格的格律诗,就是婉约派与豪放派词人,又何尝不刻意讲究格律?否则就不成其为词了。所以我觉得,与其叫姜、吴等词人为格律派,不如称他们为第三流派。因为他们的词的特点,主要不在于讲究格律,而在于创造了非豪非婉、别具一格的第三种类型的艺术风格,而这也丰富了宋词的美学色彩。

虽然上述的三种基本类型的美学现象,在人类审美过程中早就被或多或少地接触到。虽然我国历代卓越的、成熟的文艺作品都相当普遍地分别具有这三种类型的艺术风格、美学特征,可是像宋代词人对这三种美有这样敏锐、精微的感受,在创作过程中这样鲜明地将这三种美分别体现于作品的艺术风格中,却是我国文学史上一个突出的现象,也可说是我国人民审美历程中的一个独特阶段。

从艺术风格方面看,宋词真可说是一个丰富的美学宝库!这种百花争艳、群鸟鸣春般的盛况,无论在以前的唐、五代词或以后的元明清三代词中都是找不到的。

二、侧重表现人的内心世界

严格地说,任何文艺作品都是再现与表现、写实与写意的辩证统一,即既再现客观的现实世界(外师造化),又表现作者主观的精神世界(中法心源)。但由于文艺体裁和表现方法的不同,有的文艺作品侧重再现和写实,有的侧重表现和写意,都是可能的。

就宋代最流行的文学体裁——词——来说,是侧重"表现"和"写意"的。在唐诗中,除了抒情诗,还有不少叙事诗;可是在宋词中,却只有抒情词,很难找到一首叙事词。高尔基曾说"文学是人学",文学是以人作为自己的描写对象的。但宋词却不是侧重描写人的外部活动,而是侧重表现人的内心世界,抒发作者自己的思想、感情、个性、意绪,多数作品都是以抒写主人公的内心感受作为轴心去构思谋篇的,这也是宋词的一个明显的美学特征。

词中虽然也常出现客观的物(人物、事物等),但不过是作为抒情的媒介而已。如在王安石的《桂枝香·金陵怀古》中,虽提到六朝旧事和陈后主、张丽华这些历史人物,但不过是借此以抒兴亡之感,同时借古喻今,对北宋王朝的苟且偷安、重蹈六朝覆辙,表示了自己的隐忧。如在苏轼的《念奴娇·赤壁怀古》中,虽出现了"三国周郎赤壁"的客观形象,但实际上作者是借此抒写他对叱咤风云的英雄事业的向往和自己不能施展抱负的精神苦闷,以及"人生如梦"这种无可奈何的感叹。

词中更常写景,但总是按心境描风月,让花鸟共忧乐,都不是为写景而写景,而是为了抒情。或触景生情,或借景托情,或以情染景,结果总是情景交融,一切景语皆情语,成为主观精神与客观景物的一种极为巧妙的结合。如秦观的名句"春去也,飞红万点愁如海"(《千秋岁》),就不是对景物的纯粹的客观描写,而是使残春落英着上了作者愁情的主观色彩。如姜夔的名句"数峰清苦,商略黄昏雨"(《点绛唇》),也是借景自况,说自己正像烟雨迷濛中的山峰一样清苦,从而抒发身世飘零的感慨。这里,词人们用"移情法",把自己的感情、心境、意绪等外射或移注到描写的对象中去,从而使无情的景物有情化,使客观对象染上作者的主观色彩。歌德曾说:"艺术家一旦把握住一个自然现象,那个对象就不再属于自然了。……艺术家用生命的汁液创造出人化的自然。"这种通过作者的移情所创造的人化的自然在诗中也不少,但在词中则更为常见。

在反映现实的广度、深度方面,词固然不如诗文,这是它的弱点;但另一方面我们也要看到,词与高踞于文坛正统地位的诗或文不同,它无须正襟危坐、矜气作色来显示自己的"尊严",不受"文以载道"的说教的束缚。因此,它比较活泼自由,敢于冲破一些封建礼教的禁区,去表现灵魂深处最隐蔽的心理活动;比较无拘无束地流露自己精神世界的真情实感,它是真正的抒情文学。我们读到它,就仿佛触到了作者脉搏的跳动,听到了抒情主人公发自肺腑的倾诉,不能不深受其感染。例如陆游的"桃花落、闲池阁，山盟虽在，锦书难托。莫，莫，莫"（《钗头凤》），辛弃疾的"而今识尽愁滋味，欲说还休。欲说还休，却道天凉好个秋"《丑奴儿》），从这些信手拈来的词句，我们不是可以明显地看到词之表现心境是何等具体、曲折、细致、精微吗？这里，我们感到抒情主人公在心灵上所承受的精神负担是多么沉重！尤其是李清照的词，在这方面表现得特别突出。有人说，李清照在词坛发现了一个"微观世界"，我看这种说法并不算太过分，因为她对抒情主人公极为复杂、变化多端的内心活动的表现特别精微。其词心之细，可说是前人所未达到的。

与宋诗相比，宋诗重言理，而宋词重言情。陈子龙（字卧子）在《王介人诗余序》中说："宋人不知诗而强作诗，其为诗也。言理而不言情，故终宋之世无诗焉。然宋人亦不免有情也，故凡其欢愉愁怨之致，动于中而不能抑者，类发于诗余，故所造独工，非后世可及。"这段话前部分过于绝对化，所谓宋人作诗"言理而不言情""终宋之世无诗"等说法，并不完全符合宋诗的实际情况。如苏轼、陆游、文天祥等就有不少情辞并茂的杰作，岂能一笔抹杀！但一般地说，宋诗重说理，多议论，却是事实。在大量重说理的宋诗中，也有一部分佳构，如苏轼的《题西林壁》、陈亮的《梅花》等都是寓理于象，使理有情致、言有辞采，构成了哲理与诗意相融合的"理趣"。但也必须看到，宋诗中还有相当多一部分是抽象地论道谈禅，概念地大发议论。对此，南宋诗人兼词人刘克庄曾深有感慨地说："近世贵理学而贱诗，间有篇咏，率是语录、讲义之押韵者。"（《后村诗话》）这类诗往往质木枯寂，淡乎寡味，千篇一律，毫无个性，可说只有"理障"而无"理趣"，这样就在作品中放逐了感情，同时也放逐了诗。可是在宋词中，这种有理障而无理趣的作品却很难找到，因为宋词重言情，而情与每个作者的志趣、个性密切相关，是千差万别的，所以宋词的每个作者都表现了一种迥异于他人的艺术个性，而且宋词还重借物托情，也就使抽象的东西有了生动的形象。所以总的说来，宋词比宋诗更富于艺术感染力，这也是宋词的成就超过了宋诗的一个重要标志。陈子龙这段话的后部分涉及这一点，还是有些道理的。

在《人间词话》中,王国维认为文艺作品"有有我之境,有无我之境。……有我之境,以我观物,故物皆着我之色彩;无我之境,以物观物,故不知何者为我,何者为物"。严格地说,文艺是现实生活在作者头脑中反映的产物,纯粹的无物之境与纯粹的无我之境都不存在。但从文艺的表现方法的角度说,把文艺中的艺术境界或审美形象分成"有我之境"与"无我之境"还是可以的。所谓"无我之境",显物隐我,侧重对人物、事物、景物等做客观的、冷静的描绘;所谓"有我之境",显我隐物,侧重表现自己对人物、事物、景物的主观的、热烈的感受。而词因不重叙事而重抒情,所以其中所呈现的艺术境界特多"有我之境"。王国维曾举例说:"泪眼问花花不语,乱红飞过秋千去(欧阳修《蝶恋花》);可堪孤馆闭春寒,杜鹃声里斜阳暮(秦观《踏莎行》),有我之境地。"像这种"有我之境"的艺术形象,在宋词中可说俯拾皆是。关于"无我之境",王国维所举之例,是陶渊明的"采菊东篱下,悠然见南山"(《饮酒》第五首)和元好问的"寒波澹澹起,白鸟悠悠下"(《颍亭留别》),但这些都是诗而不是词。

倘若把我国和西方的传统美学加以比较,我们便可看到它们有一个明显的区别:在西方,从古希腊起,长篇叙事诗、戏剧等就相当发达,所以西方的传统美学也比较强调再现,多讲典型;而在我国古代,则抒情作品比较发达,长篇叙事诗、戏剧、小说等都比较晚出,所以我国的传统美学也就比较强调表现,多讲意境,所谓"诗言志",就是表现说。而词,因着重抒情,所以其中"表现"的成分更多,也最讲究意境,因而词也更加鲜明突出地体现出中国传统美学的民族特色。在《人间词话》中,王国维大力宣扬"意境"说时,举例多用宋词,绝不是偶然的。

三、比诗更讲究意内言外的寄托

我国诗歌,在表现方法方面,比较讲究比兴寄托,这已形成悠久的传统。通过比兴,寄微于显,结果往往意内而言外,言在此而义在彼。如在《离骚》中,往往以"善鸟香草以配忠贞,恶禽臭物以比谗佞……虬龙鸾凤以托君子,飘风云霓以为小人"(王逸《离骚序》)。这种表现方法,往往可收到"言近而旨远""称名小、取类大"的艺术效果。

与文章相比,诗的篇幅比较简短,倘以作文之法写诗,过直过露,不但很难写出"以少总多"之象、"咫尺万里"之势,而且也易使读者感到一览无余,索然寡味。所以历代不少诗论家多主张"语不欲犯""诗以不犯本位为高",即主张诗中的语言不能直接说出题旨。李东阳在《怀麓堂诗话》中说:"盖正言直述,则易于穷尽而难于感发,惟有所寓托,形容模写,反复讽咏,以俟人之自得,言有尽而意无穷,则神爽飞动,手舞足蹈,而不自觉。"像这类关于诗的寄托说,在其他许多诗话中都可找到。

前面提到,诗既叙事,也抒情;而词则纯属抒情的体裁,它不着重再现外在的客观世界,而是着重表现人的内心活动——人的思想、感情、心灵、意念的流动。这一切都是看不见、摸不着、比较抽象的东西,如只"正言直述",而不通过比兴、借物托情,往往比诗更容易流于概念化,而丧失文学的特征,这种词也往往比这种诗更容易给读者以一览无余、索然乏味之感。因此在"语不欲犯"方面,词比诗的要求更高;而"意内言外"的表现方法,在词中也更广泛地被采用。

当然,不假寄托的个别好词也是有的,如岳飞的《满江红》,就不用比兴而用赋,其抗敌雪耻的壮志都是和盘托出、不稍隐蓄,通篇披肝露胆、痛快淋漓,以激情和气魄取胜;但宋词中多数优秀作品却往往是通过比兴,借物托情,力图外在的艺术形象与所寄托的微言幽思融为一体,使呈现"言在耳目之内,情寄八荒之表"的意境。如岳飞的另一名作《小重山》就是讲究比兴寄托的,其中"欲将心事付瑶琴,知音少,弦断有谁听"等句,就不能仅仅从音乐方面来理解。这主要是以弹琴为喻,比拟他力主抗战、反对求和的忠言谠论在当时统治集团内得不到共鸣和响应,因而感到特别苦闷。对于这类作品就不应仅在词内求词,而且还要词外求词。

通过比兴、有所寄托的词,它的艺术形象往往既有明显的表层义,这叫词面(言外),还有隐微的深层义,这叫词底(意内)。当然,倘若毫无例外地要在所有的宋词中去寻找寄托的微言奥旨,固不免穿凿附会之讥;但对宋词中多数优秀作品来说,意内言外、有所寄托的情况却是客观存在的。对这类作品的理解,就不应仅仅停留在字面,而应看到它字缝里的字,感到它弦外之音、言外之意,也就是要透过其词面发掘其词底,通过其表层义进一步掌握其深层义。

对此,金应珪在《词选后序》中,从豪放派苏、辛词里举了两个例子:"琼楼玉宇,天子识其忠言;斜阳烟柳,寿王指为怨曲。"前者是指苏轼的《水调歌头》,其中"我欲乘风归去,又恐琼楼玉宇,高处不胜寒"等语,说自己想飞到天上,其实这是言外,是词面;而其中却寄托了这样的讽谕——他怕回到朝廷又要遭到当时党争的冷酷打击,这才是意内,是词底。如无这隐微的深层义,所谓宋神宗识其忠言岂有根据?后者是指辛弃疾的《摸鱼儿》,其中"休去倚危栏,斜阳正在、烟柳断肠处"等语,写一幅暮春黄昏的凄暗景象,借以象征南宋当时的政局。这里的暮景,可说是言外,是词面;而政局的垂危则是意内,是词底。如无此寄托的深层义,寿王(即宋孝宗)指为怨曲,也只是瞎说罢了。

而在特别追求委曲含蓄的婉约派词作中,采用这种意内言外的表现方法则更为普遍。词虽多讲究寄托,但却不能说,凡是有寄托的词都是好的。清代词学家周济说得好,"词无寄托不入,专寄托不出",就是强调寄托既要有深度,又不应流于晦涩朦胧。只有优秀的作品,才能达到这个高度。

从美学的角度看,文艺的表现方法应该多样化,"虚悬一个极境,往往会陷于绝境"(鲁迅语)。只有多样化,才能使文艺更加丰富多彩。但作为表现方法的一种,在宋词中广泛采用的"意内言外"的写法,却始终值得重视,因为这种写法将间接性(虚、隐的方面)寓于直接性(实、显的方面)之中,使直接性与间接性这一矛盾双方达到一种特殊的和谐统一,使读者在表面的、直接的形象中,领悟到背后的、间接性的道理。这种写法往往有一种"不着一字,尽得风流"之妙,往往言尽而意不尽,更耐人寻味,能给读者一种独特的审美感受。

四、体裁的严重局限转化为多种艺术特长

标志宋代文学主要成就的词,广义地说,也是诗,是种极为严格的格律诗。在世界文学史上,再没有另一种格律诗比我国的词在形式上所受的限制更多的了。

词体的严重局限,主要表现在下列几个方面:(一)词又名乐府或曲子词,原来是配音乐的,也就是先有乐谱(又名词谱、词牌、词调),然后按谱填词,因此词在声律方面,一般是以能配合音乐歌唱为前提的。王炎在《双溪诗余自序》里说:"长短句宜歌不宜诵。"沈义父《乐府指迷》中也说:"音律欲其协,不协则成长短之诗。"以后词虽逐渐脱离配乐歌唱而独立,作为一种抒情的诗体,但仍须严辨声律,要求音韵和谐、节奏分明,比旧体诗具有更强的音乐性。(二)到了宋代,已先后创制了词谱八百七十多个。每一词谱互不相同,在字数、句式、平仄、押韵、分片、对仗等方面,都有严格的规定,丝毫不容假借。(三)在篇幅方面,词很简短。最长的词谱《莺啼序》,不过二百四十字,但这类长调一般很少用;最短的词谱《竹枝》只有十四字,仅当得七言绝句的一半,但在这类小令中,仍须表现完整的形象和意境。这且莫说比散文拘谨,就是比起长短不拘的古体诗来,也更没有回旋的余地。(四)词在语言方面的要求也特别严。宋人一些论词的专著如《乐府指迷》《词源》等,都有讲求字面和句法的论述,如《词源》说:"句法中有字面,盖词中一个生硬字用不得,须是深加锻炼,字字敲打得响,歌诵妥溜,方为本色语。"

一般地说,词在格律上比旧体诗的要求更严,因此填词比作旧体诗的难度更大。在表达思想感情时,填词要受到更大的限制、更多的束缚,这颇有点"作茧自缚"的味道。初学者按谱填词,在某种程度上可说是"戴着镣铐跳舞",这正是词作为一种文学体裁的严重局限性所在。

但是,只要辩证地看问题,任何文艺体裁都是要规定一定的限制,都是有它

自己的局限性的。倘若不了解、未掌握它本身独特的艺术规律，这种种限制对作者来说，就变成镣铐和枷锁；相反，倘能通过顽强的钻研和探索，熟练地掌握了它本身内在的艺术规律，能够做到驾驭它而不为它所驾驭。词这种体裁、形式所规定的种种限制，就可以转化为它独有的一系列艺术特长；这种特长，又是其他体裁、形式所不可能具有的。这一艺术辩证法在宋词中得到了有力的证明。

令人惊叹的是：在两宋许多优秀词人的作品中，我们所看到的，并不是他们受体裁的限制和束缚、"戴着镣铐跳舞"的窘相，而是他们得心应手、左右逢源的生动形象。通过大量的创作活动，他们举重若轻，挥洒自如，使词这种体裁的严重局限转化为下列多种艺术特长：

这一转化使词这种格律诗具有无比多样的表现形式。前面提到，在两宋，先后创制的词谱达八百七十多个；而在所有这些词谱中，都有比较优秀的作品。实际上，每一词谱，就是格律诗的一种表现形式。上述情况表明，宋代词人们所掌握的表现形式竟达八百七十多种。在世界文学史上，试问有哪个国家、哪一民族在格律诗方面创制和掌握了这么多样化的表现形式呢？这种创造的宏伟气魄是惊人的。

这一转化使词变得特别精炼而富于内涵。由于词的篇幅简短（尤其是小令），这就逼着词人讲究高度的集中概括，以求一以当十。例如李清照的《如梦令》，只有三十三字，和一首七言绝句差不多，可是通过作者大幅度跳跃的艺术处理，却使其中所写的主（作者）仆（卷帘人）二人既有问话、回答，还有反问。通过这简短对话，读者明显地看到：一个是高度敏感、心事重重，一个是粗枝大叶、漫不经心；一个是言者有意，一个是听者无心，从而主仆二人的不同性格、神情、心境等都非常鲜明突出而又传神地表现了出来，而作者"爱花惜春"之情、"美人迟暮"之感也跃然纸上。而在其他文学体裁中，只用三十三字就具有这么大的容量，是几乎不可能的。

这一转化使词比旧体诗更富于变化和表现力。词又名长短句，其句式长长短短,有的长到九字,有的短到一字,这就比固定为五言或七言的绝句和律诗更为灵活机动,而适应的幅度也较大,可以较顺当地表达复杂多变的生活内容和思想感情。你看,"这次第,怎一个愁字了得"(李清照《声声慢》)、"众里寻他千百度,蓦然回首,那人却在、灯火阑珊处"(辛弃疾《青玉案》)等长短句,其节奏多么鲜明,同时又多么富于弹性!这么强的表现力,是句式整齐、固定不变的旧体诗所难以达到的。

这一转化使词的音乐性特别强。因词系严格按乐谱的规格填写,所以可按谱配乐歌唱。据俞文豹《吹剑续录》载:一善歌幕士谓柳郎中(永)词合十七八岁女郎,执红牙板,歌"杨柳岸、晓风残月";而苏学士(轼)词,则须关西大汉、铜琵琶、铁绰板,唱"大江东去"。可惜这些供歌唱的乐谱几乎均已佚亡,现存的只有姜夔词集——《白石道人歌曲》中,还有十七首词牌注明了工尺谱。今天按谱歌唱,仍有"敲金戛玉之奇声",其节奏、旋律、音调、音强、音色,都是清劲与和婉并存,与姜词的艺术风格、美学境界完全一致,有一种高度和谐的美。就是那些不必配乐、可以脱离音乐而独立存在的词,也与音乐结下了不解缘。王力先生在《略论语言形式美》一文中说,"在律诗和词曲中,对仗就是整齐的美,平仄就是抑扬的美,韵脚就是回环的美",这主要是就律诗得出的结论。就词来说,除了上述诸美外,还由于它是长短句或长短句与对仗句的结合,因而还有一种参差镜落的美。而且词的整齐美不单靠对仗(有的还靠上下片的平衡对称),抑扬美不单靠平仄(和句调的长短配合有关),回环美不单靠韵脚(和各句的节拍有关),因此朗诵词也比朗诵旧体诗更富于音乐性。

这一转化使词特多富于本色的警句。由于词在语言方面的要求很严,宋代词人特别追求语言的精美,大有"地狱天堂探艺珠""语不惊人死不休"之概。像"无可奈何花落去,似曾相识燕归来"(晏殊《浣溪沙》)、"乱石穿空、惊涛拍岸,卷起千堆雪。江山如画,一时多少豪杰"(苏轼《念奴娇》)、"莫道不销魂,帘卷西风,人比黄花瘦"(李清照《醉花阴》)、"三十功名尘与土,八千里路云和月"(岳飞《满江红》)、"举头西北浮云,倚天万里须长剑"(辛弃疾《水龙吟》)、"最可惜一片江山,总付与啼鸩"(姜夔《八归》)等文采焕发的警句,真可使读者耳目为之一新。在宋词中,有篇有句的杰作固然不少,同时无篇有句的作品也相当多。如宋祁因有"红杏枝头春意闹"(《玉楼春》)之句而被称为"红杏尚书",张先因有"云破月来花弄影"(《天仙子》)等句而被称为"张三影",秦观因有"山抹微云、天黏衰草"(《满庭芳》)之句而被称为"山抹微云君",贺铸因有"试问闲愁都几许?一川烟草、满城风絮、梅子黄时雨"(《青玉案》)等句而被称为"贺梅子"。这些通篇内容本来比较一般的词,都因为有这些不同凡响的警句而得以广泛流传。每一警句,好像词中的一个闪光点,由于它的闪光,使整篇生色不少。在宋词中,有篇无句的作品却很难找到。这说明宋代词人在遣词造句、驾驭语言方面的功力是很深厚的。

上述的种种特长,使词具有一种独特的艺术美。日本词学理论家森川竹磎在《词法小论》一书的自序中说得对:"或曰,词比诗少兴趣,是未知词者也,亦与井蛙一般。盖诗有一种之味,词岂无一种之味哉?"可见词这种独特的、另一种的艺术美并不能为旧体诗的艺术美所代替,也不能以其他文学体裁的艺术美去取消它。

由于词在形式上所受的限制太多太严,填词的难度很大,可是要掌握任何文艺形式都不免有难点、困难,正是为了让艺术家去征服它而存在的。卓越的艺术家正是在限制中显身手,在困难处见功夫,在规律中获自由。笔下所遇到的重重障碍,往往逼得艺术家必须别出心裁、另辟蹊径,去化难破险,而创造性也就寓乎其中。正如一股流水,遇到石头拦阻,又有堤岸约束住,就得另觅途径,却又不能逃避阻碍,只好从石头缝中迸出,于是就激荡出波澜,冲溅出浪花来。宋词在艺术上的大放异彩,充分地证明了这一客观规律。

许多宋代词人将词这一体裁的严重局限转化为多种艺术特长的情况,不但可供我们进行文艺创作时借鉴,同时对我们欣赏文艺的审美活动也是很有启发的。16世纪意大利美学家卡斯特维特罗有句话说得很好:"欣赏艺术,就是欣赏困难的克服。"

任何文艺杰作,都应真、善、美相结合;文艺问题,绝不仅仅是一个美的问题。但同时我们也要看到,没有美,不能作为人们的审美对象,艺术是不存在的。因此,马克思非常强调艺术要"按照美的法则去创造"。美,与丑恶相对立,具有强烈的诱发力,它可以引起人们精神的愉悦或振奋,可以激起人们对生活的热爱。长期以来,宋词和唐诗一道,一直为中外人民传诵和激赏。其中原因很多,而它具有上述种种美学特征,肯定也是一个重要原因吧!

一九八一年四月初稿
一九八二年十二月修改

(选自《云南大学校庆六十周年语言文学论文集》,云南大学中文系1983年版)

姜夔词体现了"中和之美"

——兼探宋词第三种风格的美学特征

殷光熹

一

谈到宋词的风格流派问题时,历来有婉约和豪放之分。作为两种风格类型来说,自然有客观事实为其依据,应当承认它们的合理性。正因为如此,才一直沿用至今。然而我们又不能不正视这样的事实:整个宋词仅用婉约、豪放两种风格类型是很难包容尽的,有许多现象和问题也难以解释清楚。如果我们换换角度,例如从美学的角度重新审视整个宋词,也许会有新的收获。

事实上,宋代词家中确有一类词风既难归于婉约派,又难归在豪放派;从美学特征来看,它既不属于纯粹的阴柔美(优美),也不属于纯粹的阳刚美(壮美)。如何认识和评价这类词风的作家作品呢?看来前人已多少觉察到这个问题。有的认为姜夔、张炎等人的词是"冲淡秀洁,得词中正",所谓"得词中正"是与婉约、豪放比较而言的,即刚柔相济之谓。刘熙载又有"三品"说。他在《艺概·词曲概》中指出:"《太和正音谱》诸评,约之只清深、豪旷、婉丽三品。"所谓"清深",如"山间明月也";"豪旷",如"天马脱羁也";"婉丽",如"锦屏春风也"。刘氏的"三品"说,虽然是论曲,但是用"三品"说来概括词体风格也未尝不可。其中的"清深",显然不属婉约或豪放范畴。谢章铤《赌棋山庄词话》卷九:"宋词三派,

曰婉丽,曰豪宕,曰醇雅。"明确提出宋词有三派,与传统的"二分法"(婉约和豪放)有别。已故著名学者詹安泰先生认为:

> 他(指姜夔)自周邦彦来而有新变。有时也学东坡之高旷,而无其襟抱;也学稼轩之劲健,而无其魄力。极意创新,力扫浮艳,运质实于清空,以健笔写柔情,自成一种风格,仿佛诗中的江西诗派。①

"自周邦彦来而有新变""自成一种风格,仿佛诗中的江西诗派",点明姜词已形成一种风格流派。宋代受姜词影响的词人比较多,张炎极力推崇姜词自不必说,其他如高观国、王沂孙等人步其后尘。这一派词家的词风(特别是姜夔),实际上是刚柔并兼,它是融化阴柔和阳刚两种美学倾向的产物。从美学特征来说,我们不妨称其为"中和之美"。这种"中和之美"不是刚美和柔美的简单相加,也不是刚性和柔性的各半。它既不同于柔美的"包括"性统一,也不同于刚美的"对抗"性统一,而是奇妙的融合,浑然一体,形成刚柔相济的风格类型。它有相当强的适应能力和表现能力,在表现生活内容上有较多的能动性;在表现手法的处理上,有较大的可塑性。作者可以根据情况随时调整尺度关系,把刚美和柔美加以灵活运用和变化,以适应生活的需要和文体发展的需要。以下,笔者拟从美学的角度,重点通过姜夔及其作品的剖析,进而对宋词中第三种风格流派及其美学特征做些探讨。

二

宋词中存在着婉约、豪放和清雅这三种带有普遍意义的风格或流派,是宋代词家对社会生活进行选择和反映的结果。这三种不同美学倾向的作品,由于它们在反映社会生活上有着不同的角度、侧面、深度、广度和不同的艺术特长,因而在风格上体现出不同的特征:阴柔美、阳刚美和中和之美。

---

① 詹安泰:《宋词散论》,广东人民出版社1980年版,第59页。

姜夔词体现了"中和之美"

不同的美学特征,是通过各自独有的内容美和形式美体现出来的。作为宋词来说,不同风格、不同美学倾向的词,各有其主要的社会生活内容和独特的抒情方式。

清雅风格的词,其审美对象具有刚柔并兼的特性,它所表现的社会生活内容并不单一:重大的社会冲突、社会生活中的平凡事物、个人生活中的哀乐,都兼而有之。在反映方式上,往往经过作家的"热处理"或"冷处理":或摧刚为柔,或柔中有刚;或"变雄健为清刚,变驰骤为疏宕"(周济《宋四家词选·目录序论》);或以壮景写柔情,或以柔情写壮词;有以壮景衬托离愁的,以硬笔写柔情的;有以丽景衬托理想的,以柔笔写豪情的;重大的社会冲突,一般不表现在字面,而深藏于字外。这类词风既非豪放,又非婉约,而往往是有节制的、不冷不热的、亦刚亦柔的,以其独特的方式表达作者的体验、感受、情怀和愿望。这种非豪非婉的词,不像婉约词的"质实",而具"空""疏"的特点;也不像豪放词的明朗外露、宽广粗犷,而善于选取社会生活中具有一定特征的事物表现之。在反映社会生活方面,虽不如豪放词广,却比婉约词宽,比豪放词深;在表现冲突时,虽不如豪放词强烈,却比婉约词刚劲,比豪放词的碰撞有更长的余响;在人情体察和情感描写方面,虽不如婉约词细腻,却比豪放词细致,比婉约词更有韵味。它侧重在回味,既有一定的明确性,又有一定的模糊性。这种空疏、灵动、朦胧的意境,给词带来内涵的多义性、诗意的丰富性、审美情趣的多样性。总体来看,它是词中第三种风格类型,体现了中和之美。与刚美比较,它有较多的柔美;与柔美比较,它又有刚美为其内核。它把各种相互对立的美学元素有机地组合在一起,铸造出另一种艺术品。

姜夔作词,是有意另辟蹊径,自成一格。他是入于江西诗派而又出之的诗人。他曾用数年时间钻研黄庭坚诗,最后得出一个"学即病"的结论,"故向也求与古人合,今也求与古人异"(姜夔《白石道人诗集·自序》),决心抛弃因袭模仿的做法,走自己的路才是上策。虽然他没有明说要在词上创新,但联系他的《诗说》主张(实际上也是他的词论)来看他的词,确有另创新格的趋向。他善于把刚美、柔美加以融会贯通，形成自己的特征——中和之美。这是姜夔的审美意识对现实生活选择和反映的结果。这种审美意识的形成，除了传统的因素外，还与当时的社会环境、文化思潮、时代风尚、思想意识、个人经历、心理素质和性格气质等因素有着直接、间接的关系。

姜夔的创作活动主要在孝宗、光宗和宁宗执政时期，正是宋金议和时期。先前的爱国呼声此时降调，人们追求享乐的风气又死灰复燃。他有过抱负，曾上书朝廷，建议整理国乐，未被重视。两年后考进士又未中，以致终身布衣，一生漂泊，过着靠人周济、寄人篱下的生活。由于这样的身世，使他看到金兵南犯后出现的荒凉景象，对民生疾苦有所了解，写出《扬州慢》《凄凉犯》一类词，对南宋小朝廷的苟且偷安表示失望和不满。然而仕途上的失意，又迫使他与某些情趣相投的达官贵人周旋，过着名士、清客般的生活。寄情山水，吟诗作词，以求精神寄托。那种用世不得而以隐居为志的情绪在词中随处可见，例如：

高柳垂阴，老鱼吹浪，留我花间住。

——《念奴娇》

蕉叶窗纱，荷花池馆，别有留人处。

——《念奴娇》

何时共渔艇，莫负沧浪烟雨。

——《清波引》

酒醒明月下，梦逐潮声去。文章信美知何用，漫赢得、天涯羁旅。

——《玲珑四犯》

他虽有家国之恨、身世之慨，但又没有勇气表示鲜明的爱憎，只能以景现情。他用"日暮。望高城不见，只见乱山无数"这种奇峰壮景来衬托这样的柔情："第一是、早早归来，怕红萼、无人为主。算空有并刀，难剪离愁千缕。"（《长亭怨慢》）他的词常寓刚健于婀娜之中，化遒劲于婉媚之内。或以回环跌宕之笔，表现深长绵远之情；或在淡墨渲染的画面中，充塞着一股孤高清逸之气。

可见，刚柔相济的中和美，是与他所表现的社会生活内容分不开的。

姜夔词体现了"中和之美"

三

中和之美还通过词体的艺术形式表现出来。姜夔在运用词体形式创作时，又采用了自身特有的某些方法写景抒情，因而构成了独特的风格特色。

姜词有着多种美的特点，多种美的有机融合形成了中和之美的风格特征。姜词的景物描写，有较丰富的内涵。景物描写一旦与优美的声调结合时，就具有深沉的暗示力，由感官进入想象感应，再进入意象，从而造成内在的和外在的双重审美主体。外在衬托内在，即作者所要表现的意象与自然物之间，是由暗示沟通的。暗示的不明了性（微妙性），就带有多面性和朦胧色彩。大自然的秘密固然可以认识，但在认识过程（审美过程）中，由于时代背景、角度的不同，修养、性格和情感的不同，眼中之象、胸中之竹，也不尽相同。姜词的独特处就是由此而来的。那么，姜词在景物描写上给人最深刻的印象是什么呢？

有透过朦胧美的景色来衬托人物的高洁风神。例如姜夔的咏梅词，大多选择月夜中的梅花形态：

苔枝缀玉。有翠禽小小，枝上同宿。……还教一片随波去，又却怨、玉龙哀曲。等恁时、重觅幽香，已入小窗横幅。

——《疏影》

家在马城西，今赋梅屏雪。梅雪相兼不见花，月影玲珑彻。

——《卜算子》

月上海云沉，鸥去吴波迥。行过西泠有一枝，竹暗人家静。

——《卜算子》

玉蕊松低覆。日暮冥冥一见来，略比年时瘦。

——《卜算子》

明月、梅花、幽香、笛声……从视觉、听觉、嗅觉上给人一种美感享受。迷蒙的月色，清瘦幽雅的梅花，晶莹高洁，韵趣深蕴。诗人观察这些景物时，常把人的情趣、性格"外射"或移注到对象中去，使本无情趣和性格的自然物也仿佛具有人性、通人情似的。景物中渗透着诗人的自我形象和淡于功名之心影。这正是诗人最隐秘、最深沉的心声，代表着他的精神本质；是他对生活的失望而将新的期望移进审美对象之中，而在有意无意中流露出来；但它不是直接表露，而是带有某种模糊性、朦胧色彩。从审美表现的情绪体验方面看，审美对象一般都有显层和隐层（表层和深层）的结构。显层结构是指对象所包含的视觉、听觉、知觉、嗅觉所形成的意象给审美者的美感（引起审美者的愉悦）。隐层结构含有浅层和深层二种情绪体验，是对象所包含的意象在审美表现中给审美者的情绪体验。在审美表述过程中，浅层体验可以是确定的，而深层体验则是不确定的、朦胧的。姜词以意境上的朦胧造成思想感情的丰富性、多义性。他的朦胧并非不明了，而是意境上的空疏给人以思绪上的变幻性，不像某些词人一词定于一义，不可移换。

　　时代的萧条给姜夔的心理蒙上了一种萧瑟感，追求"冷美"的审美趣味：

　　　　但怪得、竹外疏花，香冷入瑶席。

　　　　　　　　　　　　　　　　　　　——《暗香》

　　　　冷云迷浦，倩谁唤、玉妃起舞。

　　　　　　　　　　　　　　　　　　　——《清波引》

　　　　二十四桥仍在，波心荡、冷月无声。

　　　　　　　　　　　　　　　　　　　——《扬州慢》

　　　　谁念我、重见冷枫红舞。

　　　　　　　　　　　　　　　　　　——《法曲献仙音》

　　　　东风冷，香远茜裙归。

　　　　　　　　　　　　　　　　　　　——《小重山令》

　　　　嫣然摇动，冷香飞上诗句。

　　　　　　　　　　　　　　　　　　　——《念奴娇》

冷月、冷云、冷香、冷风、冷枫、冷山……总之，诗人喜好一种"冷美"，对"冷美"刻意追求，着意刻画。人生的苍凉感使诗人对自然界中的幽独之物发生感性的联络。冷月、冷香、冷梅、冷云等，都具有幽芳自洁的意味。诗人以此寄托，将这种冷美由感官转化为心理感受，上升为审美直觉，造成审美心理上的串接和双重变异，在生理感知与审美直觉之间产生一种"误差"。"冷香飞上诗句"，从嗅觉转换为诗情再转换为视觉（行之文字）。这种感觉的更新，是词的领域感觉的更新。如果姜夔只把梅花的香当作香，不把香当作浸染了自己的诗情和诗句，没有这样的"误差"，就写不出这样的名句来。正由于"误差"的关系，李白才把月亮当作自己的朋友，写出"举杯邀明月，对影成三人"的佳句。诗人在感觉超越上出奇制胜，使诗的感情容量扩大。原形的变幻，形成新的投影式样，启发读者的联想。姜词的"冷"，在色、香、味上无不显示其感受上的独到的情感和力度，加上他擅长音律，在选声择调、修辞韵律等方面有很深的造诣，使他的"冷"插上翅膀，"飞上诗句"、飞入瑶席，给人的情感、心志配以精妙的音响效果，使人们更加赞赏姜词的特殊美质。概言之，姜词的"冷美"，并非全属阴柔之美，它不像婉约派的艳词写得那么强烈炽热、那样"香而软"；也不像豪放词有着热血沸腾、气壮山河的壮美，而是"瘦削雅素""峭拔清劲"。即如姜词中的柳与梅——缠绵悱恻之美和冷清幽雅之美，构成词人的心理气质，然后熔铸在他的词中，形成独特的个性美。这种"冷"的个性、形象、情感、画面，之所以同别人的词区别开来，就在于他的"冷处理"手法。他需要"美人"作伴，但这个"美人"是在"月明林下"——诗化的境界中飘然而来；他热爱自然风光，但不是繁花似锦的花花世界，而是山林野趣中的疏淡幽独境界；他需要抒发柳丝般的柔情，但不像柳丝的轻抚面颊，而是借幽梅的"冷香"沁入心间。

四

姜词中的朦胧美、冷美是为了在意境铸造上突出诗人的淡泊情怀和醇雅风致，于是后人论姜词时有"清空"之说。张炎云：
　　词要清空，不要质实。清空则古雅峭拔，质实则凝涩晦昧。姜白石词

如野云孤飞,去留无迹。(《词源》)

"清空"之说,似乎玄虚难悟。其后,沈祥龙解释道:

　　清者,不染尘埃之谓;空者,不着色相之谓。(《论词随笔》)

这里把"清"与"空"分开来解释,前者有些道理,后者就不够准确。还是戈载阐释得比较切题,他说:

　　白石之词,清气盘空,如野云孤飞,去留无迹。其高远峭拔之致,前无古人,后无来者,真词中之圣也。(《宋七家词选》)

"清气"确乎贯穿于姜词中,所谓"以清虚为体"(陈廷焯《白雨斋词话》)。诗人用世不得而以隐居为志,以布衣为荣。这种审美情趣,是由他的人格和感情决定的。"盘空",主要指姜夔的情思、意绪缭绕回荡,意味无穷。"野云孤飞""去留无迹",则是从词的神韵来体现诗人的孤高洒脱。"高远峭拔"是指出现于词面的景象事物均有"空"而"疏"的特点,这种意境呈现出"骨理清,体格清,辞意清"(沈祥龙《论词随笔》)和空灵浑涵的特点。结合姜夔《诗说》来看,他的创作是在追求"自然高妙"的境界。姜词意境的"清空",与他的诗论是一脉相通的。诗贵意在言外,遗貌得神,词亦然。姜词的特征是以"高妙"为核心。这种"高妙"就表现在意境上留出适度的"模糊",赋予意象以蕴藉、空灵以及诱发想象的特征,使得词的内涵加多,不显贫弱而具深蕴。诗意的"空白"留出了可供回旋的余地,造成一种清空的境界。清空的境界可供思维的流转,可以激发读者的想象力和创造力。

　　他还主张"一家之语,自有一家之风味"。姜词的语言确有"一家之风味":

　　池面冰胶,墙腰雪老。

——《一萼红》

　　虚阁笼寒,小帘通月。

——《法曲献仙音》

　　簟枕邀凉,琴书换日。

——《惜红衣》

> 红衣入桨,青灯摇浪,微凉意思。
>
> ——《水龙吟》
>
> 波心荡、冷月无声。
>
> ——《扬州慢》
>
> 千树压、西湖寒碧。
>
> ——《暗香》
>
> 数峰清苦,商略黄昏雨。
>
> ——《点绛唇》
>
> 衰草愁烟,乱鸦送日,风沙回旋平野。
>
> ——《探春慢》

这些例子都说明他在语言运用上的特点,不仅"微妙",且有"清"味和"空"感。有其自身的特色,既不似柳永、周邦彦的华美浓艳,也不像苏轼、辛弃疾那样气象恢宏,而是幽深空灵,韵度高绝,有着高远的"气象"和"微妙"的境界,道出了人人心中所有而笔下所无的话。

姜词在意境铸造上,主要是含蓄与自然的交织,峭拔与灵动的交织,通过它们的有机融合,达到"自然高妙"的境界:幽深如"清潭见底",淡泊清劲如"瘦石孤花",空寒如"波心冷月",韵度高绝如"疏梅送香"。姜词取景,喜幽深空淡之景,多以冷寒疏淡的朴素自然美为主要对象;在形似的基础上得其"风神",有一定的象征性,使词的意蕴深远,有"意趣"。可以说,姜词艺术特色的形成,是以"高妙"为核心、为审美情趣的基础的。他的词,无论是写景、咏物、抒怀、赠答,还是写相思恋情,常常选取能体现其高雅人品的景物(一般有"疏"而"空"的特点),通过借景现情等手法,把自己沉郁悲愁的心境,置于相应的景物中加以表现。姜夔为人清高,所以在创作过程中必然要选择与之相应的景物,"白石多清超之句,宜学之""欲高淡学太白、白石""天以空而高,水以空而明,性以空而悟。空则超,实则滞""天之气清,人之品格高者出笔必清"(孙麟趾《词径》)。格高神清,清逸劲健。在景物之中又取其神理特征,或"空诸所有"(刘熙载《艺概》)、

"不著色相"(司空图《二十四诗品》),构成空灵浑涵的意境;或淡墨渲染,以清幽淡泊的情怀,对客观世界做审美静观,其词"如瘦石孤花,清笙幽磬"(郭麟《灵芬馆词话》),呈现出空旷深远的境界;或以画家的眼光观察景物,"登山则情满于山,观海则意溢于海"(刘勰《文心雕龙·神思》),将自然景物的特征与自己的情感联系起来,移情于景,情景交融,出神入化。姜词以表现情感的回味为多,有着韵趣深蕴的艺术特征。他的词,得苏、辛的某些精华,但又不同于他们的壮美;有婉约的精妙,但又不同于婉约的优美,而是"嫁接"了豪放、婉约两种美,产生一种清雅疏冷的情韵、清空深邃的美感特征。正是这种表情达意的微妙,填补着逊于婉约词的细腻,而疏空的特色又使它不必取豪放词宏大的气魄。它有别于婉约词的优美、豪放词的壮美,呈现出另一种艺术美——中和之美。它的存在,对婉约、豪放两派来说,既是一种滋补,又是一种创新。

五

"清空"固然为姜词的主要特色,但还不能说明姜词的全部特色,故张炎有"不惟清空,又且骚雅"(《词源》)之说。在张炎看来,"骚雅"既不同于清真的"软媚",也不同于稼轩的"豪气",而为"雅正之音"。至于"骚雅"究竟指什么?则语焉不详。清人汪森曾指出,姜词是纠正"言情者或失之俚,使事者或失之伉"(《词综·序》)的典范,确有一定道理。这里所说的"言情者"指婉约词,"使事者"指豪放词,"失之俚"和"失之伉"都有过度的弊病。姜夔面临这种情况,势必肩负起双重改革的任务:一方面要纠正"言情者或失之俚"的偏向,使之向"言志"靠拢;另一方面又要纠正"使事者或失之伉"——言志过度的倾向,使词不至离开"缘情"本位而滑入诗文的轨迹。可见,"骚雅"的美学本质便是以"诗言志"的精神来改造词的"软媚",从而使词由"缘情"之物向"言志"转化,并保持适度,讲求中节。这一特点无疑受到儒家诗教的制约和影响,所谓"发乎情,止乎礼义"(指《诗》)、"好色而不淫""怨悱而不乱"(指《骚》)。无论言志还是抒情,都要适度。

强调对主观心志的抒写,是姜词风格的美学倾向。周济曾有这样的批评:

> 北宋词多就景叙情,故珠圆玉润,四照玲珑。至稼轩、白石一变而为即事叙景,使深者反浅,曲者反直。(《介存斋论词杂著》)

别的姑且勿论,仅就他对姜词的批评来说,不无偏颇或误解之处。北宋词"就景叙情"固然好,但南宋词"即事叙景"未必都不好,而是各有千秋。就以"即事叙景"来看,作为一种写作手法加以运用,应当允许。至于用得好与否,则因人而异,不可一概而论。在作词高手的笔下,所谓"事"不见得"浅"和"直"。姜词中的不少"事",往往是无关乎"景"而牵系于心志意趣的某种主观理念,如"数峰清苦,商略黄昏雨"(《点绛唇》)。其中意象,无一不是主观理念的外化。它不是以直感效果取胜,而只是让人们领会到某种思想意趣。其词的意象总是突出主观意念对客观物象的强烈调制,如"嫣然摇动,冷香飞上诗句"(《念奴娇》)、"但怪得、竹外疏花,香冷入瑶席"(《暗香》)、"二十四桥仍在,波心荡、冷月无声"(《扬州慢》)、"岑寂,高柳晚蝉,说西风消息"(《惜红衣》)等等,虽写物,却使之形、色、神、理都摆脱自身的客观具体性,而在一个心理意识的理性层次上得到象征性的表现。这就是空灵,带有虚的特征。他的词,是将一种鲜明的意念投射到不同的意境层次上,并借助这一意念本身所产生的情感气氛来使那些彼此缺乏客观联系的、疏散的意象群融为一体。

姜词的"骚雅",既有其传统因素影响的一面,又有其特定历史阶段选择的一面。南渡之后,国势日非,许多词人感时伤事就成为必然现象,其美学观念也随之改变。他们已经不热衷于外物刺激的新鲜,而敏感于特定时代气氛中自身意念的惊动。读姜夔的风雅词,只有在那特定意念的指引下,才能真正进入词境;只有在寄托之念的烛光照耀下,才能看清其中的每个意念。姜夔寄托之作(例如《暗香》《疏影》),能以高超的艺术手段塑造形象、铸造意境,使词增大了包容量,可以诱发读者的联想,但往往引起理解上的歧义。

姜夔也有家国之慨、讽谏之意,但他的表达方式不是呐喊式、奔腾式,而是隐晦曲折、味在言外、无迹可寻，从而使词显得温和平正、柔中带刚。用他的话来说:"三百篇美刺箴怨皆无迹,当以心会心。"(《诗说》)他是有意把这种手法引进词的创作中。例如《扬州慢》抒发了作者"黍离"之感,内心深处是沉痛的,却以温和委婉之语出之。作者感慨之深,不是一眼看穿,而须透过全词的情思方能领会。这就显出该词"骚雅"之处。再看《凄凉犯》:上阕写作者回看汴洛,慨叹收复京城之无望;下阕写作者南望临安,感叹旧游欢快之难寻。此词作于合肥,当时的合肥犹如"边境"。国势不振,社会动乱,使个人失去了欢乐的生活。昔日小舟清歌之乐,换得眼前西风画角之悲。个人的乐悲与国家的兴衰休戚相关。凄婉之中带怨恨,柔丽之中有刚劲。词中"黍离"之悲不是实写,而是"伊郁中饶蕴藉","全在虚处,无迹可寻"(陈廷焯《白雨斋词话》)。以质朴的语言,"状难状之景,达难达之情,而出之以自然"(冯煦《宋六十一家词选·例言》)。

　　体现"骚雅"的另一类作品则寓有"规讽之旨"。这类词的主旨往往隐藏在个人的感受情绪中,表现方式更为温婉和平。淳熙十三年(1186),武昌安远楼落成,姜夔"度曲见志",写了《翠楼吟》一词,"感慨全在虚处"。这个"虚处"就是对南宋小朝廷满足于宋金言和、居安忘危、沉溺宴饮、不思恢复等,出以微讽。可见,作者不能不受文学传统上的功利性的制约,但他又把这种功利性做了收缩和淡化。所以对其词的底蕴需要细细搜求,方能体味出词中"醇雅"之味。

　　姜词的"骚雅",是有其时代和个人的选择的。他曾经有过自己的追求,却被无情的现实生活干扰、破坏;他对当权者的腐败无能、导致国势日非的局面,胸中自有泾渭;然而政治上的高压,迫使他抑制情感的冲动,往往采用迂回婉转的手法抒发心中的郁闷。或追怀往事,或发思古之幽情,把爱美之心寄托于大自然,而自然景物又往往牵动着他对人世的感叹、对作恶者的憎恨。他的某些咏物词,如《侧犯·咏芍药》《虞美人·赋牡丹》等,就是寄托了身世之感、家国之恨的。从这类词可以看出,诗人对生活的观察和体验,是经过一番"冷处理"的,然后融合在词的情绪中,审美的主客体包含在疏散的意象群里。在抒情方式上,不奔放呐喊,也不婉转缠绵。它着眼于总体感受,重在追求韵味。

六

　　通过以上分析可以看出一种值得探讨的现象：词重抒情，是音乐和文学的结合体，因而"词别是一家"的说法是有其合理性的；由于词的前进轨迹始终受着诗的传统力量的牵制，致使词由抒发情感向描写心志转化。这个转化过程，实质上是使词逐步脱离音乐而向诗的体势靠拢，最终使词这一新兴的文学样式改变了独立发展的轨迹而进入诗的系统：虽非诗词合流，但确乎是一种字句长短不齐的格律诗，是"诗言志"的另一种表现形式，这就应当承认"以诗为词"的必然性。姜夔一方面在内容上适当保持"诗言志"的传统，另一方面又要坚持"词别是一家"，在音乐与歌词的配合上尽量保持词的本位，使词与乐成为不可分割的整体。这是又矛盾又统一的文学现象。从词的发展过程看，最终是这样而不是那样，是与历史传统所造成的艺术世界里的"生态不平衡"有关。

　　总之，清空、骚雅的美学特征是中和之美。其核心是含蓄与自然的交织、峭拔与流转的交织、抒情与言志的统一、表象与意象的统一。在词境的铸造上力求高妙，刻画美的形象、美的境界。有时以淡笔渲染，表现冲淡的情怀；有时将自然景物的特征与自己的感情相连，把画境与词境融为一体，在幽淡、空濛、高远的意境中呈现出诗人的自我形象。正是这种以朦胧为外观、以空疏为本质、以骚雅为主旨相融合的艺术意境，将同样的意象有机地组合起来，又把壮景写柔情、柔笔写壮景、刚柔兼美的特征融汇于词的境界中，从而形成姜词的风格特色。

　　姜夔在创作上能够自成一家、开宗立派（清雅派），是词体发展的必然结果。当词体发展到一定阶段出现创作上的危机时，就不得不变。变则通，不变则僵化；变则新则活，不变则旧则死；巧变则妙，强变则拙；小变则小进，大变则大进，不变则不进。总之，新变是文学发展的基本动力，姜词就是"变"的产物。词的几种主要风格类型的演变情况大致是这样的：婉约先起，其次豪放，二者并存发展到一定阶段；非豪非婉词在前二者的基础上取其所长，补己所短，刚柔相济，阴阳调和，使气势高亢奔放的豪放词与情调缠绵低回的婉约词各从极端返回，相互接近，取得平衡，得中和之美。"中和"是对豪放和婉约而言，中和偏刚则豪放，中和偏柔则婉约。"北宋多工软语，南宋多工硬语。"（谢章铤《赌棋山庄词话》）词发展至姜夔时期，正处于"软语"向"硬语"的过渡阶段。中和之美，就是这个过渡阶段的产物，从探索如何丰富美学风格来说是有积极意义的。

（选自《宋代文学论丛》，云南大学出版社2013年版）

浅谈钟嵘的"直寻"说

武显漳

钟嵘在《诗品序》中提出的"直寻"之说,是他对诗歌创作方法的一种见解和主张。今人陈延杰在《诗品注》中对"直寻"的解释是:"钟意盖谓诗重在兴趣,直由作者得之于内,而不贵用事。"这种解释是很有见识的,符合钟嵘的本意。

钟嵘认为,自然环境与社会环境对诗歌创作起着一定的作用,他说:"若乃春风春鸟,秋月秋蝉,夏云暑雨,冬月祁寒,斯四候之感诸诗者也。"这是说自然环境给予诗人的感受。他又说:"'思君如流水',既是即目。'高台多悲风',亦惟所见;'清晨登陇首',羌无故实。'明月照积雪',讵出经史。"这是说社会生活是诗人抉取题材的来源和描写的对象。陈延杰说钟嵘"得之于内",也就是针对上述情况而发的。这对内容空泛的齐梁诗坛是致命的一击。强调诗歌必须反映社会生活,指出自然环境对诗人的影响等等,无疑是起到良好的作用。这种诗歌的创作主张在当时可算是一种创新。

至于谈到用典,钟嵘也不是一律反对,他只是反对作诗时在叙事写景上用典,把诗同经国文符严格加以区别。诗的任务是要"吟咏情性",诗应该是情的结晶,情则是诗的生命。没有写情也就不能称作诗。他对用事实繁的诗人颜延、谢庄提出尖锐的批评,指责这类诗歌"殆同书钞",发出"自然英旨,罕值其人"的呼声。陈延杰说钟嵘"不贵用事",也是对此而言的。这对驱散笼罩在齐梁侈于用典的诗坛上的尘雾,起着巨大的功用,可谓切中时弊。

钟嵘的"直寻"说，无论从诗评史和五言诗创作实践来检验，对后代的影响都是积极的、深远的。

先从诗评史来考察。初唐诗人陈子昂在《修竹篇序》中有一段论诗的名言："文章道弊五百年矣，汉魏风骨、晋宋莫传，然而文献有可征者。仆尝暇时观齐梁间诗，彩丽竞繁，而兴寄都绝，每以永叹。思古人常恐逶迤颓靡，风雅不作，以耿耿也。一昨于解三处，见明公《咏孤桐》篇，骨气端详，音情顿挫，光英朗练，有金石声。遂用洗心革视，发挥幽郁。不图正始之音，复睹于兹，可使建安作者，相视而笑。"这同《诗品序》中倡导"建安风力"，推崇曹植是"建安之杰""文章之圣"的看法基本一致。盛唐诗人李白在《古风（五十九首之一）》中也说："自从建安来，绮丽不足珍。"同钟嵘、陈子昂抨击齐梁诗风的思想相符合。

中唐诗人白居易著名的文学批评论文《与元九书》，提出了"文章合为时而著，诗歌合为事而作"的主张，明确指出文学不仅是一般地反映社会生活，而且应该参与现实斗争；又指出"感人心者，莫先乎情，莫始乎言，莫切乎声，莫深乎义。诗者，根情、苗言、华声、实义"，特别强调"情"在诗中的重要地位。

从陈子昂到白居易，在诗论方面或有超出钟嵘的地方，那与时代有关，但其渊源是一脉相承的。

再从齐梁以后五言诗的创作实践来检验。陈子昂的《感遇诗》三十八首，李白的《古风》五十九首，杜甫的名篇《三吏》、《三别》、前后《出塞》，白居易的《秦中吟》十首，都堪称是五言诗的警策。这些诗很少用典，有浓烈的时代气氛，抒发了诗人的愤慨之情，注意了寓情于景的描写。从这些方面立论，可以视为钟嵘"直寻"说影响下的产物。

在今天，对于从事诗歌评论和诗歌创作以及从事文学理论的人来说，钟嵘的"直寻"说仍有着多方面的启示。"直寻"说表明钟嵘对创作方法的见解能紧密联系当时实际，有所谓而发，故能切中时弊，又能不畏权贵，指责王公缙绅之士，思想比较解放。这种干预现实的精神，值得今天文学批评者借鉴，并加以发展。

其次，钟嵘的"直寻"说虽只限于谈论五言诗体，但其主张的精神实质，适用于各种形式的诗歌创作。今天的时代与钟嵘生活的时代虽有本质的区别，但钟嵘所指出作诗的毛病当今仍然存在。如有的诗缺乏时代精神，有的歪曲了现实，有的忽视了自然环境和作诗的关系，有的就像钟嵘批评班固的"质木无文"一样……这些缺陷，应该引起今天诗作者的警惕，创作出无愧于今天伟大时代的诗歌。

再次，钟嵘的"直寻"说不同流俗，勇于创新，既有鲜明的爱憎，又有充分的例证，不仅注意了诗歌自身的发展规律，而且经受了实践的检验。这种观点和材料相统一的治学之风，值得今天文学理论批评工作者批判地继承。

最后，钟嵘的"直寻"说还有助于我们提高诗歌欣赏能力。以他基本符合"直寻"说条件的徐干、曹植、张华、谢灵运等人的诗来说，看出他非常注意赋、比、兴在诗歌创作中的作用，并简要地指出他们各自的特点，说明他们诗歌能流传长久的原因，做到了排沙拣金。钟嵘深得诗学三昧，称得上是诗人的知音者。

（原载《文学遗产》1984年第2期）

论《二十四诗品》的理论体系

张国庆

《二十四诗品》(以下简称《诗品》,其署名作者为晚唐司空图),是饮誉海内外的中国古代美学瑰宝。这部文约意丰的诗学宏著有没有一个比较完整的理论体系？这是一个关乎《诗品》自身美学价值及《诗品》在中国美学史上的地位之总体评价的重要问题,自清代以来就一直为学者们所关注和探讨。有非常多的学者就此发表过意见,归纳起来大致有这样几类看法:《诗品》有一定的体系性;虽然《诗品》整体上看没有体系,但其不少品目间仍有比较紧密的内在联系;《诗品》有非常严整的体系;《诗品》完全没有体系可言。众说纷纭,莫衷一是,至今依然存在严重的分歧乃至对立。①本文拟在借鉴已有相关研究成果的基础上,对此问题做进一步的探究。

笔者以为:《诗品》是有着完整的理论体系的,它突出的体系性就体现在它那由模仿《周易》结构而来的严整的理论结构,以及此结构所表达出的丰富而深刻的理论意涵之中。《诗品》开篇的《雄浑》《冲淡》两品和结尾的《流动》一品,在《诗品》的理论体系和结构中有着关键性的结构意义。《雄浑》是对阳刚美之极致的标举,《冲淡》是对阴柔美之极致的称颂,笔者曾对此二品做过专

---

① 如张法说:"《诗品》是……中国美学体系性著作的最光辉的代表。"(《中国美学史》,上海人民出版社2000年版,第200页)祖保泉说,《诗品》"没有它自己的理论体系""只是二十四首诗的集合体"(《司空图诗文研究》,安徽教育出版社1998年版,第245页)。

门的讨论①,此不赘述。下面,主要通过对《流动》品的考察和对《诗品》结构与《周易》结构的考察比较,来对《诗品》的理论体系、结构做进一步的探求说明。

一、《流动》新解

> 若纳水輨,如转丸珠。
> 夫岂可道,假体遗愚。
> 荒荒坤轴,悠悠天枢。
> 载要其端,载闻其符。
> 超超神明,返返冥无。
> 来往千载,是之谓乎!
>
> ——《流动》

从《流动》品的具体句义到全篇主旨,再到此品在《诗品》中的地位与意义,学者们都有非常不同的说解和看法,这充分表明了《流动》品的复杂难解。下面参考前人的说解,来谈一谈我对《流动》品的一些体会和认识。

先看首四句"若纳水輨,如转丸珠。夫岂可道,假体遗愚"。关于这四句诗,清人杨廷芝在《诗品浅解》中的说解可以参考。按杨解,首二句中的两个"若"字(或一个"若"字与一个"如"字)本是"从翻面剔醒之词",即是说"纳水輨"与"转丸珠"本是用来比喻"流动"的;而此二"若"("如")字却从背面提示人们,这两个比喻虽然表面似得"流动"之态,其实却并不能喻示出作者所要表达的那种"流动"的真义来。再看"假体遗愚"。承上而言,此语或可理解为:因为所要说明的那种"流动"实在难以言说,但作者又还必须去加以言说,不得已,只有采用一种稍得其态却实未能得其神的喻体——"假体"来作比喻说明。然而这样的比喻

---

① 拙文《〈二十四诗品〉"雄浑"析》,《文学评论丛刊》第6卷第2期,南京大学出版社2003年版;《司空图〈诗品·冲淡〉新探》,《比较文学论集》,云南民族出版社1989年版。

说明却并不能真正喻示出作者所指的那种"流动"的真正实质来,因此对于表达那一"流动"的实质而言,运用此"假体"来喻示的这种做法,实在是一种"愚"笨的办法。关于"假体遗愚",杨廷芝说解道:"假体,辖珠之类也。如误以假体之流动为流动,则非愚而如愚矣。"其中"如误以假体之流动为流动"一语表明,在杨氏看来,辖珠之类"假体"的"流动"并非作者所要谈的"流动",作者所要谈的是与辖珠之类"流动"有着实质差别的另外一种"流动",若误此为彼,则"非愚而如愚矣"。这是一个很好的见解。依杨氏之见,《流动》此四句是先提出两个比喻来喻说"流动",然后又对它们的比喻功能做了否定,指明它们并未能喻示出作者所谓"流动"的实质来。那么,《流动》为何要如此的开篇设喻又立即予以否定呢?我以为其用意约有二端。其一是在行文章法方面,起到铺垫作用。即以此自喻自否为铺垫,以便后文在更高的层次上和更广的空间里对真正的"流动"展开正面的讨论。如此行文,平添曲折,摇曳生姿,乃文章常用之法。其二是对"辖""珠"之喻所指向的那一类"流动"加以明确的排除,以便后文更突出、更清楚地彰显具有另一理论实质的别一种"流动"。此两端用意,后者为主。一般说来,当读到"若纳水辖,如转丸珠"时人们所想到的"流动",常常会与"好诗圆美流转如弹丸""新诗如弹丸""中有清圆句,铜丸飞柘弹"这样一些诗句联系起来,会与诗歌作品中意脉贯通、气血流转、活泼跳脱这样一些特点联系起来,事实上不少解说者正是依此路数来进行说解的。然而我以为《流动》开篇自喻自否的主要用意,正是要在对其所谓"流动"展开正式讨论之前将此种诗文中习见的或说读者易于想到的"流动"预先加以排除,表明下文所要展开讨论的那一种"流动"并非是普通诗文作品中的"流行""动荡",提请读者注意务必不要将这两种"流动"混淆起来。

那么作者所谓的"流动"究竟是一种什么样的"流动"呢?下面八句诗,即对此做集中的说明。且先看接下去四句"荒荒坤轴,悠悠天枢。载要其端,载闻其符"。在排除了辖珠之类所象征的"流动"之后,这才对作者所要张扬的"流动"展开正面讨论。"荒荒坤轴,悠悠天枢",首先提出地和天来,尽力铺陈天地的广大与重要。荒荒、悠悠,皆广大深远之貌。轴,车轴;枢,户枢,二者分别是车轮与户门的关键所在,一般也用以指事物的关键。"坤轴""天枢",大约即指天地乃是宇宙的枢轴,乃是宇宙的关键所在。那么,这"坤轴"与"天枢"会不会运转呢?一种看法是,它们是善于运转的。无名氏《诗品注释》说:"坤之为道,亦如车轴之妙于转也;天之为道,亦如枢机之善于运也。"另一种看法是,它们虽不自运转,却能主宰事物的运转。杨廷芝《诗品浅解》说:"枢机不动,而实所以宰乎群动者也。"总之,不论是自己妙于运转还是主宰事物运转,"坤轴"与"天枢"都是与"运转"(流动变化)息息相关的。"载要其端",载,语词;要,求得之意,一说"有'观察'、'研究'、'截取'、'掌握'等涵义"①。其,指"流动"。端,开头、开端、起始,本源。"载要其端"即是说,把握住流动的开端本始。那么,什么是流动的开端本始呢?就《流动》前面所叙看,当然就是那作为宇宙之关键的、自己善于运转或主宰万物运转的天与地(或天枢与地轴)了。所以清人孙联奎《诗品臆说》明确指出:"枢轴即流动之端。""载闻其符",闻,闻知,了解,知晓;其,指天地或天枢、地轴。符,符合,密切扣合的另一半,由于与"端"相对,似亦兼含一定的"结尾"的意味。"载闻其符"即是说,了解那与天地流转变化密切扣合的终结处的相合者。那么,什么是天枢、地轴流变之"相符"呢?就《流动》品看,除了"流动"以外,再没有其他可充此任者了,所以孙联奎《诗品臆说》同样明确指出"流动即枢轴之符"。整体看这四句所绘,从流动之端(天枢、地轴)到枢轴之符(流动),或说从天地的展开运行到其运行的相对终结处,实为"流动"之精神所一体贯注。而"载要""载闻",则提请人们要对这一处于流动之中的广阔空间以及贯注于这一广阔空间之中的流动精神加以总体的把握。

最后看末四句:"超超神明,返返冥无。来往千载,是之谓乎!""超超神明",超超,超远精妙。神明,孙联奎认为即是"流动的妙用"(《诗品臆说》),杨廷芝认

---

① 詹幼馨:《司空图〈诗品〉衍绎》,(香港)华风书局1983年版,第138页。

为是"变化莫测,周流无滞者也"(《诗品浅解》),乔力释为"人的精神"①。我觉得,"超超神明"指的是以天地为本始、为开端的"流动",在其由开端向相对的终结处的变化莫测的运转周流过程中所展现出来的一切超远精妙和绚烂美丽。"返返冥无",返返,复还,回返。"冥无",孙联奎认为指"流动的根本",孙氏进而说之曰:"冥无而曰返返,是返而又返。似应坤轴,天枢及其端,其符等意。盖总言极力用心,返求根本意也。"(《诗品臆说》)依此再做体味,则"返返冥无"说的是,当"流动"充分展现了它的"妙用"("超超神明")而到达它的相对的终结处("符")的时候,同时就又开始了向它的本始开端(地轴、天枢)的复返。"来往千载",来,指由开端向相对的终结处的运动发展,即由"坤轴""天枢"经"超超神明"而向"符"的流动发展过程;往,指由相对的终结处向开端的复返,即由"符"向"端"的回返或连接。千载,久远,永恒。"来往千载"即是说,这种由"端"向"符"的运动发展和由"符"向"端"的回返连接,乃是一种千年不变的循环流动,乃是一种永恒的宇宙运行规律。"是之谓乎","是",孙联奎说是"总承上文"(《诗品臆说》)。照此看,则此句似省略了主语"流动",将它补出来,则全句大意:"流动"的实质真义,大约就是指的上文(从"荒荒坤轴"到"来往千载")所说的这样一些现象和精神了吧。

从《流动》后面八句诗可以清楚看出,作者是从天地宇宙的大视野、大角度来看待和阐扬其所谓"流动"的。地轴、天枢,是此"流动"的本始开端;超超神明,是地轴、天枢运化流转中呈现的精彩与绚丽,也即是此"流动"的"妙用";地轴、天枢的流转运动经由"超超神明"的展现而到达其相对的终结点时,又即由此复返其本始开端,这是此"流动"运行的一大特点——首尾扣合而相续;而这样一种"端"与"符"间的循环运动周流不息,又正是此"流动"展现的一种永恒的规律性的特征。概括来说,这是一种充盈于宇宙运动之开端、过程、相对终结之处乃至重新展开的一切环节中的"流动"。完全可以说,通过对这一"流动"的叙

---

① 乔力:《二十四诗品探微》,齐鲁书社1983年版,第134页。

说，作者实际上也表达了他对宇宙的根本运动规律的认识。

既然"流动"是这样一种在相当程度上表征着宇宙运动之基本特征的精神，那么随之而来就产生了问题：《诗品》为什么要在其整部著作结束之处以《流动》一品来阐扬这一精神呢？我觉得最直接的答案，就是作者意图指明，这样一种流动精神乃是一种贯注于整个《诗品》所论之一切诗歌风格之中的精神，也是贯注于整部《诗品》各品之间的一种精神。参考前人的说解并进一步推敲，我觉得《流动》品在《诗品》中还有另外一层意义，即它不仅指明了"流动"乃是贯注于整部《诗品》各品之间的一种重要精神，也不仅仅是《诗品》这部作品的一个一般性的终篇，而且似乎在相当程度上还扮演着另外一种重要角色——它大约还是整部《诗品》的序篇。就此而言，它似乎与刘勰《文心雕龙》中的《序志》很相像。《序志》是《文心雕龙》的最后一篇，也是全书的总序。在《序志》中，作者说明了《文心雕龙》的命名、全书的结构安排等问题。其实，这种将书序置于书末的情况在古书中乃属常见。①我觉得《流动》也有充当《诗品》序篇的迹象，它实际上在展现"流动"精神的同时也扼要地说出了整部《诗品》的结构。它所说的"天枢"与"坤轴"，既是广泛的谈天说地，同时也是喻指《诗品》之"端"，即喻指《诗品》开篇的《雄浑》与《冲淡》二品②。所谓"超超神明"，即喻指的由《雄浑》《冲淡》这一开端向其相对的终结处的发展流动过程中所展现出来的种种高妙与绚丽，实即隐喻着《诗品》中从《纤秾》到《流动》这二十二品。《流动》品则既是《雄浑》《冲淡》之"符"（即端之相符者），也是整部《诗品》之"符"（相对的终点，与"开端"

---

① 纪昀说："古人之序皆在后。《史记》《汉书》《法言》《潜夫论》之类，古本尚班班可考。"转引自周振甫：《文心雕龙注释》，人民文学出版社1981年版，第536页。

② 《雄浑》之德性近天（阳刚），《冲淡》之德性近地（阴柔），《流动》品"荒荒坤轴，悠悠天枢"即是在谈天说地。可是，其"坤""天"排列次序却正与《雄浑》《冲淡》的排序相颠倒，当怎样来理解这种次序的颠倒呢？我想，《流动》是一首诗歌，它得讲究押韵，在"轴""枢"二字中，只有"枢"字与全诗韵脚相叶。进一步，在中国传统文化中有"地轴""天枢"的说法（参见乔力：《二十四诗品探微》，齐鲁书社1983年版，第133页注五、注六），却大约没有"天轴""地枢"的说法。因此，为了叶韵，《流动》只得将"坤轴"置于"天枢"之前了。在诗歌作品中，为了叶韵而颠倒词语次序，是常见的现象。这里颠倒次序而言之，并不影响《流动》之"坤轴""天枢"乃喻指的《雄浑》《冲淡》二品。

相对而言)。"来"指由《雄浑》《冲淡》向《流动》的发展运动,"往"指由《流动》向《雄浑》《冲淡》的回返运动。《流动》既是"来"的终点,又是"往"的"起点",此又正是"流动"精神的绝好体现。"千载"即指的这样一种"来"与"往"的循环运动乃是一种永恒的规律。这样看来,《流动》相当完整地说明了《诗品》的整个构架,所以它有着《诗品》之序篇的性质。

总的说来,《流动》之所谓"流动",显然不是指的一种具体的诗歌艺术风格,它甚至也主要不是指的诗歌、文学作品中常常可见的那样一种气脉流转、活泼跳脱的精神。它主要是从更深的哲理层面来探讨各种诗歌艺术风格的产生、发展与流变,探讨了此中的规律性的运动或说运动之规律。也正是在这一探讨中,《流动》既道出了贯注《诗品》始终的核心精神——一种以天枢、地轴为本始开端的在宇宙中或说在诗歌世界中运行不息的循环流动的精神,也道出了《诗品》的整体构架——一个以《雄浑》《冲淡》为本始开端经流动演化而展现为二十四种品目的、以《流动》为终结的、具有某种循环运动特征的诗歌理论体系结构(同时也是一个诗歌世界的结构)。

二、《诗品》结构与《周易》结构

上述由《流动》所标明的"流动"精神和《诗品》的整体构架,很容易让人想到《周易》。事实上,清人杨振纲、孙联奎、杨廷芝等的说解都程度不等地触及了《诗品》与《周易》的关系问题,并给了后人很大的启发。20世纪90年代,有学者更明确认定《诗品》结构与《周易》结构之间存在着明显的相似性。[①]学者们已在探索《诗品》与《周易》关系的道路上走过了一百多年。我赞同他们的探索方向,但我觉得,已有的探索远未臻于圆满,有必要继续深入下去。下面,就沿着这条

[①] 余福智:《〈二十四诗品〉所重的是生命意兴、精神风貌》,《暨南大学学报(哲学社会科学版)》1992年第3期。赵福坛:《我对司空图〈二十四诗品〉及其体系之点见》,《广州师院学报(社会科学版)》1998年第12期。

道路争取再前行一程,所提出的种种看法,既受到过上述学者的启发,又与他们的具体观点不尽相同。

我觉得,《诗品》结构与《周易》结构的确很相似,《诗品》大体即模仿《周易》之结构而成其结构。为了看清这一点,有必要先对《周易》结构有一个大致的了解。在我对《周易》的有限涉猎中,感到著名《易》学专家金景芳先生对《周易》的结构特别重视,讲得也比较清楚,所以下面就主要借助金先生的具体说解,来对《周易》结构做一了解。

关于《周易》的结构和体系问题,金先生有过许多详略不等的解说、分析和议论;限于篇幅,这里只看他对《周易》结构的一个总的说明。①"《周易》六十四卦,乾坤两卦居首。乾卦纯阳,坤卦纯阴。《系辞传》讲'刚柔相摩,八卦相荡,鼓之以雷霆,润之以风雨,日月运行,一寒一暑',乾坤两卦矛盾斗争结果,产生六十二卦。乾坤之前是大极,是一,大极或一之前没有了。大极一分为二而生乾坤。乾坤即天地,其它六十二卦即万物。有了天地便有了世界万物,有了乾坤就有了易,有了六十二卦。易的奥妙就在乾坤两卦,有了乾坤就有了易,乾坤毁则无以见易。六十四卦的排列,每两卦不反则对。……发展到最后两卦是既济和未济。既济下离上坎,水火既济。此卦的特点是阴爻在阴位,阳爻在阳位,六爻完全当位得正,易发展到此,矛盾似乎已全部解决。《杂卦》说:'既济定也。'易至此将毁矣。但是马上接着就是第六十四卦未济。未济下坎上离,火水未济。未济六爻均不得正,不当位,故名未济。《序卦》说:'物未始有穷,故以未济终焉。'物是无限的,无尽的,旧的矛盾结束,新的矛盾开始。易发展至既济,几乎息矣,但没有息,事物还要发展变化。总之,六十四卦的排列,不简单,反映易作者的哲学水平相当高,正确回答了世界本原的问题。关于事物发展的对立统

---

① 金景芳先生关于《周易》结构的主要论述,一见于《易通》(商务印书馆 1945 年版),后收入《学易四种》(吉林文史出版社 1987 年版),再见于《周易讲座》(吉林大学出版社 1987 年版)。本文所引均据《周易讲座》。

一观念也是十分明显,十分深刻的。"①基于这样的分析,金先生认为"《周易》六十四卦的结构中存在着完整的思想体系"②。金先生对《周易》结构和体系的看法,我认为总体上是得当的,是很有见地的。

对照来看,《诗品》的结构与《周易》的上述结构是非常相似的。在《诗品》中,《雄浑》品所标举的"雄浑"艺术风格,乃是一种体现着最充分的阳刚气息("至大至刚")的艺术风格。这与乾、天在德性(纯阳、刚健)方面是完全一致的,而且《雄浑》在《诗品》中的位置与《乾》卦在《周易》中的位置也是一样的,都居开篇之首。第二品《冲淡》所阐扬的"冲淡"艺术风格,乃是一种体现着极明显的阴柔气息("冲和澹淡")的艺术风格。这与坤、地在德性(纯阴、柔顺)方面也是完全一致的,而《坤》卦同样为《周易》之第二卦。虽然具体写来或排列起来必有先后,但事实上《周易》与《诗品》的起首都是二而非一,即《乾》《坤》同是《周易》的开端,《雄浑》《冲淡》同为《诗品》的开端。在这样的两组开端中,已各设下了两个正相反对的对立面。在《周易》,是有了《乾》《坤》两卦就有了后面的六十二卦,有了天地就有了万物,六十二卦也就是万物的表征,正是乾坤、天地、阴阳的对立交错的矛盾运动产生出了六十二卦、产生出了万物。在《诗品》是有了在德性、位置(乃至意义)等方面与《乾》《坤》相同的《雄浑》《冲淡》两品就有了后面的二十二品,正是由《雄浑》《冲淡》二品所代表的典型的阳刚之气和阴柔之气的对立交错的矛盾运动产生了后面高妙而绚丽的二十二品(即所谓的"超超神明")。这二十二品就有似于诗歌世界中的万物,亦有似于《周易》世界中的六十二卦。《周易》的结尾是《既济》和《未济》两卦,二者既是《周易》从《乾》《坤》以来万物运动变化大过程的相对的一个结束,又是重新展开下一个运动变化过程的开始,即二者既是终点又是新的起点。③《诗品》的结尾是《流动》,《流动》既是从《雄浑》

---

① 金景芳:《周易讲座》,吉林大学出版社1987年版,第22—23页。
② 金景芳:《周易讲座》,吉林大学出版社1987年版,第1页。
③ 金景芳说:"既济六爻都当位,刚柔正而得当。变到这个时候,变完了。……那乾坤或几乎息矣,一切都定了,不变了。但是,是几乎息。息没息呢? 没有息。所以既济之后接着就是未济。……未济,表示这个过程完了,下面还有过程。"(《周易讲座》,吉林大学出版社1987年版,第386页)

《冲淡》以来诗歌风格运动变化大过程的相对的一个结束,又是重新展开下一个运动变化过程的开始,它同样既是终点又是新的起点。从结构功能和地位看,《诗品》中的《流动》一定程度上有似于《周易》中的《既济》和《未济》,它一身而二任焉;但从意义方面看,《流动》在《诗品》中的意义其实还要远远超过《既济》《未济》在《周易》中的意义。①

显然,《诗品》结构与《周易》结构存在高度相似,《诗品》结构完全有可能是仿《周易》结构而构建的。不仅如此,甚至连《流动》品的品名"流动"也与《周易》之"易"非常相近,二者间似亦存在着模仿借鉴关系;而"流动"二字所表征的贯注整部《诗品》的运动变化精神,实际上也正是《周易》的核心精神。我们知道,"易"的主要精神即是"变易",阴阳交错、刚柔相推而产生变易,这种对立面的对立统一的变化运动贯穿《周易》,也贯穿于《周易》所体认的物质世界。而这样的一种变易精神,在《诗品》中正由"流动"二字表达了出来。在《诗品》中,"流动"同样根源于阴与阳(地轴、天枢)而体现为贯穿诗歌世界中一切艺术风格的阴阳对立面的矛盾运动,它在意涵、精神方面的确与"易"(变易)高度一致。进一步看,"流动"是贯穿《诗品》这部理论著作及其所揭示的诗歌世界的核心精神,而这同样与"易"(变易)在《周易》中的情形颇为相似。总而言之,从形式结构到内在精神,《诗品》都对《周易》做了悉心的模仿借鉴;正是在此基础上,《诗品》构建了自己的诗学理论和诗歌世界。

上文曾谈到,《诗品》所表达的"流动"具有循环运动的特征,那么《周易》的"变易"运动是否也有此一特征呢?金景芳先生认为没有②,我则认为可能有。《周易》从乾、坤发展到既济、未济这个地方,人们很容易顺势产生一个问题:未济之后的变化过程又是怎样展开的呢?我想,答案可能有两种:一种答案是,虽然《易经》重卦的形式是有限的,但事物的对立统一的运动变化是无限的,下边

---

① 譬如《流动》有作为《诗品》序篇的性质,《流动》之"流动"有类似《周易》之"变易"的含义并表现为贯穿《诗品》的一种重要精神,这些都是《既济》《未济》在《周易》之中所不具有的。

② 金景芳:《周易讲座》,吉林大学出版社1987年版,第386页。

的过程当循着对立统一的运动规律无限地延伸下去,其中并不显现出循环运动的特征;另一种答案是,下边的过程又从《未济》回到《乾》《坤》两卦去,重又以《乾》《坤》为开端而展开新的一轮六十四卦的变化运动(亦即万物的变化运动)过程,一轮接一轮,来来往往,周而复始,于是这样的变化就具有了循环运动的特征。金先生肯定了第一种答案而否定了第二种答案,我则觉得,因为《未济》卦并未指明其下边的变化过程的具体发展方向,所以第一种答案固然可能成立,但第二种答案似也不宜完全加以排斥,尤其是《周易》中关于"四时"的观念或一些具体的说法,大约是提示着其"变易"是具有某种循环论特征的。我们且来对存在第二种答案的可能性做一简要考察。《周易》尤其是其中的《易传》非常喜好谈四时,《易传》谈到宇宙的形成时有一段著名的话,"易有太极,是生两仪。两仪生四象,四象生八卦"(《系辞》上),高亨先生认为此"四象"所指即包括四时①。尤为值得注意的是,《易传》明确地将变通与四时联系了起来,《系辞》上说"变通配四时""变通莫大乎四时"。很显然,在《易传》作者看来,"变通"(通过变化而行路开通)这样一种变化运动是与四时相配的,变通虽然不止于四时,却莫大乎四时。而这也就是说,在《周易》中,易的"变易"(大体也就是"变通")精神最大程度地体现在四时的变化之中。那么,四时的变化又是一种什么样的变化呢?"寒往则暑来,暑往则寒来,寒暑相推而岁成焉"(《系辞》下),很显然,四时的变化就是一种春夏秋冬踵接而至依序而往、反复循环周流不息的变化。"变通莫大乎四时",显示着贯穿《易》之六十四卦的"变易"确乎是有着与四时变化相类似的循环运动的本质特征的。如果这里的讨论不错的话,那么贯穿《诗品》始终的那种"来往千载"的往复循环的永恒"流动",也就与《周易》的此种"变

---

① 高亨先生分析说:"四象具有双重含义,在自然界,四象是春夏秋冬四时;在易卦上,四象是少阳、老阳、少阴、老阴四种爻。少阳之爻代表春,老阳之爻代表夏,少阴之爻代表秋,老阴之爻代表冬。所以四象的双重含义是统一的。那末,两仪生四象就是天地生四时了,这在《系辞》上是有明证的。作者在说完太极两仪四象等语之后,接着说:'是故法象莫大乎天地,变通莫大乎四时。'天地二字正是两仪的注脚;四时二字正是四象的注脚。下文又说:'易有四象,所以示也。'易的四象除代表春夏秋冬的少阳、老阳、少阴、老阴四种爻外,再没有别的解释。"(参见高亨:《周易杂论》,齐鲁书社1987年版,第36—37页)

易"在精神上同样有着高度的一致性。

　　这里要再次谈到对《流动》品"返返冥无"一句中"冥无"的理解问题。上文在讨论此语时,曾主要将之作为"本始开端"来理解。这大约并不错,但却又还不够,问题还没有完全讲清楚,所以这里试结合《周易》再对之做一些检讨。杨廷芝释"冥无"为"冲漠无朕者也"(《诗品浅解》),乔力先生释之为"深远无尽极"[①],萧水顺先生释其为"幽寂玄默,窈窈无声也"[②]。此外,刘禹昌先生曾认为"冥无"即是道家庄子所说的道,"返返冥无"即说的是一定要返归大道。[③]依此说来,"冥无"即主要表现为一种冲漠无朕、深远无极乃至幽玄无声的状态,仅从这一特征看,它是有可能指的庄子之道。不过我觉得,"冥无"虽然确乎具此特征,但它却不大可能指的庄子之道,因为《流动》全品依《周易》模式而来,不大可能在其间突兀地冒出一个庄子之道来。若对照《周易》来看,它更可能指向其所谓的"太极"。"返返冥无"的"冥无"有两大特点,其一是本始开端,其二即是上面说的冲漠无朕、幽玄无声,《周易》中的"太极"正有此两大特点。《系辞》上说"太极生两仪",学者们一般认为:太极即是天地未分时的混沌元气,由它产生出了阴阳二气(天地);它就是宇宙的本始开端,而这一本始开端又具有混沌一体、冲漠无朕的特点。按中国气一元论的思想,关于宇宙的形成,在乾坤(阴阳、天地)之前确乎有一个统一的实体即"太极"或者"一"作为宇宙的本原。然而,《易经》由于旨在彰显阴阳的对立统一运动产生万物,所以并没有在其卦的排列中显出此"太极"的存在;不过,这个由《易传》所明确揭示出来的"太极",在逻辑上也应存在于《易经》之中的,只不过它幽冥未显,而成为整部《易经》的一个潜在的逻辑开端。所以,《易经》有两个开端:一个是潜在的逻辑开端——太极,另一个是实际呈现出来的开端——《乾》《坤》(两仪、天地)。如果将"返返冥无"放到《易经》里去,即可理解为由《既济》《未济》返归那作为宇宙本始开端且浑沌一气的

---

① 乔力:《二十四诗品探微》,齐鲁书社1983年版,第134页。
② 萧水顺:《从钟嵘诗品到司空诗品》,(台北)文史哲出版社1993年版,第180页。
③ 刘禹昌:《司空图〈诗品〉义证及其它》,武汉大学出版社1993年版,第76页。

太极。然而事实上由于太极于《经》卦中未曾显现,所以"返返冥无"在现实态上亦可以(或只得)理解为指返归《乾》《坤》两卦。不过需要注意的是,乾坤、天地事实上都不具有冲漠无朕、昏默混沌的特点,它们主要是在"本始开端"的意义上符合"冥无"之所指。对照来看,《诗品》中的"返返冥无"本也应当指的是返归那具有浑一未分、茫然混沌特征的"诗歌之本原"(此姑仿《易》而说,实际上诗歌大约并无此"本原")。但此"本原"在《诗品》中亦隐而未显,因此亦可以(或只得)理解为指返归《雄浑》《冲淡》二品。而同样清楚的是,《雄浑》《冲淡》亦都不具有冲漠无朕、昏默混沌的特点,它们同样主要是在"本始开端"的意义上符合"冥无"之所指。而这也就是说,从"返返冥无"的角度出发而考察《周易》和《诗品》,它们同样具有高度的相似性。其中尤为值得指出的是,如果仅就《诗品》来推求"冥无"之所指的话,是难以找到在性质和状态上都与其特征完全吻合的对象(品目)的,因为不仅《雄浑》《冲淡》不完全符合"冥无"之特征,而且其他各品也没有与之吻合的。为何在其所指之状态方面缺乏准确对应的情况下还要使用"冥无"这一词语?对照《周易》来看,我们明白了:"冥无"之所指在《周易》中是能够确切地落实下来的,那么,《诗品》作者在似乎并不完全贴切的情况下用它来喻指《诗品》的开端亦即天枢、地轴,实在是受到了《周易》哲学的潜在而深刻的影响。质言之,由"冥无"或"返返冥无"的运用,同样可见出《诗品》与《周易》之内在、紧密、特殊的关系。

三、两个相关问题的讨论

《诗品》的基本结构,即如上述。下面还要对几个相关问题略做讨论。要讨论的一个问题是:《诗品》按品目排列次序[①],其前后衔接的每两品之间是否存在

[①] 《诗品》中,二十四品目的排列依次是:雄浑、冲淡、纤秾、沉着、高古、典雅、洗炼、劲健、绮丽、自然、含蓄、豪放、精神、缜密、疏野、清奇、委曲、实境、悲慨、形容、超诣、飘逸、旷达、流动。

较为紧密的某种联系？这是一个早已讨论得较多的问题。清人杨振纲《诗品续解》认为《诗品》中每前后两品之间，存在互济互泄的发展连缀关系。这遭到了现当代学者一致的批评，其中祖保泉先生评之最详。他指出，杨氏之说法乃仿效《易传·序卦》对《周易》六十四卦排列次序的说明，但《序卦》的确说出了六十四卦排列的特征及其所反映出的《周易》的阴阳对立统一思想（规律），而杨氏的说法却只是一种无根据的假设，因为"《二十四诗品》是平列的二十四首诗，没有一以贯之的脉络"①。我的看法大致是这样的：就全局看，《诗品》中每前后两品之间一般说并不存在特别密切的联系（但也不排除少数的前后两品间存在某些特定联系，如《雄浑》与《冲淡》间就显然存在对立互补关系），祖保泉先生对此的批评基本是对的；但祖先生说《诗品》"是平列的二十四首诗，没有一以贯之的脉络"，却也未尽得当。在我看来，《诗品》结构大体是仿《周易》结构来的，《诗品》显然是有其完整构架和贯穿脉络的。然而，诗毕竟不是卦，诗歌世界中展现的种种艺术风格并不像易卦模式那样可以做到两两相邻不反则对，将诗歌风格全都按照易卦模式排列是不应该的而在事实上也是做不到的。我们看到，深谙中国哲学精神与诗学精神的《诗品》作者，并没有僵硬地一味模仿《周易》，而是根据诗歌实际情况做了变通处理，即从第三品《纤秾》到第二十三品《旷达》，其间的品目排列、前后次序，从整体上看基本没有做具有某种特殊含义的安排（不排除少数的前后两品间存在某种有意义的连接安排）。位次排列相对自由的这二十一品，被置于开端《雄浑》《冲淡》与结尾《流动》之间，同样就有了结构的意义，成为《诗品》的不可或缺的有机组成部分。它们（连同《流动》一起）正相当于《周易》中那由乾坤、阴阳、天地所化生的万物或六十二卦，它们正是诗歌世界中阴阳二气所化生出的万般高妙与无尽绚丽。在《诗品》那由十分确定的一首一尾所构建的严整的结构中，中间这二十一品的相对自由的呈现，正是《周易》"变易"精神与诗歌实际很好结合的产物。

---

① 祖保泉：《司空图诗文研究》，安徽教育出版社1998年版，第250—254页。

要讨论的另一个问题,是《诗品》与四时节候乃至二十四节气的关系问题。《诗品》何故为二十四则?有学者认为这与二十四节气有十分密切的关系①,而有学者则认为"二十四"这个数字并无特别意义,与二十四节气也没有什么关系②。我以为,《诗品》的品目为二十四,《诗品》各品中也确乎呈现出一些物候温寒的变化。这比较容易促使二十四节气观念根深蒂固的中国人由之而联想到二十四节气,所以仅凭直觉也有可能将两个"二十四"联起来思考。然而,要将二十四节气一一对应地落实到《诗品》之中又的确存在困难。我觉得,二十四节气的问题浓缩一下也就是四时的问题,若换一个角度,也可以问:《诗品》与四时、四时观念有没有关系?若有,是怎样的关系?这些问题,直接考察《诗品》似不易得出很明确的答案,不妨再借助一下《周易》来求解。上文曾谈到,《周易》有着突出的四时观念。这里要指出,《周易》谈四时,有几点值得注意。首先,最强调的是如四时往来一般的"变通",是如四时"寒暑相推"一般的循环运动。这大约是因为在古人的眼中,天时物候的变化是宇宙中最直观、最重大的变化,四时来往的循环变化模式也是宇宙中最直观、最重要的变化模式。《周易》的精要即在"变易",其"变易"精神事实上受到了这一变化模式的巨大影响。其次,《周易》谈四时似乎并不特别强调春、夏、秋、冬四时的逐一展开,也不曾去具体地展现、强调逐一展开的每一时的具体特征。换言之,《周易》谈四时,重在其整体的运行变化及其规律、模式,而并不重视各时之具体特征的逐一展现。最后,由于不重视四时具体特征的逐一展开,所以《周易》似乎没有认真讨论过二十四节气的问题。《周易》这样的四时观念及其特点,明显有助于我们观察《诗品》在类似问题上的观念与特点。我们看到,《周易》的循环运动观念在相当程度上是既仿效"四时"又体现在"四时"之上的,那么,在相当程度上仿效《周易》而构建自身

---

① 萧驰:《司空图的诗歌宇宙》,《中国社会科学》1985年第6期;萧驰:《玄、禅观念之交接与〈二十四诗品〉》,《中国文哲研究集刊》第24期,(台北)"中研院"2004年版。张法:《中国美学史》,上海人民出版社2000年版,第206页。

② 祖保泉:《司空图诗文研究》,安徽教育出版社1998年版,第245—249页。

的《诗品》,其在"天枢、坤轴——流动"之间展开的循环运动及其相应的循环运动观念亦很可能与四时之流变有关。因此,我认为说《诗品》内含着四时的观念或四时循环运行的观念,应当是可以的。此外,虽然《周易》并未真正讨论二十四节气,但《诗品》却明设了二十四品。《诗品》因其内含四时之义进而推展出与二十四节气有关的二十四品,或者说《诗品》因内含四时之义进而也隐约地反映着某种二十四节气意识,也并非完全没有可能,然而这只是问题的一个方面。另一方面,《诗品》虽内含四时之义甚至也有可能隐约地反映着一定的二十四节气意识,但和《周易》一样,它重在有取于四时的循环运动特征、模式、规律,而并不重视四时具体特征的顺序的逐一展开,当然就更不会去探求诗歌风格与二十四节气的一一对应了。所以,我们考察《诗品》与四时、与二十四节气的关系,只宜从总体精神上把握,而不宜从具体细节处苛求,否则,很难不带来一些机械、僵化之弊。总的说,《诗品》与四时并非毫不相干而是有着内在联系的,但二者的相关又只表现为整体精神的某种相关而并不同时表现为细部特征的具体相关。

　　以上考察了《诗品》的基本结构,并讨论了与之相关的几个问题。我们看到,《诗品》的确与《周易》关系密切,《诗品》从整体结构到贯穿其间的"流动"精神,均与《周易》高度相似,实即均仿《周易》而来。《诗品》作者将《周易》的结构和精神引入诗歌世界加以如此的模仿强调,其用意(亦即《诗品》结构的意义)大约有如下几个方面:首先,是要说明诗歌世界犹如自然宇宙一样,同样是以乾坤、天地为实际开端的,是以(太极元气和)阴阳二气为最基本的构成要质的,因此首设《雄浑》《冲淡》二品。这两品分别是阳、阴二气在诗歌世界中的表征,也正是诗歌中阳刚之美和阴柔之美的最典型的代表。其次,是要说明其后的各种诗歌之品貌风格,林林总总,均是由那《雄浑》《冲淡》所表征的阳、阴二气的交错互渗、对立统一的矛盾运动所化生,换言之,是阴阳二气的错综变化催生出多姿多彩的各种艺术风格。就《诗品》的实际看,其中展现的种种艺术风格,有的倚阴,有的偏阳,有的阴阳和合而均衡,也有的并没有明显的阴阳表征。无论哪一种情况,它们全都是阴阳二气具体的矛盾运动、交错组合的结果与呈现,一切的艺术风格之美,全是阴阳刚柔交错组合的美丽变奏曲。再次,是要说明阴阳刚柔对立统一的矛盾运动("流动")是贯穿《诗品》乃至整个诗歌世界的基本精神。最后,是要说明诗歌世界诗歌风格的发展变化,又是一种来往终始、周而复始的循环式的规律化运动。很显然,《诗品》由模仿《周易》结构而来的严整理论结构及其所表达出的丰富而深刻的理论含义,正是《诗品》完整理论体系的体现和确证。

《诗品》完整的理论结构和理论体系的深根是扎在中国哲学、思想、文化的深厚土壤中的,从根本上说,《诗品》就是非常深刻厚重的中国哲学、思想、文化土壤中所生长出的一树异常美丽繁茂的诗学奇葩。我以为,就整个中国古代美学(包括文学理论)来看,具有十分严整的理论体系的著作,当首推《文心雕龙》和《诗品》。二者相较,《文心雕龙》是包容五十篇大文的巨制,《诗品》则是仅含二十四首小诗、共计一千二百个字的短篇,但二者的体系同样严整;《文心雕龙》的体系基本出于作者自创,十分宏大,《诗品》的体系则依托中国古代哲学而建立,同样十分宏大;《文心雕龙》理论体系本身似乎并没有体现出某种深刻的哲学方面的思想意蕴[①],而《诗品》理论体系本身却体现着中国先哲的一种特定的宇宙观念或宇宙意识,在二者体系所显示的思想深刻性方面,《诗品》大约还胜过了《文心雕龙》。总之,《诗品》虽然篇幅短小,却可与篇宏体巨的《文心雕龙》相媲美,而堪称中国古代美学、文学理论体系性著作的杰出代表。

(原载《文学评论》2007年第4期)

[①] 如果说《文心雕龙》理论体系体现着某种哲学理念的话,那么我觉得这理念大约即是刘勰本人所提出的"道沿圣以垂文,圣因文而明道"(《文心雕龙·原道》)。即便如此,在理论体系所显示的思想的深刻性方面,《文心雕龙》似仍不及《诗品》。

严羽《沧浪诗话》的理论结构

施惟达

诗话是我国古代特有的一种诗歌理论形式。宋代是诗话的盛世,但大多数宋诗话,都只局限于评点欣赏,缺乏理论上的开凿。唯独严羽的《沧浪诗话》,能从艺术创作的角度,考察诗歌的特质,提出比较系统的诗歌理论。他的《沧浪诗话》的问世,使我国诗歌理论发展到了一个新的高度,对后来的诗歌创作有很大的影响。正如清人许印芳所说:"诗话之作,宋人最夥,后学奉为圭臬者,群推沧浪严氏书。"(《沧浪诗话·许印芳跋》)

《沧浪诗话》真正的价值在哪里呢? 如果我们仍然割裂地研究他的"别材别趣"说、"妙悟"说、"兴趣"说等理论主张,那就很难得出新的评价;而如对这些论点进行一番系统的分析,那就会发现他的这些论点是有机地联系在一起的。他的理论的总体构架展示了诗歌的审美——艺术思维活动的主要规律和过程。这是他高出别人一筹之处,也是他对我国古代美学的贡献所在。

严羽论诗,有一段纲领性的文字:"夫诗有别材,非关书也;诗有别趣,非关理也。然非多读书,多穷理,则不能极其至。所谓不涉理路,不落言筌者,上也。诗者,吟咏情性也。盛唐诸人惟在兴趣,羚羊挂角,无迹可求。故其妙处透彻玲珑,不可凑泊,如空中之音、相中之色、水中之月、镜中之象,言有尽而意无穷。"(《沧浪诗话·诗辨》,下引《沧浪诗话》只注篇名)

这段文字,开门见山,从诗歌创作出发,把写诗与读书穷理区别开来。这就是著名的"别材别趣"说。接着严羽又列举了诗歌艺术创作活动的特点,由此构成了它的独特的规律。我们就先从"别材"谈起。

何谓"别材"？材又通才,资质、才能之谓。别材,是相对于书生们研经习理、穷命尽性而言的。所以下面的"非关书也"有的本子又作"非关学也",其实并无大错。这里学不是泛称,乃是专门指读书做学问,与非关书是相通的。那么"别材"具体内容是什么呢？严羽说："大抵禅道唯在妙悟,诗道亦在妙悟。且孟襄阳学力下韩退之远甚,而诗独出退之上者,一味妙悟而已。惟悟乃为当行,乃为本色。"(《诗辨》)严羽评韩诗与孟诗的优劣得失是否准确,可以让文学史家们去见仁见智,但严羽所要借以说明的道理,却是可以说清楚的。满腹经纶、学识渊厚的韩愈,写起诗来条理明白,逻辑严密。如《石鼓歌》,追溯石鼓的来源,说明保存研究的必要,又讲现实的遭遇,最后再次吁请朝廷重视,这和写文章在思维方法上没有多大区别。而风流倜傥的孟浩然,重在意象的描绘、情感的触发,确乎别有一番兴致。"待到重阳日,还来就菊花"(《过故人庄》),无边的思绪化入这淡淡的十个字中,韵味无穷,确是孟诗的高明处。严羽认为,韩孟的区别就是书与诗的区别,关键问题是诗有"别材",这"别材"无疑就是"妙悟"。妙悟才是诗歌创作(广义而言之,审美——艺术思维活动)的本质规律。别材之别,正在"妙悟"二字。但悟乃是禅宗术语,严羽借禅以喻诗,二者的相通之处何在？换言之,严羽是借禅悟的什么特点来讲诗歌创作的,这就要进一步分析禅悟的问题。

众所周知,禅宗的兴起,是中国佛学史上的一大转折点。"在这一宗派中,佛学的基本原理保留下来了,但过去佛学的极为烦琐的思辨方式,变成了从谜语式的问答而求'顿悟'的途径。概念的辨析和经论的疏解,也让位于反求自心的简易教义。"(侯外庐主编《中国思想通史》卷四上)到宋代,占统治地位的临济、沩仰、曹洞、云门、法眼五宗,形式上更多地采取诉诸形象化语言和暗示动作的所谓"机锋"和"棒喝",不依靠任何推理与论证,使信徒从形象中直接了悟禅理。在佛家看来,整个色相世界都是空的,"万法皆空",这就是真如。禅宗认为，一切定义、判断、推理却不能作为表达"真如"的工具，唯有返于内心，借助直觉，才能"悟"到"真如"的境地。所谓"以心传心"，如世尊拈花，是不可用语言直接表达，而只能暗示领会的微识默察。① 由此可见，禅悟的特点乃在于它不假逻辑判断和推理演绎的形象直觉方式。严羽正是借此指出诗歌的审美——艺术思维不是靠理性的抽象认识，而是靠感性的形象直觉，用他的话说就是"不涉理路"。

上述命题的提出，在诗歌创作中，是有其重要的时代意义的。逻辑思维是人们理论认识中一种十分重要的方法，早在先秦时期，我国的理论逻辑思维水平就发展到了相当的高度。这在老庄对宇宙发生论的思考，墨子对类、故概念的运用，惠施的"合同异"学说，公孙龙子的"离坚白"主张里得到充分的体现。魏晋南北朝，玄风大畅。有无之辨、才性之辨、名实之辨、言意之辨使逻辑思维有了长足的进步，尤其是佛学、因明学的输入给它洞开了更为广阔的天地。魏晋的般若学，隋唐的三论宗、唯识宗、华严宗，全陷于玄奥、烦琐的概念游戏。影响至宋代，学人专注于形而上的探求，思辨哲学极盛一时，且宋代统治者一反唐代科举重诗赋的风气，变而为以策论为主，于是说理之风更隆。这种习气波及了整整一代宋诗（当然韩愈已作先声于前），其中以苏轼及江西诗派表现尤为突出。这就是严羽所批评的"以才学为诗，以议论为诗"（《诗辨》）。理学家的诗无疑更是如此，所以理学家学诗也宗江西诗派。由此可知，严羽说"不涉理路"，就是不主议论，不进行抽象的逻辑思考，而注重感性形象的直觉。然而严羽不是排斥理，理和理路有区别，感性形象照样可以包含理在其中，关键在不用理否定感性形象，故严羽说："诗有词理意兴，南朝人尚词而病于理，北朝人尚理而病于意兴，唐人尚意兴而理在其中；汉魏之诗，词理意兴，无迹可求。"（《诗评》）理是自然而然，没有痕迹地蕴含在诗的形象中，诗歌创作不是专门的求理活动，所以

---

① 相传释迦牟尼在灵山会上，拈花示众，是时众皆默然，唯迦叶破颜微笑。佛曰："吾有正法眼藏，涅槃妙心，实相无相，微妙法门，不立文字，教外别传，付嘱摩诃迦叶。"（参见《五灯会元·迦叶佛》）

"非关理"与"理在其中"并不矛盾。

而另一方面,虽然禅理佛性本身是神秘虚空的,但直觉作为一种思维形式,却是实际的存在。可以说,在人类文明发展史中,这种思维形式一直发挥着重要的作用。绝不应该在否定禅理佛性时,连同直觉的思维方式也一起否定掉。虽然揭示直觉活动的生理—心理机制仍是当代科学家们的难题,但这并不妨碍可以对它做些经验性的描述。与一般逻辑思维不同,直觉思维使用的不是抽象概念,不是通过推理或依据某种被确认的规则达到认识,而是使用直观的形象达到认识的一种主观判断形式(当然,这不排除其中可以包含的客观性),它含有很浓厚的体验的成分。事实上,直觉思维主要是建基在人们日常的生产、生活经验上。"六书"中的会意字,很多就可看作我们古人直觉思维的物化形态。如"旦"为旭日出海之辰,暮则是夕阳没草之时(我国东低而多水乡,西高而盛草木),手持棍赶牛曰"牧",两人交手谓"斗",这些会意字都可以观形见意,中间不需要经过逻辑推理的过程,而是从生活经验中就可体会出的。所以许慎说:"会意者,比类合谊,以见指㧑。"(《说文解字·序》)把两个相关的事物组合起来,产生了第三种新的意思,这里运用的,正是直觉思维。总之,所谓直觉,就是从直观的形象中领悟、体验到某种意义。这种方法由于它的结果常常难以言说清楚(如对一个人的直觉印象总是感到有点说不出的东西),因而在禅宗那里得到极大的扩张,仿佛成了宗教家的专利品,这只是一个历史的误会。严羽借禅悟以喻诗歌的审美——艺术思维,包含着深广的社会历史内容,是以人类思维的发展为基础的。人们写诗读诗,显然主要不是为了认识某种道理,不是为了传道授业、解惑答疑,而是借助形象、情景的描绘,把诗人的特殊的体验传达给读者,让读者感诗人之所感。在直觉这一点上,诗悟与禅悟确有相通之处,这就是严羽借禅喻诗的合理性。

一首好诗,在于用语言描摹出一个意象系统,引领读者去想象、创造,并直觉、体验其中丰富的意蕴,而不能局限于言意之表,诗尽意止。这就是"不落言筌",它与"不涉理路"是相辅相成的。如果说严羽的"不涉理路"指出了妙悟活动不假推理,凭借直觉的特点,那么他的"不落言筌"则指出了妙悟活动的形象想象的特点。为了明白这一点,我们就要深入分析一下"言筌"之论的历史内涵。

"言筌"论始见于《庄子》。《外物》篇说:"筌者所以在鱼,得鱼而忘筌;蹄者所以在兔,得兔而忘蹄;言者所以在意,得意而忘言。"庄子用筌蹄的比喻说明言是为意服务的,正如筌不是鱼,蹄不是兔一样,言本身也不是意,所以得意可以忘言。当然,如果把言与意的关系简单等同于筌与鱼、蹄与兔的关系,无疑就会忽略了它们之间的根本差别,因为言与意互为表里,而不仅仅是外在的工具与目的关系。但由于言、意二者都有模糊性和不确定性,并非绝对同一,所以有时可相对区别开来,形成多重交叉。这样才会形成言在此而意在彼、言有尽而意无穷,才会有言外之意、文外之旨。看到了言意的可分离性是庄子"言筌"论的合理内核,这个事实对科学研究说或许是一个弊病(现代西方的语义分析学派就致力要解决这个问题);但在日常生活,尤其是文学艺术中,却是一个极为有利的条件。语言有明确的字面的含义,还可以暗示、隐喻更深更多的意思,浅层的意思可以言论,深层的意思往往诉诸意致,"可以言论者,物之粗也;可以意致者,物之精也"(《庄子·秋水》)。庄子本人没有明言这意致的媒介是什么,完成这一点是王弼的功劳。

王弼运用庄子的基本思想解释了《周易》中易象的问题。《周易略例·明象》说:"夫象者,出意者也。言者,明象者也。尽意莫若象,尽象莫若言。言生于象,故可寻言以观象;象生于意,故可寻象以观意。意以象尽,象以言著。故言者所以明象,得象而忘言;象者所以存意,得意而忘象。犹蹄者所以在兔,得兔而忘蹄;筌者所以在鱼,得鱼而忘筌也。"王弼突出地强调了语言的具象性和形象的寓意性,这样,形象就成了言与意之间的重要中介。如果说"寻象以观意"是直觉活动的话,那么"寻言以观象"无疑就是想象活动,这也是符合《易经》里的实际情形的。可以认为,正是王弼在意致这一特殊的心理活动中突出了形象的作用,才使意致有了明确而可靠的基础,并使它在审美——艺术思维中找到了广阔的天地。"言筌"之论经王弼的发挥具有了审美的理论品质。

当然,王弼毕竟不是探讨艺术而是阐释玄理,所以强调得象忘言、得意忘象。严羽讲"不落言筌",却是要让人不执着语言文字之表,充分运用联想、想象,去构造那"可望而不可置于眉睫之前"的诗家之境,在境中体验、直觉。这里是不能忘象的,舍象无意。严羽十分重视意象的作用:"故其妙处透彻玲珑,不可凑泊,如空中之音、相中之色、水中之月、镜中之象,言有尽而意无穷。"诗的意象是想象活动的创造,所以不同于客观的实在,而蕴藉着丰富的意味;反之,也只有在这空灵美丽的意象中,才能孕育着不尽的情思和深邃的体验。而诗的语言要描绘这意象,也必然要万取一收,富于形象性、暗示性、感发性,不拘泥字面本身的确切明白的含义。李商隐的名句"沧海月明珠有泪,蓝田日暖玉生烟"(《锦瑟》),正是"不落言筌"的典范。

对于妙悟的想象特点,严羽还说过:"学诗有三节:其初不识好恶,连篇累牍,肆笔而成;既识羞愧,始生畏缩,成之极难;及其透彻,则七纵八横,信手拈来,头头是道矣。"(《诗法》)这段话的意思说开始不知诗为何物,只管按照诗的格式写出一些句子来,后来觉得这不是诗,就感到写诗很困难;等到最后明白了诗要想象,于是身居乎江海之上,心存乎魏阙之下,即兴漫篇,就完全符合诗的规律了。所谓"七纵八横",正是物昭晰而互进,情曈曈而弥鲜的想象的极致(当然,这里还涉及灵感的问题,下面还谈到)。由于诗道重想象,所以严羽就主张写诗:"不必太着题,不必多使事。"(《诗法》)陶明浚发挥得好:"诗人拘于此途,精神既受束缚,心志受能畅达?着题太过,局促如辕下之驹,屈盘如枯木之柯,又何能纵横自如,宛转遂志,润色形容,错综尽变乎?故沧浪深以着题为大戒也。"(《诗说杂记》)要着题,想象运动可依据一定的方向,形象要构成一个整体;又不能太着题,多使事,用某一模式来规范固定想象活动;这正是"不落言筌"的另一注脚。同样,于读诗,严羽就提倡"须参活句,勿参死句。"(《诗法》)钱锺书释道:"禅宗当机煞活者,首在不执着文字,句不停意,用不停机。古人说诗,有曰不以词害意而须以意逆志者,有曰诗无达诂者,有曰文外独绝者,与禅家之参活句,何尝无相类处。"(《谈艺录》)有曰含不尽之意见于言外者,不脱而亦不粘,严羽之活句,在于能激发人丰富的想象,不落言筌,含不尽之意在言外;而死句,则指词意浅显直露,言尽意止,引不起想象活动,也就是落于言筌之句。这与"以意逆志"的孟子解诗法似乎还不太一样。所以严羽又讲诗"语忌直,意忌浅,脉忌露,味忌短"(《诗法》)。这也就是死句、活句的区别标准。

"不涉理路,不落言筌"讲的是妙悟活动通过想象来直觉顿悟的特点,那么妙悟活动的核心问题是什么呢?这就必然联系到严羽的"性情"说。严羽说:"诗者,吟咏情性也。"表面看来,这似乎属于一般泛泛之论,因为早在《诗大序》就有过"吟咏情性,以风其上"的主张,后来又不断有人谈及。到了宋代,这几乎成了公认的命题,故严羽"性情"说的意义,常常不太为人们所注意。这里,我们且不谈对情性的理解因人而异,因而即使同样讲吟咏情性却可能有完全不同甚至相反的含义。我们先要指出由于严羽的"情性"说与"妙悟"说是紧密相关的,所以这就非人云亦云的平庸观点,而是成为贯穿在审美——艺术思维中的一个核心问题。诗悟与禅悟在此判然两分。

严羽说:"禅家者流,乘有大小,宗有南北,道有邪正;具正法眼,悟第一义。若小乘禅,声闻辟支果,皆非正也。论诗如论禅,汉魏与盛唐之诗,则第一义也。大历以还之诗,则小乘禅也,已落第二义矣。晚唐之诗,则声闻辟支果也。"(《诗辩》)这段话,后人提出非议甚多,激烈者,甚至诋诃他非特不知诗,且并不知禅。其实,以禅喻诗,本来就不是二者等同的,只是借用一些比喻性的说法罢了。因此只要能体会严羽的意思,完全用不着纠缠具体的说法是否准确。在严羽看来,禅家应悟第一义,心即是法,法即是心。诗家也应悟第一义。诗的第一义是什么?这就是"吟咏情性"。我们可以看看严羽是怎么称道他所谓的第一义之诗的:"胡笳十八拍混然天成,绝无痕迹,如蔡文姬肝肺间流出。"(《诗评》)"唐人好诗,多是征戍、迁谪、行旅、离别之作,往往能感动激发人意。"(《诗评》)又当吴景仙论盛唐诗的特点为雄深雅健时,严羽答道:"仆谓此四字,但可评文,于诗则用健字不得。不若《诗辩》雄深悲壮之语,为得诗之体也。毫厘之差,不可不辨。"(《答出继叔临安吴景仙书》)这一改确实很重要,看出严羽论诗是很注重其情感性特征的。雄深悲壮比之雄深雅健,带上了浓厚的感情色彩。严羽一再推崇的谢灵运诗,如"谢灵运之诗,无一篇不佳"(《诗评》)。对谢诗,唐人的评价正是:"但见情性,不睹文字。"(皎然《诗式》)不管这是否公允,但的确是古人的习见之论,严羽也正是从此角度来推崇谢诗的。另外严羽极力赞誉《离骚》而不言《三百篇》,究其原因,恐也仅非偏重于形式技巧;更由于《三百篇》深受孔子"无邪"之说的影响,加之儒者们微言大义,致使《三百篇》被尊奉为经,难于跳出讽喻美刺、温柔敦厚的窠臼;而楚骚感情激烈奔放,一泻千里,正如刘勰总结其特点为"叙情怨,则郁伊而易感;述离居,则怆怏而难怀;论山水,则循声而得貌;言节侯,则披文以见时"(《文心雕龙·辨骚》)。《离骚》虽然被一些正统儒家诋为"露才扬己……皆非法度之致,经义所载"(班固《离骚序》),但这正说明了严羽独称《离骚》真旨,见出严羽的"吟咏情性"并非一句含义极狭的空言。

  当然,并非一切感情的流露、表现都是诗,都构成妙悟。严羽就批评江西诗派:"其末流者,叫噪怒张,殊乖忠原之风,殆以骂詈为诗。诗而至此,可谓一厄也。"(《诗辨》)所谓忠厚之风,指的并非温柔敦厚的诗教(这点从他对屈原的态度可见出),而主要指感情的表现不能浅薄直露,这是相对以骂詈为诗而言的。在严羽看来,妙悟以吟咏情性为核心、为主导,而吟咏情性又则必须借助妙悟、运用妙悟。就是说,在审美——艺术思维活动中,一方面,情感寻求形象的表现,推动、指引着想象活动的进行;另一方面,诗人的想象活动也进一步触发着心底的情思、形象,寻找着它活脱、飞腾的生命。情感与形象的密合无间是诗的妙悟的第一义,这和"以骂詈为诗"当然大异其趣。同样,在艺术欣赏过程中,也就必须通过想象去体验、直觉诗人蕴藉在透彻玲珑的形象中的一片真情。这也是第一义之悟。严羽说:"读骚之久,方识真味。须歌之抑扬、涕泪满襟,然后为识《离骚》,否则如戛斧撞甕耳。"(《诗评》)此谓"识",就是运用妙悟的审美判断力。所谓"识《离骚》"的真味,正是欣赏者必须进行积极的再造想象活动,追随屈子驾丰隆而求宓妃,凭鸩鸟而媒娥女,体验在那陆离光怪的境象中所包含的诗人天涵海负、日经月行的激荡之情。在这种欣赏活动中，诗人与我化而为一，屈原之经历即我之经历，屈原之感受即我之感受。反之，我之情也在瑰丽的遨游中得到充分表现。这是欣赏的极致、妙悟的极致。后来有人却不谙此理，反攻击严羽："无所感触，而强作解人，岂非装哭！"（钱振锽《谪星诗说》）语虽尖刻，却真而如戛斧撞甕耳。从此标准出发，严羽批评近代诸公："以文字为诗，以才学为诗，以议论为诗。夫岂不工，终非古人之诗也。盖于一唱三叹之音，有所歉焉。且其作多务使事，不问兴致；用字必有来历，押韵必有出处，读之反复终篇，不知着到何在？"（《诗辨》）这样的诗充满理论的陈述、文字的雕琢，尽管形式工整，却缺乏情感的体验与表现，形象的想象与直觉，产生不了一唱三叹之音，没有了诗的生命力。所以说："不知着到何在？"同样，严羽说："观太白诗，要识太白真处。太白天才豪逸，语多率然而成者，学者于每篇之中，要识其安身立命处可也。"（《诗评》）李白才思敏捷，想象雄奇，率然而成却非小儿呓语，这正是诗人超迈高远的情怀的结晶，这就是其安身立命之处。而妙悟活动，对诗人说是完成这一结晶，对读者说是识其安身立命处。因此张钧衡跋《沧浪诗话》云："其诗以妙悟为上乘，独任性灵，扫除美刺，清音独远，切响遂稀。"这是深得沧浪之旨的。

以上我们分析了妙悟中直觉、想象、情感的特点，即何为悟？怎样悟？悟的核心是什么？简言之，妙悟就是情与景的交融、结合过程。在严羽看来，这过程常常表现出突然性的、感发的特点，这就是所谓的"透彻之悟"。上面已经提及，严羽的"及至透彻，则七纵八横，信手拈来，头头是道矣"就包含有这种灵感的特点。灵感和直觉顿悟常是分不开的，直觉顿悟这一特殊的思维方式往往以灵感迸发为表征。禅悟是这样，诗悟也是这样，故严羽借禅以为喻。因为是喻，所以二者有同也有异。胡应麟说得好："严氏以禅喻诗，旨哉！禅则一悟之后，万法皆空，棒喝怒呵，无非至理；诗则一悟之后，万象冥令，呻吟咳唾，动触天真。"（《诗薮》）禅悟启发的，是万法皆空的佛性，诗悟所启发的，是艺术创造和再创造的过程。对于透彻之悟，严羽还有另一说法："入神。"所谓"使之极至有一，曰入神。诗而入神,至矣,尽矣,蔑以加矣"(《辨诗》)。"入神"是袭用中国诗人的传统说法,如谢灵运称其"池塘生春草"之句"有神助,非吾语也"(参见钟嵘《诗品》)。杜甫也道:"诗成觉有神"(《独酌成诗》)、"苍茫兴有神"(《上韦左相十二韵》)、"诗兴无不神"(《寄张十二虔二十韵》)。皎然说:"其作用(指艺术构思)也,虽取由我衷,而得若神表。"(《诗式》)古人们不能解释艺术灵感,因而把它归之于神来、神助。灵感的迸发,使情景的交融产生质的飞跃,使积聚在潜意识的力量找到了一个准确的喷火口,得到完美无缺的外化。陶明浚解释说:"真能诗者,不假雕琢,俯拾即是,取之于心,注之于手,滔滔汨汨,落笔纵横,从此导达性灵,歌咏情志,涵畅乎理致,斧藻于群言,又何滞碍之有乎?此之谓入神。"(《说诗杂记》)可见无论是"透彻之悟",还是"入神",都是严羽用来说明妙悟活动的灵感特点的。

　　妙悟作为一种艺术创造的心理过程,它必然要形成自己的成果,这就是诗;而诗作为妙悟活动的物化形态,也必然体现出这一活动的鲜明特色。故诗不能是一般思维活动的物化——文,准确些说,诗是一个完整统一的审美形象系统。这个形象系统是多种心理因素的整合,所以它诉诸欣赏者的,是一个总体的感受。这就是严羽以"气象"论诗的理论内涵。严羽把气象作为评判诗的重要美学标准,他一再推崇"汉魏古诗,气象混沌,难以句摘""建安之作,全在气象,不可寻枝摘叶""唐人与本朝人诗,未论工拙,直是气象不同"(《诗评》)。佛家也讲气象,所谓"气象森严""气象万千"。前者指佛境庄严给人以恐惧与威慑,后者指佛地光明使人觉自由与解脱;而严羽讲气象,在于诗能调动人的想象、直觉、情感活动,传达出诗人的感受与体验。以气象论诗,反过来要求妙悟活动自觉追求构造完整统一的形象系统,其中有作者的取舍、加工,而又"混然天成,绝无痕迹"。这就迥然有别于议论说理、使事用典或模山范水、雕章丽句,在句有眼可举,在篇有句可摘,形不成一个完整的有机体,缺乏浑厚的气象。

　　如果再进一步分析"气象"说的理论渊源,那么就可以见出以气象论诗还要求诗体现作者的鲜明的风格特征。最早把"气"的概念引入文艺的是曹丕,《典论·论文》说:"文以气为主。"气指的正是作家的个性、才情,后刘勰评建安文学"并志深而笔长,故梗概而多气"(《文心雕龙·时序》),又说"嵇康师心以遣论,阮籍使气以命诗"(《文心雕龙·才略》),也是偏重讲作者的才性气质及独特的感受。严羽反复称道的气象混沌的汉魏古诗,正因其鲜明的风格特征在文学史上独树一帜。这风格特征既包含不同作家的创作个性,又总体反映出一个时代的风貌。严羽对具体作家的诗评,也就十分注重抓住各人的个性风格,如前引"胡笳十八拍……如蔡文姬肝肺间流出",又如评"子美不能为太白之飘逸,太白不能为子美之沉郁"(《诗评》),这也就是气象论诗的具体内容。由此也可看出,"气象"说与"情性"说是密切相关的,因为情性不是一般普遍的情性。按严羽对情性的理解,它必然是个性化的,也即个人的独特的情性。不仅如此,妙悟活动中体验、表现情性的形象想象、直觉活动,也必然是个性化的,自家实证实悟,非傍人篱壁、拾人涕唾。只有妙悟活动充分个性化,妙悟结果的诗才会充分个性化,才会气象不同。虽然严羽本人没有这样提出问题,但在他的理论中确实把诗歌的审美——艺术思维当作一种具有个性特征的心理过程,并作为有别于读书穷理、默会悟禅的特点之一。这也是严羽的独到之处。

以上是别才——妙悟——吟咏情性——气象的理论结构。严羽论诗,还有一大论点:别趣,又叫"兴趣"。"诗有别趣,非关理也""盛唐诸人惟在兴趣"(《诗辨》)。何谓"兴趣"?兴者,起也,这是一种情感的兴发;趣者,趋也,这是情感的指向。所以"兴趣"二字概括起来,就是人们感情上对某一活动或事物的肯定性积极体验。它加强人们活动的积极性、持久性、坚定性。兴趣是一种重要的心理功能,在人们的活动中有不可忽视的意义;缺乏兴趣不仅极大地影响着活动的有效性,而且甚至关系到活动能否进行。严羽在诗歌的艺术思维活动中首标兴趣,这本身就是很有见地的。进一步,他不是一般地谈兴趣(在别的地方,严羽也把兴趣称为兴致,二者意同),而是着重指出了"诗有别趣"。这个命题,放在当时的历史背景中,更可以显出它的重大意义。

我们已经提及,宋代文人酷爱诗中议论、诗中说理,特别理学家们更是如此

(除去直接认为作文害道的一派不论)。无可否认,他们也从目击道存、观物说理中得到一种肯定的情绪体验,如邵雍就说:"观物之乐,复有万万焉。"他自序诗集曰:"《击壤集》,伊川翁自乐之诗也,非唯自乐,又能乐时与万物之自得也。"这当然也是一种兴趣,不过这种兴趣在于理——识理与说理。观物为了识理,朱熹称为"格物致知";写诗为了说理,所以邵雍才标榜"哀而未尝伤,乐而未尝淫,虽曰吟咏情性,曾何累于性情哉"(《伊川击壤集序》)。如果这里也有兴趣的话,它丝毫也没有流露于诗中,而只是停留在自己心中的说理之乐。试看邵雍《乐物吟》:"物有声色气味,人有耳目口鼻。万物于人一身,反观莫不全备。"(《伊川击壤集》卷一九)这类的诗在《击壤集》中比比皆是。抛弃了具体可感的形与情,而在人与物之间进行简单抽象的比附,从而得出万物同通于道的纯理性认识(且不说其正确与否),正如刘克庄所批评的,是"语录讲义之押韵者"(参见《后村大全集》)。虽然这是极端的例子,不过确应看到,宋人作诗的主要兴趣,是在如何说理。"本朝人病意兴,而尚于理。"这样,诗风就空洞、枯燥,全无气象。严羽为纠此流弊,独标"诗有别趣,非关理也"。诗歌创作的兴趣与理、与认识活动无直接关系,不是识理、说理得到的愉悦体验。

那么别趣"别"在哪里呢?严羽说:"盛唐诸人惟在兴趣,羚羊挂角,无迹可求。""羚羊挂角,无迹可求"本是佛家术语,《传灯录》载义存禅师对众僧说:"我若东道西道,汝则寻言逐句;我若羚羊挂角,你向什么处扪摸?"道膺禅师谓众曰:"如好猎狗,只解寻得有纵迹底,忽遇羚羊挂角,莫道迹,气亦不识。"严羽正借以喻"不涉理路,不落言筌"的妙悟活动。因此,别趣之所以特殊,就在于它是对"妙悟"之趣,是在妙悟活动中所得到的肯定积极的情绪体验。在妙悟活动中,情感的体验、表现与形象的直觉、想象交互作用,趋向和谐与统一,诸种心理(包括生理)功能在不同的层次上整合,并形成着一个完美的意象系统。这时必然产生一种愉悦的情绪体验,这是主体对这一活动的肯定评价,这就是妙悟之趣。用今天的术语讲,也就是审美的愉悦——美感。这种美感,通过特定的情景交融的艺术形象而凝结在作品中。因为它是妙悟之趣,所以分开在不同的层次来讲，也可说它是体验与表现之趣、直觉与想象之趣，以及构造形象系统之趣。体验或表现的情感性质可以是否定性的，悲、哀、愁、惧等，伴随着对体验或表现的体验，却可以是而且必须是肯定性的愉悦感，否则，就会成为生活中的真实情感而失去了审美的性质。在审美艺术思维这个大的系统结构中，妙悟与兴趣是紧密相连、互相作用的。一方面，妙悟产生着兴趣；另一方面，兴趣又推动着、指引着妙悟的深入：在妙悟中形成的大脑皮层愉悦的兴奋优势会成为一股强大的动力促进主体的活动，二者间的相互作用形成一个正反馈的过程。所以严羽说"诗道惟在妙悟"与"惟在兴趣"，是二而一的，是一个过程的两个侧面。这样他批评"孟郊之刻苦，读之使人不欢"（《诗评》），这当然不是指孟郊诗表现的情感性质而言，而是因为孟郊作诗，刻意于文字上的惨淡经营，雕琢言表，不讲妙悟，不能引起人的妙悟之趣，是故"不欢"；而读《离骚》虽涕泪满襟，却充满妙悟，给人兴趣。

我们分析了严羽一系列诗歌理论的内在逻辑联系，为简便起见，可列一图表如下：

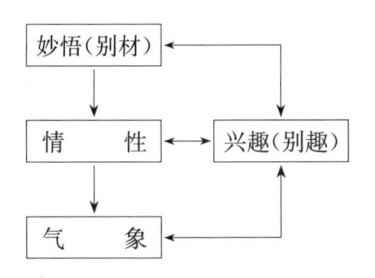

```
        ┌─────────────┐
        │  妙悟（别材）│◄──────┐
        └──────┬──────┘       │
               ▼              │
        ┌─────────────┐  ┌────┴────────┐
        │  情     性  │◄─►│ 兴趣（别趣）│
        └──────┬──────┘  └────┬────────┘
               ▼              │
        ┌─────────────┐       │
        │  气     象  │◄──────┘
        └─────────────┘
```

这个框架可以说是诗歌的审美——艺术思维的活动过程，因为它所揭示出的，正是审美——艺术思维活动中的主要特点。虽然严羽并没有把它清楚明确地表述出来，但这一条内在逻辑主线却是存在着的，站在今人的高度，不能贬低严羽的这一功绩。严羽的这一理论贡献，是我国古代审美实践发展到相当水平的产物，也是思维能力发展到相当水平的产物，它有着深刻的历史渊源和时代意义。当然,它也存在着不可避免的弱点,这成为严羽长期被人误解或各执一端片面继承的重要原因。其中的缘由,是应该进一步研究的。

最后还要指出,严羽把审美——艺术思维能力(别材、别趣)的培养归之于熟读熟参汉魏盛唐之典范作品。这有正确的地方,但忽视了取资生活,却是一大缺欠。这点也与脱离现实的理悟与禅悟相近,囿于篇幅,就不再细加辨析了。

(原载《思想战线》1985年第3期)

无蔽的瞬间:禅悟和妙悟

蒋永文

禅宗在中国美学史上是继儒道两家之后给中国古典美学和文学以重大影响的哲学派别。中国禅宗是从印度禅学中发展起来而又充分表现中华民族的思想与性格特色的宗教。以中唐为标志,中国封建社会开始了由盛转衰的巨大变化。严重的社会危机致使文人士大夫对儒家传统信仰产生了怀疑、失望的思想情绪。他们希望有一种新的哲学来淡化、稀释内心的忧虑和苦恼,以求得心理的平衡和精神的解脱。在这样的历史背景下,禅宗应运而生了,并在唐代发展到了高峰。入宋以后,由于更为复杂的现实矛盾,使得禅宗对宋代文人日常生活的渗透和对美学、艺术的影响,无论就其深度还是广度来说都大大超过了唐代,文人士大夫与禅宗过从甚密,甚至一大批文人士大夫成了禅宗的忠实信奉者。这样必然带来宋代文人个人审美兴趣和审美要求的巨大变化,他们的诗歌创作带有浓厚的禅味。宋代诗论家以禅喻诗、以禅论诗,蔚然成风,禅宗佛理被直接引入诗歌美学理论研究之中,构成了这个时代诗歌理论的鲜明特色。本文力图从禅与诗的契合点上来探讨禅宗和宋代诗歌美学理论中"妙悟"说的关系。

在"以农为本"的国度里,人们对劳动对象的亲和性及生产技能师徒传承的方式,使中国古代哲学和美学很早就显示了不假形式逻辑而依靠直觉领悟的运思特色,这一点我们在儒道哲学和美学中可以清楚地看到。老子的"观道"与庄子的"体道"都是要人们放弃心智的作用,排除一切理性的思考;在物我融合中,泯灭主客体界限,化"我"为物,融心于道,来感受体悟道的存在。"悟",《文选·游西池》诗"悟彼蟋蟀唱",注引《声类》解释"悟,心解也",又《索问八正神明论》中"慧然独悟"句注"悟,犹了达也"。悟即是心解神会,它是一种不依靠概念、判断和推理的逻辑思维过程而直接把握认知对象内在性质和特点的思维能力。"悟"的重要作用在禅宗中被发挥到了极致,它是禅的根本。正如铃木大拙所说:"禅如果没有悟,就象太阳没有光和热一样。禅可以失去它所有文献、所有寺庙以及所有行头,但是,只要其中有悟,就会永远存在。"①

相传,释迦牟尼在灵山会上,拈花示众,众皆默然,莫名其妙,唯迦叶尊者破颜微笑,心领神会,佛祖知他已悟,便说:"吾有正法眼藏付嘱摩诃迦叶。"②这就是通过以心传心的"妙悟"传法。但是,印度佛学更多地致力于众生有无佛性、能否成佛等理论问题的烦琐论证上。相比之下,中国佛学更关心如何成佛等实践问题,因而禅悟就成了六朝佛教教义与信仰实践相结合的重要内容。至六祖慧能之禅宗,顿悟成佛的思想便上升为修行学说之主流,成为禅宗理论的核心。所谓"顿悟",就是指主体通过直观体悟的方法一下子触及"佛性"的一种认识上的飞跃。这种理论对认识主体与客观对象之间的关系,人的认识过程中渐变与突变等问题提出了有价值的新见;而这些问题和诗歌创作中思维活动的规律密切相关,从而启发了人们以禅悟喻诗。

"妙悟"一语,初见于僧肇《长阿含经序》:"晋公姚爽质直清柔,玄心超诣,尊尚大法,妙悟自然……"③传为僧肇著的《涅槃无余论》中也有"玄道在于妙悟"的说法,"妙悟"自性本净是禅宗理论的一个核心问题。永嘉玄觉禅师说:"夫妙悟通衢,则山河非壅;连名滞相,则丝毫成隔。"(《禅宗永嘉集·事理不二第八》)唐代王维《画学秘诀》已把"妙悟"用于艺术创作,说:"妙悟者不在多言,善学者还

---

① [日]铃木大拙,《禅与生活》,刘大悲译,光明日报出版社1998年版。
② 普济,《五灯会元》,中华书局1984年版。
③ 释僧佑,《出三藏记集》,中华书局1995年版。

从矩规。"到宋代以禅喻诗成为风气，以"妙悟"论诗遂成为常谈，如《诗人玉屑》卷十五引范温《潜溪诗眼》论柳子厚诗云："识文章当如禅家有悟门。夫法门千差万别，要须自一转语悟入。"戴复古《题邹登龙梅屋稿》云："邹郎雅意耽诗句，多似参禅有悟无。"严羽更以"妙悟"作为沟通诗学和禅学的津梁，以"妙悟"来阐发诗歌创作的独特艺术规律，那么，宋代诗论家的"妙悟"和禅悟有什么关系，它具有什么美学特征呢？

一、刹那之悟：审美直觉的突发性

"妙悟"又称"顿悟"，支遁已开始讲"顿悟"，而以竺道生论析最详，慧达《肇论疏》述生公之义曰："夫称顿者，明理不可分，悟语极照，以不二之悟，符不分之理，理智悉释，谓之顿悟。"慧能论"顿悟"的话更多，《坛经》载"我于忍和尚处，一闻言下大悟，顿见真如本性""迷来经累劫，悟则刹那间"。在慧能看来，佛与众生的区别只在一念间、一刹间，强调的不是苦修证理，而是当下即得。希运禅师说，"直下便是，运念即乖，然后为本佛"（《筠州黄檗山断际禅师传心法要》），也是要求不假思议、直下顿了。这种顿悟在形式上带有偶然性，"智闲和尚一日芟除草木，偶抛瓦砾，击竹作声，忽然省悟"。禅家悟道，常常是受某一机缘的触发而豁然觉悟，这和审美直觉有相通之处。审美直觉不表现为一步步的思考过程，而是突如其来式理解，立即导致审美认识的深化。宋代诗论家就是以"顿悟"来说明审美直觉的这种突发性及由此产生的艺术灵感的特点。以禅喻诗的吴可在《藏海诗话》中说："……少从乐天和学，尝不解其诗曰'多谢喧喧雀，时来破寂寥'。一日亭中坐，忽有群雀飞鸣而下，顿悟前语，自尔看诗，无不通者。"这即是刹那之悟，身入其境，受景物触动，蓦然领悟前人诗句的艺术魅力。宋代诗论家叶梦得进一步把鉴赏体验推至创作。《石林诗话》卷中说，"池塘生春草，园柳变鸣禽"，"世多不解此语为工，盖欲以奇求之耳。此语之工，正在无所用意，猝然与景相遇，借以成章，不假绳削，故非常情所能到。诗家妙处当须以此为根本,而苦思难言者,往往不悟"。

这种超乎常情、即景会心的"悟"是在无所用意、猝然之间获得的,其实就是审美直觉的一刹那间。歌德谈到诗歌创作过程时也说:"在这以前我对于它们没有任何概念和任何预感,可是它们突然控制了我,并立刻得到表现,于是我只得象梦游者一样,不由自主地把它们记录下来。"①这里的"突然之间"亦指直觉的短暂过程。

伴随这种审美直觉"顿悟"而来的是创作构思的极度兴奋状态,丰富的想象、生动的意象,纷至沓来,思如泉涌,这就是灵感。审美直觉的结果常常是触发灵感的契机,有时审美直觉过程正处于灵感状态之中,这时二者是合一的。由于顿悟的突发性表征特别强烈,宋代诗论家特别强调必须不失时机地捕捉灵感涌现时闪现的生动艺术形象和奇妙境界;否则,遇到主客观因素的干扰,会使灵感高潮转瞬即逝,那些形象和境界也就会随之杳无踪迹。宋葛立方《韵语阳秋》中引诗人潘大临一段话说:"潘云:秋来日日是诗思,昨日提笔得'满城风雨近重阳'之句,忽催租人至,令人意败,辄以此一句奉寄。亦可见思难而败易也。"本来意兴正浓,忽遇干扰,遂以独句而告终。宋代两位诗人说得更形象,苏轼说:"作诗火急追亡逋,清景一失难再摹。"(《腊日游孤山访惠勒惠思二僧》)张镃《觅句诗》则说,"觅句先须莫苦心,从来瓦注胜如金;见成若不拈来使,箭已离弦作么寻",也都是强调捕捉灵感中转瞬即逝的艺术形象之重要。

禅宗主张明心见性、顿悟成佛,这在理论上固然精彩,但实际修行却很难如此,仍不能不有一定的修行功夫,所以要参禅。此即著名的《永嘉证道歌》所说的:"游江海,涉山川,寻师访道为参禅。自从认得曹溪路,了知生死不相关。"主张"顿悟成佛"的慧能说:众生若不能自悟,须觅善知识示道见性。这实际上即是顿悟前的修行。神会把渐修以成顿悟说成"譬如母顿生子,与乳,渐渐养育,

---

① 转引自[苏联]鲍列夫:《美学》,乔修业、常谢枫译,中国文联出版公司1986年版。

其子智慧自然增长,顿悟见佛性者,亦复如是"①。宗密则说:"犹如伐木,片片渐砍,一时顿倒,亦如远诣都城,步步渐行,一时顿到。"(《大正藏·禅源诸诠集都序》)

禅悟要有功夫,诗悟也要有功夫,"妙悟"这种审美直觉也必须通过主观努力进行培养的。对此,宋代诗论家是有清楚认识的。吴可《学诗诗》说:"学诗浑似学参禅,竹榻蒲团不计年。直待自家都了得,等闲拈出便超然。"这就是由渐修而至顿悟。吕本中《童蒙训》说:"作文必要悟入处,悟入必自工夫中来,非侥幸可得也。"他又在《与曾吉甫论诗第一帖》中说:"悟入之理,正在工夫勤惰间耳。如张长史见公孙大娘舞剑,顿悟笔法。如张者,专意此事,未尝少忘胸中,故能遇事有得,遂造神妙,使他人观舞剑,有何干涉。"陆游在《赠王伯长主簿》中则更直截了当地说:"学诗大略似参禅,且下功夫二十年。"宋人包恢受神会等禅师启发所做的比喻阐述得更加详尽:"前辈有学诗浑似学参禅之语,彼参禅故有顿悟,亦须有渐修始得。顿悟如初生孩子,一日而肢已成体,渐修如长养成人,岁久而志气方立。此虽是异端,语亦有理,可施之于诗也。"(《敝帚稿略之二·答傅当可论诗》)钱锺书先生在《谈艺录》中很正确地指出:"夫悟而曰'妙',未必一蹴即至也;乃博采而有所通,力索而有所入也。"

二、不涉理路:审美直觉的直观性

直觉具有直观性的特点,就是说直觉是不依靠概念、判断、推理而直接把握具体认知对象的特殊思维过程。禅师和诗论家都强调"妙悟"的直观性,不过一用于体道,一用于审美。

禅宗认为,禅的本体即"真如""佛性",是有关整个存在的。它超脱一切分别对待关系,也超脱一切色相,它"玄妙难测,无形无相……(如)水中盐味,色里

---

① 杨曾文编校:《神会和尚禅话录》,中华书局1996年版。

胶青，决定是有，不见其形"。因而，禅宗反对人们用理性知解的态度对待"真如""佛性"。《黄檗希运禅师传心法要》说："我此禅宗，从承以来，不曾教人求知求解。"《五灯会元》卷六载洞山良价偈云："拟将心意学禅宗，大似西行却向东。"很多禅宗语录、公案、机锋都是通过陌生化的形式，以一种强烈的震撼当头棒喝，破坏生活的逻辑结构，中止理性常识世界加于人们的陈旧的异化的生活经验，而恢复本真的生命体验。禅师看到了人们习惯以理性的桎梏束缚生命力的弊端，于是呼唤人们用活泼的全部生命投入到对这世界与人生的体验之中，以直觉体验领悟存在的真谛。这种体道方式远远离开了逻辑思维活动，省略了思维过程抽象的中介环节，是不受理性认识约束与规范的非逻辑的直觉体验。

禅师如此，诗论家亦然。因为审美对象也是具体的、个别的，而不是抽象的、一般的。所以，它只能是属于人的感性直觉体验活动的对象。朱光潜先生在《文艺心理学》中，开宗明义就谈到，美感经验是"形象的直觉"。只有直接面对形象，在直觉中把握和赏玩，才能有深刻的美感体验。正是在这点上，宋代诗论家以"妙悟"论诗，他们都不同程度地接触到了审美直觉中这种"不涉理路"的直观性特点，而其中论述精到、深刻者应首推严羽。

严羽在《沧浪诗话·诗评》中说："大抵禅道惟在妙悟，诗道亦在妙悟。且孟襄阳学力下韩退之远甚，而其诗独出退之之上者，一味妙悟而已。"

"夫诗有别材，非关书也；诗有别趣，非关理也；然非多读书，多穷理，则不能极其致。所谓不涉理路，不落言筌者，上也。"

这两段话深刻地接触到诗歌创作的核心问题。所谓"别材""别趣"就是说诗歌创作需要不同于一般思维活动的具有审美直觉特征的审美和艺术创造能力，它是"不涉理路"的。"不涉理路"就是说诗歌创作依靠的不是逻辑推理的思辨认识，而是审美直觉的感受体验，也就是"妙悟"。严羽是把"妙悟"当作同"学力"相对的概念来使用的，以说明这样一个道理：满腹经纶、学力深厚、逻辑思维能力强的人，如果没有审美直觉能力，没有对形象的直接感受、体验、捕捉的能力，也绝对成不了杰出的诗人。以理性逻辑思维去对待审美对象，往往是从科学的分类标准和逻辑分析入手,去做抽象化、概念化的功夫,以理性分类的秩序、框架去割裂审美对象的无限生动性、丰富性、完整性,使之变成了无生命的概念堆积物;主体自然也不可能获得新鲜、细致的审美感受,其结果只能是说理议论,卖弄学问,空洞枯燥,毫无诗意。"妙悟"使诗人跳出了理智分析、宰割的狭窄轨道,以直觉感受扪摸、拥抱世界,真实的存在便豁然显现。《诗人玉屑》卷一引龚相《学诗诗》说:"学诗浑似学参禅,悟了方知岁是年。点铁成金犹是妄,高山流水自依然。"卷十九引方北山诗云:"舍人早定江西派,句法须将活处参。参取陵阳正法眼,寒花乘雾落毵毵。"所谓"点铁成金",犹如执于文字概念,拘泥于句法,也是执着理性知解,都是未"悟"。"高山流水自依然""寒花乘雾落毵毵",则是悟后所见,物如实相,一切都是那样新鲜、奇妙、完整、具体,没有抽象、割裂,没有比较界定,因而审美对象也就能充分地保持它特有的丰饶,只有这样,审美主体才能达到美感体验的极致。

《五灯会元》卷十七记载着一条著名的公案:"吉州青原惟信禅师上堂:'老僧三十年前未参禅时,见山是山,见水是水;及至后来亲见知识,有个入处,见山不是山,见水不是水,而今得个休歇处,依前见山只是山,见水只是水。'"禅师未参禅前,执假有以为实有,故山只是山,水只是水。"学人初登解脱之门,乍释业系之苦,觉山河大地十方虚空,并皆消殒。"(《雍正御选语录序》)参禅未深,故见山不是山,见水不是水。这仍然是执着于理,以空观有。禅师三十年后"得个休歇处",已返朴归真、大彻大悟,除却理障,故"境智融透,色空无碍"。见山只是山,见水只是水。苏东坡的一首诗:"庐山烟雨浙江潮,未到千般恨不消;及至到来无一事,庐山烟雨浙江潮。"所表达的也正是这个意思,"未到千般恨不消"正是伴随着理智的虚构、识心的歪曲而产生的。吕本中《题晁恭道善境界图》也表达了同样的观点:"畴昔相从三十年,如今休去不逃禅。知君参见法轮老,始知苍苍便是天。"苍苍是天,稚童皆知,为何还要经过参禅而"妙悟"才能明白呢?这正是因为禅宗要人们放弃知解,不在概念建构的世界里兜圈子,而直接去体验存在的真实,像一个天真的儿童一样,以纯朴之心去观照事物。禅心亦如童心,禅宗对此比喻言之。《五灯会元》卷五说:"十六行中,婴儿行为最哆哆和时,喻学道之人离分别取舍心,故赞叹婴儿,可况喻取之。"又说:"汝不见小儿出胎时,可曾道我解看教不解看教?……及至长大,便学种种知解出来,不知总是客尘烦恼。"从认识论的角度看,儿童的心里没有固定的因果观念或逻辑观念,他们是以感性直观的态度看世界的,所以"他能撤去世间事物因果关系之网,看见事物本身的真相"①。艺术审美直觉观照万物,而万物静观皆自得,现其事物本身的真相。

以上,我们结合宋代其他诗论家的观点,对严羽的审美直觉感受论进行了分析。严羽强调了审美直觉的直观性(具象性),却没有忽视理性的作用。他认为如果不多读书、多穷理,就不可能取得诗歌艺术的最高成就;但在作诗的时候,却只能从审美感受出发,而不能从理性概念出发,因为有平时的理论修养,故能做到"尚意兴而理在其中"。由此可见,严羽的论述还是比较全面的。

三、自证自得:审美直觉的独创性

禅师体道,要求自证自得,具有个体直觉特征的"悟"被极力强调。诗人的审美直觉即"妙悟",也要求具有独创性。实际上,审美直觉的具体性和直接性就意味着审美直觉必然是个体的、独创的,诗歌作品的独创性正是由这种内心独特的领悟造成的。宋代诗论家受禅宗思想的影响,以"妙悟"论诗,不会不注意到审美直觉的独创性问题。

禅宗认为:"自性本自清净""自性本自具足"(《坛经》)。因而说:"如今学道人,且要自信,莫向外觅。"(《古尊宿语录》卷五)"菩提般若之智,世人本有之,只缘心迷,不能自悟。"(《坛经》)"一灯能除千年暗,一智能灭千年愚",而这"一智"并非外加,而是自性本有,所以也只有自己才能体悟。《五灯会元》卷三说:"禅

---

① 丰子恺:《艺术人生·从孩子得到的启示》,花城出版社1991年版。

德,只须自看,无人替代。"这样,个人的领悟就具有了权威性。《宛陵录》载黄檗断际禅师语:"一等学禅,莫取妄生异己,如人饮水,冷暖自知。"就是说对真如佛性的体验,如人喝水,是冷是热,只有本人才有真切的体会和感受。禅悟就是凭借自身直觉体验,直接地、迅速地在自我心灵中把握真如自性即宇宙万有的本体精神。铃木大拙曾引宋代禅僧法演的一首偈语来说明这个问题:"金鸭香消绣锦帷,笙歌声里醉扶归。少年一段风流事,唯许佳人独自知。"说明禅悟如男女恋情一样,只有经过个人体验才能真正了解。

以之通于诗歌创作,自然强调诗人独特的直观领悟创造能力。《诗人玉屑》卷一引吴可《学诗诗》说:"学诗浑似学参禅,头上安头不足传。跳出少陵窠臼外,丈夫志气本冲天。"我们前面说过,审美直觉活动是以大量的生活经验和审美经验为依据的,但它不是过去经验的简单复现。"头上安头",出自《黄檗断际禅师宛陵录》希运语:"语默动静、一切声色,尽是佛事。何处觅佛?不可更头上安头,嘴上加嘴。"就是说顿悟本心,即能随处证道,不必求佛祖。诗人对前人作品的学习,不是为了因循沿袭,而是将其化作自己的审美经验;当面对审美对象时,应该具有自己独特的体验感受,这样创造出来的诗歌才能具有独创性。宋杨万里《跋徐恭仲省干近诗》三首之三说:"传宗传派我替羞,作家各自一风流。黄陈篱下休安脚,陶谢行前更出头。"这实际是他自己创作经验的总结。他曾经长时间模仿前人进行诗歌创作,但后来"忽若有悟,于是辞谢唐人及王、陈、江西诸君子皆不敢学,而后欣如也"(《诚斋集·诚斋荆溪集序》),强调的也是要根据自己独特的创造力来进行写作。文学创作是一种最具有创造性的精神活动,诗更富于主观独创的特征。正由于此,戴复古《论诗十绝》之四告诫人们:"意匠如神变化生,笔端有力任纵横。须教自我胸中出,切忌随人脚后行。""随人脚后行"正是因为没有自己独特的审美感受,这样写出来的作品是没有生命的。《诗人玉屑》卷十引《复斋语录》的话对这一点做了很好的说明:"诗吟涵得有自得处,如化工生物,千花万草,不名一物一态。若无自得,只如世间剪裁诸花,见一件样,只做得一件也。"诗人具有独特的审美感受,创作出来的作品千姿百态,生意盎然,各呈芬芳;没有独特的审美感受的人只能规模前人,亦步亦趋,如剪纸花,照影图形,毫无新意。

总之,禅宗强调刹那体悟、直证而得、不假模拟的观点启发了宋代诗论家对审美直觉的突发性、直观性、独创性的认识。以严羽为代表的宋代诗论家针对宋诗中实际存在的概念化、说教化的弊端,把审美感性和逻辑思维区分开来,特别突出地强调了诗歌艺术不同于理智认识的审美特质,强调审美直觉感受是构成艺术本质的东西,从而对诗人之所以为诗人的审美创造力做了重要的规定,这对明清美学家对艺术本质的认识产生了重大影响。

(原载《云南师范大学学报(哲学社会科学版)》2002年第2期)

简论"言意之辨"与中国古代文艺理论

牛 军

"言意之辨"与中国古代文艺理论,这个命题是汤用彤先生在《魏晋玄学论稿》中提出来的①,然而,在他生前并未撰写成文。要研究这个论题涉及文艺思想史、哲学史等领域的诸多问题,现仅谈谈自己在学习与研究中国古代文论的过程中得出的一点认识。

一

魏晋玄学产生于魏正始年间(240—249),王弼、何晏提供"贵无"思想,著《老子注》《周易注》《道德论》等,完成了老庄向玄学的演变。到西晋惠帝时(290年以后),向秀、郭象的《庄子注》出现,又使玄风大畅,玄学终于酿成了时代精神。玄学的兴起,儒家的衰落,这是历史趋势。汉代中央集权衰败和瓦解,儒家经术也随之衰落,哲学和文学摆脱了经学的束缚,得以放出异彩。玄学重在探求天地自然虚玄之体,完全摈弃了汉儒阴阳象数的浅陋神学。其玄远旷放的精神境界,使人形超神越,个性受到尊重,提高了人的价值。

表现于文学的则是由个性和天才证明风格之丰富多彩,文章成为情性风

---

① 汤用彤:《魏晋玄学论稿》,《汤用彤评传》,百花洲文艺出版社1993年版,第296页。

标。宗白华先生在《论"世说新语和晋人的美"》一文中指出:"汉末魏晋六朝是中国政治上最混乱、社会上最苦痛的时代,然而却是精神史上极自由、极解放、最富于智慧、最浓于热情的一个时代。因此也就是最富于艺术精神的一个时代。"①正因为如此,出现了曹植、嵇康、阮籍、谢灵运、陶渊明那样的大诗人;出现了曹丕、陆机、刘勰、钟嵘、萧统那样的大文论家。无论文学创作还是文学理论,都在中国古代文学史上刻下了永不泯灭的伟绩,给后世储备了取之不尽的宝藏。

由于玄学认为"道"是"无名""无形",亦即无限,因此就产生了"道"能否用名言概念和具体形象来加以表述的问题,于是"言意之辨"便成了魏晋玄学的主要论题之一。"言意之辨"一经产生便在魏晋玄学中占有重要的地位,因为这个课题的理论创新必然要触动学术变革最敏感的神经——注经方法的变革。在我国古代思想发展史上,新学说的诞生往往需要新的注释经典的方法。由于儒家"六经"被视为我国的文化之源、价值之源和智慧之源,具有不可动摇的权威地位。所以,自西汉以来,历代思想家在创造符合本时代需要的理论时,往往要通过注释经典的途径来表达自己的新意。早期的玄学创始人王弼面临的仍是同一性质的任务,力图寻找一种可以充分输入自己见解的注经工具或方法,他找到的工具或方法就是"言意之辨"。

"言意之辨"的中心内容是言辞和意念的关系问题,其看法可归纳为"言不尽意""得意忘言"和"言尽意"。

早在《周易·系辞》中,就有"子曰:'书不尽言,言不尽意。然则圣人之意其不可见乎?'子曰:'圣人立象以尽意,设卦以尽情伪,系辞焉以尽其言。'"《庄子·外物》篇说:"筌者所以在鱼,得鱼而忘筌;蹄者所以在兔,得兔而忘蹄;言者所以在意,得意而忘言。吾安得失忘言之人而与之方哉!"以上孔子所说"言不尽意"和"立象以尽意"的"意",是指深奥之理;庄子所说"得意忘言"之"意"指的

---

① 宗白华:《美学与意境》,人民出版社1987年版,第183页。

是玄妙之道。王弼将《周易·系辞》里说的"言不尽意"和《庄子·外物》篇所说的"得意忘言"结合起来提出玄学的"得意忘言"论。他在《周易略例·明象》里一开始就指出："夫象者,出意者也。言者,明象者也。尽意莫若象,尽象莫若言。"他首先肯定了象是可以表达意的,言是可以解释象的,象和言不但能达意而且能尽意。然而王弼并不满足于这个结论,他接着引用《庄子》的话"故言者所以明象,得象而忘言;象者所以存意,得意而忘象。犹蹄者所以在兔,得兔而忘蹄;筌者所以在鱼,得鱼而忘筌也"。意思是说,如同筌的功用是捕鱼、蹄的功用是捉兔一样,象的功用是存意,言的功用是明象,象对于意、言对于象都只有从属的地位。王弼引用庄子的话进一步地说明了"言"—"象"—"意"的关系即"言"与"意"的关系,只要得到象就不必拘守原来用以明象的言,只要得到意就不必拘守原来用以存意的象。他认为,"是故存言者,非得象者也;存象者,非得意者也。象生于意而存象焉,则所存者乃非其象也;言生于象而存言焉,则所存者乃非其言也。然则忘象者乃得意者也,忘言者乃得象者也"。意思是拘守于言的人并没有真正得到象,拘守于象的人并没有真正得到意。象是由意产生的,离开意而拘守着象,所守的已不是真正能表意的象了;言是由象产生的,离开象而拘守着言,所守的已不是真正能表象的言了。所以,只有能忘象的人才是真正得到意的人,只有能忘言的人才是真正得到象的人。因而他的结论是,"得意在忘象,得象在忘言"。值得注意的是,王弼所指的忘象、忘言不是抛弃他们,而是不要执着于象和言。王弼在此虽然肯定了"象"能"尽意","言"可"明象",但也认为"象"不应是某个固定的"象","言"也不应是某个固定的"言"。他看到了任何固定的"象"和"言"都是有限的:前者不足以充分地代表或象征它所要尽的"意",后者不足以充分地说明或解释它所要尽的"象"。因此王弼最后的结论还是认为某一固定的"象"是不能"尽意"的,某一固定的"言"也不能"尽象",当然也不能尽"象"所代表的"意"了,所以结论是"言不尽意"。

王弼之所以主张"言不尽意"论,在于玄学所追求的"道"亦即无限,无法指谓有限的个别的事物的名言概念来描述传达,那么玄学家所追求的体现在"圣人"生活行为中的无限又何以达到呢？当然只有"言不尽意"，才能直接诉之于"忘言""忘象"的内心体验。正是在这一点上，玄学和文学艺术贯通了起来，许多文人学士因哲学上的问题，益觉得研求文章原理的必要。玄学家要达到和把握无限的"言不尽意""得意在忘象""得象在忘言"的理论，为文艺理论奠定了哲学基础。自陆机的"课虚无以责有，叩寂寞以求者"，至刘勰的"文外曲致""情在词外"等文学理论问题实为魏晋文学理论所讨论的核心问题，也是我国古代文艺理论的重要审美准则。

略晚于王弼的欧阳建曾著有"言尽意"论，他以"违众先生"自居，反对"雷同君子"们所赞同的"言不尽意"论。他的主要理由是："夫天不言而四时行焉，圣人不言而鉴识存焉。形不待名而方圆已著，色不俟称而黑白已彰。然则名之于物，无施者也；言之于理，无为者也。"即天和圣人都是不言的，虽不言，而四时照常运行，鉴识照常存在。没有方圆黑白的名称，照常显示着方圆黑白的差别。所以，名对于物没有增加什么，言对于理也没有改变什么。"而古今务于正名，圣贤不能去言，其故何也？诚在理得于心，非言不畅；物定于彼，非名不辨。"道理得之于内心，不借助语言就不能畅快地表达；事物的形色由于相互比较才能确定，不给以名称就不能区别。所以，名与言是不可废的。他最后指出："非物有自然之名，理有必定之称也。欲辨其实，则殊其名；欲宣其志，则立其称。名逐物而迁，言因理而变，此犹声发响应，形存影附，不得相与为二。苟其不二，则无不尽。吾故以为尽矣。"他认为物本无名，是为了对它加以区别才确定了不同的名称；理本无称，是为了把它表达出来才诉诸言辞。名和物的关系、言和理的关系，就好像声响、形影一般，不能分割开来。既然不能分开，所以言就没有不尽意的了。因此说，言是尽意的。

欧阳建虽然正确地阐明了名与物的关系，但是对言与理（意）的关系论证是不充分，甚至可以说是混乱的。他把言和理的关系同物和名的关系相提并论，可见他不懂得王弼所要尽的"意"，不是一般的"物"或"理"的"意"，而是那作为人格本体的"无形""无名"的"道"，亦即无限。"道"作为无限，包统了一切可能的物,而不是只限于此一物或彼一物,所以它是不能以"逐物而迁"的"名"去加以指谓的,从而也就是一般的名言概念所不能尽的。笔者以为:就对于日常具体事物的表达来说,欧阳建主张"言尽意"是对的;但就王弼所说的对无限这一本体的表述来说,王弼的观点是对的,欧阳建的观点是不对的。我们应当承认,艺术的语言虽然不能脱离一般日常运用的语言,但前者是"不尽意"的,后者是"尽意"的。也就是说"不尽意"是艺术语言的重要特征,不能和一般的日常用语相混同,否则每一个能使用日常语言的人都成为文学家了。艺术语言和日常语言的联系与区别,当然是一个值得研究的问题,魏晋玄学关于"言"能否"尽意"的论争就相当深刻地触及了这个问题。

二

"言意之辨"的论争使魏晋的一些文学家和文艺理论家接受了玄学的宇宙观,把"道"看成是最高的精神境界,认为"道"是文学艺术创作的源泉,文学艺术创作规律的奥妙亦在象外。他们已不把文学视为作文章的小道或雕虫小技,开始注意、探讨文学的作用和性质,并接受玄学"得意忘言""言不尽意"的理念。因此,中国的古代文艺理论在魏晋以后发生了显著的变化。

汉代儒家的诗教占统治地位,文学被视为"经夫妇、成孝悌、厚人伦、美教化、移风俗"的工具。魏晋以后,经学的统治地位被动摇,"言意之辨""如用此利刀尽削除汉人之芜杂"[①],于是文学艺术摆脱了经学的束缚,开始深入探讨文学艺术本身的规律。当时许多思想家认识到他们一方面有不可言之本体(宇宙本体、自然之道),另一方面又有不可违抗的命运。这种困惑在文学家们来说即是如何将自己的情志用语言完善地传达出来,这是文艺理论必须回答的一个问题,而这个问题同"言意之辨"有着很密切的关系。特别是王弼、荀粲所倡之"得

---

① 汤用彤:《理学·佛学·玄学》,北京大学出版社 1991 年版,第 319 页。

意忘言""言不尽意"论,说出了作家们在创作中深切体验过的一种苦恼,自然也容易被文论家所接受,并运用到文艺理论中来。

然而,魏晋的玄理毕竟不能代替文学理论,文艺理论家们又结合文学本身的特点,论述了"言""意"关系。文学理论家们所说的"意"已不仅指思想概念、鉴识、数量这类逻辑思维,更多地是指印象、情绪、想象、情调等形象思维和心理活动,这些更难用言辞完全地传达出来。文学创作的实践经验证明,欲求达意最好的方法是"得意忘言""言不尽意",既诉诸言内,又寄诸言外,通过艺术的语言引起比语言所说出的更多的无尽的感受,使人们在内心的情感体验中趋向和接近无限。也就是说要充分运用语言的启发性、暗示性,去唤起读者的联想,让读者去咀嚼体味字句之外的那种隽永深长的情思和意趣,以达到言有尽而意无穷的效果。虽然读者的联想因人而异,千差万别,不一定符合作者的原意,但只要总的趋向一致,不但不会损害原意,反而能使文意更浓郁、更醇厚,这就是中国古代文艺理论家们一再探讨的"言意"关系问题的核心所在。特别是中国的古代文学作品,要求短中见长、小中见大、含蓄不尽,这就促使文艺理论家去进一步研究如何恰到好处地处理"言"与"意"的关系。

汤用彤先生精辟地指出:"盖陆机《文赋》专论文学,而王弼于此则总论天地自然,范围虽不相同,而所据之理论,所用之方法其实相同,均为'尽意莫若象,尽象莫若言','得意忘象,得象忘言'也。"①因此,陆机以"言不尽意"作为探讨文学创作规律的思想方法,他在《文赋》中说:"夫其放言遣辞,良多变矣。妍蚩好恶,可得而言。每自属文,尤见其情。恒患意不称物,文不逮意。盖非知之难,能之难也。故作《文赋》,以述先士之盛藻,因论作文之利害所由,他日殆可谓曲尽其妙。至于操斧伐柯,虽取则不远,若夫随手之变,良难以辞逮。盖所能言者,具于此云尔。"文中说的"意不称物"是指主观的意念不能正确反映客观事物,"文不逮意"是指言辞不能完全传达意念,这不过是玄学中"言不尽意"的一

---

① 汤用彤:《理学·佛学·玄学》,北京大学出版社1991年版,第326页。

种说法。如何处理好"言""意"关系直接涉及文学的创作规律问题,这也是作家感到困惑的一个问题。文学艺术属形象思维,而作家的放言遣辞,可以说是变化多端的,作家的妍蚩好恶也是可得而言的。由于"言""意"之间的矛盾,使创作之难在于"恒患意不称物,文不逮意"。陆机在此揭示了创作中的矛盾,其微妙处不是言辞所能尽的,所以他说"盖所能言者,具于此云尔"。这表明了尚有应言而不能言者。继而《文赋》又云:"若夫丰约之裁,俯仰之形,因宜适变,曲有微情。或言拙而喻巧。或理朴而辞轻。或袭故而弥新。或沿浊而更清。或览之而必察。或研之而后精。譬如舞者赴节以投袂,歌者应弦而遣声。是盖轮扁所不得言,亦非华说之所能精。"此节历来是文学史家用以解释说明"随乎之变,良难以辞逮"的"文"和"意"的关系,说明文章变化之微妙处恰在"言不尽意"。此后的文艺理论多视佳句为有神助,出于神思,鉴赏作品者也重在咀嚼。因此,文章之微妙处便系于"言不尽意"论的名下。

受玄学影响的东晋大诗人陶渊明说:"好读书,不求甚解;每有会意,便欣然忘食。"表明了他读书不做烦琐的考据,只以自己的意会去领悟书中之旨的态度。他的《饮酒》诗说:"山气日夕佳,飞鸟相与还。此中有真意,欲辨已忘言。"当诗人看到日夕归鸟的刹那间,感悟到主观情意与客观物象的契合,忽而悟出了人生的真谛;他想将它说出来,却欲言又止,于是用"欲辨已忘言"一句带过,让读者自己去体会。真可谓恰到妙处不可言传,可见陶渊明既是"得意忘言""言不尽意"论的赞同者,又是实践者。

然而,在中国古代文艺理论中深刻阐述"言""意"关系的是《文心雕龙》。刘勰认为"道"是微妙无形、不可言传的,所以他以"道"为体,以"文"为用,他认为文学规律的妙处在象外、言外。他在《神思》篇里说:"至于思表纤旨,文外曲致,言所不追,笔固知上。至精而后阐其妙,至变而后通其数。伊挚不能言鼎,轮扁不能语斤,其微矣乎!"这里所说"纤旨""曲致"指的是言外、象外之意,因此不是语言所能达到的,只有至精至变之人才能体会其妙处。《神思》篇又说:"方其搦翰,气倍辞前,暨乎篇成,半折心始。何则?意翻空而易奇,言征实而难巧也。"

这段话说明了"言""意"的区别,以及创作过程中言辞不能完全达意的缺憾。

正因为如此,刘勰高度重视艺术创造中的技巧,他在《事类》中指出:"夫山木为良匠所度,经书为文士所择。木美而定于匠石,事美而制于刀笔。研思之士,无惭匠石矣。"他又在《隐秀》中指出:"譬诸裁云制霞,不让乎天工,斫卉刻葩,有同乎神匠矣。"刘勰深刻地指出高度的创造技巧是可以巧夺天工的。在艺术想象中,艺术家达到了"登山则情满于山,观海则意溢于海"的状态,也就是达到了艺术想象极为活跃的状态;构思中的形象在迅速产生,所以刘勰接着说"我才之多少,将与风云并驱矣"。艺术家虽然如此自信、自豪,但在进入实际的创作中,其取得的效果则常常是"半折心始"的。不仅如此,有时甚至还无法传达出来。刘勰指出:"意授于思,言授于意,密则无际,疏则千里。"这个"思"(即神思)—"意"(即意象)—"言"(传达所用的文学语言)的关系,即从想象到构思出艺术形象,再到用物质媒介传达艺术形象。在"言"与"意"之间,有时"言"恰到好处地传达了"意",这就是所谓的"密则无际";有时则相反,可以用来传达"意"的"言"就近在咫尺却无法找到,这就是所谓的"疏则千里"。"言"与"意"即传达与所要传达的"意象"(构思所得的、观念中的艺术形象),何以不能完全相合,甚至有很大的距离,其原因是"意翻空而易奇,言征实而难巧也"。刘勰深刻地看到了构思(即"意")与传达(即"言")是不同的两回事,构思是观念的活动,传达是带有实践性质的活动。构思可以不顾传达能否实现而做各种各样的奇想,而传达能否实现要受艺术家实际掌握应用物质媒介的技巧的制约。因此,构思的、意象的东西不一定能在传达中获得成功的实现,这是历来许多艺术家常常感到苦恼的问题。因而刘勰有感于"言"与"意"即传达与构思之间的矛盾,指出"言征实而难巧"就是文学创作中传达的困难所在。

因此,刘勰认为"言"和"意"的关系既有吻合的时候,也有乖离的时候,特别是那些"纤旨""曲致"就更不容易诉诸语言了。所谓"思表纤旨""文外曲致"也就是荀粲所说的"理之微者",是语言所不能表达的。同理,在文学的创作活动中,刘勰也认为文章风格多变,要把握创作的共性是十分困难的,他在《文心雕龙·序志》篇中感慨地说:"夫铨序一文为易,弥纶群言为艰。虽复轻采毛发,深极骨髓,或有曲意密源,似近而远,辞所不载,亦不胜数矣。"这和《文赋》的意思相似,虽然想总结出作文的利害所由,但是其中有许多奥妙,良难辞逮,应言不能言者甚多,因此他又感叹地说:"言不尽意,圣人所难。"在《灭惑论》中他又说:"得意忘言,庄周所领;以文害志,孟轲所讥。"虽然儒家不讲"言不尽意",但《易传》的"神而明之,存乎其人"的关于事物变化微妙难测的思想,实际上是可与"言不尽意"论相通的。刘勰站在《易传》的思想立场上,吸收了庄子、玄学的"言不尽意"论,使他对艺术的想象、创造的特征等的认识达到了新的审美高度。刘勰对艺术的想象、创造的非自觉性及不可言传性的论述,深切地表明了他已看到了审美直观不同于机械操作和理论思维的特点。这是自庄子以来在艺术审美研究中不断被强调的一个重要问题,也是我们当今应加以深入研究的重要课题。

综上所述,用汤用彤先生的话说,魏晋南北朝文学理论之重要问题实以"得意忘言"为基础。言、象为意之代表,而非意之本身,故不能以言、象为意;然言、象虽非意之本身,而尽意莫若言、象,故言、象不可废;而"得意"(宇宙之本体、造化之自然)须忘言忘象,以求"弦外之音""言外之意"。这不仅明确地区分和论述了现象与本体、外在与内在、有限与无限的哲学关系,而且突出地强调了有限、确定的语言和形象是难以直接地表达、规定、穷尽无限的观念,于是提出了借助于语言、形象,却又突破它的语言局限而诉诸内心的体验和领悟。这就直接地触及了艺术语言、形象的重要特征,可以说是明确地为艺术的语言、形象和非艺术的语言、形象的区别提供了哲学的论证。此后,"言不尽意""得意忘象"成了我国文艺理论的核心和重要准则。

总之,"言意之辨"与中国古代文论是不可分割的。"言意之辨"作为一个哲学命题渗透到文艺理论领域,展现出东方古代思维的巧妙和深刻,特别是深化了人们对语言功能的认识,对探索语言与思维、思维与存在的辩证关系等问题有着重大的意义。值得注意的是,在20世纪的前半期,"哲学"一词的西洋意味对我国学术的诱惑与挑战,使我们在"言"与"意"的关系问题上有了中西比较研究的可能性和现实性。汤用彤先生将魏晋玄学推为"新时代的文化"进行研究,李泽厚先生则将之推及美学领域。所以我们应重温古人的思索,将"言意之辨"这一哲学命题通过语言、文字,通过耳濡目染,使其在宇宙、人生、知识的领域内得以延伸与拓展,这对我们来说是任重而道远的。

(原载《思想战线》2002年第2期)

关于"《诗经》文学阐释"之内涵的分析

孙兴义

在《诗经》学领域中,较早明确提出将《诗》作为"诗"来读的学者,是南宋的朱熹,他说:"读《诗》,且只将做今人做底诗看。"①现代的闻一多先生也号召"用'诗'的眼光读《诗经》"②。但什么是"今人做底诗""'诗'的眼光",在他们那里均未得到明确的阐释。在现代学术视域中,所谓"用'诗'的眼光读《诗经》",常常被表述为"《诗经》的文学阐释"或"《诗经》的文学研究"。

不过,尽管"《诗经》文学阐释(文学研究)"一语已为论者所习用,但是鲜有人从学理上对其内涵进行明晰的分析。谭德兴在《什么是〈诗经〉的文学研究——关于经学与文学关系之思考》一文中,围绕着其中心论题列举了很多种界定方法,但作者对这些界定方法显然是不满意的,他以发问的方式表达了他的疑虑:"判断传统《诗经》学内容是否属于'文学研究'用什么标准好呢?用以情感论《诗》?以情性论《诗》?以男女爱情论《诗》?以文艺心理学阐释《诗》?对《诗》之比兴艺术手法的认知?采用有别于传统《诗》学的另类著述方式?注重《诗经》文本涵咏?注重《诗》篇鉴赏和体味?注意《诗》之文词语句分析?"③作

---

① 朱熹:《朱子语类》第6册,中华书局1986年版,第2083页。
② 闻一多:《神话与诗·匡斋尺牍》,武汉大学出版社2009年版,第293页。
③ 谭德兴:《什么是〈诗经〉的文学研究——关于经学与文学关系之思考》,《贵州文史丛刊》2003年第3期。

者并未明确地给出自己的观点,而是在文末坦言道:

> 本文并没有也不想给出一个关于什么是《诗经》"文学研究"的标准答案。只是想通过对当前《诗经》学领域关于传统《诗经》学之文学研究分歧现象的分析,以引起学界对传统《诗经》学文学研究的起点、《诗经》文学研究中的评判标准等诸多问题的重视和深入讨论。①

大概是意识到了此一问题的复杂性,因而作者采取了颇为谨慎的处理方法:提出了问题,也分析了问题,但却没尝试着去解决问题——"解决问题"并不一定是要给出"标准答案"。

近期何海燕的《清代〈诗经〉的文学阐释及其文学史意义》一文也涉及了"《诗经》文学阐释"的问题。不过从她的论述来看,她主要是把对个体性"诗性情感"的表现作为了《诗经》文学阐释的核心问题。她说:

> 清代的一些《诗经》文学诠释十分重视诗歌情感的品析,注重个人心灵与诗人情感的碰撞。他们所努力的是发掘文本所赋予的人性之真情,而不是人为地遵照政治伦理的要求去改造或迎合所需之情,从而有效地脱离了《诗序》《集传》以宣扬集体情感意识为主的阐释模式,走向个体化阐释的道路。……这便是抓住了文学的核心本质。②

如此阐释是否就是"抓住了文学的核心本质",笔者并不完全同意。"人性之真情"固然是文学在思想内涵方面的重要内容,但以此内容作为判别"文学"和"非文学"的标准,就显得过于狭隘和偏颇了。

本文无意于给出"什么是《诗经》的文学阐释"这一问题的标准答案,事实上这也是不可能的;不过,有感于此一问题是《诗经》研究中的一个重大问题,笔者还是尝试着对其做出自己的解答。

---

① 谭德兴:《什么是〈诗经〉的文学研究——关于经学与文学关系之思考》,《贵州文史丛刊》2003年第3期。
② 何海燕:《清代〈诗经〉的文学阐释及其文学史意义》,《文学遗产》2016年第5期。

一、"文学性"是"《诗经》文学阐释"的关键

《诗经》的所谓"文学阐释",是只有在其被当作"文学作品"对待之后,才会凸现出来的。把《诗经》当作文学作品对待,向来被视为现代《诗经》学的核心问题,其实质,亦即闻一多先生所谓"用'诗'的眼光读《诗经》"。此种阐释路向意味着驱散笼罩在《诗经》头顶的重重经学迷雾,而使得其"文学性"光辉散发出美的魅力。可以这样说,《诗经》的艺术问题就是建立在对其"文学性"体认的基础之上,"文学性"成了所谓"《诗经》文学阐释"的关键因素。此处不得不对"文学性"这一重要概念稍加论说。

"文学性"是俄国形式主义文论(Russian Formalism)中的一个重要概念。此一概念的提出,其目的在于为文学研究对象划定边界,并以此来确定"文学"学科的合法性和合理性。正如罗曼·雅各布森(Roman Jacobson)所指出的那样:"文学科学的对象不是文学,而是'文学性'(literariness),也就是使一部作品成为文学作品的东西。"①这个论断成了俄国形式主义文论关于"文学"学科之性质的经典表述。

在此一学派看来,文学研究的对象既不是笼统的所谓"文学",也不是具体的某一文学文本,而是文本中"材料"的组织技巧和构造原则——此即为"文学性"的重要内涵。美国当代文论家乔纳森·卡勒(Jonathan Culler)进一步发挥说:

> 并不是说语言不同层次间的关系只对文学有意义,而是说我们更倾向于在文学中寻找和挖掘形式与意义的关系,或者说主题与语法的关系,努力搞清楚每个成分对实现整体效果所做的贡献,找出综合、和谐、张力或者不协调。②

---

① [法]茨维坦·托多洛夫编选:《俄苏形式主义文论选》,蔡鸿滨译,中国社会科学出版社1989年版,第24页。
② [美]乔纳森·卡勒:《文学理论入门》,李平译,译林出版社2008年版,第32页。

在他看来,文学研究即是某种找出构成"文学"的各成分之间的"综合、和谐、张力或者不协调"关系的活动。这些成分间的关系,正体现为某种形式方面的组织技巧和构造原则。正是在它们的作用下,某一文本才得以成为艺术品。

自"文学性"概念提出后,它很快就挣脱了"俄国形式主义"的标签而成了世界上所有形式的文学理论都无法回避的一个核心问题。乔纳森·卡勒指出:"文学性的定义之所以重要,不在于作为鉴定是否属于文学的标准,而是作为理论导向和方法论导向的工具,利用这些工具,阐明文学最基本的风貌并最终指导文学研究。"①可见,"文学性"已经成了指导文学研究的某种普遍原则和方法,只不过在不同的理论派别那里,"文学性"具有不同的内涵而已:形式主义文论从"形式"的特征方面去界定"文学性",而韦勒克、沃伦则是把"虚构性""创造性""想象性"视为了文学的突出特征,其实这也就是他们对"文学性"内涵的具体规定。②

理解了"文学性"概念的内涵,明白了"文学性"之于文学研究的重要意义,那么闻一多先生所谓"用'诗'的眼光读《诗经》",所表达的意思其实就是"用'文学性'的标准读《诗经》"。此点对本文的论题极为重要:当上文我们谈到《诗经》的艺术问题是只有在其被当作文学作品阐释之后才会明显地凸现出来这一问题的时候,大脑中其实已先行地用"文学性"为导向来限定了我们的问题域。

不过,这个问题域在中国传统的《诗经》阐释中却并没有进入绝大多数阐释者的视域。如所周知,传统《诗经》阐释以经学为主体,文学阐释中的艺术问题长期处于被忽视、被压抑状态。闻一多就对此表示了强烈的不满:

> 汉人功利观念太深,把《三百篇》做成了政治的课本;宋人稍好点,又拉着道学不放手——一股头巾气;清人较为客观,但训诂学不是诗;近人囊中满是科学方法,真厉害。无奈历史——唯物史观的与非唯物史观的,离诗

---

① [美]乔纳森·卡勒:《文学性》,参见[加]马克·昂热诺等主编:《问题与观点:20世纪文学理论综论》,史忠义、田庆生译,百花文艺出版社2000年版,第29页。
② 参见[美]韦勒克、[美]沃伦:《文学理论》第二章《文学的本质》,刘象愚等译,江苏教育出版社2005年版。

还是很远。明明一部歌谣集，为什么没人认真的把它当文艺看呢！①
闻先生说没人"认真的"把《诗》当文艺看，就《诗经》学史的实际来考察，那是事实。但我们绝不能更进一层，说历史上对《诗经》的阐释"完全地"不涉及《诗》的文艺性（即"文学性"）问题！可以这样说，《诗》的文艺性是任何读解方式都无法完全避免的。其中的原因主要有两个：一个来自阐释主体，另一个来自文本客体。这两个原因都使得《诗》的文学读解不可避免，问题只在于这种读解对《诗》之"文学性"强调程度的轻重不同而已。由于这两个因素正是《诗》的文学阐释据以展开的基点，而文学阐释又是所有关于《诗》的阐释中最能生发出诗学思想的部分，故而此处不得不稍加申论。

先看来自阐释主体的原因。这方面的原因主要指的是阐释者为了解决《诗》的经学问题而有意无意地援引了文学的读解方法，从而让《诗》的艺术问题能够以"暗度陈仓"的方式悄然向前推进着。杨金花对此有着准确的认识：

> 随着社会的发展，经学已不可能再像汉代那样通过简单地比附就直接指导和服务于社会政治生活了……经学要想继续存在，必须调整自己，由先前的政治策略转变为一般的政治原则。他们需要把五经只是当做圣人即事说理的范本，这其中的理要随着社会的发展和政权的需求进行调整，这样经学才会有恒久的生命力。怎样调整和用什么方法来调整才能更有说服力是摆在经学家面前的一个现实的难题，而文学的注重个体用心去体会的解诗方法以及文学阐释的多义性和不确定性恰好为这种经义服务方式的转变提供了可能。②

文学读解中"意义"的获取问题是文学阐释学中的一个重要问题，非三言两语所能说清，故此处暂不展开讨论，只是特别提出如此观点提请注意：文学读解因其读解的特殊性而成了《诗》之"义理"得以被发掘并继续发挥其"内圣外王"之人

---

① 闻一多：《神话与诗·匡斋尺牍》，武汉大学出版社2009年版，第292页。
② 杨金花：《〈毛诗正义〉研究：以诗学为中心》，中华书局2009年版，第148—149页。

格修养与社会政治功能的重要保障。在此情形下,《诗》的艺术问题虽已大量被触及,不过却是被动地被选择的,故而其仅能以经学之附庸的身份而存在。

文本客体的原因,则要到已经"凝固"下来成为历史流传物的《诗》文本内部去找寻。笔者以为主要有两个方面:一是《诗经》与他"经"相较而显得极为特殊的语言组织形式和表达技巧,二是诗中所抒写之"情性"常常会"不受控制"地挣脱经学的羁绊而与文学表达之情性相契合。文本客体这两方面的特点正是诗学中的重要内容,对本文的论题有着重大意义,此处亦须加以简要概说。

先看第一个方面,《诗》之特殊的语言组织形式和表达技巧(这正是俄国形式主义文论所谓"文学性"概念中的重要内涵)。这方面的内容,主要有篇章结构的重章叠句、字词组织的双声叠韵、音韵节奏的抑扬婉转、抒情言志的比兴寄托等,而其中的前三个特点,正是魏晋南北朝时期所谓"文学的自觉"命题中的重要内容。南朝史学家、文学家沈约《宋书·谢灵运传论》中说:

> 夫五色相宣,八音协畅,由乎玄黄律吕,各适物宜,欲使宫羽相变,低昂互节,若前有浮声,则后须切响。一简之内,音韵尽殊;两句之中,轻重悉异。妙达此旨,始可言文。①

沈氏把"低昂互节""音韵尽殊""轻重悉异"等视为"文"之为"文"的前提条件,其实他所突出强调的,正是"文"在语言形式方面的美感②;而这种美感却是早已明明白白地在《诗》中"敞开"着的,只不过由于阐释者视域的"盲区"而致其处于长期被"遮蔽"状态,未得到理论上的阐发和总结。

被遮蔽的东西并不意味着不存在,理论的未总结也只说明了"问题意识"之焦点尚未聚拢于此。到清代,经学大师阮元从维护骈文正统地位的角度出发,对"文"之语言形式方面的美感再次给予了特别的强调。他以据说是孔子所撰

---

① 转引自郭绍虞主编:《中国历代文论选》第1册,上海古籍出版社1979年版,第216页。
② 已故著名学者、云南大学中文系的赵仲牧先生曾指出:"能够成为审美对象的'某物',其形式在审美活动中往往有着极大的审美优势(可名之曰"能指的审美优势")。在文学文本中,这种审美优势就体现在语言独具匠心的安排上。"引自赵先生"符号美学"授课笔记。

之《周易·文言》为考察对象,著《文言说》阐发其对于"文"之内涵的认识,其核心观点是:"然则千古之文,莫大于孔子之言《易》。孔子以用韵比偶之法,错综其言,而自名曰文。"①较之沈约的"就事论事",阮元则把对语言形式美感的强调上溯至孔子那里。他经过仔细研究发现,孔子在撰《文言》时,就已有意识地对语言形式做了特殊的安排,即"用韵比偶""错综其言"——此亦即为孔子为后世所有能被称为"文"的东西所定下的标准,非此则不得名之曰"文"。

显然地,上述沈约、阮元所强调的语言形式方面的美感,又是在《诗》中体现得最为充分的。这种美感的光辉虽长期被经学、训诂学的浓雾所掩盖和笼罩,但还是会时不时穿过重重迷雾而透出丝丝光亮。比如,清代经学大师焦循对郑《笺》释《小雅·伐木》中"有酒湑我,无酒酤我。坎坎鼓我,蹲蹲舞我。迨我暇矣,饮此湑矣"几句内涵所进行的批评,正透露出了此中消息。郑《笺》释"有酒湑我,无酒酤我"为"王有酒则泲茜之,王无酒酤买之";释"坎坎鼓我,蹲蹲舞我"为"为我击鼓坎坎然,为我兴舞蹲蹲然";释"迨我暇矣,饮此湑矣"则为"王曰及我今之闲暇,共饮此湑酒"。对这样的训释,焦循进行了严厉的批评:

> 五"我"字一贯,为属文之法,犹云"我湑、我酤、我鼓、我舞"也。郑氏拙于属文,不明古人文法,《正义》乃证《传》亦如是解,何也?②

焦循的批评,正体现出了他和郑康成的分歧:在郑氏看来,上引《伐木》诗句中的五个"我"字,实际上指的是两类人:前四个"我"均指"族人",后一个"我"则专指"王";焦循则认为,此五"我"字均指"族人",并无两类之分。③郑康成之所以有此

---

① 阮元:《揅经室三集》卷二,转引自李贵生:《传统的终结:清代扬州学派文论研究》,复旦大学出版社2009年版,第136页。
② 《焦循手批〈毛诗注疏〉钞释(二)》,参见赖贵三:《焦循手批十三经注疏研究》,(台北)里仁书局2000年版,第653页。
③ 闻一多先生另有一新说,认为前四个"我"字均为感叹词,相当于"兮"或"猗",即现代汉语中的"啊"。他说:"三字声音原来相同,其实只是啊的若干不同的写法而已。……总之,严格地讲,只有带这类感叹虚字的句子,及由同样句子组成的篇章,才合乎最原始的歌的性质,因为,按句法发展的程序说,带感叹字的句子,应当是由那感叹字滋长出来的。"《歌与诗》,参见闻一多《神话与诗·匡斋尺牍》,武汉大学出版社2009年版,第160页)此说可备参考。

"误读",乃由于其"拙于属文"故而不懂"属文之法"。

细思之下就会发现,焦循此处所强调的"属文之法",其实质正是俄国形式主义文论"文学性"概念所特别强调的材料的组织技巧和构造原则;对《诗》而言,指的正是《诗》在表达方面的内在规律。虽然他并未从美感方面加以讨论,但他所特别拈出的"属文之法",其文学属性却是无疑的。可见,焦循这样的经学大师在解《诗》时,也是援引文学的方法来发明经义的。

二、经学之"兴"与文学之"兴"的双重纠缠

《诗》与他经最为显著的一个区别,就在于其表达的"比兴寄托"。因其表达效果的委婉含蓄、隐晦难明,"兴"这种表现方法较早受到了阐释者的关注。不过,在汉代所传鲁齐韩毛四家《诗》中,独《毛传》对"兴"体加以了特别的标示,其余三家均未涉及。据朱自清先生的统计:"《毛诗》注明'兴也'的共一百十六篇,占全诗(三〇五篇)百分之三十八。"①这是一个不小的比重。何以《毛传》会对"兴"体发生如此浓厚的兴趣?这个问题,在早于朱自清先生千余年的南朝文论家刘勰那里,就已经有了解答:"《诗》文宏奥,包韫六义;毛公述传,独标'兴'体,岂不以'风'通而'赋'同,'比'显而'兴'隐哉?"②孔颖达的解释与刘氏相类:"比之与兴,虽同是附托外物,比显而兴隐,当先显后隐,故比居兴先也。《毛传》特言兴也,为其理隐故也。"③可见,正因《诗》之"兴"义最难明了,故而《毛传》才要加以指示,以助习《诗》者对诗旨之正确把握。

此处要特别指出的是,《诗》之"兴"体的最初用途,是被阐释为某种"意在言外"的传达经旨的特殊方式的。《毛传》中的"兴"义,有的是直接以"兴"字来加以标识,比如《小雅·鹿鸣》之"呦呦鹿鸣,食野之苹"句,《毛传》释曰:"鹿得苹,

---

① 朱自清:《诗言志辨》,凤凰出版社 2008 年版,第 53 页。
② 刘勰:《文心雕龙·比兴》,参见周振甫《文心雕龙今译》,中华书局 1986 年版,第 324 页。
③ 孔颖达:《毛诗正义》卷一,参见阮元校刻《十三经注疏(一)》,中华书局 2009 年版,第 565 页。

呦呦然鸣而相呼,恳诚发乎中,以兴嘉乐宾客,当有恳诚相招呼以成礼也。"①除此之外,《毛传》还常以"若""如""喻""犹"等字来对"兴"义加以指示。《秦风·晨风》之"鴥彼晨风,郁彼北林"句,《毛传》释曰:"先君招贤人,贤人往之,駃疾如晨风之飞入北林。"②《小雅·黄鸟》之"黄鸟黄鸟,无集于榖,无啄我粟"句,《毛传》释曰:"黄鸟宜集木啄粟者,喻天下室家不以其道而相去,是失其性。"③《大雅·卷阿》之"有卷者阿,飘风处南"句,《毛传》释曰:"恶人被德化而消,犹飘风之入曲阿也。"④……这样的例子比比皆是,其所揭示的"兴"义,均带有浓厚的经学味道。

不过,从上引《毛传》对"兴"义的解释中可看出,"兴"这种表现手法具有明显的"言在此而意在彼"的经义传达效果,故其极易与文学表达所追求的"含不尽之意,见于言外"⑤的美学效果相沟通;再加之"兴"所强调的"触物以起情"的自然而然的感发功能,"兴"最终就成了中国传统美学、诗学思想中最具民族文化精神特质的一个范畴。此方面的内涵,叶嘉莹《中国古典诗歌中形象与情意之关系例说》、叶朗《中国美学史大纲》、王一川《兴辞诗学词组》、余虹《中国文论与西方诗学》、刘怀荣《赋比兴与中国诗学研究》、李健《比兴思维研究》及陈丽虹《赋比兴的现代阐释》等论著中均有精到论说,可参看。

笔者此处有两点要特别加以强调。第一,"兴"的功能在阐释者的视域中有一个明显的从经学到文学的历史演变过程。换言之,其经学功能在时间顺序上是早于其文学功能的。我们知道,"兴"概念最早出现于《周礼·春官·大师》(据学者考证,《周礼》大致成书于战国末期的儒生之手):"大师……教六诗:曰

---

① 阮元校刻:《十三经注疏(一)》,中华书局2009年版,第865页。
② 阮元校刻:《十三经注疏(一)》,中华书局2009年版,第794页。
③ 阮元校刻:《十三经注疏(一)》,中华书局2009年版,第929页。
④ 阮元校刻:《十三经注疏(一)》,中华书局2009年版,第1176页。
⑤ 语出欧阳修《六一诗话》引梅尧臣语:"诗家虽率意,而造语亦难,若意新语工,得前人所未道者,斯为善也。必能状难写之景,如在目前,含不尽之意,见于言外,然后为至矣。"(转引自郭绍虞主编:《中国历代文论选》第2册,上海古籍出版社1979年版,第243—244页)

风,曰赋,曰比,曰兴,曰雅,曰颂。"不过,书中并未对"兴"之内涵做出任何说明。其后的《毛传》尽管也未对何为"兴"做出解释,但却是最先把"兴"之用法明明白白地标示在了《诗》中的;而《毛传》所标示出的"兴"义,显然又带有浓厚的经学味道。因其所"兴"的,绝大部分是契合于儒家社会政治、伦理道德要求的"理",而非超脱于这一切之外的"情"。

在起点上就侧重于从经学角度来理解"兴"(即注重"兴"中所包含的政治、伦理内涵)的思想,极大地影响了后代如郑玄、刘勰、钟嵘以及陈子昂、白居易等著名的经学家、文论家和诗人;直到宋代的李仲蒙,其文学、美学内涵才得以彰显。①由此看来,《诗》之经学阐释与文学阐释的纠缠,是在复杂的状态中持续了很长时间的。

笔者要强调的第二点是:就"兴"之功能本身所具有的表达效果来看,原本是无所谓经学也无所谓文学的。其经学或文学的内涵,完全由阐释者的立场或态度②所决定:在经学家眼中,"兴"即是"微言大义"的最好中介;而在文学家眼中,"兴"成了"立象以尽意"而使情与景"妙合无垠"③的最佳方式。可见,《诗》中之"兴"并不必然地具有经学或文学的性质,但它一定是使得经学的《诗》向文学的《诗》转换的一个最为关键的环节。转换的彻底与否,亦可视为《诗》之经学读解与文学读解的一个重大区别。

基于如上认识,笔者并不完全认同那种视"兴"为文学"专利"的观点。如洪湛侯先生在对《毛传》所标之"兴诗"中存在的问题进行总结时,就发表了这样的意见:

> 由于把兴用作兴喻,从而使兴(起兴)的作用削弱,比喻的作用增强,而且把它使用到宣扬封建教化的上面去,把本是文学创作方法的兴,扭曲成

---

① 叶朗《中国美学史大纲》第三章第五节对此一演变过程有清晰的描述,可参看。
② 阐释立场或态度对阐释活动的倾向有着重要的影响,尤其是对像《诗》这样长期在经学、文学、史学阐释中纠缠不清的文本来说,以什么样的立场、态度来阐释,直接关系着其质量的认定。
③ 王夫之就明确指出:"情景名为二,而实不可离。神于诗者,妙合无垠。"(参见《姜斋诗话》卷二)

经学的"六义"之一。①

这段话的前半部分完全正确,从前文所举的几个例子中可看出,《毛传》所标之"兴"的确有与"比"相混的毛病;但后半部分说"兴"的经学用法是对其文学创作方法的"扭曲",这就值得商榷了。

为何不能把"兴"完全视为文学的"专利"呢?笔者上文所特别强调的两个方面,完全可以作为这个问题的答案:从时间顺序上说,"兴"的经学阐释是早于其文学阐释的,更何况从经学的角度来阐释"兴",亦并非全无道理;特别是对像《诗》这样承担着多种功能的古代典籍来说,从中引申出些社会政治教条和伦理道德准则,又有何不可呢?清代标举"格调"说的沈德潜是从这个角度来对"兴"的作用加以肯定的:

> 王子击好《晨风》,而慈父感悟;裴安祖讲《鹿鸣》,而兄弟同食;周盘诵《汝坟》,而为亲从征。此三诗别有旨也,而触发乃在君臣、父子、兄弟,唯其"可以兴"也。读前人诗而但求训诂,猎得词章记问之富而已,虽多奚为?②

在沈氏看来,正因为《诗》具有"兴"的功能,且其所"兴"乃是以君臣、父子、兄弟伦常之道为旨归,故读《诗》如不懂得从中领悟其旨归,那这样的阅读就毫无用处。如此对"兴"的理解,其经学色彩是显而易见的;如果从现代文学理论所谓文学的教育功能来看,这样的理解也是可以的。

那种认为"兴"的经学用法是对其文学用法的"扭曲"的观点,大都是在有意无意间模糊了"《诗》"与"诗"之间的重大差异,而完全用"诗"的规律来规范"《诗》",自然就要出问题。要知道,从"兴"的品格上说,它只不过是某种生成文本和阐释文本的方法,而方法的本质,就在于其中立性;至于用此方法而达到的某种效果,则全在用它的人之意图:经学意图之用促成了经学之"兴";文学意图之用,自然就催生了独具特色的文学之"兴"。

---

① 洪湛侯:《诗经学史》上册,中华书局2002年版,第184页。
② 沈德潜:《说诗晬语》,霍松林校注,人民文学出版社1979年版,第186—187页。

进一步来看,"兴"所具有的这种经学和文学的双重身份,最能检验阐释者对《诗》之性质的认定。我们以清代《诗经》阐释中的两个名家为例来稍加说明。第一个是晚清的魏源,他在《诗比兴笺序》中说:"《诗比兴笺》何为而作也?蕲水陈太初修撰以笺古诗《三百篇》之法笺汉、魏之诗,使读者知比、兴之所起即知志之所之也。"①文中最后一句话传达出了这样的意思:对"比"义、"兴"义的把握,是了解"志"之内涵的一个重要途径。如果考虑到"志"在传统诗论中的经学内涵,那魏氏此处所谈之"兴"中的经学品格就变得显而易见了。据此可推定,魏源存在着以经学思路释《诗》的倾向。这个倾向在他的《诗古微》中变成了现实——此书即《诗经》阐释史中著名的借《诗》以阐发微言大义的今文《诗》学著作。

　　第二个是清代《诗》学大家方玉润。严格说来,方氏并未在实际的读解活动中对某些诗句所包含之"兴"义加以如《毛传》般明确、具体的解释。实际上,这正是他所竭力反对的做法。在他看来,赋、比、兴作为"作诗之法",三者是以相互渗透的方式存在的,断不能"执定某章为兴,某章为比,某章为赋",它们"非判然三体,可以分晰言之也"。所以,他对"篇中'兴、比也'之类,概行删除。唯于旁批略为点明,俾知用意所在而已"②。

　　既然如此,那我们就从他所谓"略为点明"的旁批中看一看他是如何解释"兴义"的。在读解《周南·桃夭》一诗时,方玉润对首句"桃之夭夭"下了四个字的批语——"兴中有比";后在对全诗的解析中又涉及了此句的意涵:"桃夭不过取其色以喻之子,且春华初茂,即芳龄正盛时耳,故以为比,非必谓桃夭时,之子可尽于归也。"③方氏还对首章"桃之夭夭,灼灼其华。之子于归,宜其室家"四句加了一个眉评:"艳绝。开千古词赋香奁之祖。"④而朱熹对此的解释则是:"文王之化,自家而国,男女以正,婚姻以时。故诗人因所见以起兴,而叹其女子之贤,

---

① 郭绍虞主编:《中国历代文论选》第1册,上海古籍出版社1979年版,第75页。
② 方玉润:《诗经原始·凡例》上册,李先耕点校,中华书局1986年版,第2页。
③ 方玉润:《诗经原始》上册,李先耕点校,中华书局1986年版,第82页。
④ 方玉润:《诗经原始》上册,李先耕点校,中华书局1986年版,第83页。

知其必有以宜其室家也。"①两种解释加以对照,再联系方氏所认定的赋、比、兴三者"非判然三体,可以分晰言之也"的思想,那么方玉润所释之"兴",其文学色彩就显而易见了。这个特点,正折射出了方玉润《诗经原始》以"文学眼光"解诗的一个重要方面。尤值得加以详细讨论的,是方玉润使用一个概念——"托辞"——来表达他对《诗》之"文学性"的认识("托辞"实即方玉润的艺术想象论和诗学修辞论)。对方氏"托辞"的讨论,笔者另有专文论述,此处不赘述。

以上我们对《诗》之特殊的语言组织形式、篇章结构安排(此亦即沈约、阮元等人所界定的"文"之为"文"的基本构成要素)和表达技巧(主要是"兴"法)等要素进行了简要的讨论,目的就在于说明:这些要素既可作为为经学服务的中介和手段,也可成为文学读解的对象和目的,如何走向全取决于阐释者的观念和态度。而其时"文学"之观念尚未萌生,故其中的"文学"质量大多还处于被遮蔽之中。尽管如此,由于这些要素已经"凝固"在《诗》中成为《诗》之不可剥离的组成部分,这就决定了对《诗》的任何阐释都有可能在有意无意中触及这些因素中所存在的"文学"质量。

三、经学性情与文学性情的互通

除了语言组织形式和表达技巧使得《诗》的任何形式的阐释都无法完全绕开文学阐释外,还有另一个来自文本客体的原因也起着相同的作用,那就是:《诗》中所抒写之"性情"也常常会"不受控制"地挣脱经学的羁绊而与文学表达之性情相契合。这里的关键,还在于从理论上区分开两种"性情":带有浓厚政教伦理色彩的"经学性情"(亦即注重"止乎礼义"的性情)和具有鲜明自然人性欲求特征的"文学性情"(亦即强调"发乎情"而淡化"止乎礼义"的性情)。之所以要强调"从理论上区分",是因为这两种性情都是在具体的阐释过程中被阐释

---

① 朱熹:《诗集传》,王华宝整理,凤凰出版社2007年版,第6页。

者"阐释"出来的,在《诗》之作者那里,未必会在创作时做出如此的区分。

从历史上来看,尽管早在春秋晚期的孔夫子那里已有"乐而不淫,哀而不伤"这样对《诗经》所传达之性情的带有经学意味的限定①,但对此种限定的突出强调,却是直到汉儒的《毛诗序》中才开始确立起来的。《毛诗序》在谈到"变风""变雅"问题时有一段为论者所习引的话:"至于王道衰,礼义废,政教失,国异政,家殊俗,而变风、变雅作矣。……故变风发乎情,止乎礼义。发乎情,民之性也;止乎礼义,先王之泽也。"②对"发乎情,止乎礼义"一语所具有的积极和消极意义,李泽厚、刘纲纪《中国美学史(先秦两汉编)》中有准确的分析:

> 从积极方面看,它深刻地指出了艺术是情感的表现,但这种情感又必须是具有社会理性的、合乎于善的要求的情感,而不能是动物式的、无理性的、本能的情感。要求情感的表现与伦理道德的善相统一,堵塞了把艺术引向反理性、反社会的道路。……可是,这个观点同时又有着消极的作用。因为它用儒家的"礼义"来缚了艺术对情感的表现,使得几千年中"礼义"成了中国许许多多艺术家不敢跨越的界限。特别是由于《毛诗序》产生的东汉时期,统治阶级所谓的"礼义"带有更为僵死、森严的等级区分的性质,先秦儒家思想中多少保存着的那种古代民主精神和重视个体全面发展的思想已经丧失殆尽,这就更使得"止乎礼义"成了有害于文艺发展的桎梏。③

可见,就积极的方面来看,经学性情中也是有着某种深刻的、合理的东西的,正是这些因素的存在,使得经学性情成了艺术所传达之性情中的一个极为重要的组成部分,特别是在一个崇尚"雅正"的时代,经学性情往往会被视为艺术所欲传达之性情的典范而得到特别的强调。如宋元之际的张炎,其在《词源》中就大声疾呼"雅正"之格调:"词欲雅而正,志之所之,一为情所役,则失雅正之音。"这

---

① 这种限定不一定就是消极的,更不能斥之为维护封建礼教的腐朽落后的东西。不过,如果我们把"止乎礼义"作为"经学意味"的规定性的话,那么"乐而不淫,哀而不伤"中所具有的此种规定性,显然是存在的。
② 参见郭绍虞主编:《中国历代文论选》第1册,上海古籍出版社1979年版,第63页。
③ 李泽厚、刘纲纪:《中国美学史(先秦两汉编)》,安徽文艺出版社1999年版,第549页。

就是说,词是表达情感的,但其情感的表达应该有所检束,如果任由情感的泛滥,则失雅正而走向浮荡了。张炎的这种主张到清初产生了重大影响,对"浙西词派"的产生,乃至对整个清词的"中兴",都起到了极大的推动作用。

我们可进一步从理论上对经学性情和文学性情之性质、旨归做出这样的概括:如果说经学性情强调的是普遍的社会理性对个别情感的规范制约作用(即"止乎礼义"),从而使之归于"雅正"(或曰"温柔敦厚")的话,那么文学性情则更多地强调情感传达中对"礼义"的"祛除",从而使之凸显"真心";"雅正"中有更多集体性、公共性的要求在内,而"真心"中则更多地强调了个体性、私人化的东西。偏重"雅正"还是"真心",在中国文学思想史上常常成为复古派和创新派争论的焦点。如明代"公安派"的代表人物袁宏道,就在与前后七子复古思潮的斗争中,发出了"独抒性灵"的呼声:

> 大都独抒性灵,不拘格套。非从自己胸臆流出,不肯下笔。有时情与境会,顷刻千言,如水东注,令人夺魄。其间有佳处,亦有疵处,佳处自不必言,即疵处亦多本色独造语。①

文中的关键,就在于"独抒性灵""本色独造语"两语:前者强调了文学所抒之"性灵"的个体性,后者则强调了所造之"语"的创新性;而二者的核心,显然又在于"真"。所以袁宏道又说:"大抵物真则贵,真则我面不能同君面,而况古人之面貌乎?"②要想达至"真"之境界,则须祛除"格套"之束缚,而"格套"中显然是包含了"礼义"等儒家用以规范情感之品质的因素的。清代《诗》学大家方玉润在解《诗》时,对此有着清醒的认识。他说:

> 说《诗》诸儒,非考据即讲学两家。而两家性情,与《诗》绝不相近。故往往穿凿附会,胶柱鼓瑟,不失之固,即失之妄,又安能望其能得诗人言外意哉?③

---

① 袁宏道:《序小修诗》,参见郭绍虞主编:《中国历代文论选》第3册,上海古籍出版社1979年版,第211页。
② 袁宏道:《与丘长孺》,参见郭绍虞主编:《中国历代文论选》第3册,上海古籍出版社1979年版,第209页。
③ 方玉润:《诗经原始·凡例》,李先耕点校,中华书局1986年版,第4页。

在方氏看来，要想正确地解读《诗》从而"得诗人言外意"，则须祛除两大"格套"：一是"考据"（其弊在"固"），二是"讲学"（其弊在"妄"）。显然地，儒家所强调的用以检束情感的"礼义"，就是在"讲学"中体现得最为充分的；以"讲学"的方式来解《诗》，就会因过分强调"礼义"的规范作用而使得《诗》所传达之情感带上浓厚的政教伦理色彩从而远离了《诗》之真性情。

此处我们要特别提请注意的是，经学性情、文学性情虽可从理论上做出如上的区分，但在实际的情感传达过程中，二者常常是纠缠在一起的，很难做出泾渭分明的划分。沈德潜就曾深刻地指出：

> 《巷伯》恶恶，至欲"投畀豺虎""投畀有北"，何尝留一余地？然想其用意，正欲激发其羞恶之本心，使之同归于善，则仍是温厚和平之旨也。《墙茨》《相鼠》诸诗，亦须本斯意读。①

《诗经》中诸如《小雅·巷伯》《鄘风·墙有茨》《鄘风·相鼠》之类的诗篇，其表达的情感极为愤激、直露，带有明显的"缘情"（即本文所谓"文学性情"）的特点，根本无法用"温厚敦厚"的"诗教"来加以规范。但在沈氏眼中，这样的情感却能"激发其羞恶之本心，使之同归于善"，所以其本质也还是"止乎礼义"的，亦即在终极目标上，是可以将其归之于经学性情之中的。

所以，《诗经》中所传达之性情也并非必然地就带有经学或文学的性质，那种硬要将二者截然分开，并且把对文学性情（即所谓"人性之真情"）的阐释作为《诗经》文学阐释的"核心"问题来看待的观点，愚意以为是不妥的。通过上文的分析我们可清楚地看出，《诗经》所传达之性情的经学或文学性质，全是由阐释者所赋予的，并且在这两种性质间很难做出明确清晰的划分：文学性情不一定就要声嘶力竭，经学性情也并非就不能作为文学表现的对象。这在某种意义上也就决定了《诗经》阐释中绝无纯粹的经学阐释，也绝无纯粹的文学阐释。

---

① 沈德潜：《说诗晬语》，霍松林校注，人民文学出版社1979年版，第194页。

通过全篇的分析我们可看出,"《诗经》文学阐释"概念的内涵,至少须得从《诗经》语言的组织形式、篇章的结构安排、表达的比兴寄托、情感的文学属性等方面来加以综合分析,方能得出一个较为全面准确的结论。但如果从俄国形式主义文论关于"文学性"的观点来看,前二者(语言的组织形式、篇章的结构安排)无疑占有更为重要的地位,对我们把握此一问题也是极有启发意义的。而《诗》中表达的"性"与传达的"情",由于其所具有的经学与文学的双重身份,则是使得《诗经》的经学阐释与文学阐释纠缠不清的重要原因。明乎此,对我们廓清《诗经》学中的许多问题,是极有帮助的。

(原载《中国文论》第 4 辑,上海古籍出版社 2018 年版)

略论 20 世纪中国诗学的传统与典范

刘 炜

一

讨论 20 世纪中国诗学的传统与典范,应该先讨论中国诗学的传统与典范。中国诗学在数千年的发展过程中,逐渐形成三种主要的诗学传统。首先就是儒家诗学的传统,其典范性的代表人物是孔孟,其经典性的诗学文本是《诗大序》,其根本的诗学精神是强调文学的教化功能与实用价值。其次就是道家诗学的传统,其典范性的代表人物是老庄,其经典性的诗学文本是《沧浪诗话》,其根本的诗学精神是强调文学的艺术规律与审美性质。要注意的是,道家诗学在自身的发展过程中逐渐吸收融化了佛教特别是禅宗的诗学观念;换言之,佛教特别是禅宗的诗学观念已经被吸收融化在道家诗学之内,因而佛禅诗学不能成为一种独立的能够与儒道诗学鼎足而三的诗学传统。能够与儒道诗学鼎足而三的诗学传统,是明代中后期伴随启蒙哲学的产生而兴起的启蒙诗学,其典范性的代表人物是李贽和龚自珍,其经典性的诗学文本是《童心说》,其根本的诗学精神是强调文学的个性意识与主体精神。三种诗学传统中,前二种是主流的诗学传统,后一种是非主流的诗学传统;前二种是古典主义的诗学传统,后一种是具有现代精神的诗学传统。三种诗学传统相互冲突相互制衡,又相互交流相互融合,共同促进了中国诗学的发展和繁荣。进入 20 世纪以后,虽然西潮涌动,中国文学发生了巨大的变革,但中国固有的三种诗学传统并未中断和消退,而是在西方诗学观念的影响下做出不同程度的转换和创造,从而以一种新的面目、新的形式继续传承和发展。三种诗学传统在20世纪各自拥有一批开拓性的代表人物,但堪称典范的应该是王国维(1877—1927)、鲁迅(1881—1936)、马一浮(1883—1967)。

二

王国维诗学固然深受西方康德、叔本华美学的影响,但其根底仍是中国传统的道家诗学。

王国维诗学的核心观念是"境界"说,而"境界"说正是典型的道家诗学观念。成复旺先生曾说:

> 虽然"境界"的概念来自佛教禅宗,但"境界"的思想却源于道家。且不说"境界"的概念出现之前就已经有了"境界"的意识,就连禅宗本身也是用道家思想改造了的佛教。古代有关"境界"的言论,即或采用了禅宗的话头,其精神实质亦与道家思想血脉相通。①

可见"境界"说虽然受到佛禅观念的影响,但根本上还是一个道家诗学的观念。王国维在自我评价其"境界"说时曾说:

> 沧浪所谓兴趣,阮亭所谓神韵,犹不过道其面目,不若鄙人拈出"境界"二字,为探其本也。②

严羽的"兴趣"说、王士祯的"神韵"说,都是影响深远的道家诗学观念,王国维将其"境界"说与"兴趣"说、"神韵"说加以比较,正是在道家诗学的系统之内探索文学的本质问题,从而表现出对道家诗学传统的自觉认同。

---

① 成复旺:《新编中国文学理论史》,中国人民大学出版社2010年版,第29页。
② 王国维:《人间词话》第九则,聂振斌选编:《中国现代美学名家文丛·王国维卷》,浙江大学出版社2009年版,第137页。

王国维的道家诗学立场，注定其与儒家诗学以及启蒙诗学不合。儒家诗学注重文学与道德政治的关系，强调文学的政教功能，这与道家诗学的非功利性的价值取向完全背离。王国维说：

> 呜呼！美术之无独立之价值也久矣。此无怪历代诗人，多托于忠君爱国劝善惩恶之意，以自解免，而纯粹美术上之著述，往往受世之迫害而无人为之昭雪者也。……甚至戏曲小说之纯文学亦往往以惩劝为旨，其有纯粹美术上之目的者，世非惟不知贵，且加贬焉。……若夫忘哲学美术之神圣，而以为道德政治之手段者，正使其著作无价值者也。愿今后之哲学美术家，毋忘其天职，而失其独立之位置，则幸矣！①

这正是王国维对"托于忠君爱国劝善惩恶之意""以为道德政治之手段"的儒家诗学的批判。启蒙诗学尊重人的真实的情感和欲望，肯定文学的通俗的语言和形式，这与道家诗学反对纵情肆欲、主张"高古""典雅"（《二十四诗品》）的诗学观念亦相对立。王国维说：

> 夫优美与壮美，皆使吾人离生活之欲而入于纯粹之知识者。若美术中而有眩惑之原质乎，则又使吾人自纯粹之知识出而复归于生活之欲。如粔籹蜜饵，《招魂》《七发》之所陈；玉体横陈，周昉、仇英之所绘。《西厢记》之《酬柬》，《牡丹亭》之《惊梦》，伶元之传飞燕，杨慎之赝《秘辛》，徒讽一而劝百，欲止沸而益薪。所以子云有"靡靡"之诮，法秀有"绮语"之诃。虽则梦幻泡影，可作如是观；而拔舌地狱，专为斯人设者矣。故眩惑之于美，如甘之于辛，火之于水，不相并立者也。吾人欲以眩惑之快乐，医人世之苦痛，是犹欲航断港而至海，入幽谷而求明，岂徒无益，而又增之。则岂不以其不能使人忘生活之欲，及此欲与物之关系，而反鼓舞之也哉！眩惑之与优美及壮美相反对，其故实存于此。②

---

① 王国维：《论哲学家与美术家之天职》，聂振斌选编：《中国现代美学名家文丛·王国维卷》，浙江大学出版社2009年版，第4页。
② 王国维：《红楼梦评论》，聂振斌选编：《中国现代美学名家文丛·王国维卷》，浙江大学出版社2009年版，第117页。

王国维认为,眩惑是一种与优美和壮美相对立的不能称之为美的艺术形态,而眩惑的美学实质其实就是情欲的艺术表现,所以不能使人离生活之欲,反而复归生活之欲。眩惑长久存在于中国文学和艺术之中,但在明代中后期兴起的通俗文艺中表现得最为普遍,是启蒙诗学极力表彰的一种艺术形态。王国维对眩惑的批判正是对启蒙诗学尊重人的真实的情感和欲望的批判。王国维又说:

> "夜阑更秉烛,相对如梦寐"(杜甫《羌村》诗)之于"今宵剩把银釭照,犹恐相逢是梦中"(晏几道《鹧鸪天》词),"愿言思伯,甘心首疾"(《诗·卫风·伯兮》)之于"衣带渐宽终不悔,为伊消得人憔悴"(柳永《蝶恋花》词),其第一形式同,而前者温厚,后者刻露者,其第二形式异也。一切艺术无不皆然,于是有所谓雅俗之区别起。优美及宏壮必与古雅合,然后得显其固有之价值。①

王国维提倡古雅之形式,认为优美和壮美两种艺术形态都要借助古雅之形式才能充分表现,所以崇尚古雅,贬斥俚俗,无须讳言,这正与启蒙诗学反对复古提倡俗变的精神背道而驰。

但是,在王国维从事文学研究的后期,也就是《宋元戏曲考》时期,其诗学观念已逐渐转向启蒙诗学。首先,王国维说:

> 凡一代有一代之文学。楚之骚,汉之赋,六代之骈语,唐之诗,宋之词,元之曲,皆所谓一代之文学,而后世莫能继焉者也。独元人之曲,为时既近,托体稍卑,故两朝史志与《四库》集部均不著于录,后世儒硕皆鄙弃不复道。②

王国维重视"为时既近,托体稍卑"的宋元戏曲,并给予元曲"一代之文学"的至高评价,这正是启蒙诗学重视近世通俗文学的表现。其次,王国维说:

---

① 王国维:《古雅之在美学上之位置》,聂振斌选编:《中国现代美学名家文丛·王国维卷》,浙江大学出版社2009年版,第101页。
② 王国维:《宋元戏曲考·自序》,聂振斌选编:《中国现代美学名家文丛·王国维卷》,浙江大学出版社2009年版,第183页。

> 元曲之佳处何在？一言以蔽之，曰：自然而已矣。古今之大文学，无不以自然胜，而莫著于元曲。盖元剧之作者，其人均非有名位、学问也；其作剧也，非有藏之名山、传之其人之意也。彼以意兴之所至为之，以自娱娱人。关目之拙劣，所不问也；思想之卑陋，所不讳也；人物之矛盾，所不顾也。彼但摹写其胸中之感想与时代之情状，而真挚之理与秀杰之气，时流露于其间。故谓元曲为中国最自然之文学，无不可也。若其文字之自然，则又为其必然之结果，抑其次也。……古代文学之形容事物也，率用古语，其用俗语者绝无。又所用之字数亦不甚多。独元曲以许用衬字故，故辄以许多俗语，或以自然之声音形容之，此自古文学上所未有也。①

王国维在思想内容以及语言形式两方面都肯定元曲不避俚俗、自然抒写的美学精神，与前期崇尚古雅、贬斥俚俗适相反对，而这正是启蒙诗学"独抒性灵，不拘格套"的创作精神。最后，王国维说：

> 其最有悲剧之性质者，则如关汉卿之《窦娥冤》，纪君祥之《赵氏孤儿》。剧中虽有恶人交构其间，而其蹈汤赴火者，仍出于其主人翁之意志，即列之于世界大悲剧中，亦无愧色也。②

王国维高度肯定元曲富于反抗性和斗争性的悲剧精神，与《红楼梦评论》主张消极避世自我解脱的悲剧精神大相径庭，而这正是启蒙诗学高扬主体精神的表现。但是，随着王国维的学术转向，其启蒙诗学的观念未能获得充分展开，这也说明王国维根底上与启蒙诗学不合。再至晚年，作为清朝遗老的王国维，其诗学立场竟一变而为儒家诗学，大量酬唱应答、歌功颂德的诗歌作品足以说明问题，最后终于怀抱儒家"忠君爱国"的崇高理想以及佛教"自我解脱"的悲观主义自沉以死。

---

① 王国维：《宋元戏曲考·元剧之文章》，聂振斌选编：《中国现代美学名家文丛·王国维卷》，浙江大学出版社2009年版，第189页。
② 王国维：《宋元戏曲考·元剧之文章》，聂振斌选编：《中国现代美学名家文丛·王国维卷》，浙江大学出版社2009年版，第189页。

要注意的是,王国维诗学虽然有转向启蒙诗学和儒家诗学的倾向,但其主体仍是道家诗学,正如其虽受西方美学影响,但其根底仍是道家诗学一样。在王国维的影响之下,继续开拓前进的有朱光潜、宗白华、钱锺书、叶嘉莹等人,他们都是道家诗学的富于创造力的代表。

三

鲁迅诗学所受西方文学观念的影响较之王国维更为深切显著,但其根底和王国维一样仍是中国传统诗学,不过是中国传统诗学中最富于反传统精神的启蒙诗学。

关于鲁迅诗学与启蒙诗学的关系,成复旺先生说得非常清楚:

> 或以为鲁迅此文(《摩罗诗力说》)旨在提倡浪漫主义。准确地说,他所提倡的是反抗的文学,叛逆的文学。这既是中国当时最需要的文学,也是中国历来最缺乏的文学。但需要指出的是,这篇论文虽呼唤"异邦"之"新声",而其中之思想却并非纯属舶来之物、而为中国亘古所未有。实际上,以往历代争取文学独立、创作自由的理论家,尤其是明中叶之后那些文学革新思潮的理论家,所着重批判的,正是儒家"义归无邪"、"止乎礼义"之类的文学教条;所热切呼唤的,正是"愤激决裂"、"惊世骇俗"、"宁使见者闻者切齿咬牙、欲杀欲割"的叛逆文学。这种文学思潮虽为历代正统儒者所拒斥而未能成为主流,却不能否认也是中国传统文学理论的组成部分。而历史刚跨入近代的门槛,这种文学思潮即为龚自珍等所高扬,后又为柳亚子等所继武,至鲁迅而充实、改造,发为时代的巨响。所以,这篇充满反传统精神的文学论文,实质上正是中国传统文学理论中的革新思潮的承传,正是中国传统文学理论中的自我更新、与时俱进的固有血脉的延续。[①]

---

① 成复旺:《新编中国文学理论史》,中国人民大学出版社2010年版,第802页。

不论是早年洋溢浪漫主义激情的文论,还是中年富于批判现实主义力度的小说,还是晚年像匕首和投枪一样充满战斗精神的杂文,鲁迅一生的文学都是"反抗的文学,叛逆的文学",都是明代中后期以来以李贽、龚自珍为代表的启蒙诗学的延续和承传。

鲁迅既然秉承启蒙诗学的立场,那么必然高扬饱含反抗精神的崇高之美,而不满于儒家诗学温柔敦厚的中和之美以及道家诗学虚静空明的冲淡之美。1936年,鲁迅在《白莽作〈孩儿塔〉序》中说过一段很有名的话:

> 这《孩儿塔》的出世并非要和现在一般的诗人争一日之长,是有别一种意义在。这是东方的微光,是林中的响箭,是冬末的萌芽,是进军的第一步,是对于前驱者的爱的大纛,也是对于摧残者的憎的丰碑。一切所谓圆熟简练,静穆幽远之作,都无须来作比方,因为这诗属于别一世界。①

这里,鲁迅指出三种不同的美学风格。第一种就是"属于别一世界"的非主流的饱含爱憎情感的美学风格,后两种则是"一般的诗人"的主流的"圆熟简练"和"静穆幽远"的美学风格。前者正是启蒙诗学的崇高之美,后二者分别是儒家的中和之美与道家的冲淡之美。鲁迅认为前者为后二者所不能比拟,其高扬启蒙诗学而不满儒道诗学的立场是坚决而明确的。

要注意的是,鲁迅对儒道美学风格的批判关联着具体的人和事。先看"静穆幽远"。就在鲁迅写作这篇序文的两三个月之前,发生过一场鲁迅和朱光潜关于"静穆"的艺术境界的激烈论争。朱光潜站在道家诗学的立场,认为艺术的最高境界不在热烈,而在静穆;又说:

> 这种境界在中国诗里不多见。屈原阮籍李白杜甫都不免有些像金刚怒目,愤愤不平的样子。陶潜浑身是"静穆",所以他伟大。

鲁迅则针锋相对地说:

---

① 鲁迅:《且介亭杂文末编·白莽作〈孩儿塔〉序》,《鲁迅全集》第6卷,人民文学出版社2005年版,第512页。

> 就是诗,除论客所佩服的"悠然见南山"之外,也还有"精卫衔微木,将以填沧海,刑天舞干戚,猛志固常在"之类的"金刚怒目"式,在证明着他并非整天整夜的飘飘然。这"猛志固常在"和"悠然见南山"的是一个人,倘有取舍,即非全人,再加抑扬,更离真实。……自己放出眼光看过较多的作品,就知道历来的伟大的作者,是没有一个"浑身是'静穆'"的。陶潜正因为并非"浑身是'静穆'",所以他伟大"。现在之所以往往被尊为"静穆",是因为他被选文家和摘句家所缩小,凌迟了。①

鲁迅更为重视的艺术境界是热烈,而不是静穆,就陶渊明而言,鲁迅更看重的是陶渊明的"金刚怒目,愤愤不平",这与启蒙诗学的前驱龚自珍对陶渊明的评价何其相似。②如果说鲁迅的"爱与憎"是龚自珍的"剑气箫心"的隔代重生,那么朱光潜的"静穆"则是王士禛的"神韵"的精魂转世。

再看"圆熟简练"。就在鲁迅批判朱光潜的同一文章之中,鲁迅还提到了梁实秋。这一点虽然不能坐实为直接针对梁实秋,但一定包含着对梁实秋的潜在批评。梁实秋堪称鲁迅之"宿敌",两人之间的论战从20世纪20年代末开始,一直持续到鲁迅逝世。梁实秋奉守的是以美国新人文主义为哲学基础的古典主义诗学,但根底上还是中国传统的儒家诗学。因而和传统的儒家诗学一样,梁实秋强调理性对情感和想象的节制,强调文学应该表现健康的常态的普遍的人性。这种"节制"的诗学观念落实为具体的文学创作,必然是追求"圆熟简练"的中和之美。梁实秋说:

> 不成熟的思想,不稳妥的意见,不切题的材料,不扼要的描写,不恰当的词字,统统要大刀阔斧的加以削删。芟除枝蔓之后,才能显着整洁而有精神,清楚而有姿态,简单而有力量。所谓"绚烂之极趋于平淡",就是这

---

① 鲁迅:《且介亭杂文二集·"题未定"草(六至九)》,《鲁迅全集》第6卷,人民文学出版社2005年版,第441、436、444页。
② 龚自珍《己亥杂诗》(一二九、一三〇)说:"陶潜诗喜说荆轲,想见停云发浩歌。吟到恩仇心事涌,江湖侠骨恐无多。""陶潜酷似卧龙豪,万古浔阳松菊高。莫信诗人竟平淡,二分梁甫一分骚。"正是发掘陶渊明豪、侠和不平的一面。

种境界。①

梁实秋所说的"成熟""稳妥""整洁而有精神,清楚而有姿态"不正是"圆熟"么？"切题""扼要""恰当""简单而有力量"不正是"简练"么？对于这种美学风格,鲁迅是痛加批判的：

> 何况在风沙扑面,狼虎成群的时候,谁还有这许多闲工夫,来赏玩琥珀扇坠,翡翠戒指呢。他们即使要悦目,所要的也是耸立于风沙中的大建筑,要坚固而伟大,不必怎样精；即使要满意,所要的也是匕首和投枪,要锋利而切实,用不着什么雅。……但现在的趋势,却在特别提倡那和旧文章相合之点,雍容,漂亮,缜密,就是要它成为"小摆设",供雅人的摩挲,并且想青年摩挲了这"小摆设",由粗暴而变为风雅了。②

这里所说的"精"和"雅","雍容,漂亮,缜密",不正是"圆熟简练"么？这些"和旧文章相合之点",不正是桐城派方苞所说的"雅洁"么？不正是传统古文的温柔敦厚么？而鲁迅呼唤的是"匕首和投枪",是"粗暴"和"锋利",也就是饱含反抗精神的崇高之美。

值得一提的是,就在鲁迅批判了朱光潜和梁实秋不久,又爆发了朱梁之间的关于"文学的美"的论争。梁秋实站在儒家诗学的立场,强调文学的道德功能；朱光潜站在道家诗学的立场,强调文学的审美特性：这正是儒道两种诗学传统之间的对立。儒道诗学虽然在价值取向上不合,但在美学风格上却有一致之处,不论是儒家的中和之美,还是道家的冲淡之美,都是一种注重和谐的古典诗学的美学风格,所以与强调冲突的具有现代精神的启蒙诗学相背离,从而遭到鲁迅的批判。而鲁迅的批判,显然隐含着政治因素的考虑。儒道诗学之注重和谐当然具有合理的、长久的价值,但是在一个专制腐败的政治语境之中,如果一

---

① 梁实秋：《实秋杂文·作文的三个阶段》,《梁实秋散文》第3册,中国广播电视出版社1990年版,第276页。

② 鲁迅：《南腔北调集·小品文的危机》,《鲁迅全集》第4卷,人民文学出版社2005年版,第591、592页。

味高唱和谐,一味提倡儒家的温柔敦厚与道家的静穆幽远,是很容易沦为统治阶级的"帮忙和帮闲"的,这样的文学也终将沦为"瞒和骗"的文学。从中国文学的历史来看,方苞之提倡"雅洁",王士禛之提倡"神韵",不正有着"御用"的嫌疑么?

鲁迅晚年的诗学观念逐渐转向马克思主义诗学,这一转向源于马克思主义诗学和启蒙诗学共同的战斗精神。所以,鲁迅转向马克思主义诗学,不过是借助后者的阶级斗争学说深化和强化了自己一以贯之的反抗精神。也就是说,鲁迅诗学的根底自始至终都是启蒙诗学。"五四"时期的胡适、陈独秀、郭沫若、郁达夫等都是鲁迅的同路人,但真正继承鲁迅衣钵的是胡风和聂绀弩,新时期的李泽厚和刘再复也可视为鲁迅启蒙诗学的后继者。

四

马一浮诗学所受西方文学观念的影响绝少,是比较纯正的中国传统的儒家诗学,但对儒家诗学有重要的开拓和发展。

马一浮诗学的核心是"诗以感为体"和"诗教主仁"两个命题:

> 诗以感为体,令人感发兴起,必假言说,故一切言语之足以感人者,皆诗也。此心之所以能感者,便是仁,故诗教主仁。……人心若无私系,直是活泼泼地,拨着便转,触着便行,所谓感而遂通。才闻彼,即晓此。何等俊快,此便是兴。若一有私系,便如隔十重障,听人言语,木木然不能晓了。只是心地昧略,决不会兴起,虽圣人亦无如之何。须是如迷忽觉,如梦忽醒,如仆者之起,如病者之苏,方是兴也。兴便有仁的意思,是天理发动处,其机不容已。诗教从此流出,即仁心从此显现。①

"诗以感为体"讨论的是诗歌的本质问题,"诗教主仁"讨论的是诗歌的功用问题,这两个问题紧密相关,都是真正的探本之论。先看"诗以感为体",这是一个

---

① 马一浮:《复性书院讲录》,山东人民出版社1998年版,第57页。

可以媲美甚至超越王国维"词以境界为最上"的诗学观念。叶嘉莹先生在评价王国维的"境界"说时曾说：

> 至于静安先生之境界说的出现，则当是自晚清之世，西学渐入之后，对于中国传统所重视的这一种诗歌中之感发作用的又一种新的体认。①

> 可见静安先生对于诗歌中这种感发之生命，较之以前的说诗人，确实乃是有着更为真切深入之体认的。……只可惜静安先生所采用的批评术语"境界"二字，其义界也仍然不够明晰，所以后人虽曾对"境界"二字，尝试做过种种不同的解说，然而却对于此二字所提示的"感受之作用"的一点，一直未曾加以注意。②

叶嘉莹先生认为：中国历代诗学都对诗歌"兴发感动"的本质有所体认，但因为缺乏反省思辨的析说能力，所以一直语焉不详、缪悠恍惚；直到王国维标举"境界"说，才有较明白而富于反省思考的诠释，但仍然不够明晰，难以把握。从这个逻辑来看，马一浮"诗以感为体"的观念不正是对诗歌"兴发感动"的本质更加明白而富于反省思考的诠释么？不正是对王国维的超越之处么？而叶嘉莹先生在其诗词研究著作中反复强调的"兴发感动"论，不正是对马一浮"诗以感为体"的观念的再诠释么？这就是说，在中国历代诗学对诗歌本质的探索过程中，"诗以感为体"的观念真正抵达了问题的最核心，成为真正的探本之论。至于"诗教主仁"的观念，叶嘉莹先生曾有很高的评价：

> 谈到"诗教"，若依其广义者而言，私意以为本该是指由诗歌的兴发感动之本质，对读者所产生的一种兴发感动之用。……所以马一浮在其《复性书院讲录》中，就曾认为这种兴发感动乃是一种"仁心"本质的苏醒，说"所谓感而遂通"，"须是如迷忽觉，如梦忽醒，如仆者之起，如病者之苏，方是兴也"，又说"兴便有仁的意思，是天理发动处，其机不容已。诗教从此流

---

① 叶嘉莹：《王国维及其文学批评》，河北教育出版社1997年版，第300页。
② 叶嘉莹：《王国维及其文学批评》，河北教育出版社1997年版，第298页。

出,即仁心从此显现"。我认为这是对于广义之"诗教"而言的一种极能掌握其重点的体认和说法。①

这就是说,在中国历代诗学对"诗教"的探索过程中,"诗教主仁"的观念真正抵达了问题的最核心,成为真正的探本之论。正是这两个核心命题表现出马一浮对儒家诗学的重要开拓和发展,从而奠定其20世纪儒家诗学的典范地位。②

马一浮的儒家诗学立场,注定其与道家诗学以及启蒙诗学不合。道家诗学的经典文本是严羽的《沧浪诗话》,所以对待严羽以及《沧浪诗话》的态度,很能反映批评者的诗学立场。马一浮说:

> 严羽《沧浪诗话》云:"诗有别才,非关学也。"实则此乃一往之谈。老杜"读书破万卷,下笔如有神",可知学力厚者所感亦深,所包亦富。……乃至音节韵律,亦须是学。③

> 读破万卷,不患诗之不工,谓诗有别裁不关学者,妄也。④

虽然马一浮和很多人一样,称引"诗有别才,非关学也"一段文字有误⑤,但严羽站在道家诗学立场,重视诗人特殊的审美感兴能力倒也不假,而马一浮站在儒家诗学立场,更为重视的是诗人后天的读书学力方面的修养,所以对严羽颇为不满。启蒙诗学的代表人物是徐渭、李贽、公安派以及袁枚等人,马一浮对他们一一加以批判:

> 尼采虽才气横溢,不可一世,情绪乃近狂人,卒成心疾,殆如中国徐文长一流人耳。⑥

---

① 叶嘉莹:《谈古典诗歌中的兴发感动之特质与吟诵之传统》,《我的诗词道路》,河北教育出版社1997年版,第197页。
② 关于马一浮"诗以感为体"和"诗教主仁"两个观念的详细阐释,可以参见拙著《六艺与诗——马一浮思想论衡》,中国社会科学出版社2010年版。
③ 《马一浮先生语录类编·诗学篇》,《马一浮集》第3册,浙江古籍出版社、浙江教育出版社1996年版,第1006页。
④ 《马一浮先生语录类编·诗学篇》,《马一浮集》第3册,浙江古籍出版社、浙江教育出版社1996年版,第984页。
⑤ 严羽原文应为"诗有别材,非关书也",参见郭绍虞:《沧浪诗话校释》,人民文学出版社1983年版。
⑥ 《马一浮先生语录类编·诸子篇》,《马一浮集》第3册,浙江古籍出版社、浙江教育出版社1996年版,第972页。

> 卓吾之病,正坐邪见炽然。不用求真,唯须息见。卓吾邪见若息,元是圣人。①
>
> 浪漫主义失之浅,古典文学多有可观。浪漫主义之在中国,当于袁中郎、袁子才一辈人见之。②
>
> 公安体及袁简斋之诗,学来易流怪僻,尤为初学所戒。③
>
> 袁简斋俗学,无足观也。宜多涵泳,切勿刳心于文字。④

徐渭的"狂"、李贽的"邪"、公安派和袁枚的"浅""俗""怪僻",正是启蒙诗学富于挑战性和变革性的美学精神,也是让正统儒者最感不安的美学精神,所以马一浮要严加批判。对于相继发动 20 世纪中国启蒙运动的前驱梁启超、胡适、陈独秀等人,马一浮也深为不满:

> 王船山有言曰:病莫大于俗,俗莫甚于偷。三十年前出一梁启超,驱人于俗;十余年来继出一胡适之,驱人于偷。国以是为政,学校以是为教,拾人之土苴以为宝,靡然成风,不待今日之被侵略,吾圣智之法已荡然无存矣。⑤
>
> 回忆三十年前,仲甫在杭时同游,甚恬淡,其后遂隔阔不相闻。今恩怨俱尽,当毁生前多此一番运动。⑥
>
> 时人方恶古典文学,欲返之草昧,出辞鄙倍。中土自有种智流传,岂能遏绝。终不可令天下之人尽安下劣,他日必有文艺复兴之机。智者深观物变,无足诧叹。⑦

马一浮认为,20 世纪中国启蒙运动的一个核心精神就是世俗化,也就是"俗"和

---

① 《马一浮集》第 2 册,浙江古籍出版社、浙江教育出版社 1996 年版,第 421 页。
② 《马一浮先生语录类编·诗学篇》,《马一浮集》第 3 册,浙江古籍出版社、浙江教育出版社 1996 年版,第 1042 页。
③ 丁敬涵编注:《马一浮诗话》,学林出版社 1999 年版,第 53 页。
④ 丁敬涵编注:《马一浮诗话》,学林出版社 1999 年版,第 55 页。
⑤ 《马一浮集》第 2 册,浙江古籍出版社、浙江教育出版社 1996 年版,第 878 页。
⑥ 《马一浮集》第 2 册,浙江古籍出版社、浙江教育出版社 1996 年版,第 1032 页。
⑦ 《马一浮集》第 2 册,浙江古籍出版社、浙江教育出版社 1996 年版,第 630 页。

"偷",这对中国社会造成严重的破坏性的影响。这种破坏性影响在中国文学方面的表现,就是新文学的兴起与古典文学的消退,马一浮对此深感忧虑,但又以乐观的态度期待着中国的文艺复兴。

要注意的是,马一浮对待道家诗学较之启蒙诗学态度要温和得多,甚至还吸收融化了道家诗学的观念。马一浮曾提出诗歌批评的四条标准:

> 诗,第一要胸襟大,第二要魄力厚,第三要格律细,第四要神韵高,四者备,乃足名诗。①

"魄力厚"和"格律细"是纯正的儒家诗学观念,"胸襟大"和"神韵高"则是以儒为主兼容儒道的诗学观念。从马一浮的论述来看,"胸襟大"主要指的是儒家的胸襟广大与正大,但也可以包含道家的胸襟洒脱与洒落。而"神韵高"中的"神韵"其实就是"气韵",它包含了气格和韵味两种内涵,"神韵高"也就是气格超和韵味胜。前者是明清"格调"说的回响,后者是明清"神韵"说的延续。但从马一浮关注的程度来看,"神韵高"更多的还是指气格高。②这就是说,马一浮诗学虽然吸收融化了道家诗学,儒道兼融,但根底上还是儒家诗学。

与马一浮同属儒家诗学传统的,还有钱穆、陈寅恪、吴宓、梁实秋、徐复观等,他们对儒家诗学的发展各有推动之功。

五

20世纪中国诗学的传统,除了儒家诗学、道家诗学、启蒙诗学三者之外,还有一种影响巨大的传统,就是马克思主义诗学。其典范人物是政治领袖兼文学理论批评家毛泽东,其经典文本是《在延安文艺座谈会上的讲话》,其根本的诗学精神是重视文学与政治经济的关系,强调文学的意识形态属性。马克思主义

---

① 丁敬涵编注:《马一浮诗话》,学林出版社1999年版,第2页。
② 具体参见拙文《马一浮的诗歌批评标准》,《从孔子到马一浮》,中国社会科学出版社2014年版。

诗学和儒家诗学、启蒙诗学一样,都是功利主义的诗学,所以首先和非功利主义的道家诗学不合;其次,马克思主义诗学虽然和儒家诗学一样,都强调文学的道德政治的目的,但儒家诗学注重的是文学的道德感化作用,马克思主义诗学注重的是文学的政治教化功能;最后,马克思主义诗学虽然和启蒙诗学一样,都强调文学的战斗精神,但启蒙诗学注重的是文学的个人的反抗,马克思主义诗学注重的是文学的阶级的斗争。关于马克思主义诗学学界关注较多,这里不再赘述。

儒家诗学、道家诗学、启蒙诗学是中国固有的诗学传统,马克思主义诗学是"为古代文论所无"[①]的诗学传统,它们是20世纪中国诗学最重要的四种传统。四种诗学传统各有长短各有利弊,所以既不能故步自封顽固不化,又不能妄自尊大唯我独尊,既要在自身内部不断转换和创造,又要在相互之间不断制衡和交融,这是新世纪中国诗学发展的正途。

(原载[加拿大]《中国文化》2015年第4期)

[①] 黄曼君主编:《中国20世纪文学理论批评教程》,华中师范大学出版社2010年版,第87页。

《文心雕龙》"神思"义发覆

杨 园

　　《文心雕龙》之《神思》篇是中国古代文论的经典篇章,所论为文运思之"神思"也是中国古代文论的重要范畴。此观念今人阐发甚众,似已题无胜义,但考诸《文心雕龙》原文,刘勰论"神思",实有一层古注向来为人忽略。此义不明,前后文难免扞格不通,妙解新见难免不为空中楼阁。因此笔者不揣浅陋,试抉发隐微,揭橥"神思"之古说,期为"神思"义溯本寻源。

一

　　《神思》为《文心雕龙》下篇之首,首谈文术,主要论作文时的构思想象。有关《神思》篇之"神思"出典的注解,向来皆引《庄子·让王》,然而笔者覆案再三,以为刘勰论"神思",其典故含义非本于《庄子》字面,实本于《吕氏春秋》《淮南子》高诱、许慎注之别说。据此可进一步断定,"神思"所喻说的心理状态,非向来所认为的心身彼此二分,而是心身内外二分。以下试为论证。

　　《文心雕龙·神思》云:

　　　　古人云:形在江海之上,心存魏阙之下。神思之谓也。文之思也,其神远矣,故寂然凝虑,思接千载;悄焉动容,视通万里;吟咏之间,吐纳珠玉之声;眉睫之前,卷舒风云之色:其思理之致乎。故思理为妙,神与物游。神

> 居胸臆，而志气统其关键；物沿耳目，而辞令管其枢机。①

此即刘勰对"神思"的基本阐述。他解释何谓"神思"，是以"形在江海之上，心存魏阙之下"为喻；而此典出处非一，自清代黄叔琳开始，历来注家皆引《庄子·让王》为之解：

> 中山公子牟谓瞻子曰："身在江海之上，心居乎魏阙之下，奈何？"瞻子曰："重生。重生则利轻。"中山公子牟曰："虽知之，未能自胜也。"瞻子曰："不能自胜则从，神无恶乎？不能自胜，而强不从者，此之谓重伤。重伤之人，无寿类矣。"②

范文澜《文心雕龙注》云："案公子牟此语，谓身在草莽，而心怀好爵，故瞻子对以重生则轻利。彦和引之，以示人心之无远不届，与原文本义无关。"③范文澜认为刘勰引《庄子》，而《庄子》原意与其所谓"神思"的含义并无关系，后之学者也多持此论，但如此解释殊为可疑。试想刘勰本篇发明"神思"一义，开篇即引此语解释何谓"神思"，但他征引《庄子》不过说明人心之无远不届，其实际含义竟与本篇论旨无关，岂不空费笔墨，有文无实？退而言之，刘勰也绝无可能引《庄子》此意。正如范文澜所言，此话在《庄子》原文中是指"身在草莽，而心怀好爵"，但这种隐遁与荣利、出世与入世两兼的心态正为刘勰所反对。《文心雕龙·情采》有云：

> 故有志深轩冕，而泛咏皋壤，心缠几务，而虚述人外：真宰弗存，翩其反矣。④

刘勰讥讽心在庙堂之上而又好为方外之想，说这是"真宰弗存"，即心无定见，没有主心骨。可见刘勰绝不会用《庄子》字面上这种带有贬义的比喻解说人心之

---

① 范文澜：《文心雕龙注》，人民文学出版社1958年版，第493页。
② 刘文典：《庄子补正》卷九，《刘文典全集》第2册，安徽大学出版社、云南大学出版社1999年版，第784页。
③ 范文澜：《文心雕龙注》，人民文学出版社1958年版，第496页。
④ 范文澜：《文心雕龙注》，人民文学出版社1958年版，第538页。

无远不届,更不会据此意阐述其所特标之"神思"。因此,有必要重新检视这一解释和出处。

按刘文典《庄子补正》"身在江海之上,心居乎魏阙之下"句下有按语,谓此语别见《淮南子·道应训》《吕氏春秋·审为》《文子·下德》。①中山公子牟此语不独见《庄子·让王》,单据《庄子》字面为之训解殊为武断。何况《庄子·让王》属《庄子》杂篇,杂篇本经庄子后学及汉人整理,非庄子亲撰,较之《吕氏春秋》《淮南子》,中山公子牟语未必即源出《庄子》。《吕氏春秋》和《淮南子》皆有汉人古注,而《庄子》现存最早注本不过晋时郭象注,且《庄子·让王》郭注绝少,故欲探讨中山公子牟所云为何,不妨根据汉代古注重新审视之。

试将此典的另三个出处及汉人注解排比罗列,分析其义。《淮南子·道应训》云:"中山公子牟谓詹子曰:'身处江海之上,心在魏阙之下。为之奈何?'"许慎注:

> 江海之上,言志在于己身。心之魏阙也,言内守。②

《淮南子·俶真训》云:"是故身处江海之上,而神游魏阙之下。"高诱注:

> 魏阙,王者门外阙,所以悬教象之书于象魏也。巍巍高大,故曰魏阙。言真人虽在远方,心存王也。一曰:心下巨阙,神内守也。③

《吕氏春秋·审为》篇云:"中山公子牟谓瞻子曰:'身在江海之上,心居乎魏阙之下,奈何?'"高诱注:

> 身在江海之上,言志放也。魏阙,心下巨阙也。心下巨阙,言神内守也。一说:魏阙,象魏也。悬教象之法,浃日而收之,魏魏高大,故曰魏阙。

---

① 刘文典:《庄子补正》卷九,《刘文典全集》第2册,安徽大学出版社、云南大学出版社1999年版,第784页。按:中山公子牟即战国时魏公子牟,《文心雕龙·诸子》也提及魏牟,《汉书·艺文志》道家类著录有其书《公子牟》四篇。据钱穆先生考证,魏牟与公孙龙子同时,年辈晚于庄子(参见《先秦诸子系年》"魏牟考"条,商务印书馆2001年版,第514页)。

② 刘文典:《淮南鸿烈集解》卷十二,《刘文典全集》第1册,安徽大学出版社、云南大学出版社1999年版,第396页。刘文典于《道应训》题解下有按语云此篇乃许慎注本。

③ 刘文典:《淮南鸿烈集解》卷二,《刘文典全集》第1册,安徽大学出版社、云南大学出版社1999年版,第52页。

言身虽在江海之上,心存王室,故在天子门阙下也。①

按许慎和高诱皆东汉人,高诱晚于许慎,主要生活于汉魏之际。以上注文以《吕氏春秋》高诱注较为具体,其注提出两种解释,后一说即身在江海之上而心存王室之意,此说易解,《庄子·让王》字面意同于此。不易理解的是前一种"心下巨阙,神内守"之说。《淮南子·俶真训》高诱注的后一解"一曰"所云与之略同,《淮南子·道应训》许慎注基本也属此说,故刘文典《三余札记·淮南子校录拾遗》谓许慎此注与高诱注略同。②尤可注意者,"神内守"讲到"神",《淮南子·俶真训》原文径为"神游魏阙之下",而《文心雕龙》"神思"义分明论"神",二者很可能存在联系,但这一解释似乎向来为学者忽略了。所以欲明刘勰何以用"形在江海之上,心存魏阙之下"解释"神思",关键须弄清《吕氏春秋》高诱注前一说究为何意。

二

《吕氏春秋》高诱注前一说将"魏阙"释为"心下巨阙",何谓"心下巨阙"?按《三国志·魏书·方技传》载华佗弟子樊阿事有云:

> 阿善针术。凡医咸言背及胸藏之间不可妄针,针之不过四分,而阿针背入一二寸,巨阙胸藏针下五六寸,而病辄皆瘳。③

根据这段话前后文意,可知"巨阙"是人体胸腔部位的一个穴位,这是汉魏以来中医学上的术语,魏晋时期的脉络针灸典籍已清楚记载了该穴所在。魏晋时王叔和所撰《脉经》论心之脉象有云:"心俞在背第五椎,募在巨阙。"④另魏晋时皇

---

① 陈奇猷:《吕氏春秋校释》卷二一,学林出版社1984年版,第1460页。
② 刘文典:《三余札记》,《刘文典全集》第3册,安徽大学出版社、云南大学出版社1999年版,第567页。
③ 陈寿撰,裴松之注:《三国志》卷二九,中华书局2006年版,第479页。
④ 沈炎南等:《脉经校注》,人民卫生出版社2013年版,第56页。

甫谧编撰之《针灸甲乙经》载云:"巨阙,心募也,在鸠尾下一寸,任脉气所发。"①由此可知,"巨阙"穴是在人体左右肋骨相交处下方约一寸的地方。

巨阙穴自有医术典籍记载以来,其位置名称从未发生改变,今之中医仍以"巨阙"称呼此穴。该穴位之所以称为"巨阙",大概是以宫城为喻。清代汪中《释阙》有云:"天子、诸侯宫城,皆四周辟其南为门,城至此而阙,故谓之阙。……阙,巍然而高,故谓之巍阙。"②宫城四周有城墙,城墙至城门处则空阙,故云。魏阙之"魏"训为"巍然而高",则魏阙即"巨阙"也。人之胸腔亦类于此。心在胸腔如同君主之居于宫城,胸腔即如宫城,而胸腔左右肋骨之交会处下方,亦如城墙之空阙处,故此穴称为"巨阙"。"巨阙"穴位于心脏下方,自古中医认为其为控引心脏之"心募",所以高诱称"巨阙"穴为"心下巨阙"。据此,则高诱以"心下巨阙"释"魏阙",实即就人身心胸而言,所谓"心居乎魏阙之下",其实就是说心守在胸中。

高诱注《吕氏春秋》和《淮南子》,讲"心下巨阙",都用"神内守"一说释之。由以上所证心胸关系观之,"神内守"无疑当从身神关系理解。"神内守"应指人身所具之神守于身内。守神于身的思想学说汉代以来甚为流行,《淮南子》及《老子河上公章句》二书可为代表。《淮南子·精神训》一章重在阐发人之精神内守而不外散的道理,如其云:

> 夫孔窍者,精神之户牖也;而气志者,五藏之使候也。耳目淫于声色之乐,则五藏摇动而不定矣。五藏摇动而不定,则血气滔荡而不休矣。血气滔荡而不休,则精神驰骋于外而不守矣。精神驰骋于外而不守,则祸福之至,虽如丘山,无由识之矣。使耳目精明玄达而无诱慕,气志虚静恬愉而省嗜欲,五藏定宁充盈而不泄,精神内守形骸而不外越,则望于往世之前,而视于来事之后,犹未足为也,岂直祸福之间哉!故曰:"其出弥远者,其知弥

---

① 皇甫谧:《针灸甲乙经》,人民卫生出版社2006年版,第78页。
② 汪中:《述学》,辽宁教育出版社2000年版,第1—2页。

少。"以言夫精神之不可使外淫也。①

按此所谓"五藏"即五脏六腑之"五脏"。《淮南子》引申老子"其出弥远者,其知弥少"之谈,认为人的精神受外物诱惑影响,则不能明辨祸福,洞明事理,甚至不能安心保命,是以人应虚静少欲。高诱注《精神训》尤能发挥此意,如"精神驰骋于外而不守矣"句下注云:"多情欲,故神不内守。"②另如其后"治其内不识其外"句注:"治其内,守精神也。"③又如"若然者,正肝胆,遗耳目"句注:"言精神内守也。"④再如"是故其寝不梦,其智不萌;其魄不抑,其魂不腾"句注:"其寝不梦,神内守也。其智不萌,无思念也。"⑤根据《淮南子·精神训》及高诱注,不难理解本书《俶真训》及《吕氏春秋·审为》篇高诱注所谓"心下巨阙,神内守也"之意。"神内守"即谓精神守在身体之中,不向外散佚,不受外物诱惑影响。

守神于身的思想在汉代所传《老子》重要注本《老子河上公章句》中也有集中体现。如《老子河上公章句·虚用第五章》注云:

> 人能除情欲,节滋味,清五藏,则神明居之也。⑥

又如《成象第六章》"谷神不死"句注云:

> 谷,养也。人能养神则不死,神谓五藏之神:肝藏魂,肺藏魄,心藏神,肾藏精,脾藏志。五藏尽伤,则五神去矣。⑦

---

① 刘文典:《淮南鸿烈集解》卷七,《刘文典全集》第1册,安徽大学出版社、云南大学出版社1999年版,第222页。
② 刘文典:《淮南鸿烈集解》卷七,《刘文典全集》第1册,安徽大学出版社、云南大学出版社1999年版,第222页。
③ 刘文典:《淮南鸿烈集解》卷七,《刘文典全集》第1册,安徽大学出版社、云南大学出版社1999年版,第227页。
④ 刘文典:《淮南鸿烈集解》卷七,《刘文典全集》第1册,安徽大学出版社、云南大学出版社1999年版,第227页。
⑤ 刘文典:《淮南鸿烈集解》卷七,《刘文典全集》第1册,安徽大学出版社、云南大学出版社1999年版,第229页。
⑥ 王卡点校:《老子道德经河上公章句》卷一,中华书局1993年版,第18页。
⑦ 王卡点校:《老子道德经河上公章句》卷一,中华书局1993年版,第21页。

又如《无用第十一章》注云：

> 治身者当除情去欲，使五藏空虚，神乃归之。①

《老子河上公章句》谈到人身之神居于人身五脏，欲使神居身中，须去除情欲，使五脏空虚清净，否则神便离身而去，命不能保。《老子河上公章句》是汉魏六朝时期流行的《老子》注本之一，影响甚广。其所阐发的身神思想和道教也有密切关系，如产生于东汉的道教《太平经》及六朝时期的道教经典《黄庭经》等，都有关于身中神的大量论述，兹不赘说。

高诱谓"心下巨阙，言神内守也"，以上既分别释明"心下巨阙"和"神内守"二义，则高诱此注可合而观之。上引《老子河上公章句·成象第六章》注讲到"心藏神"，此神非泛称，而是与"魂""魄"等相对等的"神"；又《老子河上公章句·爱己第七十二章》"无狭其所居"句注云：

> 谓心居神，当宽柔，不当急狭也。②

由此可知，神藏守于心胸是《老子河上公章句》所持的一个基本观念，也当是汉魏以来的惯常认识。据此来看，高诱以"心下巨阙，言神内守"解释"心居乎魏阙之下"，"魏阙"为"心下巨阙"，"心居乎魏阙之下"即谓心在胸中，心在胸中即比喻神守于心内而不受外界影响。

综合以上考释，可全面理解《吕氏春秋》高诱注前一说对"身在江海之上，心居乎魏阙之下"整句话的解释。其云"身在江海之上，言志放也。魏阙，心下巨阙也。心下巨阙，言神内守也"，"身在江海之上"是说身形本求放逸，而"心居乎魏阙之下"则是说神守藏于胸中，别有所思，与身外之江海相隔绝。同理，《淮南子》许慎注云，"江海之上，言志在于己身。心之魏阙也，言内守"，也是说虽有重身爱命的隐遁志趣，无奈心守胸中，别有他想，不随其身而动。

---

① 王卡点校：《老子道德经河上公章句》卷一，中华书局1993年版，第41页。
② 王卡点校：《老子道德经河上公章句》卷四，中华书局1993年版，第279页。

这一解释最重要的特点是将"心"与"身"内外二分。高诱注以"神内守"释"心存魏阙",引入神居于心的观念,"心"因"神"居住其中,就可解释作为脏器的"心"能思考想象的问题。如此则"神"与身形相分离,就可以是神"内守"于心中,与身外相隔离。所以,形神相离未必意味身中之神向外离开身体,游于他处。如果神与身外相隔绝,转向身内而"内守"于心,在心中思考想象,同样是身中之神与身形相分离。因而身处江海之上,心中对此一无所感,心中所想完全是另外的事。试比较高诱注的后一说,即可看出此说心身内外二分的特征。其云:"言身虽在江海之上,心存王室,故在天子门阙下也。"这一解释虽也是将"心""身"二分,但却是说"身"在此而"心"在彼;换言之,后一说的意思是"心""身"彼此分离开,而非内外相隔。同样是心身二分,两种解释之间却有如此差别。而且,心身内外二分之说较之心身彼此二分于理更为恰切。心本脏器,与身不能分,说心"在天子门阙下",则与江海之身相远离,可见所喻未允,于理有亏。所以,高诱注后一说实不及前一说——"神内守"——说法严谨。由此看来,与其说"身在江海之上,心居乎魏阙之下"是指心在他处,不如说心是在自己想象的世界中。

汉代以来,这种心身内外相分离的观念还可引他书作为参证。如《楚辞章句》中王逸注王褒《九怀》"思君兮无聊,身去兮意存"一句云:

> 体远情近,在胸臆也。[①]

本文"身去兮意存"从字面看,似乎是说身虽远离君王,情意却系之。但注文却说"体远情近,在胸臆也",意谓情在自己心胸中,这与情系于君的意思似乎不合。其实应注意,《章句》正是以心身内外二分的观念释之,据此应解为身虽远离君王,心却时常思念,因而君王也近在自己心中,此即"在胸臆也"。若以心身彼此二分的观念释之,就是说我身虽在此而心却在君王处,这就无法理解王逸注了。又如魏晋时傅玄《傅子·正心》云:

[①] 王逸注,洪兴祖补注:《楚辞补注》,中华书局1983年版,第276页。

> 心者,神明之主,万理之统也。……若乃身坐廊庙之内,意驰云梦之野,情系曲房之娱,临朝宰事,心与体离,情与志乖,形神且不相保,孰左右之正乎!①

"身坐廊庙之内,意驰云梦之野"与"身在江海之上,心居乎魏阙之下"意思一样,都是身心分离的表现,所以傅玄说这是"心与体离,情与志乖,形神且不相保"。但"心与体离"并不意味心离开身体,真去到所想的地方,而是指沉浸于心中念想,似已脱离开自身实际所处的环境。心之所想与身之所处各为两地,这就是心身内外二分的表现。再如陆机《吊魏武帝文》所云"魏阙",亦当作如是解。《吊魏武帝文》论曹操有云:

> 夫以回天倒日之力,而不能振形骸之内,济世夷难之智,而受困魏阙之下。已而格乎上下者,藏于区区之木,光于四表者,翳乎蕞尔之土,雄心摧于弱情,壮图终于哀志。

陆机读到曹操留下的遗令,讥讽曹操建立如此丰功伟业,而临死时也仍不免有生死戚戚之感。李善注"魏阙"云:"许慎《淮南子》注曰:'魏阙,王之阙也。'"②但这样解释"魏阙",与上下文意无关,也难从曹操生平得到说明。陆机用"魏阙"一词,应该也是本于高诱"心下巨阙,神内守"之意。细绎原文"魏阙"一句,前后实为对文。"济世夷难之智"与"回天倒日之力"相对而言,此是形容曹操之功业,"受困魏阙之下"也当与"不能振形骸之内"相对读。"不能振形骸之内"即谓身外建立如此功业,形骸之内的心却不能振起。同理,"受困魏阙之下"无非是说身外济平天下,而心胸却如此窘困,竟与雄图壮志这般隔阂,所以下文概言之为"雄心摧于弱情,壮图终于哀志"。这也是心身内外分离的表现。由此看来,以"魏阙"指代"心胸""内心",本是汉魏六朝时惯用的比喻,但李善时已不甚明了。

---

① 傅玄:《傅子》,上海古籍出版社1990年版,第3页。
② 萧统编,李善注:《文选》卷六十,中华书局1977年版,第833页。

三

上依故训,证明《文心雕龙》"形在江海之上,心存魏阙之下"一说出典自汉魏以来素有心身内外二分之义。今试依此意解释《神思》上下文,观其是否与文意融通,进而与心身彼此二分义相较,评骘二说优劣。

《神思》篇首先以"形在江海之上,心存魏阙之下"释"神思",即借此喻说创作时心身内外分离的状态。刘勰如此界定"神思",当与下文紧密联系。随后其云:"文之思也,其神远矣,故寂然凝虑,思接千载;悄焉动容,视通万里。""文之思也"与"其神远矣"二句合说一意,意谓为文构思时心神可以想到很远之事,相较其身实际所处,其所想象者离得很远。这种心理状态好像是与身体隔断了联系,完全沉浸于自己的想象思考中,所以刘勰形容为"寂然凝虑""悄焉动容"。接下总括之以"故思理为妙,神与物游",意谓构思时心理状态之奇妙,好似"神"与各种意象、人事相接通。但这样的状态实际是"神"内守心中,沉思冥想,不与身外相接通。所以,下文紧接着就说"神居胸臆"。之所以讲"神居胸臆",就是因为"心存魏阙之下"是喻说神内守于心胸,"神居胸臆"与"心存魏阙"正相照应。可见刘勰释论"神思",上下文之间是紧密联系的。若释为身在此处而心在他处,"神居胸臆"一说便无着落,"心存魏阙之下"则成无关紧要的比喻,所以范文澜误以为其说与原文本义无关。若将"其神远矣""神与物游"释为神与外物相交接,则"神"如何"思接千载"? 莫非今人所谓"时间穿越"? 殊为谬矣。由此看来,以心身彼此二分义释《神思》,上下文难免扞格不入;而以心身内外二分义解释《神思》,文意完全清楚明白,诸多疑问自涣然冰释。由此可以证明,刘勰所云"形在江海之上,心存魏阙之下",当是取高诱"心下巨阙,神内守"之释义,喻说心身内外二分。但向来论者皆未深究汉人此注,率以心身彼此二分释之,遂使《神思》文意不通而歧解纷出。

刘勰以"形在江海之上,心存魏阙之下"喻说"神思",即以心身内外二分释之,所喻虽妙,而义非独见。依心身内外二分义论文学构思,首见于陆机《文赋》。《文赋》描述人文学构思的状态,有云:

> 其始也,皆收视反听,耽思傍讯,精骛八极,心游万仞。其致也,情曈昽而弥鲜,物昭晰而互进。

李善注云:

> 收视反听,言不视听也。耽思傍讯,静思而求之也。①

"收视反听"谓不听不看,即隔断内心与身外的联系,使自己安静沉浸于想象中,如此方能"精骛八极,心游万仞"。此段论人开始文学构思时的心理状态,正是心身内外二分,所以刘勰论"神思"云"寂然凝虑,思接千载;悄焉动容,视通万里",与其说何其相似。既已"收视反听",陆机所云"物昭晰而互进"之"物",无疑在此即谓"物象""意象",亦即人想象之物,而非实际之外物。然而,《神思》篇所谓"神与物游"之"物",自黄侃《文心雕龙札记》开始,便释为"外境""外物"。其云:"此云内心与外境相接也。内心与外境,非能一往相符会,当其窒塞,则耳目之近,神有不周;及其怡怿,则八极之外,理无不浃。"②"神与物游"之"物"既释为外境,则"形在江海之上,心存魏阙之下"自可理解为心与外物相交接,心身彼此二分之说遂成应有之义。后之学者殆受其影响,率以心身彼此二分论说"神思",大都认为"神思"有心身二分的特点,皆以为心神可以离开形体。其实《神思》意本谓心神转向身内,进入想象中,隔断与身外的联系。向来注家唯有詹锳《文心雕龙义证》释《神思》引及《吕氏春秋》高诱注一段,然其下断语云:"郭象《庄子》注与高注'一说'同,可见'心下巨阙'之说不足据。"③后人视此成说为理所当然,汉人古注也难免被忽略。考《神思》篇之论"神思",前言"独照之匠,窥

---

① 萧统编,李善注:《文选》卷十七,中华书局1977年版,第240页。
② 黄侃:《文心雕龙札记》,上海古籍出版社2000年版,第93页。
③ 詹锳:《文心雕龙义证》,上海古籍出版社1989年版,第975—976页。

意象而运斤",末云"神用象通"①,"神与物游"之"物"分明就"意象""物象"而言。由《文赋》观之,刘勰所论甚明。黄侃于此古注尚有失考,何况今人则更难留心。

四

以上既明"形在江海之上,心存魏阙之下"一说,由此更可深入理解《神思》下文。《神思》自"神居胸臆"以下,集中于身内而论"虚静":

> 神居胸臆,而志气统其关键;物沿耳目,而辞令管其枢机。枢机方通,则物无隐貌;关键将塞,则神有遁心。是以陶钧文思,贵在虚静,疏瀹五藏,澡雪精神,积学以储宝,酌理以富才,研阅以穷照,驯致以绎辞;然后使玄解之宰,寻声律而定墨;独照之匠,窥意象而运斤:此盖驭文之首术,谋篇之大端。②

此段是在前文解释"神思"基础上讲"陶钧文思,贵在虚静"。因为"神居胸臆"即神内守于心,若身心不安,则"神有遁心"。"神"不安处身内,便不能思维想象,所以刘勰提出文学构思须讲求"虚静"。此说之学理依据无非是汉代以来道家守神于身的常谈,前引《淮南子·精神训》可为其注脚。但刘勰"虚静"之论语出《庄子》,今人见《神思》前后两处皆语出《庄子》,多以为《庄子》学说为《神思》所本。笔者认为,语本《庄子》不过是刘勰引经据典的论述方式,其内涵其实是汉代以来道家、道教所倡导的养生思想。道家注重养生保命,自汉代以来已将《老子》《庄子》《淮南子》等思想学说融入其中。讲求守神于身,是道家养生学说的重要观点。所以探讨《神思》"虚静"说,不可囿于一家一说,应根据思想史实际做出合理解释。

刘勰讲"虚静"应做到"疏瀹五藏,澡雪精神",其说出自《庄子·知北游》:

---

① 范文澜:《文心雕龙注》,人民文学出版社1958年版,第493页。
② 范文澜:《文心雕龙注》,人民文学出版社1958年版,第493页。

  老聃曰:"汝斋戒,疏瀹而心,澡雪而精神,掊击而知。"①

刘勰所说和《庄子》原文有个细微差别。《庄子》所讲是"疏瀹而心",刘勰则谓"疏瀹五藏"。有学者认为这不过是刘勰对《庄子》原文稍作修辞而已,但笔者认为,此文字上的变动,正体现出刘勰"虚静"说的养生思想特征。

  "疏瀹五藏"之说自汉代以来早已成为论养生的习语套话,如魏晋时嵇康《答难养生论》云:

  (肴馔旨酒)初虽甘香,入身臭处。竭辱精神,染污六府。郁秽气蒸,自生灾蠹。饕淫所阶,百疾所附。味之者口爽,服之者短祚。岂若流泉甘醴,琼蕊玉英。金丹石菌,紫芝黄精。皆众灵含英,独发奇生。贞香难歇,和气充盈。澡雪五脏,疏澈开明。吮之者体轻,又练骸易气,染骨柔筋。涤垢泽秽,志凌青云。若此以往,何五谷之养哉?②

嵇康于《养生论》和《答难养生论》谈到养生而长寿成仙,他反对食用肴馔旨酒,主张服食金丹灵芝等,由此可以"澡雪五脏,疏澈开明"。其所谓"澡雪五脏",就是使五脏洁净,精神澄澈。此说还可参嵇康的游仙诗《五言诗(其三)》:

  沧水澡五藏,变化忽若神,姮娥进妙药,毛羽翕光新,一纵发开阳,俯视当路人,哀哉世间人,何足久托身。③

"沧水澡五藏"也是说洁净五脏而成仙。化《庄子》"疏濯""澡雪"句式入文,还可举汉末仲长统《昌言》所云:

  疏濯胸臆,澡雪腹心,使之芬香皓洁、白不可污也。④

由以上诸说可知,《庄子》的这一说法汉魏以来早已成为谈论养生的习语。所以刘勰讲"疏瀹五藏,澡雪精神",其实是根据道家养生思想讲为文构思时如何调

---

  ① 刘文典:《庄子补正》卷七,《刘文典全集》第2册,安徽大学出版社、云南大学出版社1999年版,第596页。
  ② 戴明扬:《嵇康集校注》,人民文学出版社1962年版,第184—185页。
  ③ 戴明扬:《嵇康集校注》,人民文学出版社1962年版,第80页。
  ④ 严可均辑:《全后汉文》卷八九,商务印书馆1999年版,第900页。

养身心。"疏瀹五藏,澡雪精神"虽典出《庄子》,但自汉魏以来,其说所蕴含的养生意味甚为突出,而此意单据《庄子》未必能明了。

道家养生向来讲求虚静,此为老生常谈,而养生重虚静,则与养身中之神密切相关,前引《淮南子·精神训》及《老子河上公章句》皆有所论,即汉代道家所谓"守神"。"守神"的修炼方式后为道教吸收并发展,大都认为人身虚静不受外间诱惑影响,才能使身神常驻其中,如此便能神清气爽、延命长生。此意汉魏人已常道及,如《后汉书·李固传》载李固奏书云:

> 臣闻气之清者为神,人之清者为贤。养身者以练神为宝,安国者以积贤为道。①

又如荀悦《申鉴·俗嫌》云:

> 或问曰:"有养性乎?"曰:"养性秉中和,守之以生而已。爱亲爱德,爱力爱神之谓啬,否则不宣,过则不澹,故君子节宣其气,勿使有所雍闭滞底。昏乱百度则生疾,故喜怒哀乐思虑,必得其中,所以养神也。"②

又如嵇康《养生论》云:

> 是以君子知形恃神以立,神须形以存,悟生理之易失,知一过之害生,故修性以保神,安心以全身,爱憎不栖于情,忧喜不留于意,泊然无感,而体气和平,又呼吸吐纳,服食养身,使形神相亲,表里俱济也。③

养生使身体安定虚静,才能保"神"、养"神"。刘勰即据此阐发其"神思"义,正因保"神"、养"神",使"神"内守于身心之中,不受外界诱惑影响,自能为文有"神思"。正如前引《淮南子·精神训》所云:"使耳目精明玄达而无诱慕,气志虚静恬愉而省嗜欲,五藏定宁充盈而不泄,精神内守形骸而不外越,则望于往世之前,而视于来事之后,犹未足为也,岂直祸福之间哉!"

综上所述,《神思》篇先释"神思",阐明"神思"是"神"转向身内,与身外相隔

---

① 范晔等撰,李贤等注:《后汉书》卷六三,中华书局1965年版,第2080页。
② 荀悦:《申鉴》卷三,上海古籍出版社1990年版,第21页。
③ 萧统编,李善注:《文选》卷五三,中华书局1977年版,第727—728页。

绝,在心中思考想象,而后论说"陶钧文思,贵在虚静",前后文完全是依据道家的养生守神思想立论。刘勰讲为文创作应该"疏瀹五藏,澡雪精神",是因为养生主张五藏清静才能养"神";而讲"关键将塞,则神有遁心",则是因为"神居胸臆"。如果"神"在身内,身中气血臃滞,五藏不清,神就要遁去;若神不外散而内守于心,逐渐进入自己的想象世界,此时心身内外二分,便能够达到"神与物游"。这就是刘勰"神思"义的要旨。

(原载《思想战线》2015年第5期)

编　后　记

　　本书选编云南大学自建校以来有关中国古代文论的文章,作者皆系执教云大的学者,所选篇章大都撰写或发表于作者任教云大期间。成此一书,汇集佳作,展现云大一百年间在古代文论研究领域的学术传统与成就,亦可一窥近百年云南论文评学风气之嬗变。

　　云南地处边远,然自近代以来,能得西学风气之先,人才辈出,文风丕兴,东陆大学由而建立。抗战爆发,南渡学人云集滇省,昆明几成中国学术文化之中心;一时群贤荟萃,探讨学问,发扬文化以振奋民气,云南大学与有力焉。及至抗日胜利,南迁诸校北归,当时流风所存,泽被云大,有至今日尚默而化之者。

　　若论百年以来云大古代文论研究传统,会通中西实为主要特征。本书所选龚自知、杨鸿烈、刘文典、吴宓、姜亮夫、游国恩诸先生文章,率皆根柢中学、融通西学以发展中国古代文论之价值。逮及改革开放,张文勋、赵仲牧诸先生承其学风,更深入吸收西方美学以探究中国古代文论,进而思考中国文化。此理路已为云大古代文论研究之自觉追求,有待今人发扬光大。

　　为呈现云大古代文论研究发展面貌,本书改革开放以前文章约按撰写时间顺序编排,之后则按作者年纪先后编排。在此谨依文章编次,简述作者及执教云大经历如下:

　　袁嘉谷(1872—1937),云南石屏人,1903年考中晚清"经济特科"状元,后任学部编译图书局局长及浙江提学使兼布政使。清亡回滇,自1923年东陆大学正式开学至晚年皆执教于云南大学,维系滇省民气,一振滇南学风。

龚自知(1894—1967),云南大关人,1917年北京大学毕业,1923年执教东陆大学,讲授《文心雕龙》、"文章学"等课程。1929年任云南省教育厅厅长,1950年任云南省人民政府副主席。

杨鸿烈(1903—1977),云南晋宁人,1927年清华国学研究院毕业,1932年曾任云南大学师范学院院长兼教授。早年研究中国古代文论,有《中国诗学大纲》《中国文学杂论》行世。

刘文典(1889—1958),安徽怀宁人,留学日本,历任北京大学教授、安徽大学校长、清华大学国文系教授。1938年南渡至昆明,任西南联大教授,1943年起执教云南大学,直至去世,影响云大学风至为深远。

吴宓(1894—1978),陕西泾阳人,先后毕业于美国弗吉尼亚大学英国文学系、哈佛大学研究生院,曾任清华国学研究院主任、外文系主任。抗战时任教西南联大外文系,1942至1944年兼任云南大学教授。

姜亮夫(1902—1995),云南昭通人,1927年毕业于清华国学研究院。1941至1949年间任云南大学教授,其间又任云大文法学院院长。精研楚辞学及敦煌学,在云南大学讲授"文学概论""古文字学"等。

游国恩(1899—1978),江西临川人,1926年毕业于北京大学。1942至1946年任西南联大文学院教授,同时执教于云南大学文法学院。

罗庸(1900—1950),江苏江都人,出生于北京,1922年毕业于北京大学研究所国学门。1938至1946年任西南联大文学院教授,同时执教于云南大学文法学院,1949年离开昆明。

姚奠中(1913—2013),山西运城人,1937年毕业于苏州章氏国学会研究生班,师从章太炎研治国学。1947至1948年,任教于云南大学文史系。

张光年(1913—2002),湖北光化人,《黄河大合唱》词作者,1944至1945年任教于云南大学。

陶光(1913—1961),1935年毕业于清华大学中文系,师事刘文典。抗战时任教于西南联大,1941至1947年任云南大学文史系教授。

张为骐(1901—1969),四川达县人,毕业于北京大学国文系,治学长于考证。1948年受刘文典邀请至云南大学,任文法学院文史系教授,直至去世。

叶德均(1911—1956),江苏淮安人,1934年毕业于复旦大学,1948年任云南大学教授。精研古代俗文学,为国内翘楚,惜于1956年不幸去世。

刘尧民(1898—1968),云南会泽人,1941年任云南大学文史系教授,主要研治先秦文学及词曲学。1951年任中文系主任,直至1968年不幸去世。

傅懋勉(1915—1973),山东聊城人,1938年大学毕业于西南联大中文系,1944年清华研究院研究生毕业。1946年起执教云南大学,直至去世;曾任中文系中国古典文学组组长,主要研究先秦两汉及唐宋文学。

王兰馨(1907—1992),广东番禺人,李广田先生夫人。1934年毕业于北平师范大学国文系,1952年任教于云南大学中文系,长于词学,1972年离开云大至天津。

张文勋(1926—),云南洱源人,1953年毕业于云南大学中文系,留校任教至1993年退休。在中国古代文学理论研究领域建树丰硕,改革开放以来所培养的研究生成为云大古代文论研究中坚。

赵仲牧(1930—2007),云南腾冲人,1953年毕业于云南大学中文系,曾先后任教于沈阳师范学院、辽宁大学中文系,1980年回云大中文系执教。主要研究西方哲学及美学,学贯中西,才思敏锐,擅长诗词创作。

陈红映(1930—2013),湖北江陵人,1956年由北京师范大学考入云南大学中文系研究生,师从刘文典、刘尧民先生。1957年错划为右派,1979年平反后回云南大学中文系执教,继承刘文典先生之学,主要研究《庄子》。

郑谦(1927—2010),湖南宁远人,1950年毕业于南京大学中文系,1953年北京大学中文系研究生毕业,后至云南大学中文系任教,1984年至云南省社科院任研究员。

殷光熹(1933—),江苏江阴人,1964年毕业于云南大学中文系,留校任教。主要研究楚辞学、《诗经》学和宋代文学,著述二百余万字,结集成《殷光熹文集》八卷。

武显漳(？—1991),福建漳州人,毕业于云南大学中文系,留校任教,主要研究中国古代小说。

张国庆(1950—　),云南昆明人,1983年大学毕业于云南大学中文系,同年考取张文勋、赵仲牧先生研究生,文学硕士毕业留校任教。主要研究中国古代文论、古典美学。

施惟达(1950—　),云南昆明人,1982年大学毕业于云南大学中文系,1983年考取张文勋、赵仲牧先生研究生,文学硕士毕业留校,现为云南大学东陆书院院长。主要研究中国古代文艺美学、民族文化及文化产业。

蒋永文(1963—　),安徽固镇人,1984年大学毕业于安徽师范大学中文系,1989年硕士毕业于云南大学中文系,师从张文勋、赵仲牧先生,同年留校任教,2005年至保山学院任校长。主要研究中国古代文论。

牛军(1969—　),山西长治人,1997年硕士毕业于云南大学中文系,师从张文勋、赵仲牧先生,同年留校任教。主要研究中西文艺理论、佛教思想及民族文化。

孙兴义(1971—　),云南宜良人,1993年大学毕业于云南大学中文系,留校工作,2011年博士毕业于云大中文系文艺学专业,师从张国庆教授。主要研究《诗经》学及先唐文学。

刘炜(1978—　),湖北荆州人,2000年大学毕业于云南大学中文系,2006年博士毕业于华东师范大学中文系。主要研究中国近代文学及学术思想。

杨园(1978—　),云南昆明人,2003年大学毕业于云南大学中文系,2011年博士毕业于云大中文系文艺学专业,师从张国庆教授。主要研究中国古代文论及汉魏六朝文学。

此书编成,编者亦得附骥尾,但期守先待后,发扬云大学术,留存今人研讨。编订错谬犹多,尚祈指正!

杨园
2024年6月